D1485923

# MISIÓN OLVIDO

María Dueñas

# MISIÓN OLVIDO

temas de hoy. TH NOVELA

**Imágenes de las guardas**
© Found Image Press
© Prisma
© The California State Archives, Secretary of State's Office, Sacramento, California
© Diario Abc
© FPG/Hulton Archive/Getty Images
© Nat Farbman/Time & Life Pictures/Getty Images
© Agencia Efe
© Library of Congress
© Archivo El País
© Archivo Espasa Calpe, S. A.
Cortesía de Federico Lafuente. © Marcial Lafuente Estefanía, 2012. Ediciones Cíes

**Extracto de la letra de la canción «Torre de arena» de página 266:**
© 1956, by Editorial Música Moderna, Marqués de Cubas, 6, Madrid (España)
© 2009 by Pedro Llabrés Rubio, Alejandro Cintas Sarmiento y Manuel Gordillo Ladrón de Guevara, Madrid (España)
Co-edición autorizada en exclusiva para todos los países a PILES Editorial de Música, S. A., Archena, 33, 46014, Valencia (España) y SEEM, S. A., Alcalá, 70, 28009 Madrid (España)
**Verso de Antonio Machado de página 115:**
© Herederos de Antonio y Manuel Machado, C.B.
**Poema «Donde habite el olvido» de Luis Cernuda de páginas 432, 493 y 494:**
© Herederos de Luis Cernuda.
**Poema «Para vivir no quiero…» de Pedro Salinas de página 334:**
© Herederos de Pedro Salinas
**Extracto de la letra de la canción «María Dolores», letra de Jacobo Morcillo Uceda y música de Fernando García Morcillo, de páginas 213 y 214:**
© Copyright 1949 by Warner/Chappell Music Spain
**Extracto de la letra de la canción «Pa todo el año», de José Alfredo Jiménez Sandoval, de página 222:**
© Editorial Mexicana de Música Internacional. Autorizado por peermusic Española, S.A.U.

El papel utilizado para la impresión de este libro
es cien por cien libre de cloro
y está calificado como **papel ecológico**

© María Dueñas, 2012
© Ediciones Planeta Madrid, S. A., 2012
Ediciones Temas de Hoy es un sello editorial de Ediciones Planeta Madrid, S. A.
Paseo de Recoletos, 4. 28001 Madrid
www.temasdehoy.es
www.planetadelibros.com
Primera edición: septiembre de 2012
ISBN: 978-84-9998-178-9
Depósito legal: M. 25.502-2012
Preimpresión: J. A. Diseño Editorial, S. L.
Impresión: Cayfosa (Impresi
Printed in Spain-Impreso en

*A Pablo Dueñas Vinuesa, mi hermano,
en compensación por lo que él sabe que le debo*

*A todos aquellos que a diario batallan en las aulas
con entusiasmo y tesón: mis colegas, mis maestros, mis amigos*

# CAPÍTULO I

A veces la vida se nos cae a los pies con el peso y el frío de una bola de plomo.

Así lo sentí al abrir la puerta del despacho. Tan próximo, tan cálido, tan mío. Antes.

Y, sin embargo, a simple vista, no había motivo para la desazón. Todo permanecía tal como yo misma lo había dejado. Las estanterías cargadas de libros, el panel de corcho repleto de horarios y avisos. Carpetas, archivadores, carteles de viejas exposiciones, sobres a mi nombre. El calendario congelado dos meses atrás, julio de 1999. Todo se mantenía intacto en aquel espacio que durante catorce años había sido mi refugio, el reducto que curso a curso acogía a manadas de estudiantes perdidos en dudas, reclamos y anhelos. Todo seguía, en definitiva , igual que siempre. Lo único que había cambiado eran los puntales que me sostenían. De arriba abajo, en canal.

Pasaron dos o tres minutos desde mi llegada. Quizá fueron diez, quizá no llegó a uno siquiera. Pasó el tiempo necesario, en cualquier caso, para tomar una decisión. El primer movimiento consistió en marcar un número de teléfono. Por respuesta obtuve tan solo la cortesía congelada de un buzón de voz. Dudé entre colgar o no, ganó lo segundo.

—Rosalía, soy Blanca Perea. Tengo que marcharme de aquí, necesito que me ayudes. No sé adónde, igual me da. A un sitio en donde no conozca a nadie y en el que nadie me conozca a mí. Sé que es un momento pésimo, con el curso a punto de empezar, pero llámame cuando puedas, por favor.

Me sentí mejor tras dejar aquel mensaje, como si me hubiera desprendido del mordisco de un perro en mitad de una pesadilla espesa. Sabía que podía confiar en Rosalía Martín, en su comprensión, en su voluntad. Nos conocíamos desde que ambas comenzamos a dar nuestros primeros pasos en la universidad, cuando yo era aún una joven profesora con un escuálido contrato temporal y ella, la responsable de nutrir un recién gestado servicio de relaciones internacionales. Tal vez la palabra amigas nos viniera demasiado grande, puede que su consistencia se hubiera diluido con el paso de los años, pero conocía el temple de Rosalía y estaba por eso segura de que mi grito no iba a caer en el fondo de un saco cargado de olvidos.

Solo después de la llamada conseguí reunir las fuerzas necesarias para hacer frente a las obligaciones del septiembre que acababa de arrancar. El correo electrónico se abrió como una presa desbordada ante mis ojos y en su caudal me sumergí un buen rato a medida que respondía a algunos mensajes y desechaba otros por trasnochados o carentes de interés. Hasta que el teléfono me interrumpió y contesté con un escueto soy yo.

—Pero ¿qué es lo que te pasa a ti, loca? ¿Adónde quieres ir tú a estas alturas? ¿Y a cuento de qué vienen estas prisas?

Su voz arrebatada me devolvió al vuelo la memoria de tantos momentos vividos años atrás. Horas eternas frente al blanco y negro de la pantalla de un ordenador prehistórico. Visitas compartidas a universidades extranjeras en busca de intercambios y convenios, habitaciones dobles en hoteles sin memoria, madrugadas de espera en aeropuertos vacíos. El tiempo había separado nuestros caminos y quizá el músculo de la cercanía había perdido vigor. Pero quedaba la huella, los posos de una vieja complicidad. Por eso le narré todo sin reservas. Con una sinceridad rasposa, omitiendo valoraciones. Sin lamentos ni adjetivos. Sin red.

En un par de minutos supo lo que tenía que saber. Que Alberto se había ido de casa. Que la supuesta solidez de mi matrimonio había saltado por los aires en los primeros días del verano, que mis hijos ya volaban por su cuenta, que había pasado los dos últimos meses intentando ajustarme torpemente a mi nueva realidad y que, al enfrentarme al nuevo curso, me faltaba la energía para mantenerme a flote en el mismo escenario de todos los años: para agarrarme una vez más a las rutinas y responsabilidades como si en mi vida no hubiera habido un corte tan limpio y certero como el de la carne atravesada por el filo de un cristal.

Con los noventa kilos de pragmatismo que conformaban el volumen de su cuerpo, Rosalía absorbió de inmediato la situación y entendió que lo último que yo necesitaba eran remedios compasivos o consejos con azúcar. No hurgó por ello en los detalles ni me ofreció su hombro mullido como consuelo. Tan solo me planteó una previsión que, tal como yo anticipaba, bordeó en principio la crudeza.

—Pues me temo que no lo vamos a tener demasiado fácil, cariño. —Habló en plural, asumiendo de inmediato el asunto como algo propio de las dos—. Los plazos para cosas interesantes llevan meses cerrados —añadió— y a las próximas convocatorias de becas potentes aún les quedan unos meses. De todas maneras, dame un poco de tiempo, porque acabamos de arrancar hace tan solo un rato y aún no sé si en las últimas semanas nos ha entrado algo nuevo, a veces llegan cosas sueltas o imprevistas. Déjame hasta última hora a ver si doy con algo y luego te cuento.

Pasé el resto de la mañana deambulando por la universidad. Firmé papeles pendientes, devolví libros a la biblioteca, tomé un café después. Nada me absorbió lo bastante, sin embargo, como para obligarme a permanecer paciente a la espera de la llamada. No tuve sosiego, me faltó el valor. A las dos menos cuarto golpeé con los nudillos la puerta entreabierta de su despacho. Dentro, oronda sin complejos y con el pelo teñido de color violeta, trabajaba Rosalía.

—Iba a llamarte ahora mismo —anunció sin darme siquiera tiempo a saludarla. Señaló entonces la pantalla con el dedo índice recto como un misil y procedió a desgranar las noticias que me tenía reservadas—. He rescatado tres cosas que no están del todo mal, han llegado a lo largo de las vacaciones. Más de lo que yo esperaba, para qué voy a mentirte. Tres instituciones y tres actividades distintas. Lituania, Portugal y Estados Unidos. California, concretamente. Ninguna es una bicoca, ojo, en todas prometen sacarte bien la pringue y poco aportarían a tu currículum, pero menos da una piedra, ¿no? ¿Por dónde quieres que empiece?

Encogí los hombros mientras apretaba los labios conteniendo lo que tal vez podría haber llegado a ser una minúscula sonrisa: el primer atisbo de ilusión en demasiado tiempo. Ella se ajustó entretanto sus gafas de montura verde chicle, desvió de nuevo la mirada hacia el ordenador y escrutó su contenido.

—Lituania, por ejemplo. Buscan especialistas en pedagogía lingüística para un nuevo programa de formación docente. Dos meses. Tienen una subvención de la Unión Europea y les exigen un grupo internacional. Y esto es lo tuyo, ¿no?

Efectivamente, esa era mi área de trabajo. Lingüística aplicada, didáctica de lenguas, diseño curricular. Por aquellos senderos llevaba caminando dos décadas de mi vida. Pero antes de sucumbir al primer canto de sirena, preferí indagar un poco más.

—¿Y Portugal?

—Universidade do Espírito Santo, en Sintra. Privada, moderna, mucha pasta. Han montado un máster en enseñanza del español como L2 y buscan expertos en metodología. El plazo termina el viernes, o sea, ya. Un módulo intensivo de doce semanas con horas de clase para parar un tren. No pagan mal, así que imagino que habrá solicitudes a punta de pala. Pero te respaldan tus muchos años en el tajo y nosotros tenemos un rollo estupendo con la Espírito Santo, así que igual no nos resulta demasiado difícil conseguirlo.

Aquella oferta parecía infinitamente más tentadora que la de Lituania. Sintra, con sus bosques y sus palacios, tan próxima a Lisboa, tan cercana a casa a la vez. La voz de Rosalía me sacó de la ensoñación.

—Y, por último, California —continuó sin despegar la vista de la pantalla—. Esta posibilidad la veo más en el aire, pero la podemos mirar, por si acaso. Universidad de Santa Cecilia, al norte, cerca de San Francisco. La información que tenemos es bastante escasa de momento: la propuesta acaba de entrar y todavía no he podido pedirles más datos. A primera vista, se trata de una beca que financia una fundación privada, aunque el trabajo se realizaría en la propia universidad. No ofrecen una dotación para tirar cohetes, pero podrías sobrevivir.

—¿En qué consiste, básicamente?

—En algo que tiene que ver con una recopilación y clasificación de documentos, y buscan a alguien de nacionalidad española con grado de doctor en cualquier área de las humanidades. —Se quitó entonces las gafas y apostilló—: Se supone que este tipo de becas está destinado a gente con menos nivel profesional que tú, por lo que irías sobrada a la hora de baremar candidatos.

Y California, chica, es toda una tentación, así que, si quieres, puedo intentar informarme algo más.

—Sintra —insistí rechazando el nuevo ofrecimiento. Doce semanas. Lo bastante quizá como para que mis heridas dejaran de escocer. Lo suficientemente lejos como para desvincularme de mi realidad más inmediata, lo suficientemente cerca como para volver con frecuencia si la situación diera tres saltos mortales y todo regresara a su cauce de una vez—. Sintra, sin dudarlo —rematé con rotundidad.

Media hora más tarde me marché del despacho de Rosalía con la solicitud electrónica enviada. Llevaba también mil detalles en la cabeza, un puñado de papeles en la mano y la sensación de que quizá la suerte, muy, muy de refilón, había decidido al fin ponerse de mi lado.

El resto del día transcurrió en una especie de limbo. Comí un sándwich vegetal sin hambre en la cafetería de la facultad, seguí trabajando por la tarde medio desconcentrada y a las siete asistí con ganas escasas a la presentación del nuevo libro de un colega del departamento de Prehistoria. Intenté escaparme en cuanto terminó el acto pero, sin fuerzas para negarme, unos cuantos compañeros me arrastraron con ellos en busca de una cerveza fría. Cuando por fin llegué a casa eran cerca ya de las diez. Antes de encender siquiera la luz, en la penumbra aún, vi cómo el contestador automático parpadeaba insistente en una esquina del cuarto de estar. Recordé entonces que había apagado el móvil al empezar la presentación y había olvidado encenderlo a su fin.

El primer mensaje era de Pablo, mi hijo pequeño. Encantador, incoherente y difuso; con música estruendosa y risas de fondo, me costó trabajo entender sus palabras atropelladas.

—Madre, soy yo, dónde te metes... Te he llamado al móvil un montón de veces para decirte... para decirte que... que no voy a volver esta semana tampoco, que me quedo en la playa, y que si... que si... que bueno, que luego te sigo llamando, ¿vale?

Pablo, murmuré mientras buscaba su cara entre los estantes de la librería. Allí estaba, fotografiado decenas de veces. A veces solo y casi siempre con su hermano, tan parecidos los dos. Las sonrisas eternas, el flequillo negro metido en los ojos. Secuencias alborotadas de sus veintidós y veintitrés años. Indios, piratas y Picapiedras en funciones de colegio, soplos de tartas con velas cada vez más numerosas. Campamentos de verano, escenas navideñas. Retazos impresos en papel Kodak, recortes de la memoria de una familia compacta que, como tal, ya había dejado de existir.

Con mi hijo Pablo todavía danzándome en la mente, pulsé de nuevo la tecla del contestador para escuchar el siguiente mensaje.

—Eeeeh... Blanca, soy Alberto. No contestas en el móvil, no sé si estarás en casa. Eeeeh... te llamo porque tengo que... mmm... para decirte que... eeeeh... Bueno, mejor te lo cuento después, cuando te localice. Te llamo luego. Adiós, hasta luego, adiós.

Me inquietó la voz tan torpe de mi marido. De mi exmarido, perdón. No tenía idea de lo que quería decirme, pero su tono anticipaba noticias poco gratas. Mi primer impulso fue, como siempre, pensar en que algo podría haber pasado a alguno de mis hijos. Por el mensaje previo sabía que Pablo estaba en orden; rescaté entonces apresuradamente el móvil de mi bolso, lo encendí y llamé a David.

—¿Estás bien? —inquirí impaciente nada más oír su voz.

—Sí, claro, yo estoy bien. Y tú, ¿cómo estás?

Sonaba tenso. Quizá fuera tan solo una falsa percepción a causa de la distancia. Quizá no.

—Yo, bueno, más o menos... Lo que pasa es que me ha llamado papá y...

—Ya lo sé —interrumpió—. A mí también me acaba de llamar. ¿Cómo te lo has tomado?

—¿Cómo me he tomado qué?

—Lo del niño.

—¿Qué niño?

—El que va a tener con Eva.

Sin pensar, sin percibir, sin ver. Con la misma sensibilidad que un mausoleo de mármol o el bordillo de una acera, así permanecí colgada del vacío durante un tiempo cuya extensión me resultó imposible medir. Cuando fui otra vez consciente de la realidad, volví a escuchar la voz de David gritando desde el teléfono caído en mi regazo.

—Sigo aquí —respondí por fin. Y sin darle tiempo a indagar más, concluí la conversación—. Todo está bien, luego te llamo.

Me quedé inmóvil en el sofá, contemplando la nada mientras trataba de digerir la noticia de que mi marido iba a tener un hijo con la mujer por la que me había dejado apenas dos meses atrás. El tercer hijo de Alberto: ese tercer hijo que nunca quiso tener conmigo a pesar de mi larga insistencia. El hijo que nacería de un vientre que no era el mío y en una casa que no era la nuestra.

Noté que la angustia me ascendía incontenible desde el estómago, anunciando bocanadas de náusea y desolación. Con zancadas presurosas, tambaleándome y chocando contra las paredes y los quicios de las puertas, conseguí a duras penas llegar al cuarto de baño. Me abalancé sobre el inodoro y, de rodillas en el suelo, vomité.

Aún me mantuve así durante un rato infinito, con la frente apoyada contra la frialdad de los azulejos de la pared mientras intentaba encontrar una mota de coherencia en medio de la confusión. Cuando logré levantarme, me lavé las manos. Lenta, minuciosamente, dejando el agua y la espuma correr entre los dedos. Me cepillé luego los dientes, a conciencia, dando tiempo a que mi cerebro trabajara sin prisa en modo paralelo. Volví por fin al cuarto de estar. Con la boca y las manos limpias, el estómago vacío, la mente en orden y el corazón seco. Busqué mi móvil, lo encontré caído sobre la alfombra. Localicé un número, pero no respondió nadie. Una vez más, dejé mi mensaje en el buzón de voz.

—Soy Blanca otra vez. Cambio de planes. Tengo que irme más lejos, más tiempo, inmediatamente. Averigua lo que puedas sobre la beca de California, por favor.

Nueve días después aterrizaba en el aeropuerto de San Francisco.

# CAPÍTULO 2

El cese abrupto de los martillazos me devolvió a la realidad. Miré la hora. Mediodía. Solo entonces fui consciente del montón de horas que llevaba revolviendo papeles sin la más remota idea de qué demonios hacer con ellos. Me levanté del suelo con esfuerzo, noté las articulaciones entumecidas. Mientras me sacudía el polvo de las manos, me alcé de puntillas y miré por el estrecho ventanuco cercano al techo. Como único paisaje contemplé una obra momentáneamente parada y las botas recias de un puñado de trabajadores que trajinaban sus almuerzos entre pilas de tablones de madera. Sentí un pinchazo en el estómago: una mezcla de flojedad, desconcierto y hambre.

Había llegado a California la noche anterior después de tres aviones y mil horas de vuelo. Tras recoger el equipaje y después de unos instantes de desorientación, localicé mi nombre en un pequeño cartel. Escrito en el trazo grueso de un rotulador azul, sostenido por una mujer robusta de mirada ausente y edad imprecisa. Treinta y siete, cuarenta, cuarenta y alguno quizá. Un vestido color vainilla y el pelo lacio cortado a la altura de la mandíbula configuraban su porte. Me acerqué hasta ella pero ni siquiera cuando me tuvo delante pareció percatarse de mi presencia.

—Soy Blanca Perea, creo que me está buscando.

Me equivoqué, no me buscaba. Ni a mí, ni a nadie. Tan solo se mantenía estática y ausente, abstraída entre la masa en movimiento, ajena al bullir agitado de la terminal.

—Blanca Perea —insistí—. La profesora Blanca Perea, de España.

Reaccionó por fin cerrando y abriendo los ojos con fuerza, como si acabara de regresar precipitadamente desde un viaje astral. Me tendió entonces la mano y la agitó con una sacudida abrupta; después, sin mediar palabra, echó a andar sin esperarme mientras yo me esforzaba para seguirla haciendo equilibrios entre dos maletas, un gran bolsón y mi ordenador portátil colgado del hombro.

En el aparcamiento nos aguardaba un todoterreno blanco que, atravesado en diagonal, invadía sin pudor dos plazas contiguas. *Jesus Loves You* rezaba una pegatina en el cristal trasero. Con un potente acelerón impropio de la recatada estampa de la conductora, nos adentramos en la noche húmeda de la bahía de San Francisco. Destino: Santa Cecilia.

Conducía concentrada, pegada al volante. Apenas hablamos durante el trayecto, tan solo respondió a mis preguntas con monosílabos y unas brevísimas porciones de información. Aun así, averigüé algunas cosas. Que se llamaba Fanny Stern, por ejemplo. Que trabajaba para la universidad y que su objetivo inmediato era depositarme en el apartamento que, junto con un sueldo sin excesos, formaba parte de la beca que finalmente me había sido concedida. Seguía conociendo tan solo por encima las obligaciones de mi cometido: la precipitación de mi marcha me impidió dedicarme con detenimiento a averiguar más datos. No me preocupaba demasiado, ya habría tiempo para ello. Anticipa-

ba en cualquier caso que mi trabajo no iba a ser ni estimulante
ni enriquecedor pero, de momento, me bastaba con haber logrado gracias a él escapar de mi realidad con la prisa del alma que
lleva el diablo.

A pesar de la falta de sueño acumulada, el despertador me
sorprendió a las siete de la mañana moderadamente despejada y
lúcida. Me levanté y salté a la ducha de inmediato, sin dar oportunidad a que la fresca consciencia tempranera echara la vista
atrás para revisitar el camino oscuro de los días previos. Con la
luz del sol corroboré lo que había intuido la noche anterior:
aquel apartamento destinado a profesores visitantes, sin tener
nada de especial, resultaría un refugio adecuado. Una sala de
estar pequeña con una cocina básica integrada al fondo. Un dor-
mitorio, un cuarto de baño escueto. Paredes vacías, muebles escasos y neutros. Un cobijo anónimo, pero decente. Habitable.
Aceptable.

Callejeé en busca de un sitio donde desayunar mientras absorbía al ritmo de mis pasos lo que Santa Cecilia me desplegaba
ante los ojos. En el apartamento había encontrado una carpeta a
mi nombre con lo necesario para empezar a ubicarme: un plano,
un folleto informativo, un cuaderno en blanco con el escudo de
la universidad. Nada más, para qué.

Ni rastro hallé del escenario californiano al que las series te-
levisivas y el imaginario colectivo nos tienen acostumbrados. Ni
costa, ni palmeras cimbreantes, ni mansiones con diez cuartos
de baño. La California hiperpróspera, paraíso de la tecnología,
el inconformismo y el espectáculo, habría de buscarla por otro
lado.

Me senté por fin con apetito de lobo en una terraza madruga-
dora y, a la vez que devoraba un muffin de arándanos y bebía un
café con mucha agua y escasa sustancia, contemplé detenidamente el escenario. Una gran plaza cuajada de árboles y rodeada

de construcciones remodeladas con apariencia de adobe que transmitían el aroma de un pasado a mitad de camino entre lo americano y lo mexicano con un leve poso de algo remotamente español. Una oficina del First National Bank, una tienda de souvenirs, la imprescindible Post Office y una farmacia CVS se alineaban en su flanco principal.

Llegar al Guevara Hall fue mi siguiente objetivo. En él encontraría el departamento de Lenguas Modernas: el nido que, para bien o para mal, habría de acogerme durante un número todavía impreciso de meses venideros. Si estos resultarían ser un bálsamo eficaz o una simple tirita para mis magulladuras, aún estaba por ver. Pero no quise arrinconarme otra vez bajo sombras negras, más me valía mantener la atención alerta para no perderme en aquella especie de parque lleno de caminos entrecruzados en el que montones de estudiantes se desplazaban ya en busca de sus aulas a pie o en bicicleta.

El ruido de la fotocopiadora con la que estaba trabajando mitigó el sonido de mis pasos e impidió que Fanny, la primera presencia visible, se diera cuenta de mi llegada hasta que estuve a su lado. Solo entonces alzó los ojos y volvió a contemplarme un par de segundos con su rostro inexpresivo; seguidamente extendió el brazo derecho con precisión de autómata y señaló la puerta abierta de un despacho. Alguien la espera, anunció. Y sin más se alejó con el mismo caminar desaborido con el que la noche anterior avanzó frente a mí por los pasillos del aeropuerto.

Lancé un fugaz vistazo al letrero que figuraba en la puerta. Rebecca Cullen, el nombre con el que concluían casi todos los mensajes de correo electrónico que había recibido en las jornadas anteriores a mi marcha, por fin tenía un lugar y una presencia. Los archivadores y los expedientes convivían en su oficina con cuadros cargados de color, fotografías familiares y un ramo de lirios blancos. Su saludo fue un apretón de manos afectuoso, transmitiéndome su calidez con el tacto de la piel y un par de ojos claros que iluminaban un rostro hermoso en el que las arrugas no eran un demérito. Un gran mechón de hebras plateadas le caía sobre la frente. Intuí que bordeaba los sesenta y presentí que se trataba de una de tantas secretarias imprescindibles que, con la tercera parte del sueldo de sus superiores, suelen ser más competentes que ellos en inversa proporción.

—Bueno, Blanca, por fin… Ha sido toda una sorpresa saber que tendríamos una investigadora visitante este curso, estamos encantados…

Para mi alivio, nos entendimos sin problemas por mi parte. Mi inglés se había vertebrado a través de estancias juveniles en Gran Bretaña y se había robustecido a lo largo de años de estudio y de frecuentes contactos con universidades británicas. Mi experiencia con el mundo norteamericano había sido, sin embargo, tan solo esporádica: unos cuantos congresos, una visita a Nueva York en familia para celebrar que mi hijo Pablo había aprobado selectividad, una breve estancia de investigación en Maryland. Me reconfortó por eso comprobar que podría bandearme en aquella Costa Oeste sin grandes trabas lingüísticas.

—Creo que ya te dije en uno de mis últimos mensajes que el doctor Zárate estaría esta semana en un congreso en Filadelfia, así que seré yo quien se encargue de momento de orientarte en tu trabajo.

En ausencia de Luis Zárate, el director del departamento, Rebecca Cullen me explicó a grandes rasgos lo que yo ya más o menos sabía sobre mi labor: una tarea subvencionada por una entidad privada de reciente creación, la Fundación de Acción Científica para Manuscritos Académicos Filológicos (FACMAF), cuyo objetivo consistía en la clasificación del legado de un antiguo miembro del claustro fallecido décadas atrás.

—Se llamaba Andrés Fontana y, como sabes, era español. Vivió en Santa Cecilia hasta su muerte en 1969 y fue alguien muy querido, pero ya conoces lo que suele pasar: al no tener familia en este país, nadie reclamó sus cosas y, a la espera de que alguien decidiera por fin qué hacer, aquí ha seguido todo a lo largo de los años, amontonado en un sótano.

—¿Nada se ha movido desde entonces?

—Nada, hasta que la FACMAF, esta nueva fundación, por fin ha dotado una beca para realizar ese trabajo. Si te soy sincera —añadió con tono cómplice—, creo que resulta un poco vergonzoso que se hayan dejado pasar tres décadas, pero ya sabes cómo son las cosas: todo el mundo anda siempre ocupado, el profesorado va y viene, y de la gente que conoció y estimó en su día a Andrés Fontana, apenas queda nadie en la casa excepto algunos veteranos como yo.

Me esforcé por no dejarla entrever que, si a sus propios compañeros les interesaba poco aquel expatriado caído en el olvido, muchísimo menos me interesaba a mí.

—Y ahora, si te parece —continuó volviendo a los asuntos prácticos—, voy a enseñarte primero tu despacho y después el almacén donde se encuentra todo el material. Tendrás que disculparnos, la noticia de tu llegada ha sido un tanto precipitada y no hemos tenido posibilidad de encontrarte una ubicación mejor.

Tampoco se me pasó por la cabeza aclararle a qué se debía mi prisa por instalarme allí cuanto antes o la razón de mi urgencia por agarrarme como a un clavo ardiendo a aquella modesta beca tan alejada de mis intereses. Como estrategia de disimulo, fingí buscar en el bolso un pañuelo de papel para sonarme la nariz a la espera de que Rebecca Cullen cambiara de tema: a que pasara a otro asunto y no indagara más en por qué una profesora española con su carrera profesional más que consolidada, con buen currículum, buen sueldo, familia y contactos, había decidido llenar precipitadamente un par de maletas y trasladarse en cuatro días a la otra esquina del mundo como quien huye de la peste.

Mi nuevo despacho resultó ser un espacio alejado y sobrante con pocos metros, cero comodidades y una única ventana —estrecha, lateral y no demasiado limpia— asomada al campus. Su raquítico equipamiento consistía en una mesa de trabajo con un viejo ordenador y un teléfono de peso contundente sostenido sobre dos recias guías de teléfono atrasadas. Residuos de otros tiempos y otras manos, excedentes decrépitos que ya nadie quería. Nos entenderíamos bien, pensé. Al fin y al cabo, en nuestra situación de bienes amortizados, andábamos en líneas paralelas.

—Es importante que sepas también dónde encontrar a Fanny Stern, ella se encargará de ayudarte en las necesidades de material que puedas tener —anunció entonces Rebecca mientras me cedía el paso hacia el recodo que cobijaba su rincón de trabajo.

Al asomarme me invadió un sentimiento confuso, a caballo entre la ternura y la risa. Ni un palmo de espacio estaba desperdiciado en las paredes: carteles, calendarios y parafernalia diversa desbordada de puestas de sol entre cotas nevadas y mensajes optimistas con el sabor dulzón de la mermelada: «Tú puedes, no decaigas», «El sol brillará después de la tormenta», «Siempre hay una mano amiga cerca de ti»... En mitad de la estancia Fanny, beatífica y ausente, despachaba a dos carrillos una tableta de chocolate blanco con la glotonería de un niño de cinco años. Solo que ella multiplicaba más o menos por ocho aquella edad.

Antes de que lograra tragar para poder saludarnos, Rebecca se dirigió a ella y se situó a su espalda. Agarrándola por los hombros, le dio un cariñoso achuchón.

—Fanny, ya conoces a la doctora Perea, nuestra investigadora visitante, y ya sabes dónde hemos ubicado su despacho, ¿verdad? Recuerda que tienes que ayudarla en todo lo que ella te pida, ¿de acuerdo?

—De acuerdo, señora Cullen —respondió con la boca llena. Para enfatizar su buena disposición, acompañó sus palabras con unos cuantos movimientos de cabeza repletos de brío.

—Fanny es muy dispuesta y trabajadora, y su madre también fue durante décadas una persona muy vinculada a este departamento, ¿sabes, Blanca? —Rebecca hablaba con lentitud, como eligiendo cuidadosamente las palabras—. Darla Stern trabajó muchos años aquí, durante un tiempo fue la encargada del puesto que después ocupé yo. ¿Cómo está tu madre, Fanny? —preguntó dirigiéndose de nuevo a ella.

—Mamá está muy bien, señora Cullen, gracias —replicó asintiendo otra vez mientras tragaba.

—Salúdala de mi parte. Y ahora nos vamos, tengo que enseñar a la doctora Perea el almacén —concluyó.

Cuando la dejamos clavaba los dientes en el chocolate, rodeada de sus beatíficas estampas y quizá de algún diablo agazapado en el fondo de un cajón.

—Antes de jubilarse en la oficina del decano hace ya unos cuantos años, su madre se encargó de que Fanny se nos quedara en el departamento como herencia —me aclaró Rebecca sin aparente ironía—. No tiene asignados grandes cometidos porque sus capacidades, como habrás visto, son un poquito limitadas. Pero tiene las responsabilidades bien definidas y se maneja razonablemente bien: reparte el correo, se encarga de las fotocopias, organiza el material y hace pequeños recados. Es como una niña grande, una parte esencial de esta casa. Cuenta con ella cada vez que la necesites.

Un laberinto de pasillos y escaleras nos llevó hasta un remoto tramo del sótano. Rebecca, delante, se movía con la familiaridad de quien lleva décadas pisando las mismas baldosas. Yo, detrás, intentaba en vano retener en la memoria los giros y las esquinas, anticipando las muchas veces que habría de perderme antes de dominar aquellos vericuetos. Al ritmo de sus pasos, me fue desgranando algunos detalles sobre la universidad. Catorce mil y pico estudiantes, dijo, casi todos procedentes de fuera de la propia Santa Cecilia. Inicialmente fue un college que con los años había evolucionado hasta su actual estatus de una pequeña universidad con prestigio bien consolidado, dijo también, la institución que más puestos de trabajo y mayor rendimiento económico generaba para la comunidad.

Hasta que llegamos a un pasillo estrecho flanqueado por puertas metálicas.

—Y este, querida Blanca, es tu almacén —me anunció mientras giraba una llave en la cerradura de una de ellas. Cuando logró abrir no sin esfuerzo, accionó varios interruptores y los tubos fluorescentes del techo nos deslumbraron con parpadeos vacilantes.

Ante nosotras se configuró una estancia estrecha y alargada como un vagón de tren. A la vista quedaron paredes revestidas de cemento sin enlucir, llenas de estanterías industriales cargadas con todo un depósito de restos del desahucio y el olvido. A través de dos ventanas horizontales situadas a una altura considerable se colaba algo de luz natural y se filtraba el sonido de los martillazos de una obra cercana. De entrada parecía un espacio rectangular; sin embargo, tras adentrarse unos pasos, Rebecca me hizo ver que la forma y tamaño aparentes eran un tanto engañosos. En el fondo, a la izquierda, el almacén se doblaba formando una ele que se desplegaba en otra estancia añadida.

—Et voilà —anunció activando un nuevo interruptor—. El legado del profesor Fontana.

Me invadió una sensación de desánimo tan densa que a punto estuve de rogarle que no me dejara allí, que me llevara consigo, que me acogiera en cualquier rincón de su despacho hospitalario y humano, donde su serena cercanía mitigara mi desazón.

Consciente quizá de mis mudos pensamientos, ella intentó infundirme un poco de optimismo.

—Imponente, ¿verdad? Pero seguro que te haces con ello en unos cuantos días, ya verás…

Jamás se me había pasado por la mente que poner orden a los polvorientos bártulos de un profesor muerto sería el flotador al que acabara por aferrarme en mitad de la tempestad. En mi ansia por huir de mis demonios domésticos, había imaginado que un cambio radical de trabajo y geografía sería como una tabla de salvación en la deriva de mis sentimientos. Pero al ver aquel desbarajuste de cajas y archivadores amontonados, de carpetas desparramadas por el suelo y materiales apilados unos encima de otros sin atisbo de concierto, intuí que me había equivocado.

Aun así, ya no había vuelta atrás. Demasiado tarde, demasiados puentes volados. Y allí estaba yo tras la marcha de Rebecca, encerrada en un sótano en un pueblo perdido de la costa más remota de un país ajeno, mientras a miles de kilómetros mis hijos se adentraban solos en los primeros tramos de sus vidas adultas, y el que hasta entones había sido mi marido se disponía a revivir la apasionante aventura de la paternidad con una abogada rubia quince años más joven que yo.

Me apoyé contra la pared y me tapé la cara con las manos. Todo parecía ir a peor y las fuerzas para soportarlo se me estaban agotando. Nada se enderezaba, nada avanzaba. Ni siquiera la inmensidad de la distancia había logrado aportarme un resquicio de optimismo, todo mostraba una tendencia obstinada a volvérseme en contra. Aunque me había prometido a mí misma que iba a ser fuerte, que iba a aguantar con coraje y a no claudicar, comencé a notar en la boca el sabor salado y turbio de la saliva que antecede al llanto.

Con todo, logré contenerme. Logré serenarme y, con ello, frenar la amenaza de sucumbir. Y así, un paso antes de saltar al vacío, algún mecanismo ajeno a mi voluntad me hizo dar un triple salto mortal hacia atrás en el tiempo y, en el momento en que el hundimiento parecía inevitable, la memoria me transportó en volandas a una etapa lejana del ayer.

Allí estaba yo, con la misma melena castaña, el mismo cuerpo escaso de kilos y dos docenas de años menos, enfrentada a la adversidad de unas circunstancias que, a pesar de su dureza, no me lograron abatir. Me rozaron y me hirieron, pero no me tumbaron. Una prometedora carrera universitaria truncada en su cuarto curso por un embarazo inesperado, unos padres intolerantes que no supieron encajar el golpe, una triste boda de emergencia. Un opositor inmaduro por marido. Un apartamento helador y subterráneo por hogar. Un bebé escuchimizado que lloraba sin consuelo y toda la incertidumbre del mundo ante mí. Tiempos de bocadillos de caballa, tabaco negro y agua del grifo. Clases particulares mal pagadas y traducciones sobre la mesa de la cocina aliñadas con más imaginación que rigor, días de poco sueño y muchas prisas, de carencias, inquietud y desubicación. Ni cuenta en el banco siquiera tenía: en mi haber solo contaba con la fuerza inconsciente que me proporcionaba el tener veintiún años, un hijo recién nacido y la cercanía de quien creía que iba a ser para siempre el hombre de mi vida.

Y, de repente, todo se había vuelto del revés. Ahora estaba sola y ya no tenía que bregar para sacar adelante a aquel niño flaquito y llorón, ni a su hermano que vino al mundo apenas año y medio después. Ya no tenía que pelear para que ese matrimonio joven y precipitado funcionara, para ayudar a mi marido en sus aspiraciones profesionales, para conseguir terminar la carrera estudiando en la madrugada con apuntes prestados y una estufa a los pies. Para poder costear canguros, guarderías, papillas de cereales y un Renault 5 de tercera mano, para mudarnos a un piso alquilado con calefacción central y un par de balcones. Para demostrar al mundo que mi existencia no era un fracaso. Todo eso había quedado atrás y en aquel nuevo capítulo ya solo quedaba yo.

Impulsada por la transfusión de lucidez de los recuerdos sobrevenidos, me retiré las manos del rostro y, mientras mis ojos se habituaban de nuevo a la luz fría y fea del neón, me subí las mangas de la camisa por encima de los codos.

—Torres más altas han caído —murmuré al aire.

No tenía ni idea de por dónde empezar a organizar el desastroso legado del profesor Andrés Fontana, pero me lancé a trabajar, arremangada y decidida, como si la vida entera se me fuera en aquella labor.

# CAPÍTULO 3

Los primeros días fueron los peores: sumergida en el almacén, intentando encontrar un hilo de congruencia entre las tripas de aquel caos donde las docenas de cuadernos se mezclaban con montones de folios escritos a dos caras, con cientos de paquetes de cuartillas amarillentas y un número infinito de cartas y tarjetas alborotadas. Todo esparcido por el suelo, arrumbado en montones contra la pared, en estantes que amenazaban con desplomarse y en pilas desequilibradas al borde del tambaleo.

El paso de la primera semana me trajo una cierta confianza. Aun con lentitud de caracol, el miedo ante aquel tumulto se fue diluyendo progresivamente, hasta que comencé a moverme con una mínima seguridad entre esa masa informe. Apenas tenía tiempo, sin embargo, para lanzar mucho más que una ojeada fugaz a cada documento: lo justo como para intuir su contenido y asociarlo a la categoría correspondiente según mi rudimentario plan de organización. Crítica literaria, prosa y poesía, historia de España, historia de California. Correspondencia personal, correspondencia privada. Todo tenía acomodo entre los escritos del difunto profesor.

Establecer aquella distribución en bloques fue una tarea compleja que me llevó jornadas enteras en las que empezaba a trabajar antes de las nueve de la mañana y no paraba hasta pasadas las cinco de la tarde, con apenas una pausa más breve que larga para comer sola en alguna esquina de la cafetería del campus mientras hojeaba distraída el periódico de la universidad. Lo hacía más tarde de lo común, a eso de las dos, cuando los empleados de la limpieza comenzaban a pasar parsimoniosos sus fregonas gigantescas por el suelo y ya solo quedaban unos cuantos estudiantes desparramados por las mesas. Algunos leían y otros sesteaban, había quien subrayaba sin ganas unas líneas, otros tantos apuraban con prisa los últimos bocados de sus almuerzos tardíos.

El flujo de los días me llevó también a conocer por fin a Luis Zárate, el director del departamento. Necesitaba unas tijeras para cortar las cintas de unos legajos y las mías no aparecían ni muertas ni vivas, perdidas sin duda bajo cualquier montón. Tampoco logré dar con Fanny para pedirle unas prestadas, así que opté por acercarme al despacho de Rebecca y allí encontré a ambos, revisaban al alimón un catálogo de cursos. Ella, sentada, hablaba pausadamente. Él, de pie a su lado, con las manos apoyadas sobre la mesa y la espalda inclinada, parecía escucharla con atención. Capté su imagen en un fogonazo: espigado, pantalón gris oscuro, camisa negra, corbata color grafito. Gafas con cristales al aire, pelo castaño con buen corte y una edad imprecisa cercana a la mía, intuí.

Intercambiamos las frases imprescindibles de cortesía, me invitó a acompañarle a su despacho a la vez que yo me lamentaba interiormente por el deplorable estado de mi indumentaria. La ropa cómoda resistente a la mugre y las telarañas conformaba mi atuendo cotidiano y con ella me conoció quien habría de ser lo más cercano a mi nuevo jefe: polvorienta y desteñida, con una coleta que a duras penas podía contener mi melena en orden y unas manos grises que hube de frotar sobre la culera del pantalón antes de tender una de ellas para saludarle.

—Bueno, pues encantado de recibirla en nuestro departamento, doctora Perea —dijo señalándome un sillón frente a su escritorio—. O Blanca, si me lo permite —añadió mientras se sentaba.

Su cordialidad sonó creíble y su español excelente: educado, modulado, con un leve acento que no pude en principio ubicar con precisión.

—Blanca, por favor —acepté—. Igualmente encantada y agradecida por haber sido acogida.

—No hay de qué, ni mucho menos. Siempre es un placer recibir profesores visitantes, aunque no acostumbramos a que vengan muchos desde España. Así que su visita o, si prefieres, tu visita, nos complace doblemente.

Aproveché aquel intercambio inicial de frases sin pizca de sustancia para echar un vistazo rápido a su despacho. Flexo de acero liviano, grabados modernos, libros y papeles envidiablemente ordenados. Sin llegar a ser del todo minimalista, se acercaba bastante a ello.

—Para nosotros —continuó— ha resultado muy grato iniciar este convenio con la FACMAF para subvencionar tu labor. Cualquier iniciativa que suponga atraer a investigadores de otras instituciones es siempre bienvenida. Aunque no esperábamos a alguien con tu currículum…

Sus palabras me pusieron en guardia. Prefería hablar lo menos posible sobre las razones que me habían empujado a solicitar aquel puesto tan ajeno a mis intereses, no tenía ninguna intención de ser sincera ni tampoco me apetecía inventar una mentira aparatosa. Por ello decidí virar el rumbo de la conversación. O, al menos, intentarlo.

—La FACMAF y el departamento han realizado todas las gestiones de una forma muy eficiente; me lo han puesto todo fácil y aquí estoy ya, trabajando a fondo. Santa Cecilia me está resultando además un sitio muy agradable, de hecho. Un lugar diferente para poner fin a este año tan determinante. Quizá acabe la vida en la tierra mientras yo aún sigo aquí —dije tratando de resultar ingeniosa.

Para mi alivio, me siguió en mi torpe broma.

—¡Qué paranoia el fin del milenio! Y en España, toda esta locura del fin del siglo XX os estará afectando aún más ahora que se acerca la entrada del euro. ¿Cómo va el asunto, por cierto, cuándo dejarán de funcionar las viejas pesetas?

Las razones que me habían llevado a solicitar aquella beca resultaron ser mucho menos interesantes para el director que una conversación superficial sobre los últimos cambios de mi país en el umbral del nuevo siglo. Sobre España en general, sobre la situación de la universidad española en particular; sobre todo y nada a la vez, sobre eso hablamos. Y, entretanto, me puse a salvo y, de paso, aproveché para observarle con detenimiento.

Calculé que sería tres o cuatro años menor que yo. Los cuarenta cumplidos, sin duda, pero no muchos más. Y, con ellos, sus señales. Las primeras canas en las sienes y unos pequeños pliegues en las comisuras de los ojos no le restaban sin embargo atractivo. Hijo de una psicóloga chilena, me dijo, y de un traumatólogo santanderino de larga residencia americana con quien no parecía tener demasiado trato. Ameno, buen conversador.

No cabía duda de que a Luis Zárate le gustaba hablar y yo, interesadamente, aproveché la coyuntura y le dejé hacer. Cuanto menos tuviera que contar sobre mis propios asuntos, mejor. A cambio, supe de su trayectoria académica, averigüé que solo llevaba en Santa Cecilia un par de años e intuí que su intención era marcharse de allí cuanto antes en pos de un puesto en alguna universidad prestigiosa de la Costa Este. Y, para mi satisfacción, tras pasar más de media hora departiendo con él, quedé convencida de que a aquel especialista en estudios culturales posmodernos le venían bastante al pairo los papelotes amarillentos del antiguo docente que llevaba tres décadas criando malvas. Seguir trabajando a mi aire sin tener que dar a nadie explicaciones era para mí fundamental.

Ya estaba en el pasillo, a punto de emprender el camino de vuelta al sótano tras despedirnos cuando, como si se resistiera a dejarme marchar del todo, me llamó de nuevo desde la puerta de su despacho.

—Creo que sería una buena idea organizar una pequeña reunión para presentarte a los demás miembros del departamento. —No esperó mi respuesta—. El jueves a mediodía, por ejemplo —añadió—. Aquí mismo, en la sala de reuniones.

Por qué no. Me vendría bien salir de mi agujero y socializar un poco, pensé. Sería además un buen momento para poner nombre a las presencias que empezaban a resultarme familiares: caras y cuerpos con los que a menudo me cruzaba en la escalera o el ascensor, mientras esperaba el turno para pedir un café en la cola del Starbucks, cuando compraba en alguna tienda del pueblo o caminaba por cualquier sendero del campus.

Llegó por fin la comida propuesta. La sala de reuniones que yo aún no conocía resultó ser una estancia amplia con grandes ventanales en dos de sus cuatro paredes. La tercera la ocupaba por completo una librería llena de volúmenes vetustos encuadernados en piel. La cuarta, por su parte, mostraba una colección nutrida de fotografías. El servicio de catering de la universidad había dispuesto un buffet: carnes frías, quesos, fruta, ensaladas. Apenas nadie se sentó, casi todos nos servimos mientras nos manteníamos de pie, hablando en pequeños grupos que se formaban y desintegraban rítmicamente acoplándose al flujo de las conversaciones.

Hablé con unos y otros, el director me fue moviendo por los corrillos de profesores de distintas lenguas, entre los cuales el grupo más numeroso era el de español. Hispanos norteamericanizados, norteamericanos hispanizados y unos cuantos entes que circulaban en tierra de nadie. Profesores de literatura chicana y expertos en Vargas Llosa, Galdós o Elena Poniatowska; especialistas en lingüística comparada y en Bryce Echenique; destripadores de jarchas y apasionados de las cosas mestizas o alternativas; de todo hallé. A la mayor parte los conocía ya de vista, hubo alguno a quien no. Rebecca estuvo también en el almuerzo, participando alternativamente en todas las conversaciones mientras controlaba la intendencia con ojo sagaz. Fanny, entretanto, sola en una esquina, se atiborraba de roastbeef y Diet Pepsi, absorta en su propio universo mientras masticaba a ritmo de trituradora industrial.

La reunión comenzó a las doce y duró sesenta minutos justos. A la una en punto se produjo la diáspora mientras un par de estudiantes uniformadas en azul y amarillo —los colores de la universidad— empezaba a recoger los restos del almuerzo. Y entonces, cuando casi todo el mundo se hubo marchado, por fin pude concentrarme en la cuarta pared, la ocupada íntegramente por fotografías. La que, como presentía, mostraba el testimonio gráfico del devenir de aquel departamento que, para bien o para mal, se había convertido temporalmente en el mío propio.

Había instantáneas de todo tipo: más antiguas, más modernas, individuales y de grupo, en color, en blanco y negro. La mayor parte plasmaba actos institucionales —entregas de diplomas, graduaciones, conferencias— y sus figurantes solían vestir atuendos formales, a menudo toga y birrete. Indagaba en busca de algún rastro de familiaridad entre los rostros cuando noté que Rebecca se había acercado hasta mí.

—La historia de tu nueva casa, Blanca —dijo con un leve punto de añoranza.

Quedó entonces unos segundos en silencio, después desplazó el dedo índice de forma sucesiva por cuatro fotografías distintas.

—Y aquí lo tienes: Andrés Fontana.

El porte fuerte y enérgico, los ojos oscuros, inteligentes bajo las cejas pobladas. El cabello abundante, rizado, peinado hacia atrás. La barba cerrada, la boca amplia cuando hablaba, el gesto adusto cuando parecía escuchar. Un hombre de carne y hueso a pesar del estatismo de las imágenes. Un pálpito congelado tras el silencio de la inmovilidad.

Lo supe de inmediato. De inmediato fui consciente de mi error. Antes de contemplarle tras el cristal opaco de las viejas fotografías, de una manera difusa había pensado que el objetivo único de mi tarea era la organización mecánica de un conjunto de documentos redactados por la mano de un ser cuya alma no me paré a buscar. Pero nada más ver aquellas imágenes me di cuenta de que el brío con el que me había lanzado a mi nueva tarea me había llevado a tratar todo aquel legado con una frialdad que rozaba el desafecto, como si estuviera trabajando con un mero producto comercial listo para ser asépticamente empaquetado tal como haría un anónimo operario de bata blanca en cualquier planta de embalaje. Absorta en mis propias miserias y forzada por mí misma a trabajar de forma compulsiva para evadirme de mis problemas, apenas me había molestado en advertir los trazos de humanidad que por fuerza se escondían en cada página del legado: agazapados entre las líneas, embozados tras las frases, suspendidos como arañas en los trazos de cada palabra.

Con un pellizco en las tripas, me separé de la pared.

Necesitaba espacio, distancia, aire. Por primera vez desde mi llegada, decidí darme una tregua.

Sin volver siquiera al almacén para apagar las luces, me dediqué a vagar por Santa Cecilia atravesando espacios por los que nunca solía moverme. Calles por las que únicamente aparecía de tanto en tanto algún coche aislado o un estudiante solitario en bicicleta, zonas residenciales y áreas remotas casi despobladas en las que nunca había puesto un pie. Hasta que mis pasos erráticos acabaron por llevarme a un paraje desconocido: un extenso espacio arbolado, una masa de pinos que ascendía en pendiente y se perdía en el horizonte sin que se percibiera su fin. A aquella hora cercana al atardecer, su sosiego resultaba sobrecogedor. Carente del dramatismo estético de los entornos de belleza extrema, sin el impacto paisajístico que cabe entre los límites cuadriculados de una postal, pero con la serenidad de un lugar especial que genera paz y consuelo. Que reconforta, que calma.

Lo que festoneaba aquel territorio me hizo saber, no obstante, que ese pedazo de paraíso de andar por casa muy pronto iba a dejar de serlo. En un inmerso cartel promocional lleno de instantáneas virtuales y fotografías de rostros supuestamente felices, con letras de más de medio metro de altura se anunciaba el inminente destino de la zona. «Premier Retail Center. Exciting Shopping, Dining and Entertainment. Specialty Stores. Restaurants and Attractions. Family Fun.»

Clavadas en el suelo a los pies y alrededores, como un David multiplicado frente al gran Goliat del gigantesco anuncio, un montón de proclamas y pancartas caseras sobre cartón, madera y tela replicaba docenas de veces la palabra NO. No al *exciting shopping,* no a las *specialty stores,* no a ese tipo de *family fun.* Rememoré entonces haber visto repetidas menciones al respecto de ese rechazo en el periódico de la universidad. Columnas y cartas en contra de aquel proyecto de centro comercial; entrevistas, anuncios de asambleas y artículos de opinión. La eterna historia.

Me alejé del cartel que prometía un edén de tiendas y diversión sin fin, y dejé la tarde caer mientras observaba cómo los últimos paseantes iniciaban también su vuelta a la civilización. Unos cuantos estudiantes sudorosos quemando calorías, una madre con un niño y un triciclo, una pareja de ancianos enamorados. Gente que disfrutaba el espacio, gente que quizá tardara poco en dejar de disfrutarlo. Pensando en que aquella historia de devastación con barra libre me resultaba tristemente familiar, decidí que era hora de volver a casa.

De camino a casa, me detuve a comprar algo para la cena. Solía cubrir mis necesidades domésticas en Meli's Market, en un callejón junto a la plaza central. A pesar de la aparente falta de pretensión del local, con sus suelos de madera sin pulir, las paredes de ladrillo visto y aquel aire de viejo almacén de película del Oeste, las múltiples delicatessens y los productos orgánicos etiquetados con elegante simplicidad evidenciaban que se trataba de un establecimiento destinado a paladares sofisticados y buenos bolsillos, y no a estudiantes y familias medias con presupuestos ajustados para llegar a fin de mes.

Con mi llegada a Santa Cecilia, no obstante, había dejado atrás casi todas mis antiguas rutinas y, entre ellas, la gran compra quincenal en hipermercados funcionales llenos de megafonía estridente, descuentos en congelados y ofertas tres por dos. Como tantas otras cosas en mi vida, los carros metálicos desbordados con cajas de leche semidesnatada y docenas de rollos de papel higiénico eran ya tajadas del pasado. La visita cotidiana a Meli's Market los sustituyó con honor.

Se acercaba la hora del cierre: los últimos clientes compraban ya con una cierta precipitación y los empleados, ataviados con grandes delantales negros, parecían ansiosos por dar fin a la jornada. En la zona de los quesos me decidí sin pensarlo demasiado por una cuña de parmesano, añadí después a la cesta un bote de tomates secos en aceite y una bolsa de rúcula; me dirigí luego a la panadería, intuyendo que poco quedaría en ella. Y allí, inesperadamente, noté un toque en mi hombro izquierdo. Poco más que el roce de dos dedos y una presión levísima. En mitad de mi absurda disyuntiva entre un pequeño pan redondo con pizcas de olivas o una barra coronada por semillas de sésamo, Rebecca Cullen, cuya presencia en la tienda yo no había advertido hasta ese momento, llamó mi atención. Cómo estás, te he visto de lejos, bien y tú, mirando, decidiendo, yo también, no sé qué llevarme, yo tampoco, están ya a punto de cerrar...

Y entonces, sin saber cómo ni de dónde, alguien apareció a su espalda. Alguien alto y distinto, alguien con camisa blanca, barba clara sobre piel morena y un pelo entre rubio y gris más largo de lo convencional. Sostenía una botella de vino, las gafas de lectura sobre la punta de la nariz sugerían que apenas unos segundos antes había estado concentrado en escudriñar su etiqueta. Mi amigo Daniel Carter, antiguo profesor de nuestro departamento, fueron las credenciales que Rebecca me ofreció. Sin menos. Sin más.

Me tendió una mano grande, noté que llevaba en la muñeca derecha un reloj digital negro y voluminoso, uno de esos aparatos que suelen usar a menudo los deportistas y casi nunca la casta de la universidad. Le tendí la mía y anticipé un saludo en inglés que no llegó al aire. Un saludo de molde, automatizado ya a fuerza de repetirlo tantas veces desde mi llegada. Cómo estás, encantada de conocerte, quise decir. Pero él se me adelantó. Insospechadamente, desconcertantemente, aquel americano de aspecto atlético y casi juvenil a pesar de su madurez consolidada, que poco parecía compartir por su apariencia con mis colegas de aulas y oficio, que mantenía mi mano en la suya mientras me miraba con sus ojos claros, se arrancó en mi propia lengua y, con su castellano rotundo, me descolocó.

—Rebecca me ha hablado de tu presencia en Santa Cecilia, querida Blanca, de tu misión al rescate del legado de nuestro viejo profesor. Ganas tenía de conocerte, no abundan en estos remotos parajes las damas hermosas de regia estirpe española.

No pude evitar echarme a reír. Por la gracia embutida en aquella parodia de una escena galante pasada de moda. Por la calidez agazapada tras su espontaneidad. Por lo reconfortante que me resultó, tras mis semanas oscuras de reclusión, oír un acento tan cercano e impecable en alguien tan ajeno a mi universo.

—Han sido muchos mis años en tu patria —añadió sin soltar mi mano—. Grandes afectos, grandes amigos españoles, Andrés Fontana entre ellos. Más de media vida yendo y viniendo de acá para allá, grandes momentos. Qué país. Siempre vuelvo, siempre. Cómo no.

Apenas tuvimos posibilidad de seguir hablando: estaban ya bajando las persianas de la tienda y las luces empezaban a apagarse, a ellos los esperaban en algún sitio para cenar y a mí me aguardaba un apartamento vacío. Mientras nos dirigíamos a las cajas y después a la salida, tuve tiempo tan solo de saber que era profesor de la Universidad de California en Santa Bárbara y que el disfrute de un año sabático y la amistad con Rebecca le habían hecho regresar temporalmente a Santa Cecilia.

—No sé aún cuánto tiempo me quedaré —concluyó mientras sostenía la puerta para cedernos el paso—. Ando terminando un libro y me viene bien mantenerme lejos de las distracciones cotidianas. Narrativa española de fin de siglo, seguro que conoces a toda la tropa, ya iré viendo cómo avanza.

Nos despedimos en la calle con una difusa promesa de volvernos a encontrar en alguna otra ocasión y echamos a andar por caminos opuestos cuando las primeras estrellas comenzaban a poblar la noche.

A pesar de haber invertido la tarde en escenarios ajenos a los habituales y de haber interrumpido momentáneamente mi desasosiego gracias al encuentro con Rebecca Cullen y su inesperado amigo de esencia medio española; a pesar de que él había conseguido arrancarme una risa auténtica tras tanto tiempo de sequía en mi ánimo, al llegar a mi apartamento me volvió a invadir aquella sensación incómoda y difícil de definir que llevaba arrastrando como un lastre desde después de la comida del departamento.

Dormí mal aquella noche, inquieta, probablemente dando vueltas en el subconsciente a una idea cuyo perfil exacto me costaba etiquetar. La visión del Andrés Fontana real, de su rostro, su cuerpo y su presencia contundente, había trastocado de alguna manera mis esquemas generándome una inquietud cuyo trasfondo no alcanzaba a comprender. Soñé en la madrugada con fotografías antiguas: un desvarío onírico angustioso en el que yo intentaba identificar un rostro entre cientos de imágenes y estas, rebeldes, se diluían en manchas acuosas borrando los contornos hasta desaparecer.

Me desperté con sed y calor, me dolía la cabeza. Tras la ventana empujaba con timidez el inicio del día, la abrí de par en par en busca de aire fresco. Apenas se oían coches y tan solo las siluetas de un par de corredores rompieron con su trote rítmico la quietud de la escena. Saqué un vaso mecánicamente, abrí el grifo, lo llené. A medida que el agua descendía por mi garganta, a la memoria me volvieron las imágenes del día anterior. Y entonces, justo entonces, lo entendí.

Por fin fui consciente de que había abordado mi tarea desde un enfoque equivocado, por fin supe cuál había sido mi error. Tras la disciplina que me autoimpuse, tras las largas horas encerrada en el sótano batallando frente una tonelada de viejos documentos, había faltado algo más. Algo que me habría evitado encarar los papeles de Andrés Fontana como si de cajas de tornillos se tratara. Algo que me habría prevenido para no convertir mi tarea en una invasión irrespetuosa de la intimidad de un ser humano.

Entre los materiales de mi trabajo y las viejas instantáneas de la sala de reuniones existía algo más que un hilo conductor apenas perceptible. La conexión entre el contenido del legado y las cuatro imágenes en las que se percibía salteada una figura de la que hasta entonces solo conocía el nombre era tajante y poderosa. Y no debía, no podía ser desatendida.

Y así supe que el trabajo con lo que el profesor Fontana dejó a su muerte tendría que cambiar de perspectiva. Ya no podía limitarme a la simple clasificación de documentos al peso, ahora sabía que aquello no era un mero arsenal de escritos sin alma susceptibles de ser manejados con la frialdad de los datos estadísticos o los pedidos de pares de zapatos en un almacén. Abrirme paso en su vida como quien cava una zanja no era la manera de proceder, mi tarea debería ser abordada desde otra posición. Desde una postura humana, cercana, esforzándome por percibir a la persona oculta entre las palabras.

Mi labor era la recuperación de la memoria de un hombre.

La memoria enterrada de un hombre olvidado.

# CAPÍTULO 4

Un padre minero y casi analfabeto. Una madre que servía en una casa pudiente, que sabía juntar unas cuantas letras y que, a fuerza de hacer cuentas con los famélicos ingresos familiares, había aprendido a sumar y restar ristras de números con mediana rapidez. Se llamaba Simona y había parido a Andrés a los treinta y siete años, después de más de tres lustros infecunda tras los nacimientos sucesivos de sus dos primeras hijas y de una criatura muerta a la que enterraron sin gloria ni nombre ni pena y a la que casi nunca había vuelto a recordar. Vivían en lo que en aquel pueblo del sur de La Mancha llamaban un cuartel, apenas dos cuartos comunicados con el suelo de tierra aplastada sin agua ni luz. La llegada intempestiva de aquella última criatura fue recibida con escaso regocijo: una boca más, un poco de espacio menos. Hasta la tarde de antes del alumbramiento había seguido Simona trabajando, el lustre de los suelos de su señora no entendía de embarazos añosos. Al día siguiente estaban ya de vuelta madre e hijo en casa de doña Manolita. Ella, baldeando los patios y cargando las calderas con carbón. El niño, metido en un cesto y envuelto en trapos en un rincón de la cocina.

Doña Manolita, la señora, andaba entonces por los cincuenta y tantos, y había sido una solterona rica, medio coja y fea hasta una década antes, cuando se prendó de uno de los trabajadores del molino de aceite que había heredado de su padre. Ramón, el mozo moreno de espaldas anchas y sonrisa luminosa que faenaba para ella durante los meses de la aceituna, pasó a ser don Ramón Otero a los veintiún años por mor del antojadizo deseo de su patrona. Nadie preveía tal destino para aquel muchacho guapote y espabilado que otoño tras otoño huía junto con sus hermanos del frío inclemente de su pueblo serrano para buscar trabajo como temporero en otras comarcas. Pero a doña Manolita le gustaban los hombres jóvenes, y más si tenían vigor en el cuerpo, descaro en los ojos y la piel del color de la canela en rama. Y las noches de invierno eran gélidas y ella no tenía la menor intención de acabar siendo la más rica del cementerio, así que, con la desvergüenza y el atrevimiento de quien se sabe con poder, la señora se insinuó a Ramón sin disimulo. Primero fueron las miradas, más tarde los encontronazos, los roces y el cruce de alguna procacidad encubierta entre palabras en apariencia banales. En menos de veinte días estaban retozando sobre los tres mullidos colchones de su cama de caoba en un primer encuentro carnal que resultó inmensamente gratificante para ambos, aunque por razones bien distintas. Para ella, porque al fin había calmado su deseo con el cuerpo musculoso del mancebo que la llevaba loca desde hacía semanas. Para el muchacho, porque jamás antes en su miserable vida había conocido el intenso placer que proporcionaban actos tan simples como rozar la piel desnuda con sábanas de hilo, andar descalzo sobre una alfombra o sumergir el cuerpo cansado en un baño de agua caliente.

Los encuentros se extendieron a lo largo de los meses para satisfacción de las dos partes, aunque Ramón estaba convencido de que aquella relación tan disonante se cortaría de raíz una vez la temporada de faena llegara a su fin y él hubiera de regresar a su tierra. El pronóstico se le desbarató, sin embargo, una noche de tormenta. Inmerso él en la bañera de porcelana de doña Manolita, esta, sin dejar de volcar jarros de agua casi hirviente sobre su espalda, le propuso matrimonio. Como era despierto y de sobra sabía que a buen hambre no hay pan duro, tasó raudo los beneficios de la operación y le cuadraron las cuentas: convertirse en consorte mantenido de una mujer acaudalada, por ajada y contrahecha que fuera, siempre resultaría más rentable que la vida trashumante entre la tala de pinos en su serranía y la recogida y prensa de olivas en fincas ajenas. Y aceptó el casamiento sin siquiera un pestañeo.

La inusitada noticia causó a partes iguales regocijo y envidia entre sus hermanos y compañeros del molino, y disparó las habladurías implacables del pueblo. Pero a la pareja le dio exactamente igual. Con nadie tenía doña Manolita que despachar sus componendas porque en sus querencias y sus dineros no mandaba más que ella, así que una breve ceremonia en la parroquia de la Asunción los convirtió en marido y mujer sin traba ni reproche alguno por los veintitrés años que los separaban.

Además de que ella no volvió a dormir sola ni él a partirse el espinazo laborando de sol a sol, sucedieron dos cosas más en aquel matrimonio, tal como las voces de los vecinos habían pronosticado. La primera fue que no tuvieron descendencia. La segunda, que el joven marido —ya don Ramón— comenzó a ser infiel a su mujer con cuanta moza apetecible se cruzaba en su camino desde el día mismo de los esponsales. Ante tales realidades, ella mantuvo dos firmes líneas de acción: aceptar en su casa la presencia de los hijos pequeños de las mujeres que trabajaban allí, y cerrar las puertas de esta a cualquier muchacha joven que quisiera unirse a su servicio doméstico. Los niños ajenos jamás reemplazaron a los que ella no pudo tener, como tampoco la ausencia de mujeres en edad de merecer disuadió a su fogoso cónyuge de tener docenas de aventuras extramaritales fuera de las paredes del ya hogar común, pero los razonamientos subyacentes a aquellas decisiones de doña Manolita solo ella los conoció.

El hijo de la criada Simona fue bautizado con el nombre de Andrés, que era como se llamaba el difunto padre de la señora, ese que le legó fortuna, la cara chata y unas muy poco atractivas hechuras. Ella fue la madrina y regaló al chiquillo una medalla de oro de la Virgen de Gracia que el padre de la criatura se apresuró a revender aquella misma tarde para invertir al momento el rédito en cazalla. Tal vez viera algo especial doña Manolita en aquel niño moreno que un año después comenzó a andurrear a su aire por la casa o tal vez fuera tan solo que se estaba haciendo vieja; el caso fue que volcó en él una atención que, sin ser ni remotamente maternal, sí se debió de aproximar de alguna manera al cariño de una tía abuela aburrida y regañona pero, en el fondo, afectuosa. Con inmensa insensibilidad ante las auténticas precariedades de la familia minera, la señora adquirió la costumbre de regalar al niño costosos caprichos que ni él ni su madre eran capaces de apreciar en su justa medida: trajes de terciopelo para que la acompañara a misa de doce, una pequeña pianola, álbumes de cromos acharolados y hasta un sombrero de marinero que habría levantado las carcajadas de los filios de su calle de haberle visto con él puesto algún domingo.

De poco le servía a Simona que su hijo vistiera en ocasiones aquellos ropajes ostentosos cuando a diario iba en alpargatas y lleno de remiendos, como igualmente extemporáneo e inútil le parecía que doña Manolita se empeñara en enseñarle a manejar los cubiertos de plata en la mesa cuando en su paupérrimo hogar todos compartían las mismas gachas llevando directamente las cucharas de la sartén común a la boca. Aquella particular madrina jamás se preocupó en realidad de cubrir las necesidades reales del niño, como tampoco parecía ser consciente de que cada uno de los antojos que encargaba para él en la capital costaba más que el sueldo semanal conjunto de sus padres. Pero Simona nunca chistó ni desarrolló animadversión alguna ante el caprichoso comportamiento de su señora, ni siquiera se burló de la cruel ridiculez de esos actos. Solo la dejaba hacer y, al final del día, casi siempre con la noche ya caída, cogía a su hijo de la mano y, ateridos por el frío y caminando en silencio entre la niebla, volvían ambos a la menesterosa cotidianeidad de su infame vivienda compartiendo sin palabras una misma sensación.

Sin embargo, al cumplir Andrés los seis años, la situación cambió. Aprendió a leer en las escuelas del Ave María y entonces, por fin, tanto él como su madre comenzaron a apreciar la parte más positiva de aquel tutelaje: el acceso a la lectura. Simona no era una mujer inteligente, pero llevaba décadas observando de cerca cómo vivían los ricos y tenía las luces necesarias como para percibir que, además del dinero y las propiedades, la educación y la cultura tenían también algo que ver en aquel menester. Por eso, cuando doña Manolita empezó a suministrar a su hijo libros infantiles a los que él de otra manera jamás habría tenido acceso, ella intuyó que por fin su señora estaba aportándole algo valioso.

A los catorce años Andrés había dejado las clases y trabajaba encargándose de hacer recados para un negocio de paquetería local. El padre insistía en que ya era hora de que bajara a la mina: no concebía otro oficio para su hijo más que perpetuar el suyo propio. Simona, por su parte, intentaba aplazar todo lo posible aquel triste destino que presentía inevitable. Al cumplir los quince doña Manolita le regaló *El tesoro de la juventud,* una enciclopedia para jóvenes que de inmediato se convirtió en su único balcón al universo. En su decimosexto cumpleaños, no recibió regalo alguno porque su madrina estaba ya al borde de la muerte. Falleció en la víspera de la Nochebuena de 1929 y su marido fue, naturalmente, el beneficiario de su testamento.

Para sorpresa de todos, no obstante, dejó una carta manuscrita dirigida a Simona y su hijo, y otra a nombre de un tal don Eladio de la Mata. Sin ninguna exposición gratuita de afectos, en la primera estipulaba dejar una renta fija a nombre de su ahijado, destinada en exclusiva a su educación. Las condiciones respecto a la formación del muchacho estaban desgranadas de manera meridianamente clara. En caso de aceptarlas, el joven se trasladaría a Madrid, donde viviría como huésped en casa de los porteros de un inmueble de su propiedad en la calle de la Princesa. Debería entonces preparar y presentarse al examen de bachillerato y, de aprobarlo, matricularse en la universidad, donde cursaría los estudios de su elección. Para todo ello, don Ramón Otero correría con todos los gastos a cuenta de su herencia. En caso contrario, si nunca ingresaba en la universidad, no habría forma posible de recibir compensación ni en metálico ni de ninguna otra manera. La propuesta, fuertemente blindada, no admitía doble lectura ni resquicio alguno para sacarle otra tajada que no fuera la de apartar al chico del miserable futuro que le esperaba arrancando carbón en las profundidades de una mina. El objetivo del ofrecimiento era, en palabras de doña Manolita, hacer del muchacho lo que entonces se denominaba un hombre de provecho.

Aquel despotismo ilustrado dejó a Andrés y a su madre llenos de ilusión en la misma medida que al padre y marido encabronado hasta los tuétanos. Incapaz de descifrar el sentido de tan extemporánea voluntad, el minero maldecía su negra suerte mientras se cagaba a voces en la estampa de la difunta sin presentir que con tal comportamiento no hacía sino ratificar sus pronósticos. Y así, sin dejar de mentar con malos nombres tanto a la señora como a su santa madre, agarró una cogorza de tales dimensiones que acabó perdiendo el sentido en plena calle y no logró recuperarlo hasta que dos barreneros del Pozo Norte lo llevaron a rastras hasta su casa.

Simona, en cambio, no lo entendió igual y por eso se enfrentó a su marido con el mismo brío con el que fregaba casas ajenas desde que era una chiquilla. Pero el minero Fontana era terco como un mulo y cada vez que su mujer intentaba hacerle entender lo provechoso del asunto, esta acababa recibiendo más palos que razones. Así que ella decidió atajar por lo sano y, sin decir nada a nadie, en la última noche del año preparó un miserable hatillo con una muda, una camisa limpia y media hogaza de pan con queso, y se dedicó a esperar. A las tres de la mañana del día de Año Nuevo regresó al hogar el minero Fontana con otra melopea monumental. Cuando logró acostarlo, se sentó en una silla de enea, se arrimó al brasero de picón y se quedó mirando las brasas abstraída en sus pensamientos.

Una hora después despertó a Andrés y le ordenó en voz queda que se vistiera. Atenazados por la escarcha de la madrugada, los dos apretaron el paso camino de la estación. Una vez allí, ella le entregó el sobre con papeles y billetes que esa misma mañana había recibido de manos de don Ramón Otero. Después lo abrazó con furia, clavándole todos los huesos de su cuerpo enjuto. A las cinco y diez de la mañana del día 1 de enero de 1930 tomó Andrés Fontana el tren correo que le conduciría a un mundo ajeno del que ya no regresaría. Jamás volvió a ver a su madre.

Simona deshizo el camino hacia su casa envuelta en su harapiento rebozo negro y arrastrando las alpargatas con desconsuelo. Llevaba todo el dolor del mundo en las entrañas, pero no soltó ni una lágrima. No quedaba ya ninguna en sus ojos secos y exhaustos.

# CAPÍTULO 5

La estación del Mediodía deslumbró al joven Fontana con su estructura majestuosa de hierro forjado. Desconocía que aquella estación que se le antojó imponente había sido el escenario de la salida de las tropas españolas a la guerra de África o del multitudinario recibimiento del cadáver del torero Joselito, muerto diez años atrás en la plaza de Talavera. En realidad, puestos a desconocer, el chico lo desconocía casi todo. Para empezar, no sabía siquiera cómo abandonar aquel lugar lleno de vaho, estruendo y un tumulto humano cargado de bultos que se movía con prisa brusca entre los andenes.

Vestía un raído traje de pana y una gorra vieja, y a sus dieciséis años recién cumplidos había superado ya la envergadura de muchos hombres curtidos que a diario bajaban a las minas en el pueblo que había dejado atrás. En la mano izquierda llevaba el hatillo que le había preparado su madre, ya más ligero sin el avío del pan con queso que se había comido en el tren. Con la derecha dentro del bolsillo del pantalón, apretaba el sobre que don Ramón Otero había entregado a Simona el día anterior. En él guardaba la dirección a la que había de encaminarse, algo de dinero para los primeros gastos y la carta que le abriría su paso hacia el saber. El resto de las asignaciones mensuales le serían entregadas oportunamente por la señora Antonia, la portera en cuya vivienda residiría. Cómo llegaría el dinero del testamento de doña Manolita a las manos de aquella mujer no era asunto ni de su conocimiento ni de su incumbencia.

Siguiendo el paso acelerado de los viandantes, consiguió salir finalmente de la estación para adentrarse en la ciudad inmensa y desconocida. Había sol para dar y tomar, pero el frío era cortante. Cuando sintió los rayos acariciarle la cara, se caló la gorra, se subió las solapas de la chaqueta y se puso en movimiento sin tener la más remota idea de hacia dónde dirigirse. Impulsado por sus jóvenes piernas y por una mezcla equilibrada de ansiedad, euforia y desamparo, poco tardó en encontrar su rumbo.

Se demoró más de tres horas en alcanzar su destino no porque el trayecto las requiriera, sino porque fue parándose a cada paso admirado por los prodigios que la urbe desplegaba ante sus ojos: la grandiosidad de los edificios, la velocidad de los automóviles, la opulencia de los escaparates, la elegancia de las mujeres trotando sobre sus tacones por las aceras flamantes de la Gran Vía. Finalmente, siguiendo las indicaciones que le facilitaron varios transeúntes, consiguió llegar al número 47 de la calle de la Princesa, muy cerca de la estatua de don Agustín de Argüelles.

La señora Antonia resultó ser una mujer pequeñita y cantarina, mucho más joven de lo que él había imaginado, casada con un albañil militante en la entonces ilegal CNT de nombre Marcelino. Por todo patrimonio contaban entre ambos con dos chavales, Joaquín y Angelito, que por entonces no habían cumplido todavía los diez años. El cuarto que habría de ocupar Andrés junto a todos ellos en la portería era oscuro y raquítico, y amontonaba contra las paredes medio desconchadas sus más que escasos enseres: una cama niquelada, un armario desvencijado, la mesa tocinera que habría de suplir la falta de un escritorio. Del techo colgaba una bombilla pelada de veinticinco vatios. Un ventanuco se abría a un patio interior en el que la señora Antonia lavaba y tendía la ropa y en el que convivían unos cuantos tiestos con geranios, un par de canarios en sus jaulas y el primitivo retrete que la familia usaba a medias con un vecino ebanista. El aseo personal cotidiano se ventilaba en la pila de la cocina y para los actos higiénicos de más envergadura había un barreño de cinc.

En los días sucesivos Marcelino, por entonces sin trabajo, se dedicó a enseñarle el barrio a fin de familiarizar al chico con el nuevo entorno. En menos de una semana ya le había presentado a la mayor parte de los vecinos; además, anarquista acérrimo y hablador infatigable como era, poco tardó en ponerle al tanto sobre los últimos acontecimientos históricos, transmitiéndole de paso unas soflamas políticas que a Andrés, fascinado por su realidad más inmediata, le importaban más bien poco. De hecho, apenas se enteró de que a finales de aquel mismo mes de enero el rey Alfonso XIII aceptaría la dimisión de Primo de Rivera, de que el general Berenguer se encargaría de formar el nuevo gobierno y de que el pueblo de Madrid —pobre, inculto y cada vez más agitado— demandaba de sus próceres un cambio radical.

Fue también Marcelino quien acompañó a Andrés en su primera visita al instituto Cardenal Cisneros, en el que, según las instrucciones de doña Manolita, habría de obtener el título de bachillerato que le abriría las puertas de la universidad. Sus carencias en materia de educación eran por entonces todavía abrumadoras. Lo mucho o poco que en su cabeza guardaba procedía de unos escasos años de rudimentaria escolarización, de la lectura de los libros que caprichosamente le había suministrado su madrina y de los tomos de la enciclopedia juvenil que había devorado con pasión a lo largo de los últimos meses. Gracias a ellos atesoraba ciertos conocimientos en campos variados y un tanto pintorescos: geografía del mundo, tecnología aplicada, algo de folclore internacional. Carecía, no obstante, de una formación sistemática en materias básicas como matemáticas, gramática, latín o francés; desconocía los más elementales conceptos éticos y sociales, y no tenía la más mínima idea de lo que el hábito de estudio conllevaba. Una mera evidencia andante del desolador panorama educativo de la España de las primeras décadas del siglo xx, cuando el analfabetismo afectaba a más del sesenta por ciento de la población, y los maestros —escasos y muchos de ellos con formación deficiente— recibían sueldos paupérrimos pagados con constantes recortes y retrasos.

Nada importaron a Andrés las deficiencias del sistema aquella fría mañana en la que recorrió la calle de los Reyes en compañía de Marcelino para adentrarse por primera vez entre los muros del instituto Cardenal Cisneros. Con la carta que a su muerte dejó doña Manolita escrita a nombre del director como salvoconducto, siguieron en silencio reverencial al bedel que los condujo a lo largo de un ancho corredor lleno de luz de invierno. Marchaban con sus gorras proletarias en las manos, intentando no hacer ruido al pisar, plenamente conscientes de la incongruencia de sus modestas estampas en aquel erudito lugar.

Fueron pocos los minutos que hubieron de esperar: los que se demoró un señor huesudo y calvo en salir a buscarlos al banco donde el bedel les había indicado con un gesto despectivo que se sentaran. Ambos se levantaron entonces como accionados por un resorte, el caballero sonrió apenas. Era don Eladio de la Mata, el director.

Les hizo pasar a su despacho repleto de libros, diplomas enmarcados y retratos de otros hombres igualmente notables que le habían precedido en el cargo. Leyó a continuación la carta dirigida a él que doña Manolita había dejado en su testamento, escuchó luego atento la exposición del muchacho y con gestos breves pero inflexibles impidió varias veces que el locuaz Marcelino le interrumpiera para aportar observaciones ajenas al discurrir de la narración. Después realizó a Andrés unas preguntas que, a su juicio, el joven respondió con una madurez y seriedad del todo impropias de sus orígenes y edad.

Tomó entonces la palabra don Eladio y, con dicción modulada y claridad milimétrica, expuso al muchacho los pilares en los que a partir de entonces se habría de sustentar su existencia si estaba en verdad dispuesto a completar sus estudios para ingresar en la universidad. Le habló de trigonometría, declinaciones y empeño; de poetas, fórmulas químicas y tesón. De ecuaciones y sintaxis, de entereza. El joven escuchó embelesado, absorbiendo una a una las palabras y anotando mentalmente todos los conceptos, todos los nombres, todas las ideas. Cuando abandonaron el despacho media hora más tarde, tanto el director como él mismo presentían que su objetivo era alcanzable. El pobre Marcelino, entretanto, barruntaba que algo fundamental se le estaba escapando en la vida.

Salieron en silencio del instituto y callejearon por sus cercanías. Marcelino, delante, avanzaba a grandes zancadas con las manos en los bolsillos y anormalmente silencioso. Andrés le seguía apretando el paso, intentando no perderle mientras aún paladeaba las palabras de don Eladio. Tras una breve caminata entraron en una taberna cercana al mercado de los Mostenses. Se abrieron paso hasta el mostrador a codazos entre el gentío y Marcelino pidió dos chatos de vino. Bebieron en silencio, envueltos en el bullicio de los parroquianos. El chico no acababa de entender qué le ocurría a Marcelino, cuál era la causa de su inusual quietud. Lo supo tan pronto como el albañil anarquista con más corazón que conocimientos dio el último trago a su vaso y lo dejó con un golpe seco sobre la barra. Entonces se limpió la boca con la manga de la chaqueta y, mirando fijamente al muchacho, le pidió que le enseñara a leer y escribir.

A partir de aquel mismo día comenzó para Andrés una etapa en la que las semanas y los meses se le fundieron en un revuelto compacto de jornadas de estudio sin tregua encerrado en su cuarto en la portería. Dormía lo justo y comía solo cuando la señora Antonia le obligaba. Compartía entonces con la familia el potaje o los huevos fritos con pisto y se esforzaba por participar en sus conversaciones, atender a las noticias que de la calle traía Marcelino o reír con los chavales y sus ocurrencias. Lo intentaba, pero su mente estaba lejos, rumiando el teorema de Pitágoras, desmenuzando la tabla periódica, recitando sin voz fragmentos de la *Eneida*: *At regina gravi iamdudum saucia cura...*

La renta mensual de su madrina le permitía sobrevivir sin demasiadas estrecheces. Además de proporcionarle los útiles imprescindibles —los lápices, las plumillas, la tinta, los palilleros—, le posibilitaba costearse de vez en cuando algún que otro lujo encaminado a apuntalar con mayor firmeza sus nuevos conocimientos: un atlas de España y sus provincias, un juego de láminas enceradas del cuerpo humano, una pequeña pizarra marca La Moderna. E incluso hacer de vez en cuando un pequeño regalo a su patrona, invitar a cualquier tasca a Marcelino y dar algunas perras chicas a los chiquillos para que se compraran un cucurucho de garbanzos torrados o un pirulí de La Habana.

A lo largo del tiempo que necesitó para concluir el bachillerato, a su alrededor pasaron también cosas que habrían de cambiar definitivamente la historia de su país; cosas de las que él, con su hambre atrasada de saberes, apenas se habría enterado de no haber sido por la desbordante verborrea de Marcelino, quien, firme en su afán, aprendía poco a poco a leer y escribir entre las faldas de la mesa camilla sumergido en el *Catón*.

Celebraron juntos su primera Navidad en la portería brindando con gaseosa y vino peleón por un 1931 venturoso y en paz. Y aunque apacible no fue el año, sí recibieron en aquella casa como algo venturoso los cambios que se produjeron tan solo unos meses más tarde con el exilio del rey y la llegada del aire fresco de la Segunda República.

El 23 de mayo de 1932 el hijo de la humilde fregona y el minero analfabeto, repeinado, encorbatado y sin nervios aparentes, logró aprobar con solvencia y ante un adusto tribunal el examen de bachillerato. Doña Manolita se habría sentido orgullosa al ver que su pupilo había cumplido satisfactoriamente con su planificación. Desde casa de la señora Consuelo, la recia asturiana del segundo derecha, pusieron una conferencia para transmitir la noticia a Simona, que recibió la llamada en casa de don Ramón Otero mientras planchaba sudorosa las camisas de su señor. Emocionada e incapaz de decir nada coherente en la distancia insondable de los hilos telefónicos, la pobre mujer solo alcanzó a repetir una y otra vez mi hijo, mi hijo, mi hijo mientras retorcía con fuerza su ajado mandil de percal.

# CAPÍTULO 6

Tal y como el testamento indicaba, el paso inmediato en la vida de Andrés Fontana fue la universidad. Al comenzar la década de los treinta, la Universidad de Madrid carecía aún de un núcleo común y tenía repartidas por la capital numerosas instalaciones, en su mayoría vetustas cuando no terriblemente obsoletas. La Ciudad Universitaria estaba aún en fase de construcción, inmersa en un largo proceso que había comenzado en 1927 impulsado por el ideal de Alfonso XIII de dotar a la capital de un recinto universitario similar a los norteamericanos en el que primaría la planificación integral, la arquitectura funcional y las amplias zonas destinadas a los deportes y el esparcimiento.

La llegada de la Segunda República y la súbita salida de Alfonso XIII hacia el exilio no frenaron el proyecto, sino que este se reimpulsó con interés incidiendo, no obstante, en la eliminación de cualquier concesión a la grandiosidad y el exceso. Cuando Andrés ingresó en su primer curso, los estudios humanísticos aún se realizaban en el viejo caserón de la calle de San Bernardo. Aquella ubicación duraría muy poco, puesto que en 1933 la Facultad de Filosofía y Letras se trasladaría a su edificio aún inacabado de la

Ciudad Universitaria, un pabellón cuadrado y compacto, de ladrillo rojo y lleno de ventanas al que los estudiantes se trasladaban en modernos autobuses de dos pisos. La facultad estrenaba por entonces una reorganización de sus enseñanzas y contaba con eminentes profesores: Américo Castro, Ramón Menéndez Pidal, Xabier Zubiri, Tomás Navarro Tomás, Pedro Salinas, Rafael Lapesa... Esa fue la universidad que conoció Andrés Fontana: una institución que se esforzaba por modernizarse y que, poco a poco, había ido avanzando desde la atrofia más pertinaz hasta una pujanza moderada, pero ciertamente esperanzadora.

El mismo tesón con el que logró superar el bachillerato guio al chico en la carrera destacando de tal forma que en su tercer año el profesor Enrique Fernández de la Hoz, catedrático de Gramática histórica, le propuso participar como becario colaborador en los cursos de español para extranjeros que se celebrarían en el siguiente trimestre. Aceptó el ofrecimiento sin ni siquiera averiguar del todo el alcance del cometido.

La difusión del español era una de las acciones de la Junta para la Ampliación de Estudios: a través de ella se enviaban lectores año tras año a universidades de distintos países y se organizaban recíprocamente cursos para estudiantes y profesores extranjeros. El compromiso de Andrés con aquella tarea comenzó en enero de 1935 y se extendió hasta finales de marzo. Su cometido habría de ser participar en sesiones prácticas de conversación, actuar como acompañante en visitas y excursiones, y estar disponible para solventar cualquier incidencia que pudiera generarse dentro de un grupo de profesores norteamericanos, desde recomponer malentendidos motivados por el idioma hasta localizar a un practicante a deshora o llevarlos por las tabernas más pintorescas del centro de Madrid.

Todo le sorprendió de ellos, todo le impresionó. La energía infatigable con la que aquellos forasteros plasmaban con sus modernas cámaras fotográficas las escenas más simples —un gato en un balcón, un escudo de piedra, una vieja enlutada vendiendo huevos con su cesta de mimbre colgada del brazo—; la ligereza con la que gastaban el dinero; el colorido casi estruendoso de sus ropas; aquellas sonrisas de dientes blancos. Por ellos mismos supo que el país del que provenían estaba compuesto por cuarenta y ocho estados, con ellos mismos fumó su primer cigarrillo rubio emboquillado y bailó a ritmo de swing con una valkiria de Detroit en la rotonda del hotel Palace. Junto a ellos se emocionó ante el acueducto de Segovia y *Las Meninas* de Velázquez, saboreó por primera vez el chocolate espeso de La Mallorquina y les enseñó expresiones castizas y a beber vino de un porrón. Disfrutaron en grupo en el teatro María Isabel de *Un adulterio decente* de Jardiel Poncela y compraron libros en la cuesta de Moyano. Y lejos de ser solo un lazarillo fiel en sus casi noventa días de andanzas, también resultó de gran ayuda a aquellos incansables extranjeros para seguir practicando su español una vez terminadas las clases, para corregirles la pronunciación de la jota y la zeta, ayudarles con los subjuntivos, revisar la ortografía de sus redacciones, arrojar luz sobre aspectos difusos de la idiosincrasia hispana y —en definitiva— para conseguir que la estancia de todos ellos fuera mucho más grata y provechosa de lo que habría sido sin él.

Un par de semanas antes del regreso del grupo, una de las profesoras —Sarah Burton, la rubia esbelta que siempre llevaba pantalón y fumaba sin parar dejando un borde perpetuo de carmín en las boquillas— le informó de que su universidad tenía establecido un programa de becas anuales para auxiliares de conversación extranjeros. Si estaba interesado, podría recomendarle. En caso de aceptar, además de enseñar su propia lengua, tendría la oportunidad de aprovechar el año para aprender inglés y continuar con su formación tomando clases relativamente afines a las de su titulación: lingüística, historia de América, literatura comparada. Al término del curso podría volver a Madrid y reincorporarse a su carrera tras haber visto algo de mundo, vivido otras experiencias y adquirido nuevos conocimientos.

Los americanos retornaron a su país a finales de marzo cargados de abanicos, botijos y alpargatas de esparto. Sin saberlo, dejaban tras ellos a un Andrés Fontana con la perspectiva del mundo alterada para siempre. A partir de entonces se acostó noche a noche dando vueltas a la propuesta de la beca y se volvió a levantar a la mañana siguiente con la misma idea en su mente. Abandonar su pueblo minero para instalarse en la capital había sido un paso grande aunque accesible; saltar el océano para disfrutar de una estancia en una universidad norteamericana se le antojaba un abismo. Un abismo inmenso, pero fascinante.

La primavera de 1935 se fue instalando con quietud en Madrid mientras él preparaba la recta final del curso y esperaba impaciente noticias de Michigan. Cuatro semanas después recibió un sobre apaisado. Se lo entregó la señora Antonia al volver de la facultad y, a pesar de la infinita angustia que sintió al verlo, lo rasgó con extremada pulcritud, extrajo parsimonioso la carta que contenía y se sentó a leerla sin prisa a los pies de la cama. La remitía el director del departamento de Lenguas Clásicas y Románicas, y en ella le anunciaba que, a la vista del informe altamente favorable aportado por la doctora Burton, tenía la satisfacción de cursarle una invitación formal para disfrutar de una beca dentro del programa de Estudios Hispánicos impartido por la institución. Sus responsabilidades incluirían quince horas de clase semanales y la participación en algo llamado *The Spanish Club* los viernes por la tarde. A cambio, viviría en las instalaciones del campus, recibiría un pequeño estipendio en dólares para sus gastos y tendría matrícula gratuita en cuantas materias quisiera cursar. En caso necesario, la institución podría abonarle un cincuenta por ciento de los gastos de viaje. Su compromiso duraría nueve meses, desde el primero de septiembre de 1935 hasta el 31 de mayo de 1936. La carta estaba redactada en un perfecto español, mecanografiada con pulcritud en papel grueso de color marfil y firmada en tinta negra con trazo rotundo por Richard J. Taylor, Ph. D., Chairman. Requerían su respuesta antes de fin de mes.

Tras doblar la carta respetando sus dos únicos pliegues, la metió en su sobre, la guardó en el bolsillo interior de la chaqueta y se sentó a comer con la familia intentando esconder su nerviosismo entre la conversación y las habichuelas. Apenas terminó, salió de casa y echó a andar sin rumbo. Cuando regresó al anochecer ya había resuelto su disyuntiva, pero no lo comentó con nadie y se acostó sin cenar. A la mañana siguiente comunicó solemnemente su decisión a la señora Antonia mientras esta tendía las sábanas recién lavadas en el alambre del patio de luces. A Simona le escribió una carta para que se la leyera don Ramón.

El 14 de julio de 1935 embarcó en el puerto de Cádiz en una litera de los sollados del *Cristóbal Colón* rumbo a un país inmenso y desconocido. Inicialmente tenía previsto regresar a principios de junio del año siguiente nada más terminar las clases, pero una invitación para colaborar en un curso de verano para profesores de escuelas secundarias le hizo cambiar de planes y posponer su vuelta hasta principios de agosto de 1936. Pensó que con la remuneración de aquel curso podría comprar algunos regalos: modernidades tecnológicas, aparatos que en su país no se podían aún ni intuir siquiera.

Aquel pequeño cambio de planes en el calendario desvió irremediablemente su destino: a la vista de las malas jugadas de la historia, nunca volvió. Se quedó en América con el alma encogida y una maleta repleta de ropa nueva, media docena de cartones de tabaco rubio y cuatro portentosas planchas eléctricas de la casa General Electric. La señora Antonia, su madre y sus hermanas aún tendrían que pasar largos años planchando a la antigua usanza.

La guerra cambió su país para siempre. Madrid se preparó

para una dura resistencia y su fisonomía se transformó radicalmente. La estatua de don Agustín de Argüelles que cada mañana le saludaba al abandonar la portería de la calle de la Princesa
fue eliminada para no entorpecer los movimientos de tropas y
vehículos. La rotonda del hotel Palace donde bailar al mando de
una rubia monumental se convirtió en un hospital de campaña.
Al principio de la contienda ya estaban casi todas las facultades
y centros de la nueva Ciudad Universitaria en fase muy avanzada, cuando no concluidos y en pleno funcionamiento. Poco habría de durar, sin embargo, el olor a pintura fresca, el brillo de los
cristales y los pupitres de madera recién barnizados. La guerra
cruenta reduciría a escombros una universidad que avanzaba airosa camino de la excelencia. Machacaría gran parte de su patrimonio científico, artístico y bibliográfico, y empujaría al abismo
del exilio a numerosos miembros de su profesorado. Al caer Madrid, aquel ambicioso sueño monárquico de un campus de es-
plendor americano había quedado brutalmente arrasado y sus
edificios reducidos a tremebundos esqueletos. De los cuarenta
mil árboles que se plantaron, apenas quedaban las raíces. El lugar
de las aulas lo ocuparon las trincheras; el de los laboratorios, los
parapetos. Con las enciclopedias y los diccionarios se hicieron
barricadas, y los sacos terreros, los fusiles y los cadáveres se des-
perdigaron siniestros por los hemiciclos y las bibliotecas.

Los muertos en Ciudad Universitaria fueron miles. Entre
ellos estuvo Marcelino, caído en el Hospital Clínico con el cráneo reventado, boca abajo sobre aquel suelo destinado a hacer
florecer la ciencia, el saber y la esperanza, y no el horror y la
muerte. En el bolsillo izquierdo de la guerrera llevaba una carta
arrugada a medio escribir en la que, con su letra de párvulo, comenzaba formulando un saludo transoceánico que jamás llegaría
a su destino: «Querido amigo Andrés, espero que a la llegada de
la presente te encuentres bien de salud...».

# CAPÍTULO 7

Con ayuda de unos cuantos estudiantes de posgrado, trasladé la primera de las partes del legado a mi despacho y apilé las cajas y los montones en el suelo contra la pared. Fue un cambio significativo no solo porque dejé la oscuridad y el aislamiento del sótano para empezar a trabajar en un entorno más grato, sino también porque en cierta medida tuve la sensación de estar sacando de las tinieblas a Andrés Fontana, por fin.

Su contorno difuso se fue a partir de entonces perfilando ante mí con el trazo cada vez más firme, con un enfoque más humano y una implicación más cercana por mi parte, abriéndome paso hacia la luz en la vida del profesor sin perder la perspectiva de su existencia real. Todo tenía ahora un poco más de sentido: sus letras, sus movimientos, su correspondencia.

Y así fueron pasando los días, adentrándome con paso estable, pensé, por el camino recto hacia la reconstrucción. Hasta que una llamada inesperada me hizo trastabillar y lanzó al suelo con estrépito las pelotas de colores que —ingenua de mí— creía mantener armoniosas en el aire. Fue a primeros de octubre. Y fue Alberto quien, una vez más, derrumbó el equilibrio.

No nos habíamos vuelto a hablar desde el inicio del verano, ni siquiera cuando tuve noticia de su futura paternidad a través de David. De hecho, una vez que conocí la noticia, fui yo quien se cerró en banda, quien se negó a cualquier forma de contacto. Preferí evitarle, sabía que sería doloroso enfrentarme cara a cara con la crudeza de las circunstancias: como echar sal en una llaga fresca, como el aceite hirviendo que salta repentino y quema la mano que empuña la espumadera. Posiblemente Alberto también lo había entendido así y decidió no insistir en sus llamadas para ahorrarme el sufrimiento. O tal vez no entendió nada y tan solo se olvidó de mí, inmerso como estaba en su nuevo proyecto vital en un loft rehabilitado con aquella compañera de trabajo mucho más joven que él, que ahora también era ya la compañera de su vida.

La oposición de Alberto para integrarse en el cuerpo superior de administradores del Estado la habíamos vivido juntos durante tres años, esforzándonos en paralelo a fin de conseguir el mismo objetivo. Cuando nos casamos, ninguno de los dos había terminado todavía la carrera. A mí me faltaba un curso y medio, a él apenas unos meses. Pensamos entonces que concentrar los esfuerzos mutuos en su proyección profesional sería tal vez lo más efectivo. Además de ir un año por delante de mí en la universidad, él tenía del todo claro lo que quería hacer con su vida: preparar una oposición como la de su padre y la de sus hermanos. Mis planes de futuro, en cambio, eran mucho más difusos. De hecho, casi ni existían. Me gustaban las lenguas, me gustaban los libros, me gustaba viajar. Banalidades indefinidas, en suma, con escasas posibilidades de materializarse de forma inmediata en un trabajo productivo y medianamente bien pagado. Así que Alberto, cuyo expediente era mucho menos brillante que el mío, se dedicó a estudiar. Y yo, entretanto, aparqué en la cuneta mis humildes aspiraciones para centrarme en sacar adelante a nuestra pequeña familia.

El éxito final fue, lógicamente, suyo: había preparado como un loco el temario inmenso y consiguió su objetivo al segundo intento. Entretanto yo no hice ninguna oposición, ni recibí felicitaciones al conocerse las listas de aprobados, ni cambié por trajes y corbatas los vaqueros de siempre y aquellos largos jerséis de lana gruesa que yo misma me tejía en mi escaso tiempo libre. Pero sí hice otras cosas que tal vez pudieron contribuir, al menos de forma tangencial, en el triunfo de mi entonces joven y prometedor marido. A la par que él memorizaba sus leyes y decretos encerrado con tapones en los oídos para aislarse de las rutinas pedestres, yo había gestado, parido y criado a sus dos hijos y me había esforzado de noche y de día para que no interrumpieran con sus llantos y sus reclamos infantiles el sosiego que él necesitaba. A lo largo de kilómetros de aceras y de horas interminables sentada en la piedra fría de los bancos de los parques, mi vida transcurrió pegada a un cochecito cargado con un niño mientras otro bebé se formaba dentro de mí, y después empujé un cochecito cargado con dos niños, y después fueron dos niños los que llevé agarrados de las manos andando a su paso minúsculo, recogiéndolos del suelo cuando se caían, limpiándoles las lágrimas, las heridas y los mocos, echando después a andar otra vez. Y así durante días y meses y años, con frío, con tedio y con lluvia, con viento, cansancio y calor, para que Alberto pudiera estudiar con la tranquilidad necesaria. Sin ser distraído, sin ser perturbado. Como nunca logré hacer yo.

Y mientras mi marido permanecía aislado en su burbuja jurídica ajeno a trivialidades domésticas tales como pagar el alquiler y el butano o comprar huevos, pollo y detergente, yo trabajé como mercenaria a salto de mata en cualquier cosa que me fue saliendo al paso. Clases particulares durante la siesta de los niños o mientras ellos gateaban por el suelo entre las piernas de mis alumnos; traducciones de textos médicos tecleadas con una mano mientras con la otra daba el biberón a David; mecanografiado de manuscritos indescifrables con Pablo enganchado a mi pecho. Para que Alberto estudiara como me habría gustado estudiar a mí. Pero no fue así, porque ni siquiera nos lo planteamos. Tal vez porque nuestros hijos ya venían de camino, tal vez porque yo solo aspiraba a ser profesora de algo vinculado con las letras y eso era bastante menos trascendente que la ambición de mi marido por alcanzar la categoría de funcionario de división de honor.

Me las arreglé con todo y con eso para acabar a duras penas la carrera. No tuve más remedio, sin embargo, que aparcar mi ambición de hacer seguidamente el doctorado, y buscar un empleo digno por ayudarle a él en su muy noble propósito de llegar a ser alto servidor del Estado como su padre: ese padre que —al igual que los míos— había considerado un deshonor para la familia que nos casáramos tan jóvenes y con un embarazo más que notorio redondeando mi perfil. Ese padre que jamás se había preocupado por su hijo, ni por la mujer de su hijo, ni por los hijos de su hijo, hasta que el *Boletín Oficial del Estado* publicó el nombramiento de su vástago. Solo entonces pareció olvidar nuestra deshonra y nos abrió de nuevo las puertas de su mundo. Maldita la falta que ya entonces nos hacía. Pero Alberto aceptó volver al redil con la misma pasmosa naturalidad con la que ahora se había acomodado a no tenerme a su lado y a emprender una nueva vida con Eva. Como si nada hubiera pasado, como si no hubiera habido nunca un antes. Como si a lo largo del camino no hubiera existido el dolor. Así era Alberto: el más tenaz para lo que le interesaba, el más insensible ante las complicaciones. Cuánto nos conocíamos.

Cuando él logró sacar su oposición, por fin pude concentrarme en buscar un trabajo regular de jornada completa. Mi experiencia con infinitas clases particulares a decenas de adolescentes me hizo descartar la idea de dedicarme a la enseñanza en el BUP de entonces. No tenía madera para afrontar la voz pasiva y las oraciones de relativo lidiando a la vez con la explosión hormonal y la edad del pavo de mis pupilos. Por eso me agarré como a un clavo ardiendo a una plaza convocada por una de las nuevas universidades que empezaron a florecer en aquellos años, un puesto en el peldaño más bajo del escalafón docente que a mí, desde un principio, me entusiasmó. Y así arranqué.

Fue pasando el tiempo, terminé la tesis, mi trabajo se estabilizó. Nos mudamos de casa: de apenas sesenta metros cuadrados interiores y mal distribuidos en un barrio viejo pasamos a casi doscientos recién construidos con un pequeño jardín, y los niños crecieron y comenzaron a salir y entrar, y así siguió la vida. Hasta que un día, un día de tantos, alguien se le cruzó a mi marido por delante y, de pronto, su mujer y su mundo doméstico debieron de parecerle tremendamente aburridos. Y a primeros de julio, cuando el calor empezaba a imponerse feroz, Alberto me dijo que se iba de casa.

Por primera vez en mi vida fui consciente de lo frágiles que son en realidad las cosas que creemos permanentes, de la facilidad con la que lo estable se resquebraja y las realidades pueden volatilizarse con un soplo de aire que entra por la ventana. Cuando Alberto se marchó aquella noche, se llevó consigo algo más que una maleta con ropa de verano. Con él se fue también mi confianza, mi ingenuo convencimiento de que la existencia es algo unidireccional que sigue una linealidad preestablecida labrada por los años, asentada firmemente en pilares sólidos y duraderos. Cuando cerró la puerta tras sí, no dejó dentro solo a una mujer con el corazón desolado. Atrás quedó también una persona cambiada para siempre: un ser que se pensaba fuerte, convertido en un alguien vulnerable, descreído y desconfiado para con el resto del mundo.

Su llamada me pilló desprevenida, alguno de mis hijos debió de haberle dado mi número. Su voz me resultó ajena en la distancia. Era la de siempre, pero ya no transmitía aquella complicidad que habíamos trenzado durante casi cinco lustros de convivencia. Se había desvanecido, o quizá se la llevó con él cuando vació su armario y recogió de distintos rincones de nuestra casa unos cuantos puñados de cosas. Ya no existía entre nosotros aquel código imperceptible mediante el cual nos habíamos comunicado durante años con la precisión de un francotirador. Su voz ahora era la de un señor atento y distante que me hablaba de abogados, cuentas corrientes, hipotecas y poderes notariales. Acepté incondicionalmente sus propuestas como una autómata, no planteé rechazos ni alternativas. En el fondo, todo me daba ya igual.

Nunca habíamos establecido demarcaciones en nuestras propiedades y en nuestra vida en común más allá de las que había impuesto la fuerza de la costumbre: el lado de la cama en que cada uno dormía, el sitio que ocupábamos en la mesa, el orden de nuestras cosas en los armarios y en las estanterías del cuarto de baño. Habíamos empezado a convivir con tan escasos haberes que todo lo que llegó después fue siempre a parar a una bolsa familiar conjunta. El par de coches en los que íbamos a trabajar, la casa que habitábamos y un pequeño chalet en la playa eran todo nuestro patrimonio. Me propuso entonces poner a la venta ambas viviendas, pagar lo que restaba de las hipotecas y repartir el dinero entre los dos. No me pareció mal. Ni bien. Por mí, como si les prendía fuego.

Tras colgar permanecí inmóvil, tratando de rebobinar y digerir la conversación con el auricular ya devuelto a su sitio y la mano derecha aferrándolo aún con fuerza. A los pocos segundos el teléfono sonó de nuevo, rompiendo abruptamente mi quietud. Supuse que sería otra vez él, quizá había olvidado decirme algo. La voz que oí, sin embargo, no fue la suya.

—Blanca, aquí Luis Zárate. ¿Estás libre para comer? Quiero proponerte una cosa. Mejor dicho, dos.

Me reuní con el director en la entrada del Guevara Hall y juntos nos dirigimos hasta la cafetería del campus. A pesar de que intentaba aparentar absoluta normalidad, aún mantenía la voz de Alberto resonando en los oídos. Había retornado con tanta fuerza, con tan inesperada intensidad que, mientras el director hablaba y yo simulaba atenderle asintiendo de tanto en tanto con la cabeza, mi mente andaba perdida en otros derroteros. Hasta que, cargados con las bandejas del autoservicio, nos sentamos uno frente al otro y él al fin abordó la razón por la que quería verme. No tuve entonces más remedio que descender a la realidad y prestarle atención.

—Han invitado al departamento a participar en un nuevo programa de extensión universitaria —dijo atacando concienzudo su ensalada—. Nos proponen que ofertemos un curso que pueda ser de interés general. He pensado que tu estancia podría ser una buena oportunidad para plantear algo relacionado con la España contemporánea. Por aquí se conoce poco tu país, la práctica totalidad de la influencia hispana proviene de México. Por eso, tal vez podría resultar atractivo diseñar un curso destinado a mostrar otra vertiente del español, un curso destinado a interesados en mejorar su dominio lingüístico a la vez que aprenden sobre aspectos de la España actual, ¿cómo lo ves?

En realidad, no lo veía de ninguna manera. Aquella propuesta y en aquel momento no me daba ni frío ni calor. Ni aquella, ni ninguna otra que me hubiera hecho. Intenté no demostrarlo con excesivo descaro.

—Parece interesante —mentí escuetamente a la vez que simulaba concentrar mi esfuerzo en pinchar un triste champiñón.

—No se trataría de un seminario académico, sería algo más informal —continuó—. Podrías utilizar artículos de periódicos, noticias, fragmentos de novelas: cualquier tipo de material que se te ocurra. Películas incluso, yo tengo un buen montón de vídeos. Solo te ocuparía un par de tardes a la semana y no pagan mal.

—¿Quiénes serían los alumnos?

—Adultos profesionales, estudiantes graduados de otros departamentos quizá. Gente vinculada a la universidad o simples residentes en Santa Cecilia con interés en aprender algo más.

A pesar de mi desgana, la oferta era tentadora. Me gustaba el trabajo en el aula y el diseño de mis propios materiales. Además, no tenía nada especial que hacer por las tardes y el dinero siempre me vendría bien. Con todo, fui incapaz de comprometerme.

—¿Me lo puedo pensar?

Me observó con ojos curiosos. Como si intentara averiguar si en realidad necesitaba tiempo para tomar una decisión o si en verdad no acababa de aceptar su propuesta por algún otro motivo.

—Por supuesto, tómate tu tiempo. De todas maneras, Rebecca tiene los datos concretos de la convocatoria, por si quieres conocer otros detalles. Bueno, y ahora viene mi segunda proposición, más breve y más simple todavía.

Estaba convencida de que, dijera lo que dijera, tampoco aquello iba a despertar en mí un entusiasmo excesivo. Pero disimulé.

—Cuéntame.

—No sé si sabes que entre el 15 de septiembre y el 15 de octubre en este país se celebra el mes de la Hispanidad. Es algo que creo que se remonta a los años sesenta, un tributo a la riqueza de la herencia hispana.

—¿Y en qué consiste, básicamente?

—En un montón de proyectos distintos, depende del ámbito. Desde festejos folclóricos hasta actuaciones políticas. El servicio de relaciones internacionales de la universidad, por su parte, propone todos los años un debate en el que el departamento suele participar con un representante como parte del panel. Y se me ha ocurrido que este año podrías asistir tú como nuestra invitada que eres.

—Para hablar ¿sobre qué?

—Sobre mil cosas en general. Suele ser un panel grande, con siete u ocho participantes de distintas áreas y disciplinas vinculadas al mundo hispano. Profesores de historia de América Latina, de relaciones internacionales o de ciencia política; algún profesor visitante, algún estudiante de doctorado...

No le dejé siquiera acabar.

—¿Te hago una faena si te digo que no?

No me sentía con ganas ni fuerzas para aportar opiniones medianamente interesantes sobre sabía Dios qué en un debate a tantas bandas, ni siquiera tenía ganas de pensar.

—En absoluto, era tan solo una idea. Puedo proponérselo a otros compañeros. O incluso quizá asistir yo.

—No estoy en mi mejor momento para actuaciones estelares, ¿sabes?

—No te preocupes, eso nos pasa a todos de vez en cuando...

Empezamos a recoger nuestras bandejas, las dejamos en los carros, era hora de volver. Luis siguió hablando por el camino, monopolizando la conversación sin preguntarme nada ni esperar a que yo hablara, consciente de mi escaso ánimo para charlar.

—Quedas entonces en manos de Rebecca, ella te dará los detalles del curso por si finalmente te animas. Ya me contarás, ¿de acuerdo? —fue su despedida al salir del ascensor.

Amagué una sonrisa, musité otro de acuerdo en respuesta al suyo y me giré dispuesta a marcharme. Una mano, sin embargo, me retuvo antes de empezar a andar. Una mano en mi muñeca, su mano en un breve apretón.

—Si te apetece hablar en algún momento, ya sabes dónde estoy.

Se dio la vuelta sin más hacia la sala de reuniones y yo fui en busca de Rebecca, un tanto desconcertada aún por aquel inesperado gesto. Quizá no estaba tan sola como creía. Quizá la solución pasaba por llenar mi vida con otros afectos en vez de seguir lamentando los perdidos.

Encontré la puerta cerrada y un post-it amarillo. Salgo a comer, decía. Así que volví a mi despacho para seguir trabajando mientras intentaba calcular a qué hora regresaría, daba vueltas a la propuesta de aquellas clases y notaba aún los dedos inesperados de Luis Zárate en mi piel. Al entrar, sin embargo, un zarpazo súbito arrancó de mi mente aquellos asuntos y, como por arte de magia, todo —curso, panel, Rebecca, el director, mis buenos propósitos y el gran paraguas de la hispanidad—, todo, absolutamente todo se volatilizó ante el violento asalto a la memoria de la llamada de Alberto.

Pero resistí una vez más. Me negué a mí misma el derecho a hurgar en lo escuchado, a analizar la propuesta tan cruda y tan triste de quien había sido tanto tiempo la persona más próxima a mí. Me negué a preguntarme, una vez más, cómo era posible que aquello nos estuviera pasando a nosotros.

Los papeles de Fontana fueron de nuevo mi refugio. En ellos braceé un rato largo, usándolos como analgésico, hasta que el golpeteo de unos nudillos contra la puerta me sacó de mi ensimismamiento. Al levantar la vista encontré el rostro siempre agradable de Rebecca.

—Sé que me has andado buscando y sé para qué era. Aquí tengo los detalles.

Le pedí que se sentara mientras quitaba un montón de documentos de encima de una silla. La única del exiguo despacho, aparte de mi viejo sillón.

—Como creo que ya te ha contado el director —comenzó a decir mientras se acomodaba frente a mi mesa—, la propuesta es de un seminario de cuatro horas semanales a lo largo de ocho semanas. Sé que hay varias personas interesadas en él de antemano, incluso a mí me gustaría participar, aunque me temo que mi conocimiento de tu lengua es demasiado elemental.

—¿Has estado alguna vez en España, Rebecca? —pregunté entonces. Ni yo misma supe por qué le hacía esa pregunta. Quizá porque, a pesar de la corriente de simpatía que se había creado entre nosotras, nunca me había planteado cuánto de mi patria conocía. Quizá porque, en aquel momento, necesitaba recurrir a algo que me procurara un poco de calor.

Reaccionó con lentitud ante mi simple pregunta. Se quitó las gafas primero, me contestó después mientras limpiaba los cristales con un pico del faldón de su camisa.

—Una vez estuve a punto de ir, hace ya muchísimos años. Tenía una amiga española, ¿sabes? Una gran amiga. Vivía aquí, en Santa Cecilia y habíamos organizado un viaje para pasar el verano entero en España. Pero ocurrió algo inesperado aquella primavera y esos planes nunca pudieron llegar a su fin. —Alzó de nuevo la vista—. Cualquier día de estos, igual me animo otra vez.

Volvimos a enfrascarnos en el proyecto del curso, ya estaba casi convencida de que lo iba a aceptar. Hablamos de fechas y plazos, de posibles asistentes. Hasta que nos dimos cuenta de que eran ya casi las cinco, hora de ir acabando la jornada. Rebecca recogió sus papeles, comenzó a despedirse. De pie en la puerta, a punto de marcharse, me miró con una media sonrisa y un punto de nostalgia en los ojos y la voz.

—Era una mujer magnífica. Su memoria aún sigue por aquí.

# CAPÍTULO 8

El departamento apareció a la semana siguiente empapelado con carteles que anunciaban el debate sobre la Hispanidad, para que a ninguno se nos pasara por alto la fecha.

—Irás, ¿verdad? —me preguntó Rebecca a media mañana asomando brevemente la cabeza en mi despacho.

—Supongo. ¿Y tú?

—Por supuesto, nunca me lo pierdo. Pasaré a recogerte.

El salón de actos estaba prácticamente lleno, aún andaba todo el mundo acomodándose. El escenario, en cambio, permanecía vacío con la excepción de un par de técnicos que ajustaban los micrófonos frente a nueve sillas sin ocupar. Me alivió saber que ninguna de ellas iba a ser la mía.

Encontramos a Luis Zárate departiendo en el pasillo con colegas y estudiantes. Nada más vernos, se desgajó del grupo y se acercó.

—Espero que os resulte interesante, puede que hasta divertido. Me habría encantado que intervinieras en él, Blanca, otra vez será.

—Otra vez será, seguro —dije sabiendo a ciencia cierta que esa vez nunca llegaría—. ¿Vas a participar tú por fin?

—Me temo que sí, que al final no me queda otra opción. Confío en no aburriros…

Estaba convencida de que no lo haría. Le sobraba facilidad de palabra, era rápido y sagaz en sus intervenciones y acumulaba un depósito considerable de conocimientos. De todo ello tenía yo constancia creciente porque nos seguíamos viendo a menudo: encuentros en los despachos y en los pasillos, alguna que otra comida en la cafetería en la que nunca nos faltaba conversación.

Rebecca y yo nos sentamos en el lateral de una de las primeras filas. Se apagaron algunas luces hasta dejar un ambiente cálido y los integrantes del panel subieron finalmente al estrado mientras la sala se llenaba poco a poco de silencio.

Luis Zárate, de oscuro como casi siempre, ocupó el tercer lugar por la derecha, el sitio que sin duda me habría correspondido a mí de haber aceptado su propuesta. El último en acceder a la tarima en un par de zancadas fue Daniel Carter, el antiguo profesor de aquella universidad a quien conocí en Meli's Market. Con chaqueta y sin corbata, con su barba clara y su pelo medio largo. Seguro, envuelto en prisa con apariencia de recién llegado de algún sitio. Antes de sentarse repartió entre los ponentes apretones de manos, gestos afectuosos y algún abrazo rápido. No tuvo, en cambio, opción de cruzar palabra con nuestro director: para cuando pasó por su lado, él parecía absorto en anotar algo en su agenda.

—¿Por qué está ahí tu amigo? —pregunté a Rebecca en un susurro mientras él finalmente se acomodaba a la izquierda del moderador.

—Siempre invitan a algún profesor visitante que tenga algo que ver con el mundo hispánico, igual que Zárate te lo ofreció a ti.

—¿No andaba por aquí solo de paso?

Aunque era imposible que me hubiera oído, justo en ese momento él reparó en nosotras y nos envió un saludo fugaz.

—Está pensando en quedarse más tiempo de lo que tenía planeado en principio —me aclaró Rebecca en un bisbiseo acelerado.

No hubo más explicaciones, el moderador había arrancado con la presentación de los distintos participantes. Una pintora guatemalteca docente del departamento de Arte, ataviada con un huipil lleno de flores y pájaros. Un joven profesor argentino, flaco y con perilla rubia, especialista en relaciones económicas internacionales. Una periodista madura recién llegada de Ecuador, donde su hija trabajaba con los Peace Corps. Una estudiante de posgrado con una tesis por rematar sobre las relaciones entre Estados Unidos y Chile en tiempos de Allende. Más mis dos conocidos, más algún otro participante cuya filiación fui incapaz de retener.

El debate avanzó fluido. En atención a la mayoría de la audiencia, el inglés fue normalmente la lengua vehicular, aunque casi todos lo salpimentaban con español cuando las referencias o las evocaciones lo requerían. Solo la pintora se enrocaba más de la cuenta de cuando en cuando en algún aspecto del todo intrascendente, pero el moderador manejaba los turnos con pericia y conseguía que las intervenciones de cada uno duraran únicamente lo que tenían que durar. Hubo ideas claras y datos interesantes, frases ingeniosas, bromas que arrancaron risas entre el respetable y tan solo un par de pequeños puntos polémicos que se solventaron con rapidez.

Hablaron sobre mil cosas distintas del panorama doméstico e internacional vinculadas con el mundo de los hispanohablantes y adelantaron opiniones, pronósticos y perspectivas para el milenio que habría de empezar en menos de tres meses. Los temas saltaron desde la llegada de Hugo Chávez al poder en Venezuela hasta los diálogos de Pastrana en Colombia con la guerrilla de las FARC. De las políticas crecientemente flexibles de Clinton hacia Cuba a la invasión latina en la música pop, o del óscar recibido por Pedro Almodóvar con *Todo sobre mi madre*. Y entonces, justo ahí, fue cuando la cerilla se prendió.

—La mención a ese premio me produce una enorme satisfacción —adelantó Zárate en cuanto el asunto saltó a escena—. Y no solo por el reconocimiento que supone de la magnífica calidad creativa del propio cineasta sino, fundamentalmente, porque por fin viene a confirmar lo que algunos de mis colegas no han querido o no han sabido valorar en la más reciente producción cinematográfica en español.

Nadie replicó, todos los ponentes quedaron a la espera de que continuara su intervención sin terminar de comprender el sentido de sus palabras.

—Me estoy refiriendo —prosiguió— a la posición reaccionaria de un sector muy concreto de nuestra comunidad académica hispanista.

Volvió a quedar sin réplica mientras el silencio se mantenía entre sus compañeros de panel. Hasta que, de manera del todo inesperada, Daniel Carter separó lentamente la espalda del respaldo de su asiento, se inclinó hacia delante y, en vez de hablar al público, se giró hacia él.

—Por simple curiosidad, profesor Zárate, ¿tiene tal vez ese sesudo dardo que acaba de lanzar al aire algo que ver con mi persona?

—No creo que la intención del doctor Zárate haya sido... —intentó terciar el moderador.

—Porque, en caso de que así sea, y discúlpame, Raymond, por favor —continuó interrumpiendo al moderador a la vez que le tocaba levemente el brazo para que le dejara proseguir—, digo que, en el caso de que así sea, quizá podría ser más directo y explícito en su argumentación en vez de escudarse en florituras retóricas confusas para la audiencia.

—Es usted muy libre de interpretar mis palabras como desee, profesor Carter —replicó Luis Zárate con un punto de altanería.

—Pues explíquese con más claridad y así se librará de interpretaciones subjetivas.

—Lo único que yo he querido decir es que quizá este premio sirva a ciertos investigadores académicos para reconsiderar el valor de la producción almodovariana…

—No creo que nadie en nuestra profesión haya puesto jamás en duda la calidad y originalidad del cine de Pedro Almodóvar —interrumpió de nuevo Carter.

—… el valor de la producción almodovariana y de otras producciones de similar interés, insisto, como producto cultural digno de ser sometido a riguroso estudio científico —continuó Zárate, haciendo caso omiso a su interlocutor.

El debate plural se había tornado de pronto en una especie de ácido partido de ping-pong en el que la pelota saltaba rauda entre dos únicos participantes. El público, entretanto, seguía atento el ágil cambio de impresiones, sin tener del todo claro adónde pretendían ambos llegar.

Entre la sofisticación de las nociones teóricas, sin embargo, a mí me pareció percibir algo más. Algo personal, carnal, humano. Algo que reptaba subterráneamente bajo las intervenciones de ambos aunque ninguno lo mencionara con claridad. Algo que, fuera lo que fuera, debió de generar en algún momento pasado la evidente antipatía que en aquel presente se palpaba entre el veterano profesor visitante y el director del departamento de Lenguas Modernas.

La disputa continuaba. Luis Zárate atacaba con un borboteo incesante de palabras y muy escaso lenguaje corporal: estático, apoyándose tan solo en el movimiento de un bolígrafo que clavaba ocasionalmente en la mesa para enfatizar de cuando en cuando sus intervenciones. Daniel Carter, por su parte, acompañaba sus palabras con una gesticulación más generosa mientras permanecía de nuevo recostado en el respaldo de su sillón, con la aparente comodidad de quien lleva acumuladas a sus espaldas un buen montón de contiendas.

—Lo que intento decir es que hay académicos que aún viven anquilosados en viejas prácticas materialistas vinculadas a la mera crítica social —insistió el director—. Como si no hubiera habido avances ni en la metodología investigadora ni en la cultura española a partir del cine de Carlos Saura o de la publicación de *Tiempo de silencio* de Martín Santos. Como si aún perviviera el compromiso marxista y España siguiera siendo un país de charanga, pandereta y toros.

—Por Dios, Zárate, no me diga que también vamos a hablar hoy de toros…

Quizá fue el tono más que el comentario en sí lo que arrancó una risa general. Miré entonces a mi alrededor y percibí que, lejos de encontrarse confusos, casi todos los asistentes estaban disfrutando con la airada discusión.

—En ese ámbito se defendería usted mucho mejor que yo, sin duda alguna. Su particular afición a tan sangriento espectáculo es del dominio público, según tengo entendido. Quizá sea una muestra más del encasillamiento inmovilista al que me refiero.

—¿Y no lo ve también como un apoyo manifiesto por mi parte a la más rancia y retrógrada pervivencia del franquismo? Porque es la única chorrada que le queda por decir.

—No frivolice el tema, profesor Carter, por favor. Estamos manteniendo un debate intelectual.

—Yo no frivolizo en absoluto, mi querido colega. El que ha sacado a relucir los viejos tópicos recurrentes de la cultura española es usted. Aunque le han faltado unos cuantos para completar el catálogo de demonios del perfecto hispanista posmoderno. ¿Qué tal una mención a la morena de la copla y los tricornios de la Guardia Civil?

Esta última intervención salió de su boca en español y, aunque el noventa y nueve por ciento de la audiencia no la entendió, yo tuve que hacer un esfuerzo por no dejar que mi carcajada se oyera entre el público. Algo debió de notar desde la distancia Daniel Carter en mi rostro porque, levantando brevemente una ceja, me lanzó un guiño cómplice, casi imperceptible pero certero.

—Le agradecería que recurriera a argumentos de verdadero peso, profesor Carter.

—No necesito que me instruya sobre el tipo de argumentos a los que tengo que recurrir, gracias —replicó retomando una serenidad desprovista ya de cualquier tono de broma—. Usted es el único que desde un principio está pervirtiendo esta discusión, manipulándola para convertir una mera coyuntura personal que no viene al caso en un supuesto desencuentro de altura intelectual.

El director se dispuso de inmediato a contraatacar, pero Daniel Carter, en cuya paciencia empezaba a percibirse ya un cierto hartazgo, decidió unilateralmente dar por zanjado el asunto.

—Bien, amigo mío, hasta aquí creo que debemos llegar. —Y aportando un énfasis añadido a sus palabras con una sonora palmada sobre la mesa, concluyó—. Creo que ya hemos aburrido lo bastante a la audiencia con nuestra pequeña disputa dialéctica. Dejemos a nuestro moderador que cierre el acto porque, si no lo hacemos, vamos a permanecer enfangados en él hasta que lleguen las nominaciones de los Óscar del año que viene, cuando la gran candidata sea una película sobre los sinsabores de un huérfano en Uzbequistán y a nosotros se nos haya olvidado la razón por la que un lejano día empezamos a discutir.

En el rostro de Luis Zárate percibí una leve ráfaga de contrariedad. Intuí que le habría gustado que el rifirrafe continuara: seguir estrujando sus argumentaciones, apretar el pulso hasta tumbar el brazo de su contrario. Pero no lo consiguió. No hubo opción a que nadie venciera, no hubo ganador. El debate, simplemente, ante la nula perspectiva de alcanzar un entendimiento armónico, se cerró. Sobrevolando el escenario, sin embargo, quedó para mí la incógnita de la verdadera causa de aquella soterrada animadversión entre los dos.

El moderador remató el acto agradeciendo presencias y atenciones, la sala volvió a llenarse de ruido, movimiento y luz. Mientras todos nos levantábamos, los ponentes del debate fueron bajando del estrado. Daniel, en la distancia, nos pidió con un gesto a Rebecca y a mí que le esperáramos conforme empezaba a avanzar hacia nosotras abriéndose paso entre el público.

Para alcanzar el exterior, sin embargo, habría de pasar necesariamente junto a Luis Zárate, que en ese momento cruzaba unas palabras con dos profesores del vecino departamento de Lingüística. Pensé que se evitarían o que, como mucho, se despedirían con frialdad. Pero, para mi sorpresa, vi cómo Daniel se paraba a su lado, le ponía una mano sobre el brazo y le daba un leve apretón.

Si para las dos frases que a continuación dijo hubiera usado el inglés, con toda seguridad me habrían pasado desapercibidas en medio de las docenas de voces en ese idioma que se cruzaban a mi alrededor. Pero, quizá porque eligió mi lengua, sus palabras me llegaron a los oídos con toda nitidez.

—No se tome las cosas tan en serio, muchacho. Saque la cabeza de entre los papeles y échese a la vida de una puñetera vez.

# CAPÍTULO 9

Mientras Daniel Carter acababa de despedirse de unos cuantos colegas que se resistían a dejarle marchar, nosotras cruzamos unas palabras con nuestro director a la salida del acto. Si el debate había causado en él alguna incomodidad, no lo mostró. Tampoco la frase final que su oponente le había lanzado en privado parecía haberle generado irritación. O, al menos, esa impresión daba.

—Para eso está la universidad, ¿verdad? Para estimular el debate y la reflexión crítica, para confrontar ideas y opiniones. En fin, la vida académica y sus tortuosidades… —bromeó antes de marcharse—. Por cierto, Blanca, ¿has decidido ya si vas a aceptar el curso?

—Había pensado decirte mañana que sí. Parece interesante, creo que me va a gustar.

—Cuento contigo entonces, Rebecca se encargará de las formalidades.

Lo vimos irse aparentemente solo. De soslayo, sin embargo, percibí que un poco más lejos, en la semioscuridad, lo estaba esperando una de las profesoras jóvenes del departamento cuyo nombre en aquel momento no logré recordar. Juntos se dirigieron hacia su Toyota con matrícula del lejano estado de Massachusetts. Juntos se perdieron en la noche.

—Creí que nunca iba a lograr escaparme… —anunció Daniel acercándose al fin—. Me alegra mucho volver a verte, Blanca, eras la única verdaderamente auténtica en este aturullado final del debate sobre la esencia española en el que los demás hemos tocado de oído. ¿Qué tienes en el frigorífico, Rebecca? —preguntó entonces frotándose las manos con brío—. ¿Algo sabroso para que nos invites a cenar a la doctora Perea y a mí?

Me sorprendió su comentario tanto como su espontánea autoinvitación. Su comentario por la consideración en la que parecía tenerme a pesar de no conocernos apenas, y su autoinvitación no tanto por la naturalidad con la que la planteó, sino por incluirme a mí en ella sin haberme siquiera consultado. No puse objeciones, sin embargo. Aquella propuesta era infinitamente más estimulante que lo que me esperaba esa noche: una tortilla francesa o cualquier sosería a la plancha mientras veía en la tele un par de episodios aislados de alguna serie trasnochada.

—Un trozo fantástico de salmón de Alaska —contestó Rebecca—. Y me parece que aún quedan dos o tres botellas de la caja del merlot que trajiste de Napa.

—No se hable más, pues. ¿Vamos dando un paseo?

A medida que caminábamos hacia la casa cercana de Rebecca, fuimos charlando sobre el acto recién terminado. Sin tomar partido ni por su posición ni por la de Luis Zárate, confesé a Daniel que sus menciones inesperadas a la España cañí habían estado a punto de hacerme soltar una carcajada.

—Probablemente me has servido de inspiración.

No reaccioné, no supe qué decir.

—Viéndote entre el público desde ahí arriba —matizó entonces— me han venido de pronto a la cabeza mil imágenes de tu patria, y no solo las rancias que entre tu director y yo hemos mencionado.

—Mientras no me hayas imaginado tocando las castañuelas con una bata de cola a la sombra de un toro de Osborne... —repliqué cómplice en mi lengua sin poderme resistir.

Rio con ganas y le explicó a Rebecca en inglés la imagen imposible que yo le acababa de esbozar.

—Esa España en la que vuestro director pretende anclarme, y que yo mismo conocí a fondo en su día con sus luces y sus sombras, lleva ya décadas enterrada —siguió explicándole a su amiga.

—Afortunadamente —apunté.

—Afortunadamente, sí. Lo que no podemos hacer es negar que existió y que, guste más o guste menos, ha contribuido a moldear el país que hoy tenéis.

—Quizá el profesor Zárate desconozca esa esencia —terció Rebecca. Siempre leal, pretendía sin duda partir una lanza a favor de su jefe—. Aunque su padre sea español, tal vez no haya vivido lo suficiente allí como para conocer a fondo el país. Además, comparte su raigambre hispana con Chile, la tierra de su madre, tal vez se inclina más hacia su cultura...

—Eso no disculpa su actitud —interrumpió Daniel—. A nosotros no se nos reconoce nuestra valía profesional en proporción al grado de vinculación afectiva o de pasión que sintamos por uno u otro país, sino en función de los trabajos que publicamos, los congresos a los que asistimos, las tesis que dirigimos o los cursos que enseñamos. El afecto no es un plus cuantificable, sino una cuestión del todo personal.

—Pero algo ayudará ese afecto, supongo —dije.

—Vive Dios que ayuda —confirmó socarrón—. Pero algunos todavía no se han enterado.

Nunca había recorrido el campus de noche, era la primera vez que veía sus edificios con las aulas y los despachos casi apagados y sus residencias enteramente iluminadas. La primera vez que no veía a los estudiantes yendo con prisa de una clase a otra, sino sentados con indolencia en sus puertas, fumando, hablando, riendo, apurando el día. La primera vez que contemplaba las luces estruendosas de las canchas de baloncesto encendidas mientras las pelotas rebotaban sonoras contra los tableros y un ligero olor a rancho colectivo salía de los respiraderos de las cocinas.

Atrás dejamos también mi apartamento mientras nos encaminábamos hacia la plaza de Santa Cecilia, la zona más urbana de la pequeña ciudad. Todavía no había transcurrido un mes desde mi llegada, pero al verla, súbitamente, tuve la impresión de que había pasado un siglo desde aquella mañana en la que me senté a tomar allí mi primer café, desubicada y desorientada, esforzándome por aceptar que aquel habría de ser, por un tiempo todavía impreciso, mi nuevo sitio en el mundo.

Mi pensamiento duró lo que dura un fogonazo porque, al oír a Daniel mencionar a Andrés Fontana, retorné veloz al presente.

—A él le encantaba sentarse en esta plaza, ¿sabes, Blanca? Siempre decía que tenía aire de poblachón español.

—En cierta manera, yo creo que sí, que algún aire remoto tiene —reconocí.

—Es lógico, ¿no? —apuntó entonces Rebecca—. Los fundadores de esta ciudad fueron los antiguos californios, mexicanos de ascendencia puramente española, cuando no propiamente españoles en sí.

—Quizá por eso esta plaza y Los Pinitos eran sus lugares de esparcimiento. Caminaba por ellos pensando en sus cosas, solía decir que así oxigenaba el cerebro.

Para entonces yo ya sabía que Los Pinitos era la zona por la que paseé aquella tarde en la que la visión de las fotografías del profesor muerto trastocó el enfoque de mi trabajo.

—Y ahora parece que hay problemas con esa zona, que van a construir un centro comercial, ¿no?

Me contestaron casi al unísono.

—Efectivamente —corroboró Rebecca—. Un centro comercial que quizá traiga beneficios económicos a Santa Cecilia, pero que arrasará un sitio entrañable que los que vivimos aquí siempre hemos considerado muy nuestro. Un sitio muy ligado a nosotros y nuestras familias, un sitio de esparcimiento, de picnics con niños…

—De burradas de estudiantes… —apuntó Daniel.

—De simples paseos…

Continuaron explicándome la situación, ambos abiertamente contrarios al proyecto.

—En cualquier caso, la batalla no está perdida del todo: hay dudas sólidas respecto a la viabilidad del plan —prosiguió Daniel— porque la propiedad legítima del terreno parece estar enmarañada desde hace más de un siglo.

—Pensé que era terreno público, que pertenecía al ayuntamiento local —dije.

—El ayuntamiento dispone de él y puede negociar su concesión porque no hay constancia fehaciente de su propiedad histórica, se trata de un asunto muy confuso.

—Por eso hay una plataforma ciudadana intentando encontrar algún sustento legal que lo frene, pero llevan meses tras ello y todavía no han hallado la manera —terció entonces Rebecca—. Y el plazo para recurrir el proyecto acaba en diciembre, así que todos nos tememos lo peor.

En aquella conversación andábamos enredados cuando, apenas unos metros delante de nosotros, una puerta se abrió y alguien salió a la acera, frenándonos momentáneamente el paso y la palabra.

Se trataba de una pequeña clínica, las luces de dentro estaban ya casi apagadas, los que ahora se marchaban debían de ser los últimos empleados a punto de cerrar. La puerta, sostenida por una joven enfermera con pijama y zuecos de hospital, permaneció abierta unos instantes sin que nadie saliera por ella y sin permitirnos tampoco continuar nuestro camino en línea recta. Entre esperar o desviar los pasos, optamos por lo segundo y, abandonando la acera, pisamos el asfalto. Justo en ese momento, una silla de ruedas emergió con lentitud del interior.

El pelo claro en una melena por debajo de los hombros, el rostro palidísimo lleno de arrugas, los labios pintados en rojo pasión y, por vestimenta, un viejo chándal. Esa era la imagen de su ocupante. Chocante, ciertamente. O, al menos, muy alejada de la de una anciana convencional. A pesar de que la noche llevaba ya un buen rato en el aire, ella se protegía con unas grandes gafas de sol. Sobresaliendo a la montura, sobre su ojo derecho se percibía un parche de gasa y esparadrapo, como si le acabaran de hacer algún tipo de cura.

—Vaya, vaya, vaya... —oí murmurar a Daniel a mi lado con una voz ronca apenas audible.

—¡Señora Cullen, doctora Perea, qué sorpresa verlas por aquí! Profesor Carter, aunque ya le saludé el otro día en la biblioteca, cuánto me alegra encontrarme con usted otra vez. ¡Mira, mamá, mira, míralos a los tres!

Quien nos recibía con tan arrebatado entusiasmo a la vez que empujaba la silla de ruedas era Fanny. Hasta que la dejó de empujar, plantándose inmóvil en mitad de la acera mientras la enfermera se escurría de nuevo veloz hacia dentro de la clínica.

—Buenas noches, Fanny. Encantada de verte de nuevo, Darla —saludó Rebecca cordial—. ¿Algún problema? Espero que no sea nada grave esta vez.

Ni caso hizo la anciana a sus palabras. No respondió, ni siquiera la miró, como si no la hubiera oído. Pensé que quizá tenía sus facultades un tanto mermadas; a juzgar por su estética, podría ser así. Para confirmar lo equivocado de mi juicio y saber que estaba del todo en sus cabales tan solo necesité oírla hablar.

—Pero bueno, pero bueno... Mira a quién tenemos aquí...

De inmediato supe que se refería a Daniel. Quizá fueran también viejos amigos, pensé. Todos por allí parecían recibir con gran afecto a aquel hijo pródigo de la universidad.

—Cuánto tiempo, Darla —dijo él con cierto desapego—. ¿Qué tal, cómo estás?

Se saludaron desde la distancia de los tres o cuatro metros que los separaban. Él, con las manos en los bolsillos del pantalón, no hizo ningún movimiento para acercarse a ella. Ni dio un paso adelante, ni se agachó para ponerse a la altura de su silla, ni hizo amago de tenderle una mano o rozarle un milímetro de la piel.

—Espectacular, ya ves cómo estoy, querido —contestó la anciana con cinismo—. ¿Y tú cómo andas, profesor?

—Tampoco me va mal. Trabajando, como siempre...

Las frases de ambos se ajustaban a los moldes de la cortesía, pero no había que ser ningún lince para percibir de inmediato que les faltaba calor. Antes de que yo intuyera hacia dónde derivaría aquel aparente desafecto, Rebecca decidió intervenir.

—¿Qué te ha pasado en el ojo, Darla?

—Mamá se golpeó el otro día con la puerta del armario del cuarto de baño, se hizo una buena herida y le salió un montón de sangre. Hoy hemos venido a revisión.

—Calla, Fanny, calla, no seas exagerada... —gruñó Darla—. Solo ha sido un pequeño accidente doméstico, una tontería nada más.

—Esta es la doctora Perea, mamá —prosiguió su hija—. Te he hablado de ella un montón de veces, por fin la conoces.

—Encantada —dije tan solo. Por alguna razón de la que no fui consciente, imité a Daniel en su comportamiento y no me acerqué.

—Otra españolita en Santa Cecilia, mira tú qué bien. Ya me ha contado mi hija lo que andas haciendo por aquí.

—Trabajando también, Darla. Como todos en la universidad —irrumpió Daniel sin darme tiempo a responder.

—Me han dicho que andas enredada con los papeles que por allí dejó nuestro viejo amigo Andrés Fontana —dijo dirigiéndose de nuevo a mí como si no le hubiera escuchado—. Y ¿qué, has encontrado algo interesante? ¿Cheques bancarios? ¿Mensajes anónimos? ¿Cartas de amor?

—Entre los papeles del doctor Fontana solo hay documentos profesionales, Darla —aclaró Rebecca—. La doctora Perea simplemente...

Para mi fortuna, la puerta de la clínica se abrió otra vez a nuestra espalda e interrumpió aquella incómoda conversación sobre mi quehacer. De ella salió un hombre con gesto adusto y un maletín, cincuentón. Intuí que sería el médico que la había atendido. Tras él, en vaqueros esta vez, su enfermera procedió a cerrar la puerta desde fuera con un contundente manojo de llaves.

—Ya sabe, señora Stern, nada de levantarse el apósito hasta la próxima visita la semana que viene. Y pidan cita anticipada, por favor.

Su tono no mostraba la menor simpatía, seguramente madre e hija habían aparecido sin aviso previo a última hora de la tarde y le había obligado a entretenerse un buen rato al margen de su horario habitual.

Fanny se excusó con explicaciones atropelladas, alegando sus numerosas obligaciones entre el trabajo, sus reuniones espirituales y la atención a mamá. Pero nadie la escuchó: aprovechando la intervención del médico y sus últimos consejos, Daniel ya había echado a andar y Rebecca y yo le seguimos dejando a nuestra espalda unos cuantos saludos difusos.

—¡A ver si pasas a hacerme una visita uno de estos días, Carter! —gritó la anciana en la distancia.

—Ciao, Darla, que te vaya bien —fue su respuesta. Ni siquiera se giró.

—Vaya par, ¿no? —dije mientras cruzábamos el paso de peatones.

—Vaya par, vaya par… —repitió Rebecca con una breve carcajada un tanto postiza. Como si intentara quitar hierro a la situación.

Daniel seguía caminando en silencio, noté que Rebecca le agarraba el brazo izquierdo y se lo apretaba cariñosamente. Él, agradecido pero un tanto ausente, se sacó por fin la mano derecha del pantalón, la puso sobre las de ella y las palmeó.

—Nadie dijo nunca que el pasado no tuviera sombras.

# CAPÍTULO 10

Faltaban tan solo diez minutos para que empezara la primera clase de mi nuevo curso cuando el viejo teléfono del despacho rompió a sonar con estrépito. No contesté, no tenía tiempo. Apenas media hora antes, tras dar mil vueltas al programa, había decidido cambiar el orden de algunos contenidos pero, al intentar imprimir las nuevas copias, la impresora se atascó y se negó a seguir. Opté por recurrir entonces a la fotocopiadora y la encontré con un cartel: temporalmente fuera de servicio. Ni Fanny, ni Rebecca, ni el director, ni ninguno de los profesores conocidos estaban a mano; la puerta cerrada de la sala de juntas apuntaba a una larga reunión departamental. Me lancé a la desesperada de nuevo hacia la impresora, abriéndola y cerrándola un montón de veces, sacando el cartucho de tinta, volviéndolo a poner. Y entonces, en medio de aquella guerra a brazo partido contra la tecnología, el teléfono sonó insistentemente otra vez. Descolgué por fin a regañadientes y lancé un cortante *hello*.

—¿Tú has perdido la cabeza o qué es lo que pasa contigo, pedazo de tarada? Anoche me encontré a Alberto en Vips con su Barbie preñada y me ha dicho que habéis decidido vender todo lo vuestro y empezar a firmar papeles. Pero ¿tú sabes lo que estás haciendo, criatura? Pero si tú nunca has sido así, Blanca, si tú siempre te has echado a la chepa todo lo que te ha venido por delante… ¿Qué es lo que te pasa, es que te has vuelto tarumba de repente, o qué?

Mi torrencial hermana irrumpía en mi vida como tantas otras veces, sin anunciarse y en el peor de los momentos. África, trece meses mayor que yo y tan radicalmente distinta que ni siquiera parecíamos tener la misma sangre. Abierta, espontánea, deslenguada. Médico de urgencias, madre de cuatro hijos. Hiperactiva, mordaz, ajena a las convenciones y siempre propensa al intervencionismo. Pura energía capaz de comerse el mundo por los pies, me llamaba en plena guardia nocturna, quizá en el hueco entre un cólico nefrítico recién despachado y algún accidente de moto que aún estaba por llegar.

—Sé lo que estoy haciendo, África, claro que sé lo que estoy haciendo —respondí con tanta prisa como escasa convicción.

—Tú estás muy tocada, hermana, pero que muy tocada —prosiguió arrolladora—. A ti toda esta historia de la espantada de tu marido te ha afectado la chola mucho más de lo que tú te crees. Pero ¿dónde está ese cuajo que tú siempre le has echado a la vida? O sea, que el muy desgraciado te la pega durante meses; después, de la noche a la mañana, te anuncia que se va a vivir con la otra y al poco te enteras de que ella está embarazada probablemente desde antes de que él te plantara a ti. Y, como premio por lo bien que se ha portado contigo, tú le dejas que se marche de rositas y que haga con tus cosas lo que le salga del alma. Que venda tu casa, que te deje en la puñetera calle mientras te largas a California tan a gustito, de vacaciones, a celebrarlo… ¡Despierta, Blanca, hija mía! ¡Vuelve a ser la de siempre, despierta de una vez, por favor!

—Ya hablaremos despacio, te lo prometo. Ahora no es buen momento, estoy trabajando.

—Tú lo que tienes que hacer es ponerle las cosas al cabronazo de Alberto lo más difíciles posible.

—¡Venga ya!

El ímpetu iba en realidad dirigido a la impresora. Ya que no atendía a intervenciones razonables, decidí probar con ella a golpe limpio. Pero mi hermana, en la distancia, no lo captó.

—Pero ¿qué dices? —insistió con un grito airado—. ¡No irás encima a defenderle!

—No hay nada de lo que acusarle o defenderle, África. Ha pasado lo que ha pasado: ha encontrado a otra mujer a la que quiere más que a mí. Y se ha ido. Punto final —dije dando un manotazo a la máquina en el lado izquierdo—. No veo la necesidad de hacer las cosas más complicadas de lo que ya son por sí mismas. Con no tener ningún contacto con él, me basta. De todas maneras, no te preocupes, pensaré en todo lo que me has dicho.

En realidad, no tenía ninguna intención de pensar nada; lo único que quería era que se sosegara, que colgara y que se olvidara de mí. Para enfatizar mis palabras, di un nuevo golpe a la impresora, atacando esta vez por el flanco derecho. De poco sirvió.

—¡Que lo pensarás, dices! —bramó—. Pues como te esperes a pensarlo como lo vas pensando hasta ahora, mal te veo, hermana. Lo que tienes que hacer es volver a casa y seguir siendo la de siempre otra vez. Seguir con tu vida. Sin tu marido, pero con tu vida. Con tu trabajo, con tus hijos cerca, con tus amigos de siempre, con el resto de tu familia...

—Ya hablaremos, África. Ahora, te tengo que dejar...

En ese momento justo, la cara redonda de Fanny se asomó a la puerta.

—Sus nuevos alumnos la están ya esperando en el aula 215 —anunció.

—Te llamo otro día, besos a todos, adiós, adiós, adiós...

Mientras con una mano colgaba el auricular del que aún salía la voz tronante de mi hermana, con la otra descargué sobre la impresora un último palmetazo frontal. Y, milagrosamente, como una tormenta en medio del campo reseco, la máquina empezó a hacer su ruido descacharrado y a escupir papel.

—Ayúdame, Fanny, por Dios —le rogué con voz acelerada—. Grápame estas hojas de dos en dos, por favor, así, ¿ves?

Se abalanzó a mi rescate rauda y eufórica. Tanto que con el ímpetu volcó un montón de materiales del legado de Fontana que esperaban su turno en un ángulo de la mesa.

—Lo siento mucho, doctora Perea, lo siento de verdad —murmuró azorada mientras se agachaba a recogerlos.

—No te preocupes, termina tú con esto, ya lo recojo yo.

Me puse la chaqueta en un segundo y medio a la vez que recogía a puñados lo que acababa de caer al suelo: unos cuantos folios manuscritos, un buen puñado de viejas cartas y un reguero de tarjetas postales. Intenté ponerlo todo sobre la mesa de nuevo, pero Fanny, con esa peculiar manera suya de hacer las cosas, había cubierto por completo su superficie con las copias del programa. Lo dejé entonces todo encima de mi sillón precipitadamente al tiempo que me colgaba el bolso al hombro, con tan mal tino que unas cuantas postales se escurrieron al suelo. Volví a recogerlas mientras Fanny, triunfal, me entregaba las copias listas.

—Eres un cielo, Fanny, un cielo... —le dije mientras abría mi carpeta para guardarlas dentro. Sin tiempo para encontrarles otro acomodo, allá fueron a parar las postales de Fontana también.

Entré en clase casi sin resuello, aliviada por haberme librado de África y por tener los programas listos al fin, disculpándome por los cinco minutos de tardanza.

El curso se había anunciado con el nombre de *Español avanzado a través de la España contemporánea*, una mezcla entre clase de cultura y de conversación. Me presenté, se presentaron, de todo había entre los intereses de los participantes: pasión por los viajes, necesidades profesionales, curiosidad por la historia... Variopintas eran también sus edades y situaciones, desde un profesor emérito del departamento de Historia hasta una escultora treintañera enamorada de la obra de Gaudí.

El nivel general resultó ser bastante aceptable y desde un primer momento, por pura y simple intuición ganada a pulso tras casi veinte años bregando en las aulas, supe que aquello iba a funcionar.

Había decidido comenzar la clase con un simple juego, de sobra sabía lo bien que aceptamos los adultos las gansadas imprevistas cuando nos sacan de nuestro hábitat natural. Lo de menos era si, después de la llamada de mi hermana, yo tenía el ánimo para bromas y ocurrencias o unas ganas enormes de encerrarme en el cuarto de baño a llorar. Apliqué, no obstante, una regla de oro para cualquier buen profesor: dejar los asuntos personales en el pasillo. Después, como el actor que entra en escena, echar a andar.

—Allá por los años setenta hubo un programa muy popular en Televisión Española que se llamaba *Un, dos, tres, responda otra vez*. ¿Os apetece jugar?

Mi intención, obviamente, iba más allá del mero entretenimiento. Lo que yo pretendía era vincular su mundo al mío de una manera del todo informal. La respuesta fue un sí sin excepción.

—Bien, pues por veinticinco pesetas imaginarias, quiero nombres de ciudades del estado de California con nombre de santo en español. Por ejemplo, Santa Cecilia. Un, dos, tres, responda otra vez...

No me dio tiempo a anticiparles que una norma de aquel viejo programa era arrancar la retahíla de respuestas con el ejemplo porque, antes de llegar a abrir la boca, ya estaban quitándose unos a otros la palabra con la plana mayor del santoral. San Francisco, Santa Rosa, San Rafael, San Mateo, San Gabriel, Santa Cruz, Santa Clara, Santa Inés, Santa Bárbara, San Luis Obispo, San José...

—Suficiente, suficiente... —dije cuando alcanzaron las dos docenas de santos y comprobé que la cosa no parecía decaer—. Bien, y ahora nombres de lugares que pueblen el mapa de California con nombres de simples cosas en español.

Alameda, Palo Alto, Los Gatos, El Cerrito del Norte, Diablo Range, Contra Costa, Paso Robles, Atascadero, Fresno, Salinas, Manteca, Madera, Goleta, Monterey, Corona, Encinitas, Arroyo Burro, La Jolla... Con una pronunciación bastante alejada de la original a menudo distorsionada hasta el límite de lo comprensible, la lista interminable saltaba de unos a otros cubriendo puertos y ciudades, montañas, condados y bahías.

Les expresé con un gesto enfático que ya podían parar.

—Y Chula Vista, junto a San Diego —insistió uno de los alumnos sin resistirse a incluir un nombre más.

—Y el condado de Mariposa —aportó otra incapaz de reprimirse.

—Vale, vale, vale... —insistí.

—Y que no se nos olviden Los Padres y el Camino Real: son el origen de todo.

Quien habló fue el profesor emérito de historia, Joe Super sabía ya que se llamaba. Todos volvimos la mirada hacia él, hacia su camisa hawaiana y sus ojos sabios y azules. Me pidió entonces permiso para decir algo más.

—Por supuesto. Siempre que sea en español.

—Voy a intentarlo con todas mis fuerzas —dijo con un gesto

simpático que arrancó una carcajada general—. Los Padres National Forest se refiere a los monjes franciscanos españoles que empezaron la exploración y colonización de California en la segunda mitad del siglo XVIII. Legendary men, ¿cómo se dice legendary?

—Legendarios. ¿Hombres legendarios, quieres decir, Joe?

—Exactamente. Hombres legendarios pushed...

—Empujados —aclaré.

—Gracias. Hombres legendarios empujados por una fuerza que, equivocada o no, los llevó a perseguir sus objetivos con determinación. Y el Camino Real es el resultado: la cadena de misiones que estos padres fundaron a lo largo de toda California.

—Veinte misiones, ¿no? —preguntó Lucas, un estudiante graduado de política internacional.

—Veintiuna —corrigió Joe—. Empiezan en el sur, con San Diego de Alcalá, y acaban en el norte, muy cerca de aquí, en Sonoma, con San Francisco Solano. En España en general no se sabe mucho de esta gran aventura californiana, ¿verdad, Blanca?

—Poco —reconocí con un punto de vergüenza colectiva—. Se conoce muy poco sobre estas misiones, es cierto.

—Y es triste, porque todo eso es parte de vuestra herencia. Una herencia histórica y sentimental que es esencial para vosotros, para nosotros y para todos.

Acabamos el un, dos, tres, retomé el mando de la clase y avanzamos en una sesión entretenida y provechosa durante una hora y cuarto más. Pero en un recoveco de mi subconsciente debieron de quedar bullendo aquellas alusiones a padres, misiones y caminos abiertos, porque en algún momento impreciso recordé que, entre los muchos papeles de Fontana que todavía me quedaban por revisar con detenimiento, había visto por encima algunas referencias a aquel asunto de los franciscanos y sus construcciones. Todos esos documentos estaban aún en unas cuantas cajas apartadas en una esquina de mi despacho, no había empezado a procesarlos despacio. Quizá cuando lo hiciera podrían ayudarme a taponar el hueco de mi ignorancia.

Salí al campus al término de la clase, satisfecha por su resultado y exhausta tras el día entero sin parar de trabajar. Respiré hondo por fin, absorbiendo el olor de los eucaliptos en el final de la tarde.

—¿Qué tal ha ido el nuevo curso?

Caminaba por la acera distraída, la voz provino de un coche que acababa de parar a mi lado. La voz de Luis Zárate, a punto de marcharse a casa como yo. En vez de su habitual ropa de trabajo, llevaba un pantalón corto y una sudadera granate con el escudo de alguna universidad que no era Santa Cecilia. A su lado, una bolsa de deporte ocupaba el asiento del copiloto.

—Bien, bien. Es un grupo excelente, muy motivado, he tenido suerte.

—Me alegro. ¿Quieres que te acerque a casa?

—Pues… te lo agradezco, pero creo que me vendrá bien caminar un rato para airearme. Llevo encerrada desde las nueve de la mañana, ni siquiera he salido a comer.

—Como quieras. Disfruta de tu paseo entonces, nos vemos mañana.

Iba a devolverle la despedida, pero ya había subido la ventanilla, así que no me esforcé. Tan solo levanté la mano con un gesto de adiós. Y de pronto, inesperadamente, el cristal se volvió a bajar.

—Quizá podríamos quedar para cenar un día de estos.

—Cuando quieras.

No me resultó sorprendente la invitación. Ni poco apetecible. En realidad, incluso si la propuesta hubiera sido para esa misma noche, habría dicho que sí. Por qué no.

—¿Conoces Los Olivos?

Otro integrante más en la larga lista de etiquetas en mi lengua en aquella tierra ajena, pensé rememorando mi clase recién terminada.

—No, no lo conozco. Lo he oído nombrar varias veces, pero nunca he estado allí.

—Tienen una pasta fantástica y unos vinos excelentes. Lo hablamos, ¿ok?

El coche se perdió en la distancia y yo continué andando rumbo a casa mientras en mi cabeza seguían dando vueltas aceleradas las distintas partes de aquel intenso día. Me esforcé por apartar el recuerdo de la llamada de África, me negué férreamente a pararme a pensar si tras el ímpetu de las palabras de mi hermana había un pedazo indiscutible de razón. Más me interesaba volver la mirada hacia cuestiones agradables, como la propuesta que acababa de recibir de Luis Zárate. O incluso hacia los documentos de Fontana, esos papeles que me mantenían cada vez más absorta y me atrapaban en mi intento por ponerles congruencia hasta el punto de dejar para el último minuto las demás obligaciones y hacer incluso que rellenara con un mísero sándwich escupido de una máquina el hueco de la hora de comer. Concentrarme en ellos era un trabajo que se me hacía cada vez más grato y constituía, en paralelo, una buena terapia. Cuanto más me absorbía el legado del profesor muerto, más consciente era de su carisma y valía. Y, de paso, menos pensaba en mí.

Para entonces ya sabía que, tras una estancia como lector, su intención fue en su día volver a España para seguir allí con sus proyectos: opositar a los entonces prestigiosos puestos de docentes de enseñanzas medias, quizá incluso volver a la universidad, tal vez encontrar entretanto algún empleo en una academia particular o en una escuela privada. La guerra civil, sin embargo, le heló en la distancia la voluntad y el alma. Sobrecogido, impactado, desolado, decidió no regresar.

Nunca hallé en sus datos un interés patente por volver a aquella patria ya irremediablemente distinta de la que había dejado atrás, aunque entre sus escritos se intuía de cuando en cuando la sombra de la nostalgia. Pero jamás dudó: embaló los sentimientos junto con las emociones y las estampas de sus años jóvenes, los amarró con nudos bien apretados para que ninguno se le escapara y los almacenó en la trastienda del pensamiento. A partir de entonces se estableció en su país de acogida con definitivo sentido de la permanencia, dedicándose a enseñar la lengua y la literatura de su patria, a transferir sus pálpitos, sus saberes y la memoria de su mundo perdido a cientos, quizá miles de estudiantes que a veces entendían lo mucho que aquello significaba para él y a veces no.

Entre sus papeles había numerosos testimonios de aquellos alumnos que habían pasado por sus clases a lo largo de décadas enteras. De hecho, recordé de pronto, aquellas tarjetas postales que yo misma había guardado atropelladamente en mi carpeta esa misma tarde, justo antes de salir a todo correr de mi despacho, eran, si no me equivocaba, muestras de aquel afecto que yo aún no había tenido tiempo de procesar.

Las saqué mientras seguía caminando. Había anochecido ya, pero las farolas me proporcionaban luz de sobra para leerlas por encima. Serían poco más de una docena, no las conté. No se trataba de documentos especialmente memorables, tan solo misivas cortas que saludaban al antiguo maestro, le transmitían recuerdos desde ciudades remotas o narraban en cuatro líneas cómo iba la vida. Ninguna de ellas contenía más que unas breves frases y a primera vista no estaban organizadas siguiendo criterio alguno, de tal forma que los lugares más dispares se emparejaban con fechas que bailaban caprichosamente en el tiempo: Ciudad de México, julio de 1947; Saint Louis, MO, marzo de 1953; Sevilla, abril de 1961; Buenos Aires, octubre de 1955; Madrid, diciembre de 1958. Estampas de las pirámides de Teotihuacán, el río Mississippi, el parque de María Luisa, el cementerio de La Recoleta, la Puerta del Sol.

Sonreí al verla. La Puerta del Sol. Me hizo gracia toparme de pronto con una estampa tan familiar, una instantánea de aquellos tiempos en los que la fotografía en color andaba todavía en mantillas. Allí estaba el anuncio luminoso de Tío Pepe, el reloj que nos marcaba la entrada del año, el constante gentío del corazón de la capital. Me paré debajo de una farola para mirarla con más detenimiento mientras a mi lado, con sus prisas y sus mochilas, seguían yendo y viniendo los estudiantes.

Busqué la fecha del matasellos: 2 de enero de 1959. El contenido de la postal, escueto, aparecía escrito con tinta de pluma y letra precipitada.

*Querido profesor,*
*España sigue siendo fascinante.*
*Mi trabajo marcha bien.*
*Después de las uvas, saldré en busca de Mister Witt.*

El texto en sí mismo no era más que otra pequeña muestra de la buena relación de Fontana con sus discípulos y nada sustancioso aportaba a mi trabajo.

Lo que me chocó fueron las últimas líneas de la tarjeta. Las de la despedida.

No por lo que decían, sino por quien las firmaba.

*Le desea un feliz año su amigo,*
*Daniel Carter*

# CAPÍTULO 11

La España que acogió a Daniel Carter la primera vez que cruzó el Atlántico ya había despertado del brutal sopor de la posguerra, pero aún seguía siendo una nación lenta, atrasada y asombrosamente pintoresca ante la mirada de un estudiante norteamericano.

Aportaba él veintidós años y un puñado difuso de razones para embarcarse en aquel lance: cierta desenvoltura en la lengua española, una creciente pasión por su literatura, y unas ganas inmensas de poner el pie en esa tierra a la que llevaba vinculado en la distancia desde que decidiera dinamitar temerariamente las líneas no escritas de su destino.

Hijo de un dentista y de una cultivada ama de casa, Daniel Carter había crecido en la confortable convencionalidad de la pequeña ciudad de Morgantown, West Virginia, arropado por el aire de los Apalaches y por el sueño común de sus padres según el cual su primogénito —buen alumno, buen deportista, buen chico— habría de convertirse con los años en un brillante abogado o un prestigioso especialista en cirugía. Por lo menos. Pero, como suele pasar en estos casos de cándido convencimiento unilateral, los planes de los progenitores acabaron circulando por un lado y los pasos e intereses del hijo por otro.

—He estado dando vueltas a mi futuro.

Dejó caer la frase como quien no quiere la cosa, entre un bocado de ternera y unos guisantes hervidos. En una cena como tantas otras. En un atardecer de domingo cualquiera.

—¿Derecho por fin? —preguntó la madre risueña con el tenedor cargado de puré de patata a medio camino entre el plato y la boca.

—No.

—¿Medicina, entonces? —preguntó el padre maldisimulando su satisfacción.

—Tampoco.

Le miraron atónitos mientras él les narraba con voz firme lo que ni en cien días de cábalas habrían podido ellos llegar a imaginarse. Que al término de sus estudios universitarios iniciales, no tenía ningún interés en especializarse en leyes a pesar de haber sido admitido en la Universidad de Cornell. Que la medicina no le interesaba lo más mínimo, que no sentía la menor fascinación por el funcionamiento de la jurisprudencia o el cuerpo humano, que no se le antojaba ni remotamente apetecible un futuro rodeado de jueces, quirófanos, inculpados o bisturíes. Que lo que quería hacer con su vida era conocer otras culturas. Y dedicarse a estudiar literatura. Extranjera, por más señas.

El padre se quitó la servilleta con extrema lentitud y la vista concentrada en el mantel.

—Disculpadme —musitó.

El portazo retumbó en toda la calle. La madre, con el tenedor suspendido todavía en el aire, se quedó sin habla mientras las lágrimas empezaban a brotar de sus hermosos ojos verdes a la vez que se preguntaba dónde y cuándo se habían equivocado en la crianza de aquel hijo al que creían haber proporcionado una educación ejemplar.

Conocían a Daniel, sin embargo: convivían a diario con su vehemencia y su feroz capacidad de apasionamiento. Y por eso sabían que aquella resolución, por extravagante que pareciera, por ridícula y descabellada que les sonara, difícilmente tendría vuelta atrás. Los hermanos pequeños se intercambiaron patadas por debajo de la mesa, pero no se atrevieron a soltar palabra, no fueran en mitad de la bronca a resultar salpicados ellos también.

Frente a la acción, reacción. A partir de aquel día, el silencio se extendió como una manta por la casa, dejando pasar las semanas sin apenas dirigirle la palabra, confiando ingenuamente en que tal vez el desgaste acabara metiendo en la cabeza del joven díscolo un poco de sensatez. Lo único que consiguieron, sin embargo, fue calentar el entorno con una temperatura tan desagradable que, lejos de incitarle a cambiar de actitud, lograron el efecto contrario: despertar en él un ansia desbordante por poner tierra de por medio.

El paso siguiente había consistido en solicitar una plaza para realizar estudios de posgrado en la Universidad de Pittsburgh. A destiempo y por los pelos, logró ser aceptado en el programa de Lenguas Clásicas y Románicas: las asignaturas de francés y español que había cursado en los años anteriores le facilitaron el pasaporte. Los solventes ingresos familiares y la precipitación con la que solicitó su plaza, sin embargo, le inhabilitaron para recibir una beca. A la vista de que el padre mantuvo férrea su negativa a financiar aquel dislate, el joven Carter abandonó al final del verano la casa familiar cargado con un petate de lona a la espalda, sesenta y siete dólares en el bolsillo y la brecha con su familia todavía sin cerrar.

Su primer objetivo una vez en Pittsburgh fue buscar un empleo a tiempo parcial: anticipaba que poco iban a durarle los

menguados ingresos que había ganado trabajando como soco-
rrista aquel verano, su único capital. Lo encontró rápido en
Heinz, la gran fábrica de ketchup, judías cocidas y sopas enlata-
das. Tenía enormes ansias y pocas exigencias; a partir de ahí llegó
el inicio de un tiempo fundamental.

El primer trimestre pasó en un soplo. Alquiló una habitación en una destartalada casa compartida con siete estudiantes, cinco gatos y un buen montón de ventanas rotas. Su decadencia le preocupaba bastante poco, la usaba tan solo para
dormir, el resto de su tiempo transcurría entre la universidad
y los turnos de Heinz. Comía en cualquier esquina, lo mismo
una lata de alubias frías sentado en un escalón a la vez que
repasaba sus ejercicios de gramática que un sándwich de queso
en tres bocados mientras avanzaba desatado por los pasillos
entre dos clases. En su escaso tiempo libre, apenas tenía una
hora disponible, se calzaba sus zapatillas de deporte y se lanzaba a correr como un poseso por las pistas de atletismo de la
universidad. La presencia de aquel muchacho alto, extraverti-
do, lleno de energía y siempre con prisa tardó poco en hacerse
popular entre los compañeros y profesores con los que convi-
vía en su entorno académico. En la otra facción, la fábrica,
bromeaban con él cada vez que le veían con un libro entre las
manos en los ratos de descanso, sentado entre pilas de cajas
con el mono de trabajo puesto. No se aislaba del todo, sin
embargo. En un ejercicio de caótica multifunción, tampoco
perdía comba de cualquier asunto que hubiera en el aire: de la
última honrosa derrota de los Pittsburgh Steelers en la liga de
fútbol a las bromas sobre los jefes, las mujeres y la vida que
circulaban entre los obreros de mil orígenes con los que compartía su quehacer.

En el segundo trimestre cursó cuatro asignaturas. Literatura española del siglo xx fue una de ellas; su horario, de dos a

tres y media de la tarde en la Cathedral of Learning, el edificio emblemático de Pitt, como todos allí llamaban a la universidad. Gran parte del presupuesto para la construcción de aquella monumental obra se había costeado con contribuciones económicas de filántropos, corporaciones y gobiernos, así como con pequeños donativos privados. Algunos de ellos fueron especialmente entrañables, como los aportados por los niños de la zona durante las etapas más duras de la gran depresión, cuando existía el riesgo de que el proyecto de aquella torre del saber nunca pudiera finalizarse. Gracias a la ingeniosa campaña de *buy a brick for Pitt*, los escolares de los alrededores realizaron casi cien mil minúsculas aportaciones de diez centavos que contribuyeron a la culminación de la obra en 1937. A cambio, cada chiquillo acabó recibiendo un certificado oficial en el que constaba como propietario de un ladrillo del edificio.

Daniel había llegado a la primera clase de la asignatura apenas unos minutos antes de su inicio, justo después de comer, arrebatado como siempre. Con las piernas estiradas y los brazos cruzados, se dispuso a esperar la llegada del profesor. Mal momento para la cabeza sostenida por unos jóvenes hombros cansados tras el esfuerzo nocturno cargando camiones: en apenas un par de minutos tenía la barbilla contra el pecho, el pelo caído sobre los ojos y la mente plagada de esas presencias extrañas que suelen pulular entre las neuronas durante los primeros acordes del sueño.

Recobró la lucidez al notar en su pie izquierdo una patada breve y certera. Se despertó de inmediato y musitó un azorado I'm sorry mientras recuperaba raudo la compostura. Frente a él halló a un hombre moreno. Con barba cerrada de corsario, el pelo oscuro peinado hacia atrás y unos ojos rotundos como dos minerales.

—Las siestas, en casa y en verano. Y, a ser posible, a la sombra de una parra y con un botijo de agua fresca al lado.

—I beg your pardon, sir…

—Que aquí venimos a trabajar, joven. Que para echar la cabezada hay otros sitios mejores. ¿Su nombre, por favor?

Con un español todavía un tanto tambaleante, Daniel aún se debatía entre la especialización en esta lengua o en francés, sin saber a ciencia cierta en cuál de las dos culturas acabaría marcando su territorio. Pero el sentido de aquel mensaje lo captó de forma automática. Captó el sentido y captó a su emisor, aquel hombre recio que no parecía dispuesto a transigir en su aula con la menor tontería.

Sus clases tardaron poco en desequilibrar la balanza: los poetas del 27 y la fascinación por el conflicto sangriento entre hermanos se impusieron con contundencia y los estudios en lengua y literaturas hispánicas hacia los que finalmente se inclinó perpetuaron en el estudiante la convicción de que, a pesar del rechazo familiar, su empeño había merecido la pena. Las relaciones con sus padres, sin embargo, no acabaron de enderezarse. Seguían sin entender la estrambótica obcecación de su hijo por las letras ajenas, incapaces de asumir su afán por desperdiciar una notable capacidad intelectual en aquella absurda especialidad académica que, a sus ojos, auguraba un futuro profesional incierto y una posición social muy escasamente prometedora.

Quizá tampoco el propio Daniel fuera capaz de sostener su decisión con argumentos convincentes. De hecho, antes de quebrar para siempre las expectativas familiares, su contacto con el mundo de habla española se había limitado a los conocimientos elementales de aquellos cursos intensivos donde le enseñaron unas cuantas listas de palabras y a distinguir a duras penas entre los vericuetos del presente, el pasado y el futuro. Los libros de texto le habían equipado además con un arsenal de datos un tanto inconexos sobre pintores, monumentos, museos y alguna que otra excentricidad gastronómica como el pulpo, el rabo de toro o esos dulces con el siniestro nombre de huesos de santo. Y a ello, como mucho, se le podría añadir la lectura en una larga noche de verano de *Por quién doblan las campanas* de Hemingway, y un puñado de expresiones sueltas que en las tardes de sábado mascullaban desde la gran pantalla del Warner Theatre de su Morgantown natal los mexicanos bigotudos de los westerns. Puede que fuese en ese sedimento tan menudo donde se enraizara la semilla de su resolución. O puede que no: que todo se debiese a un simple impulso de rebeldía, a un mero e inconsciente afán por arremeter contra el orden establecido de las cosas.

Fuera cual fuera la chispa y por insignificante y precario que hubiera sido su origen, el desenlace había culminado en una llama que carbonizó los planes de sus mayores y dejó el terreno limpio para asentar en él los cimientos del resto de su vida. Y, sobrevolando todo ello, intangible pero poderoso, había estado definitivamente el empuje de Andrés Fontana.

Casi sin ser consciente de ello ninguno de los dos, todo vino al final con un verso. Un verso sencillo, escrito a mano, encontrado entre los pliegues del bolsillo de un poeta muerto. Nueve palabras de aparente simplicidad que Daniel jamás habría entendido en toda su dimensión si su profesor no le hubiera abierto los ojos. Nueve palabras que Andrés Fontana escribió con tiza blanca en la pizarra. *Estos días azules y este sol de la infancia.*

—¿Cómo era el sol de la infancia de Antonio Machado, profesor?

La pregunta vino de una estudiante espabilada con cara de ratón y grandes gafas de pasta que siempre se sentaba en primera fila.

—Amarillo y luminoso, como todos —terció un gracioso sin gracia.

Unos cuantos rieron tímidamente.

Fontana no.

Daniel tampoco.

—Uno solo valora el sol de la infancia cuando lo pierde —dijo el profesor acomodándose en el borde de su mesa con la tiza sostenida entre los dedos.

—¿Cuando pierde el sol o cuando pierde la infancia? —preguntó Daniel alzando un lápiz al aire.

—Cuando pierde el suelo que siempre ha pisado, las manos que le han agarrado, la casa en la que creció. Cuando se marcha para siempre, cuando le empujan fuerzas ajenas y tiene la certeza de que nunca volverá.

Y entonces el profesor, sobrio y escrupulosamente respetuoso con el programa docente hasta aquel día, se despojó de constricciones académicas y les habló. De pérdida y exilio, de letras trasterradas y del cordón umbilical de la memoria; ese que, a pesar de los montes y océanos que acaben separando a las almas de los soles de la infancia, jamás se llega a romper.

Cuando el timbre sonó al final de la clase, Daniel tenía ya la certeza absoluta de hacia dónde iban a encaminarse los pasos de su futuro.

Unas semanas después, al término de la lectura de las «Nanas de la cebolla» de Miguel Hernández, Fontana les sorprendió con una petición.

—Me hace falta un voluntario para...

Antes de acabar la frase, Daniel ya había alzado el brazo hacia el techo en toda su notoria longitud.

—¿No cree, Carter, que antes de ofrecerse, debería saber para qué lo requiero?

—No importa, profesor. Cuenta conmigo.

—Cuente conmigo.

—Cuente conmigo, perdón.

La actitud del muchacho no dejaba de sorprender a Fontana a medida que pasaban los días. A lo largo de los muchos años que llevaba batallando en las aulas norteamericanas, se había enfrentado a estudiantes de todo tipo y condición. En pocos, sin embargo, había visto el entusiasmo de aquel chico alto de flequillo largo y cuerpo por entonces un tanto desgarbado.

—Le voy a necesitar tres días. Vamos a celebrar un encuentro de profesores hispanistas, una especie de congreso. Nos reuniremos aquí desde el jueves, deberá tener total disposición de horario para cualquier cosa que precisemos hasta el sábado por la tarde, desde acompañar a los visitantes a sus hoteles hasta servirnos el café. ¿Sigo contando con usted o ya se ha arrepentido?

A pesar de que Fontana les había hablado de lo que significaba el exilio al hilo del verso de Machado, Daniel apenas sabía nada por entonces de los numerosos catedráticos y ayudantes de la universidad española que dos décadas antes hubieron de emprender aquel amargo camino. Algunos se habían marchado durante la contienda, otros lo hicieron a su término al ser destituidos de sus cargos. La mayor parte inició un periplo por la América Central y del Sur vagando de un país a otro hasta encontrar asiento permanente; un puñado de ellos se acabó estableciendo en los Estados Unidos. Hubo también quien regresó a España y se acomodó como buenamente pudo a los preceptos intransigentes del régimen. Hubo quien regresó y se mantuvo firme en sus principios a pesar de la crudeza de las represalias. Y hubo además quien nunca se fue y vivió un exilio interno, amargo, mudo. La nómina de la diáspora intelectual fue bien nutrida y con algunos de ellos habría de reunirse Andrés Fontana tan solo unos días después.

—Ciertamente, señor, cuenta conmigo.

No tuvo tiempo Fontana de corregirle: antes de empantanarse otra vez con el subjuntivo, el muchacho, decidido a no arriesgarse, se adelantó.

—A sus órdenes, señor.

Intentaba sonar correcto y convincente, pero mentía. Tenía trabajo en la fábrica Heinz, cinco horas con sus sesenta minutos íntegros durante cada una de aquellas noches. Mediante algunos complicados cambalaches y un montón de generosas promesas de duplicar turno en las jornadas siguientes, consiguió finalmente que varios compañeros le cubrieran las espaldas. Sabía que devolver los favores le costaría un sobreesfuerzo y sabía que debería ser un estricto cumplidor. Pero, por alguna sospecha puramente intuitiva, anticipaba que aquellos tres días entre hispanistas habrían de valer la pena.

Conduciendo el Oldsmobile de Fontana, recogió del aeropuerto y de estaciones de autobús y ferrocarril a los recién llegados: algunos con inglés fluido aunque cargado de acento y otros tantos con recursos lingüísticos limitados. Los trajo y los llevó de acá para allá, los atendió con sus mejores artes y maneras, estuvo atento a todos y se aprendió de memoria un buen montón de nombres, cargos y especialidades. Un tal Montesinos llegado desde Berkeley, California; el mejor lopeveguesco del mundo, dijo Fontana al presentárselo, y los dos soltaron una carcajada ante su cara de desconcierto mientras se palmeaban con fuerza las espaldas. Un tal Américo Castro, bastante mayor en edad que la media y a quien todos parecían reverenciar. Un tal Vicente Llorens, enormemente desolado por la muerte de su esposa, según creyó Daniel entender. Un tío y un sobrino que compartían el apellido Casalduero. Y así, hasta un par de docenas de profesores más.

Y mientras ellos debatían sobre su literatura en un territorio ajeno a la patria común en la que esta se generó, Daniel, sin saber que se estaba convirtiendo en el reverso de los viejos días madrileños de su profesor, volvió a sus hoteles en busca de gafas y carteras olvidadas, llevó a un alérgico a la consulta de un médico, les abasteció de tabaco cuando lo necesitaron y acompañó a un par de noctámbulos en busca del último bar. Y, sobre todo, puso sus cinco sentidos en descifrar qué había detrás de aquellos hombres que se quitaban unos a otros la palabra siempre con ganas de hablar, y se esforzó por conocerlos, entenderlos y averiguar qué se escondía tras las extravagantes etiquetas de galdosiano, lorquiano, cervantista o valleinclanesco que unos a otros se aplicaban.

Tras ellos buscó también la nostalgia del sol de la infancia de la que Fontana le había hablado, pero tan solo encontró algún brochazo suelto, como si hubiera un acuerdo tácito entre todos para no rascarse el alma ni entrar en honduras. Por ello se mantuvieron en la superficie de lo banal, lanzando a los pájaros apenas unas migas de memoria. Uno maldijo el frío demoníaco de aquellas tierras y recordó la tibieza del clima de su tierra de Almería. Otro echó de menos el vino de Rioja durante una de las comidas en la abstemia cafetería de la universidad. Un tercero tarareó una coplilla al paso de una camarera especialmente rumbosa. ¡Pues anda que unos buenos garbanzos en vez de tanto maíz! De política apenas hablaron. Arrancaron con ella en algún momento, pero se negaron a seguir. Nadie quería una sombra negra sobrevolando aquel encuentro que todos anticipaban cordial.

Daniel se desvivió por ellos y aprendió mil cosas nuevas. Palabras sonoras y títulos de libros, frases sueltas, nombres de autores y pueblos, e incluso algún que otro taco como ese ¡coño! contundente con el que muchos de ellos aliñaban la conversación. Hasta que llegó el sábado por la tarde y empezó a devolver a unos y otros a sus trenes, aviones y autobuses. Hasta que lo inesperado se le plantó en la cara sin previsión.

El vestíbulo del hotel estaba prácticamente vacío, entre la secretaria del departamento y él creían haber terminado con todos los traslados en varios viajes sucesivos a lo largo de la tarde. Ella acababa de irse. Daniel, a punto de hacerlo, esperaba a Fontana para devolverle las llaves de su coche.

Y entonces, los vio salir del bar.

—¿Cuál es el plan para esta noche, chico? —preguntó uno de ellos desde la distancia—. Por aquí quedamos aún tres de nosotros y su jefe nos dijo que usted se ocuparía de todo hasta el final.

Un sudor frío empezó a correrle por la espalda. Aquella noche tenía que doblar turno, ya lo había concertado con uno de sus compañeros de la fábrica: un polaco callado y padre de cinco hijos que no solía admitir bromas.

—Yo no sé nada, señor —dijo buscando a Fontana con la mirada cargada de urgencia.

—¡No me diga eso, hombre! Al final decidimos cambiar nuestros billetes para no viajar durante toda la noche. Acabamos de comer algo, no pretenderá que nos quedemos ya hasta mañana por la mañana encerrados en el hotel.

—Tengo que hablar con el doctor Fontana, disculpen, por favor.

Intentaba no mostrar alarma mientras seguía buscando con avidez al profesor. Lo encontró en la puerta del hotel, en la acera, despidiendo a una pareja a punto de partir rumbo a Buffalo. Se intercambiaban abrazos, se agradecían atenciones.

—Bien, esto se ha terminado —anunció satisfecho dando a su pupilo un par de palmadas en el hombro cuando por fin le vio—. Buen trabajo, Carter, le debo un par de cervezas.

—Creo que no, profesor…

—¿No quiere tomar conmigo unas cervezas algún día de la semana que viene? Bueno, tomaremos entonces un café. O, mejor, déjeme que le invite a comer en un buen restaurante, se lo merece.

—No digo que no quiera tomar unas cervezas, señor. Digo que esto no ha terminado aún.

Con un gesto disimulado, señaló a los profesores al otro lado del cristal. En el vestíbulo, el trío se mantenía a la espera. Con los sombreros en la mano. Dispuestos a que alguien los sacara de allí.

—Yo tengo mis planes —masculló Fontana entre dientes parándose en seco—. Nadie me había dicho que estos tres colegas tenían pensado quedarse otra noche más.

Daniel sabía por entonces que había una mujer rondando la vida del profesor. Desconocía su nombre y su rostro, pero sí había oído su voz. Extranjera. Extranjera con un buen inglés. Lo supo porque él mismo se había encargado de atender su llamada en el despacho de Fontana un par de semanas atrás. Había ido tan solo a recibir instrucciones para aquel encuentro. Descuelgue, Carter, le pidió al tercer timbrazo mientras se ponía con prisa la chaqueta. Y diga que voy para allá. Solo la oyó pronunciar su nombre: ¿Andrés? Y, después, un está bien, gracias, cuando él le trasladó el recado del profesor. Lo justo para saber que se trataba de una mujer relativamente joven. Hasta entonces, nada más.

—Pero habíamos quedado en que mis obligaciones con usted acabarían el sábado por la tarde —insistió—. Hoy tengo que trabajar en la fábrica, tengo que compensar a mis compañeros los días que me han sustituido.

—No me fastidie, Carter, por Dios.

—Profesor, usted sabe que lo haría encantado. Pero no puedo, de verdad… —repitió tendiéndole las llaves de su automóvil.

La pitada de un sonoro claxon al otro lado de la calle les hizo interrumpir la conversación. Ambos desviaron automáticamente la mirada hacia un Chevrolet blanco. En el asiento del conductor, cubriendo el cabello con un pañuelo de seda floreado y el rostro con gafas de sol, una mujer. Fontana alzó una mano, le pidió que esperara.

—Piense en algo, Carter, piense en algo… —volvió a musitar sin apenas despegar los labios y sin coger las llaves que su alumno le tendía—. Ya ve que yo no me puedo hacer cargo.

—Si no aparezco en la fábrica esta noche, el lunes me echan a la calle.

Fontana encendió un cigarrillo con una calada ansiosa. Al otro lado del cristal, los tres profesores descolgados parecían empezar a moverse.

—Usted sabe que, si pudiera, no lo dudaría, profesor, pero…

—El departamento tiene que empezar pronto a evaluar las solicitudes de becas para el próximo curso —atajó entonces Fontana expulsando una bocanada de humo.

—¿Y cree que esta actividad podría considerarse un mérito académico? —preguntó Daniel captando al vuelo la indirecta.

—Aun fuera de horario, no me cabe la menor duda.

El claxon volvió a sonar, los tres profesores estaban a punto de salir por la puerta giratoria.

—Me quedo con su coche.

La mano grande de Fontana le dio un apretón en la nuca mientras él se guardaba las llaves en el bolsillo.

—Trátemelos bien, muchacho.

Sin una palabra más, aspiró una última calada profunda, lanzó el cigarrillo al asfalto y cruzó la calle rumbo al Chevrolet.

# CAPÍTULO 12

Recorrieron sin rumbo Pittsburgh, la ciudad del acero, con Daniel tras el volante del automóvil de Fontana mientras lanzaba constantes miradas fugaces al reloj. Tenía que encontrar una solución para dejar a los tres hispanistas entretenidos como fuera, solo quedaban cuarenta minutos para su turno. Empezaba a nevar.

Como copiloto llevaba a un profesor mexicano experto en San Juan de la Cruz con el que parlamentaba a ratos en inglés. Detrás, con los abrigos puestos y fumando como posesos, un español mayor y discreto, y otro más joven que se defendía en una confusa mezcolanza lingüística que él apenas lograba entender. Demasiado tarde ya como para visitar el Carnegie Museum, pasaron por el Pitt Stadium en el campus. Daniel cruzó los dedos, pero no hubo suerte: los Pittsburgh Panthers, el equipo de fútbol de la universidad, no entrenaban esa noche. Siguió conduciendo. Los alrededores del Forbes Field, el estadio de los Pittsburgh Steelers, también estaban desolados. Faltaban treinta minutos para su hora cuando llegaron al Penn Theater y les propuso entrar a ver a Elvis Presley en *Love Me Tender*. Ninguno de los profesores mostró interés. ¿Qué tal una visita al Atlantic Grill de Liberty Avenue, templo local de la cocina alemana? El viejo silencioso se carcajeó sin pudor, después le dio un ataque de tos. ¿Y una copa en el bar del Roosevelt Hotel? Ni caso. Veinte minutos para fichar, calculó volviendo a mirar la hora. Seguía nevando. Maldita beca.

—Escuche, joven —dijo por fin el mexicano mientras cruzaban uno de los puentes sobre el río Monongahela por tercera vez—. Estos humildes profesores que somos, y a los que usted tiene esta noche la gentileza de acompañar, venimos de Nueva York. Yo enseño en el Hispanic Institute de Columbia University, el doctor Montero es profesor emérito del Brooklyn College de CUNY y el joven doctor Godoy acaba de incorporarse al college de la misma universidad en Staten Island. A los restaurantes, cines y eventos deportivos, estamos más que acostumbrados ya. Lo que a nosotros nos gustaría esta noche es algo singular. Algo especial, algo que solo pueda hacerse en Pittsburgh, ¿me entiende?

—Perfectamente —corroboró con un volantazo.

Por fin se le había ocurrido una idea. Igual era una locura, pero no le quedaba ninguna otra baza que jugar.

La fábrica no detenía su actividad por las noches. La reducía, pero no la paraba del todo. El primer escollo fue el vigilante.

—Espérenme aquí, por favor.

Los dejó fumando en el coche, con la calefacción al máximo, confusos e intrigados ante su reacción, observándole a través de las ventanillas mientras él se dirigía a la caseta de acceso. Lo que a continuación contó no llegó a oídos de los tres profesores. Afortunadamente.

—Buenas noches, Bill, tío —saludó leyendo la placa que el empleado llevaba prendida en el pecho.

Solían cambiar de día y horario, no conocía a todos por el

nombre. Pero recordaba haber visto a este alguna que otra vez. Y sabía que no era precisamente una lumbrera. Por ahí decidió atacar.

—Buenas noches, chico —respondió el tal Bill sin despegar del todo los ojos de la página de deportes del *Pittsburgh Post-Gazette*.

—Entro ahora en el turno —dijo enseñándole su credencial de trabajador—. Pero no te puedes ni imaginar lo que me ha pasado mientras venía en el coche.

—¿Un pinchazo?

—Ni mucho menos. He salvado tres vidas.

—¿Has salvado tres vidas? —preguntó atónito al tiempo que dejaba de lado el periódico.

—Sí, señor, tres vidas. Y quizá el futuro de esta empresa también.

Señaló entonces el coche en el que los hispanistas seguían rumiando su desconcierto entre caladas de Lucky Strike. En tono cómplice, continuó elaborando su dislate.

—Aquí traigo a tres representantes europeos del sector agroalimentario. Venían en visita comercial a la mítica casa Heinz, pero su automóvil alquilado se ha quedado averiado en una cuneta al poco de salir del aeropuerto. Se les ha incendiado el motor, podrían haberse matado.

—Vaya...

—Pero fíjate tú qué gran suerte que yo los haya encontrado por pura casualidad. Y menos mal que, aun con un enorme retraso, los he podido traer en mi coche hasta aquí.

El vigilante, grandón, gordón, torpón, se rascó con recelo la cabeza. Justo detrás de la oreja izquierda.

—Me temo que hoy ya no pueden entrar. A estas horas solo está autorizado el acceso a los trabajadores.

—Ya, pero es que ellos necesitan ver la fábrica ahora mismo.

—¿Y por qué no vienen mañana?

—Porque es domingo.

—Que vuelvan el lunes.

—Imposible, los esperan en Atlanta para visitar la fábrica de Coca-Cola.

El mismo Daniel estaba anonadado por la facilidad con que las mentiras salían de su boca. Todo fuera por la beca del demonio.

—Pues no sé qué decirte, amigo...

—Pues a ver cómo le explicas la semana que viene al encargado que estos representantes se han vuelto a Europa dispuestos a vender allí millones de litros de Coca-Cola y ni un solo producto nuestro.

El gigantón volvió a rascarse la cabeza. Esta vez, la coronilla.

—Lo mismo tengo un problema, ¿no?

—Eso pienso yo.

Dos minutos más tarde estaban todos dentro.

—Bienvenidos, señores, al alma de América —proclamó entonces Daniel en un chirriante español que intentaba sonar triunfal.

—¿Perdón? —preguntó el profesor emérito.

—¿Cuál es la esencia de la vida americana? —continuó.

Había vuelto a su lengua nativa, la necesitaba para la opereta que estaba a punto de montar. Sin darles tiempo siquiera a tantear una contestación, automáticamente se respondió a sí mismo:

—¡La hamburguesa, por supuesto!

Caminaban por los pasillos mientras Daniel continuaba soltando sandeces a la vez que se preguntaba qué diantres iba a hacer a continuación.

—¿Y cuál es la clave de una buena hamburguesa? ¿La carne, creen ustedes? Ni hablar. ¿El pan? Tampoco. Ni la lechuga o la cebolla, por supuesto. La clave, señores, ¡es el ketchup! ¿Y dónde está el secreto del ketchup, el corazón del ketchup? ¡En Heinz!

Habían llegado a la zona de rellenado de botellas, oscura y fantasmagórica a aquellas horas con toda la maquinaria parada y sumida en un silencio de cementerio. Buscó los interruptores de la luz, los accionó con ímpetu hasta que todos los neones deslumbraron la inmensidad de la estancia. Sabía que se metería en un buen problema si algún encargado pasaba por allí, pero no le quedaba otra opción. Moviéndose de un lado para otro, se fue inventando sobre la marcha para qué servía cada una de las gigantescas máquinas. Apenas tenía idea de sus funciones: en aquella parte de la fábrica había estado tan solo un par de veces con anterioridad. Pero en un derroche desesperado de imaginación, al encontrar lo que recordaba vagamente como la máquina etiquetadora, les dramatizó su tarea. Se empeñó después en que cada uno se guardara en el bolsillo un puñado de tapones de rosca cuando llegaron a la zona de sellado y cierre. Y al alcanzar al fin lo que se suponía que era el inicio del proceso, el rellenado, Daniel, de un salto, subió hasta la plataforma que contenía el depósito desde el que se realizaba tal función. Metió un dedo dentro, lo sacó rojo.

—¡El ketchup, señores, orgullo de la gran casa Heinz! ¡Aquí está, no hay que ir más lejos! ¡Suban y pruébenlo!

Tendió una mano al más joven de los profesores. Aun un tanto desconcertado, no se atrevió a negarse.

—¡Pruebe, pruebe la gran gloria de América, profesor! —insistió obligándole a meter la mano en el depósito.

Después ayudó a subir al mexicano, un poco más reacio. Al depósito fue su mano derecha también. El maduro doctor Montero, a pesar de la insistencia, dijo que ni hablar.

Mientras bajaban de la plataforma tras hartarse de probar la salsa de tomate con sabor dulzón, Daniel volvió a consultar la hora. El tiempo se le agotaba y no tenía la más remota idea de qué hacer a continuación. Los encaminó entonces hacia el vestuario, les pidió que le esperaran fuera mientras se ponía el mono color arena que todos los empleados estaban obligados a llevar. Al fondo se oía el ruido de las cintas transportadoras y las carretillas mecánicas que usaban para llenar de cajas los camiones. Y voces de hombres dándose órdenes entre ellos, alguna risotada de vez en cuando, alguna palabra malsonante de tanto en tanto también. Mientras, los profesores, incongruentes con sus largos abrigos oscuros, sus corbatas y sus sombreros, seguían preguntándose qué demonios hacían allí.

En el mismo momento en el que Daniel salía del vestuario de hombres, tres jóvenes lo hacían del de mujeres.

—Hola, estudiante —dijeron dos de ellas al unísono con tono burlón. La tercera se ruborizó ligeramente al verle.

Iban ya vestidas de calle, con los labios pintados, el uniforme recién quitado guardado en el bolso y el abrigo cada una de un color. Violeta la morena más alta, amarillo la rubia redondita, azul verdoso la castaña que se sonrojó. El mexicano y el joven profesor español por fin reflejaron en la cara un minúsculo interés. El viejo tosió de nuevo.

—¿Qué hay, chicas, ya os vais a casa? —saludó Daniel con prisa.

—Qué remedio… —dijo la rubia con un gesto impostado de fastidio—. No tenemos a nadie que nos saque por ahí.

La ocasión se le estaba presentando antes de lo esperado. Y no la dejó pasar.

—Señores, les presento a mis amigas Ruth-Ann, Gina y Mary-Lou. Las mujeres más hermosas de todo el South Side. Las empaquetadoras de latas de sopa más rápidas de toda la industria manufacturera mundial. Chicas, estáis ante tres hombres sabios.

Hablaba a toda velocidad, calculando que le quedaban apenas un par de minutos para que el operario que le antecedía en su carretilla transportadora apretara el botón de stop. Mientras chocaban manos y se intercambiaban nombres, soltó su oferta en el oído de la rubia.

—Cinco pavos para cada una si los entretenéis durante tres horas —dijo en voz baja entregándole disimuladamente las llaves del coche de Fontana—. Y el jueves por la tarde, os invito al cine.

—Seis por cabeza —corrigió rauda la tal Mary-Lou—. Y después del cine, a cenar.

Ni siquiera tuvo tiempo para calcular que en ello se le iba a ir el salario de una semana entera.

—Mis queridos profesores, estas encantadoras señoritas ansían continuar enseñándoles las instalaciones de nuestra magnífica empresa. Y, después, se ofrecen a llevarlos a bailar. No encontrarán mejor compañía en toda la ciudad, se lo aseguro. Aunque me temo que yo estaría de sobra entre ustedes, así que, si me lo permiten, les voy a ir dejando.

Atónitos quedaron los hispanistas al verle salir corriendo como un loco por el pasillo camino del almacén. Pero las chicas, con su gracia proletaria y el desparpajo de su juventud, entre latas de alubias, cócteles y pasos de chachachá, se ocuparon de que se olvidaran muy pronto de él. Para siempre recordaría el trío de profesores aquel viaje a Pittsburgh como un encuentro académico sin parangón.

Otro pasillo muy distinto fue el que volvió a atravesar Daniel Carter a grandes zancadas casi un par de intensos años más tarde y una eternidad de clases y lecturas después. Mucho más curtido en lo mental, lo moral y lo físico, asomó por fin la cabeza por la puerta abierta del despacho del profesor Fontana en una de las últimas plantas de la imponente Cathedral of Learning.

—Pase, Carter, pase —saludó su voz robusta en español—. Le estaba esperando. Veo que viene como siempre sin resuello. Siéntese tranquilo un rato, haga el favor.

Daniel ya estaba más que habituado al abigarramiento de las estanterías repletas, a las pilas de trabajos y exámenes que poblaban todas las esquinas y a aquella mesa de despacho cubierta siempre de papeles. Con el transcurrir de las asignaturas y los trimestres, Andrés Fontana había llegado a ser no solo su supervisor académico, sino también el mentor respetado e incluso el amigo que, poco a poco, fue desentrañando ante el joven americano algunos misterios de la idiosincrasia de un país que aún no había logrado cicatrizar las heridas de uno de los mayores horrores de la historia.

Mantenía el profesor su austera formalidad española en el trato con colegas y alumnos. Era rápido, resuelto, sólido en cuerpo y alma, con una recia barba oscura que empezaba a encanecer, un torso contundente y unas manos grandes que parecían haberse configurado para algún fin menos sofisticado que el que le ocupaba en las aulas, los despachos y las salas de reuniones. Camino ya de los cincuenta, con excepción de unas cuantas hebras plateadas en las sienes, mantenía intacto un pelo denso y oscuro peinado siempre hacia atrás y gastaba una voz bronca que jamás formulaba elogios gratuitos. A pesar de los largos años de residencia en tierra americana y de dominar un inglés formalmente intachable, ni había limado la firmeza de su acento nativo, ni se esforzaba por disimular el rechazo que le provocaban ciertas actitudes relajadas tan propias del entorno estudiantil en el que llevaba media vida ejerciendo: las risas intempestivas, las carreras ocasionales por los pasillos o esa querencia involuntaria de algunos alumnos a echar una cabezadita en sus clases de primera hora de la tarde. Mostraba escaso aguante para la frivolidad y una tozuda intolerancia ante la desidia y la pereza. Y, pese a ello, era vital, generoso y dialogante, siempre dispuesto a la conversación cuando se le solicitaba, siempre capaz de escuchar y debatir sin prejuicios inamovibles. Siempre presto a tender una mano.

Usando la pluma como un estoque, todavía realizó unos cuantos tachones enérgicos sin levantar la vista de la página manuscrita por algún estudiante mediocre al que estaba despedazando.

—Supongo que todavía seguimos interesados en pasar una buena temporada en España —dijo sosteniendo el cigarrillo entre los labios y la mirada en su despiadada corrección.

—Sí, señor, ya sabe que así es.

A pesar de la confianza que habían ganado entre ambos con el tiempo, en el entorno académico conservaban la más exquisita convencionalidad.

—Pues tengo algo que contarle. Vaya echando un vistazo a esto.

Los folios sujetos con un gancho metálico planearon por encima de la mesa y Daniel los agarró al vuelo. Programa Fulbright, leyó en voz alta.

—Por fin llega a España, alabado sea Dios.

Para rematar su irónico comentario, Fontana trazó con contundencia una última raya horizontal sobre el texto masacrado. Enroscó entonces el capuchón de la estilográfica y se concentró en el asunto para el que había convocado al estudiante a su despacho.

—Se trata de un programa de intercambio académico internacional. Lleva una década funcionando, patrocinado por el Congreso de los Estados Unidos. A España, sin embargo, la habían mantenido hasta ahora al margen, como en tantas otras cosas. Pero, como nuestros países parece que van camino de un dulce entendimiento, por fin han decidido abrirle la puerta y en breve va a constituirse una comisión conjunta.

—¿En qué consiste el programa exactamente? —inquirió Daniel mientras ojeaba los papeles con avidez.

—Becas para cursar estudios de especialización o realizar un trabajo de investigación en una universidad del país elegido.

—Espero que para conseguirla no me pida que le entretenga a cambio a unos cuantos profesores, como la otra vez.

Rio Fontana con ganas. Con la familiaridad ganada a través del tiempo, Daniel había acabado por confesarle los detalles de aquella pretérita noche en Heinz.

—No se preocupe, le garantizo que en esta ocasión todo se hará por el procedimiento más ortodoxo —dijo apagando el pitillo en un cenicero ya repleto de colillas.

Aún le costaba trabajo reconocer en aquel hombre joven, consistente y desenvuelto al muchacho impetuoso que no tanto tiempo atrás llegó a esas aulas con un español vacilante y unas ansias desbocadas por aprender. Se había serenado, se había pulido, había multiplicado por diez su dominio de la lengua y, pese a ello, no había perdido un ápice ni del entusiasmo ni de la curiosidad intelectual que traía consigo el primer día. Y, según lo pactado entre ambos, había conseguido la beca que por fin le libró del trabajo nocturno en la fábrica y le permitió centrarse en sus estudios con determinación. Pero aún le quedaba un largo trecho por delante para llegar a ser lo que apuntaba desde las primeras clases, pensó Fontana. Todavía había que seguir encarrilándole.

—¿Cree que tengo posibilidades?

—Usted sabrá… —replicó el profesor con un punto de socarronería.

—Igual hay suerte.

Dobló entonces los folios, se los guardó en el bolsillo trasero del pantalón y comenzó a recoger del suelo sus libros, sus carpetas, su chaqueta, impulsado por las prisas de quien siempre andaba justo de tiempo y sobrado de cosas que hacer.

—Un momento, Carter, espere, espere, hombre de Dios. A ver cuándo consigo que venga a verme sin que tenga que salir zumbando en cinco minutos.

—Ya sabe que este trimestre tengo seis asignaturas, profesor, y...

—No me cuente penas, muchacho. Céntrese en lo que acabo de decirle. A esta gente hay que presentarles un proyecto serio y bien elaborado. Siéntese otra vez, haga el favor.

Le obedeció con gesto interesado.

—He pensado en alguien. Ramón J. Sender.

—Ramón ¿qué?

—Jo-ta-sén-der.

—¿Quién es?

—Un buen escritor para empezar a considerar un posible tema de su tesis. Y, además, un amigo.

Le lanzó entonces un libro por encima de la gran mesa de trabajo.

—¿Vivo? —preguntó Daniel atrapándolo hábilmente con la mano izquierda.

—Y coleando. Enseña literatura moderna en Albuquerque, Nuevo México. Y sigue escribiendo. Acabo de estar con él en el congreso de narrativa de Amherst.

—¿No vino al encuentro de hispanistas?

—No pudo ser. Y no sabe cuánto le eché de menos.

—¿Profesor visitante?

—Permanente. Exiliado.

—*Mosén Millán* —leyó Daniel en la portada. Pasó después el dedo pulgar a través de las breves páginas—. Muy corto —añadió como único juicio.

—Y muy bueno. Definitivo. Lo publicó en México hace cuatro o cinco años. Ahora está pensando en cambiarle el título, que pase a ser *Réquiem por un campesino español*. Y tiene además una gran producción anterior.

—¿Hay ya algo hecho sobre él?

—Apenas nada. Escritor non grato en España y fuera, a menudo, también. Por eso, si finalmente se decide, tendremos que andarnos con cuidado.

Abandonó el despacho con *Mosén Millán* añadido a su voluminoso cargamento y con el propósito de pelear con uñas y dientes por aquella beca que iba a suponer un paso más en la reconciliación entre su propio país y la España que ansiaba conocer. La idea de Sender, sin embargo, habría de madurarla con sosiego. Ya había hablado antes con Fontana sobre su intención de enfocar una futura tesis doctoral en algún autor contemporáneo. Pero no conocía al escritor propuesto y prefería tener una idea clara de quién era antes de enfrascarse a ciegas en un laborioso trabajo de años sobre sus libros. Aunque eso de que fuera un repudiado dentro y fuera de España no dejaba de causarle una sabrosa morbosidad.

Ya en el pasillo, a punto de lanzarse a la carrera para no llegar tarde a la clase siguiente, oyó como un trueno la voz de Fontana en la distancia, soltando una última frase que no acabó de entender del todo.

—¡A ver cómo nos las arreglamos para envainársela a todos sin que se enteren!

# CAPÍTULO 13

Un Lockheed Super Constellation de la TWA depositó a Daniel Carter en la pista de Barajas una mañana del fin del verano tórrido de 1958. Con él llevaba dos maletas, una máquina de escribir portátil y un cargamento de optimismo que no habría cabido en la bodega del avión. Para su subsistencia, la beca Fulbright que finalmente le había sido concedida. A un tipo de cambio de cuarenta y dos pesetas por dólar, esperaba ser capaz de estirarla para vivir sin apreturas durante un curso completo.

El mozo enjuto se le acercó raudo. Sin sacarse de la boca un Bisonte rechupado, se ofreció a cargarle el equipaje en una carretilla medio oxidada. Una vez fuera de la terminal y tras un tira y afloja con dos colegas de oficio, el propietario de un taxi negro le abrió obsequioso su puerta trasera. Como para no pelearse por un turista con pinta de americano, pensó el hombre. Con los tiempos que corrían.

—Adonde ordene el caballero… —dijo el taxista con un palillo entre los dientes.

—Calle Luisa Fernanda, número 26 —pidió. Su primer amago comunicativo en suelo español.

Se fue bebiendo Madrid tras las ventanillas, todo le resultaba fascinante, todo le llamaba la atención. Desde el secarral desolado por el que la carretera se adentraba en el extrarradio hasta los edificios y las gentes que con creciente densidad iban llenando los cruces, las calles y las esquinas. El taxista, entretanto, dispuesto a arrancarle una propina generosa, se brindó a servirle de cicerone. A voces, para que se enterara bien.

—Si a usted se le ofrece preguntarme cualquier cosa, míster, aquí me tiene para lo que guste.

—Muchas gracias, señor —replicó Daniel, cortés. Más que oír al taxista, sin embargo, lo que en ese momento quería era seguir absorbiendo todo cuanto se le cruzaba delante de los ojos.

Sin tener plena certeza, a medida que recorrían calles de desigual amplitud, empezó a sospechar que estaban dando más vueltas de la cuenta. A veces, incluso, le pareció que pasaban por el mismo sitio más de una vez. Obreros con mono y boina frente a una zanja, criaditas a la carrera y parejas de guardias vestidos de gris, de todo vio. Ciegos que vendían cupones al grito de veinte iguales para hoy, madres con el cesto al brazo camino del mercado, carteros en bicicleta, tres curas con sotana cruzando la calle a la vez. Figurantes todos, en esencia, de ese gran escenario que llevaba meses anticipando en su imaginación.

—Y esto, la Puerta de Alcalá, menuda preciosidad —aclaró el taxista al cabo de un buen rato de zigzagueo—. Y ahí tiene la Cibeles, fíjese, como una reina. Y enseguida vamos a enfilar la Gran Vía. Mire, mire, mire qué fenómeno: la Sarita Montiel en *El último cuplé*. Cerca de un año lleva en cartel, malo me pongo cada vez que paso por la puerta del Rialto. A ver si se le va a ocurrir a usted volverse para su tierra sin verla cantar el *Fumando espero…*

Sus ojos saltaban de los anuncios de licores y detergentes a los nombres de las bocas de metro y a los guardias urbanos que organizaban a silbatazos la circulación. De los carteles gigantescos que anunciaban películas nacionales y forasteras a las muchachas que taconeaban garbosas por las aceras con vestidos bien apretados en la cintura y a los hombres flacos y repeinados que fumaban compulsivamente mientras les soltaban piropos y obscenidades sin sombra de pudor. Todo le resultaba subyugante bajo el sol aún combativo de septiembre.

—Y ahora llegamos a la plaza de España. Mire usted, la Torre de Madrid, recién terminada, casi ciento cincuenta metros de altura dicen que mide, ¿qué le parece?

—Magnífica —mintió Daniel. No aclaró que acababa de pasar un par de días en Nueva York en su tránsito hacia España.

—Treinta y siete plantas y un chorro de ascensores para parar un tren —añadió tan orgulloso como si la fuera a heredar—, el rascacielos más alto de Europa. Para que luego digan que aquí no hacemos las cosas bien.

—Magnífica —reiteró Daniel mientras detenía la mirada en una mujer de luto que, sentada en el suelo y con un niño harapiento al pecho, extendía la mano pidiendo limosna a pocos metros de la entrada principal.

—Y ya estamos llegando a su destino, entrando en el barrio de Argüelles. Esta es la calle Princesa, y eso de ahí a la derecha que casi no se ve es el palacio de Liria, la choza del duque de Alba, no vea usted cómo vive el gachó. Y ahora torcemos para abajo y nos metemos en Luisa Fernanda, como la zarzuela. Y al final de la calle llegamos al número 26, como me dijo usted. Pues aquí estamos, amigo. Treinta y tres con cincuenta la carrera, más diez pesetas de los bultos y la voluntad por la información. Y no me irá a decir que ha estado mal el circuito, ¿eh, míster?

De sobra sabía Daniel que el mismo recorrido podría haberlo hecho por la mitad con un taxista un poco menos avispado y algo más honrado. Pero pagó sin rechistar el importe pedido. Un extra asumible, pensó, por la clase de literatura aplicada que acababa de recibir: picaresca española del siglo xx. En vivo.

Otra cosa fue la propina.

—¿Qué es esto que me ha dado, amigo? —preguntó el taxista al observar las extrañas monedas que el americano le acababa de entregar. El palillo rechupado que aún llevaba entre los dientes, impulsado quizá por la sorpresa, fue por fin a parar al suelo.

—Quince centavos, señor. Para que usted también empiece a conocer un poco de mi país.

Dejó atrás a su cicerone rumiando algo ininteligible sobre sus muertos y entró en el edificio cargando su equipaje. El portal era amplio, de buena casa burguesa. Colgadas del techo, dos lámparas bruñidas. Al fondo arrancaba una amplia escalera, en el centro un ascensor. A la derecha un cubículo acristalado, vacío en aquel momento. Al lado, la puerta de una vivienda sin cerrar del todo. Una placa anunciaba que aquel era su destino: portería.

Llamó con los nudillos y nadie respondió. Después encontró un timbre, lo hizo sonar y tampoco recibió respuesta. Asomó entonces la cabeza y descubrió un cuarto escueto. En su epicentro, una mesa redonda coronada por un tapete de ganchillo con cuatro sillas alrededor. Hola, dijo en voz alta. Hola, hola, repitió más alto aún. Nadie salió. Convencido finalmente de que allí no había presencia humana alguna, optó por empujar su equipaje en la estancia y marcharse de nuevo. No estaba dispuesto a perder un solo minuto de aquella primera mañana.

Echó a andar sin rumbo, absorbiéndolo todo otra vez con los cinco sentidos. A cada paso intentaba descifrar anuncios y voces mientras disfrutaba el aroma de establecimientos que ni siquiera sabía qué ofrecían a su clientela. Salazones y encurtidos, mercería, churrería. Hasta que tropezó con un kiosco y su atención se desvió hacia los titulares que desgranaban el acontecer del país. Leyó las portadas y escogió unos cuantos ejemplares casi al tuntún, esperando encontrar en ellos radiografías de la tierra recién pisada. *Ya, Pueblo* y *Abc* porque el vendedor le aseguró que eran los que más se despachaban. Añadió después *El Caso*, prometía detalles jugosos sobre los cuatro asesinatos perpetrados aquel verano por un criminal apellidado Jarabo. Y una revista a color que paradójicamente se llamaba *Blanco y Negro* y que mostraba a un niño canijo y moreno al que presentaba como Joselito, el pequeño ruiseñor. En el último momento, pegados a sus piernas, notó a dos mocosos que apenas le llegaban a la cintura. Observaban con arrobo las publicaciones infantiles mientras uno de ellos se rascaba con ahínco la cabeza y el otro se hurgaba con un dedo en las profundidades de la nariz. Pidió tres ejemplares, ¿*Tiovivo* le vale al señor? Regaló dos a los chiquillos y añadió el suyo al paquetón de publicaciones.

Tras pagar con un billete de cien pesetas y recibir como cambio unas cuantas monedas, intuyó que la vida en Madrid iba a resultarle sorprendentemente barata. Mejor, pensó mientras empujaba la puerta del establecimiento vecino. Más cosas podría hacer, más rincones visitar, más libros comprar. Pero eso ya lo iría pensando más adelante. De momento, su prioridad era averiguar con qué iba a llenar el estómago hambriento a las once y media de la mañana en una taberna que anunciaba en letras rojas su especialidad en bocadillos y raciones variadas.

Desplegó sobre la mesa la prensa recién comprada mientras saboreaba a ciegas lo que el camarero le sirvió ante su incapacidad para descifrar la pizarra con las especialidades de la casa: media barra de pan rellena de calamares fritos y un vaso de vino blanco un tanto turbio servido directamente de un barril. Devoró los periódicos a la vez que la comanda y se enteró así, entre bocado y bocado, de que el barco de Franco se llamaba Azor y, gracias a él, aprendió el significado del verbo fondear y la situación en el mapa del puerto de Vigo. Supo también que un torero conocido como el Litri volvería a los ruedos la temporada siguiente. Que, al cierre de la edición, a un ferroviario de nombre Emiliano Bermejo Salcedilla le había arrollado una locomotora en la estación del Norte.

Eran ya cerca de la dos cuando regresó a su destino inicial. A través de la puerta aún entreabierta de la vivienda de la portería se oía por fin ruido y agitación. Un canturreo, un grifo abierto. El grito de ya voy, ya voy, ya voy al oír el timbre. Pasos pequeños que cada vez se acercaban más.

—¡Virgen del amor hermoso, pero qué buen mozo es usted, señorito Daniel! —fue el saludo de la mujer rechonchita que llegó a la puerta apresurada secándose las manos con un trapo.

No pudo evitar una carcajada ante el cumplido. Acto seguido, al reclamo de ella, se dobló casi en un ángulo recto para que la portera pudiera plantarle en las mejillas un par de besos sonoros como ventosas. Mes y medio llevaba reservándolos, desde que recibiera la carta de Andrés Fontana en la que le anunciaba la llegada del joven americano.

—Pase para adentro, hijo mío, pase para adentro, que tengo ya el cocido a puntito en la lumbre. ¡Mira tú que irme yo a la droguería en el momento justo en que ha ido usted a llegar!

Daniel quiso decirle que ya había comido algo antes, que no se preocupara por él, que quizá le vendría mejor echarse un rato. Pero perdió la batalla antes de iniciarla y no tuvo más remedio que sentarse a la mesa ya puesta y acomodarse la servilleta a cuadros en la pechera, tal como ella le indicó. Quién iba a decirle que aquel cocido, el primero de los muchos que a lo largo de su vida comería, con su sopa, sus garbanzos y sus viandas —como tantas cosas a partir de aquel día, como tantos otros días en los meses que habrían de llegar—, le sabría a algo imposible de definir. Ni siquiera con el diccionario bilingüe que llevaba en la maleta.

Otra cosa muy distinta fue el dormir. El país que le acogía ya no tenía cartillas de racionamiento ni Auxilio Social para los menesterosos, había comenzado a resquebrajar su orgullosa autarquía congraciándose con el Vaticano y con el gobierno de los Estados Unidos, y había encumbrado al poder de la política económica a un equipo de tecnócratas que, aun con mayores capacidades y conocimientos que sus predecesores, tenían el mismo interés que estos en democratizar el país. O sea, ninguno. Aquel anquilosamiento parecía permear también en algunas otras esferas de la vida. En la estatura media de los españoles, por ejemplo, que apenas superaba el metro setenta en los hombres y unos cuantos centímetros menos en las mujeres. Y en los muebles y enseres domésticos, adaptados aún a esa talla menuda, como el lecho insuficiente que esperaba a Daniel en el cuarto que había sido de los hijos de la portera en su juventud.

—¡Ay, Señor bendito! ¿Y en qué cama voy yo a meterle, con esa largura que me gasta?

Comenzaba a recoger la mesa: para su gran satisfacción, el americano había repetido cocido, devorado media fuente de arroz con leche y rematado la comida con casi una olla entera de café. En cuanto la vio empezar a apilar platos, se levantó dispuesto a ayudarla.

—¡Ni hablar, hijo mío, ni hablar! —protestó enérgica la portera—. Vaya usted metiendo las maletas en la habitación, que en un momentito estoy yo allí.

La cama era, efectivamente, a todas luces escasa. Pero faltaba comprobar hasta qué punto.

—Túmbese, criatura, túmbese...

A duras penas pudieron los dos contener la risa. Las piernas de Daniel sobresalían de los pies de la cama a partir de media pantorrilla.

—Esto nos lo arregla el Mauricio el carpintero, ya verá como sí —dijo dándole unas palmaditas en el brazo como para tranquilizarle—. ¿Cuánto mide usted, señorito Daniel, que se lo diga yo a él, a ver qué puede hacernos?

—Seis pies dos pulgadas —respondió de forma automática, ajustándose a la lengua, pero no a las varas de medir del país.

—¿Y cuánto es eso en cristiano, si se puede saber?

—¿Perdón?

—En metros, hijo, que cuánto mide usted en metros.

—Pues... pues no lo sé.

—Eso lo arreglamos en un satiamén —murmuró entre dientes mientras salía de la habitación en busca de su costurero. En unos segundos estaba de vuelta—. A ver, apóyese usted contra esta pared —dijo deshaciendo el rollo de cinta métrica. Daniel obedeció divertido—. Espérese, que no llego —dijo acercando la única silla de la habitación. A ella se subió la señora Antonia sin pensárselo dos veces—. A ver, alce la cabeza, no se mueva, ya está. Un metro y ochenta y ocho, ya sabe usted su talla, por si le mandan a cumplir el servicio militar, no lo quiera el Señor.

Daniel no alcanzaba a entender el sentido de un buen montón de palabras y frases de la viuda, pero como para los sentimientos no existen lenguas, sí comprendió el afecto que emanaba y su más que generosa disposición. Entre ambos, portera y americano, viuda y recién llegado, asimétricos en todo y acompasados empero como el punto y la i, arreglaron el problema nocturno con un poco de ingenio y la ayuda combinada del carpintero del barrio y un vecino colchonero. El primero montó con unas cuantas tablas una extensión para la cama, el segundo hizo un colchón a la medida del apéndice. Y la señora Antonia cosió a las sábanas unos trozos de lienzo de algodón. Perfecto, afirmó Daniel cuando todo estuvo listo. Niquelao, fue el adjetivo que ella eligió para alabar el resultado del apaño. Rápidamente entró a formar parte del cuaderno de vocabulario en el que él insertaba su continuo caudal de adquisiciones.

El asunto de la cama podría haberle servido como excusa para buscar, tras los primeros días de estancia, un nuevo alojamiento. Después de unas cuantas jornadas de adaptación a Madrid en la humilde vivienda de la portería, tal vez debería haberse aventurado a encontrar un cobijo algo más holgado. Una buena pensión para señoritos de provincias, un hostal céntrico y luminoso, una plaza en la mítica Residencia de Estudiantes quizá. Pero prefirió no moverse: seguir durmiendo en una habitación oscura abierta a un patio en el que siempre había ropa tendida y olor a lejía, alumbrarse con la luz escasa de una bombilla pelada, sentarse a leer en una silla de enea ante la ausencia de un buen sillón. Nada de eso parecía importarle, nada se le hacía incómodo. Todo lo contrario, más bien. Lo percibía como algo sustancialmente auténtico. Realidad en su esencia más pura, sal de la vida.

Puede que existiera también en su voluntad de no mudarse un trazo involuntario de intención continuista, el deseo inconsciente y un tanto romántico de perpetuar algo que se había interrumpido bruscamente más de dos décadas atrás. En casa de la señora Antonia —en otra portería de la calle Princesa antes de que se mudaran a Luisa Fernanda, antes de que ella enviudara y de que sus hijos crecieran y se marcharan de su lado— también había vivido el profesor Andrés Fontana en sus años de estudiante. Él mismo fue quien ofreció a Daniel aquel alojamiento como opción de arranque para sus primeros días en España, quien escribió a la portera desde Pittsburgh y le encargó la acogida de su alumno americano a razón de doscientas pesetas semanales. Si Fontana, con su solidez, había residido en unas condiciones aún más adversas y con la misma compañía, por qué no habría de hacerlo también Daniel Carter. Va por usted, maestro, habría dicho el americano de haber sabido entonces que tal expresión existía. Lástima que no la aprendiese hasta que llegara la feria de San Isidro unos cuantos meses después.

Hubo, definitivamente, un cúmulo de razones prácticas y contundentes que sumadas unas a otras le hicieron dudar poco. Los guisos llenos de sustancia servidos con pan para mojar, el café de puchero con el que abría los ojos por las mañanas, sus camisas lavadas a mano y planchadas con primor y almidón. Las anécdotas de la señora Antonia y su memoria intacta del ayer que, en sesiones continuas de mesa camilla, le ayudarían a ir descubriendo la miga de la tierra que pisaba. El manantial de habla popular que a diario oía, el borboteo constante de giros y chascarrillos que él empezó a anotar por montones en el cuaderno que a partir de entonces decidió llevar siempre en un bolsillo.

Y, quizá sin él saberlo y por encima de las demás causas, sobrevolándolas a todas de manera imperceptible, hubo algo más. Algo impalpable, intangible. Algo que había percibido desde el momento en que atravesó la puerta de la vivienda y se enfrentó al tapete de ganchillo y al retrato añoso de una boda de pueblo en el que ya faltaba la mitad. Al olor de comida en la lumbre, a la estampa enmarcada del Sagrado Corazón, al almanaque de mujeres morenas con sombreros cordobeses y ojos tristes, y a la radio permanentemente encendida, inaudible casi a veces, jaranera a ratos con concursos, seriales y coplas. La calidez. La ternura. El verse de pronto arropado. El hecho de que alguien, después de tanto tiempo huérfano de afectos, se preocupara por él tras el desamparo en el que braceaba desde que anunció en voz alta que su futuro nunca transitaría por los bufetes, los juicios o los hospitales.

# CAPÍTULO 14

Pero la vida doméstica no lo fue todo, qué va. Desde un principio se volcó a la calle también. A la calle en su sentido más genérico: al aire, por ahí, vagando por ese Madrid que se desplegaba ante sus ojos ofreciéndole sorpresas en cada rincón. En aquel vagabundeo errático invirtió sus días iniciales, paseando por barrios castizos, pateando aceras, plazas y parques, entrando y saliendo de iglesias y tabernas, asomándose a bodegas, comercios, escuelas y almacenes, y enseñando repetidamente su documentación cada vez que algún contumaz velador del orden y la seguridad nacionales se le plantaba delante con cara de malas pulgas en la esquina más insospechada.

Una vez saciada esa primera sed, esa necesidad casi orgánica de ver, oír, palpar y oler, por fin se decidió a poner un destino a sus pasos y una finalidad a su devenir. El objetivo fue una zona del oeste de Madrid, vecina a su barrio de Argüelles. Una zona en la que, a pesar de constituir la justificación formal de su estancia, todavía no había puesto un pie.

Allí, en la Ciudad Universitaria, le esperaba la Facultad de Filosofía y Letras: recién estrenada había acogido a Andrés

Fontana y, dos décadas y unos cuantos años después, habría de acoger también a su estudiante americano en una mañana con nubes de primeros de octubre. Entre ambos momentos había pasado por ella una guerra, un minucioso barrido de profesores y estudiantes indeseables y una reconstrucción en todos los órdenes que alteraría radicalmente la esencia de la institución.

Minutos antes de salir hacia allí, la viuda se le acercó con un cazo en la mano. Llevaba el mango envuelto en un trapo para no quemarse, acababa de fregar de rodillas tramo por tramo la escalera y se disponía a servirle el desayuno. El viacrucis de porterías tras la muerte de su marido arrastrando a sus hijos sin apenas nada que llevarse a la boca y la lucha constante por sacarlos adelante habían terminado por fortalecerla. Tanto esconder las lágrimas para que ellos no notaran su dolor, tanto cargar calderas, bajar basuras y tragar miserias habían hecho de ella una mujer resuelta sin cabida para la palabra desaliento en su cuerpo compacto y achaparrado.

—¿Y adónde vamos hoy tan elegantes, hijo mío? —preguntó mientras le servía la leche caliente sobre el café.

Se había fijado en la corbata de Daniel, llena de rayas y colores, tan distinta a las sobrias y oscuras del español común. Era la primera vez que se la veía puesta desde que llegó.

—Me temo que ya es hora de ponerme a trabajar —respondió él mientras mojaba en su taza una de las porras recién traídas de la churrería.

—¿Ya se nos ha acabado la buena vida, entonces?

En dos bocados más, dio cuenta de la porra entera. Después contestó.

—O igual empieza ahora, vamos a ver…

Invirtió el camino en reflexionar una vez más sobre la manera en la que iba a plantear el proyecto que la comisión Fulbright había por fin becado con generosidad. Fontana y él lo habían hablado largamente. A veces, mientras recorrían entre clase y clase los pasillos neogóticos de la Cathedral of Learning, cargados ambos de libros, avanzando con paso apresurado entre estudiantes en busca de sus aulas. A veces, mientras caminaban por las calles del campus de Pitt. En alguna ocasión, incluso, mientras compartían unas cervezas al final de las clases en los días ya largos y cálidos de la última primavera, cuando la relación entre ambos se había afianzado lo suficiente como para prolongar la conversación más allá de las horas lectivas. Prudencia, muchacho, prudencia, solía repetir Fontana. Prudencia y buena cabeza.

—¿Por qué insiste tanto en la prudencia, profesor?

—Porque a Sender le quieren muy pocos, y no nos conviene levantar ningún recelo.

Fontana sabía bien lo que decía. El aragonés Ramón J. Sender, efectivamente, constituía en aquellos años de finales de los cincuenta una figura con un cariz muy particular entre los escritores españoles exiliados tras la guerra civil. Escritor y periodista prolífico ya antes de la contienda, su biografía de hombre de armas y letras en el bando republicano estaba, sin embargo, llena de turbulencias. Disidente del Partido Comunista, acusado por sus líderes de oscuros episodios de cobardía y traición, sometido tras ello a una larga operación de desprestigio, excluido sin miramientos de los círculos de solidaridad expatriada.

Él mismo había rebatido siempre aquellas acusaciones, aunque reconocía sin ambages episodios de indisciplina e incluso de irresponsabilidad en el ejercicio de sus funciones militares durante la guerra. Pero allí donde el Partido Comunista vio deslealtad y vileza, Sender y sus escasos defensores apuntaban una simple disconformidad frente a la política y la conducta militar de las jerarquías del partido: una forma personal de rebelión ante la autoridad arbitraria y una heroica defensa de su integridad como individuo. En cualquier caso, la realidad era que el escritor, fiel a su compromiso político, se había exiliado como tantos otros. Lejos de figurar como uno más entre la mayoría, no obstante, en numerosas ocasiones fue tratado como un enemigo, como un incómodo compañero de viaje en la larga travesía de la diáspora.

Se mantuvo, con todo, fiel a su posición. Con su familia rota para siempre —su mujer fue fusilada en el cementerio de Zamora y sus hijos acogidos por una millonaria norteamericana—, tras estancias en Francia y México acabó asentándose en los Estados Unidos, donde continuó escribiendo e impartiendo clases, donde se volvió a casar. Y donde hizo amigos nuevos. Americanos muchos, algún que otro español. Andrés Fontana entre ellos.

El eco de aquellas charlas fue volviendo a la mente de Daniel a medida que avanzaba por la Ciudad Universitaria en busca de su destino. Una vez en la facultad, un conserje uniformado con la galanura de un coronel le dio las indicaciones necesarias.

—Doctor don Domingo Cabeza de Vaca y Ramírez de Arellano, despacho 19, al fondo del corredor a la derecha.

Recorrió los pasillos con actitud reverencial escuchando tan solo el ruido de sus pisadas sobre el suelo pulido. Eran las nueve y media de la mañana, las clases ya habían comenzado y fuera de las aulas no se veía un alma. Llamó al fin a la puerta del despacho indicado, una voz bien timbrada dijo adelante, entró.

Ni buscándolos a propósito habría encontrado una estancia y un hombre más distintos de lo que esperaba. Cabeza de Vaca había sido compañero de Fontana en sus años de estudiantes de preguerra y Daniel, ingenuamente, había previsto hallar en aquella primera visita una cierta coincidencia con el hábitat y la persona de su profesor. Alguna leve similitud, cualquier pequeña semejanza. Pero ni por asomo.

Pulcritud, raigambre, atildamiento. Tres conceptos nuevos

para apuntar en su cuaderno de vocabulario. Tres características aplicables tanto al individuo que halló como a su entorno. Una gran mesa de nogal con las patas torneadas, escribanía de plata, taco de calendario y un crucifijo de marfil. Un atril con un libro antiguo abierto, cortinones de terciopelo verde oscuro, un esmalte con un escudo heráldico, la librería acristalada llena de volúmenes encuadernados en piel. Tras el escritorio, un hombre delgado y de apariencia exquisita. Tez blanca, terno impecable y cabello encanecido peinado hacia atrás. Gemelos en los puños, un alfiler de oro atravesando la corbata. No se levantó a saludarle, solo le tendió una mano por encima de la mesa. Una mano leve, delgada y, con todo, no exenta de cierta energía.

—Encantado de conocerle, señor Carter. Siéntese, por favor.

Obedeció consciente de su disonancia con aquel despacho y con tal presencia. Con disimulo precipitado se ajustó el nudo de la corbata, recompuso las solapas de la chaqueta y se echó hacia atrás el pelo que siempre tendía desobediente a írsele hacia la cara. Su físico le pareció de pronto excesivamente intenso, exageradamente viva su indumentaria.

—Qué honor que mi estimado colega Andrés Fontana haya depositado su confianza en mí para encomendarme su tutoría. Qué gran honor.

La voz de Cabeza de Vaca era modulada, su afecto por el profesor de Pittsburgh sonaba a auténtico.

—Fontanita, Fontanita… —murmuró como para sí—. Qué bien te salieron las cosas al final, bribón… Cuánto me alegro, cuánto… Bien, señor Carter —continuó cambiando de tono—, así que está usted interesado en especializarse en nuestra narrativa contemporánea.

—Así es, señor.

—Excelente, joven, excelente. Un magnífico objetivo académico. Una formidable idea.

Daniel no necesitó ser un perfecto bilingüe para sobreentender que ambos adjetivos, magnífico y formidable, habían sido pronunciados con un punto de algo parecido a la ironía.

—¿Y sería tan amable de exponerme de manera sucinta la razón subyacente a tal elección?

Tardó siete minutos y medio en desgranar su razonamiento, llevaba la intervención preparada. La gran literatura española y sus nobles plumas, la fuerza de su prosa, la tradición y la herencia, la leal representación del espíritu de un pueblo. Un intenso bla-bla-bla formulado en un español decente con marcado acento extranjero, en el que no tuvieron cabida adjetivos como silenciado, proscrito o discrepante. Ni mucho menos el nombre de Ramón J. Sender.

Cabeza de Vaca le escuchó con quietud de estatua de mármol y una pluma de plata sostenida entre los dedos.

—Y, respecto a su metodología de trabajo, ¿podría adelantarme algo, por favor?

Seguimiento cercano, rigor documental, rectas interpretaciones. Cinco minutos largos llenos de acrobacias verbales para evitar decir abiertamente que su labor en España pretendía centrarse de manera prioritaria en el recorrido de los escenarios por los que transcurrieron la vida y las novelas de un escritor exiliado.

—Entiendo, pues, que no tiene usted intención de encerrarse en demasía entre las paredes de aulas y bibliotecas.

Se esforzó para que no se le notara que estaba empezando a ponerle nervioso aquella actitud un tanto incisiva del profesor.

—Bueno, la verdad es que mi intención primordial es buscar influenzas, puntos de arranque, fuentes y evocaciones.

—Influencias.

—¿Perdón?

—Se dice influencias, no influenzas. Continúe, por favor.

—Influencias, lo siento, señor. Quiero decir… Quería decir… que lo que yo pretendo es recorrer las sendas vitales de los autores para comprender mejor así su producción posterior.

La frase le salió redonda, la llevaba bien aprendida. Su satisfacción, no obstante, fue pasajera.

—Hollar las mismas veredas, sentir el pálpito de los parajes, destripar sus entrañas geofísicas y trasladarlas a su quehacer intelectual. ¿Es eso lo que pretende?

Hacía muchos años que Daniel no notaba esa sensación: un calor excesivo en la cara y la certeza de que empezaba a enrojecer.

—Creo que no le entiendo, señor.

—¿Qué es lo que no entiende?

—Casi todo.

—¿Hollar? ¿Vereda? ¿Pálpito? ¿Paraje? ¿Destripar? ¿Entraña?

—Todas esas palabras, profesor. No conozco su significado.

—Ya lo aprenderá en su momento, muchacho. Prosigamos, pues. Y dígame ahora, ¿tiene en mente algún autor en particular?

Antes de solicitar a Cabeza de Vaca que aceptase ser su tutor, Fontana había sopesado varias opciones y considerado a un puñado de compañeros de estudios que ahora formaban parte del claustro de su antigua facultad. A través de contactos con colegas en otras universidades americanas, recabó información sobre sus carreras y estatus, sobre su grado de adhesión al régimen y su nivel de implicación con las autoridades. No quería que su alumno encontrara problemas en una España cargada de controles y dictámenes: buscaba a alguien que le acogiera oficialmente dentro de la institución, firmara los documentos necesarios y le dejara funcionar a su aire. Alguien a quien aquel extranjero descolocado le importara lo mínimo imprescindible. Un mero vínculo administrativo, un simple trámite oficial. Nada más. De las directrices académicas que darían cuerpo a su futura tesis a la vuelta a su patria, ya se encargaría él.

Se decidió finalmente por Domingo Cabeza de Vaca a pesar de que el campo de especialización de su antiguo compañero distara leguas de la narrativa contemporánea y, mucho más aún, de aquellos escritores desterrados a causa de la guerra. A sabiendas de que él pertenecía a los vencedores y de que en su mundo no existía ni la sombra de una remota vinculación con aquellos que durante tres años atroces estuvieron en el otro bando, intuyó que podría confiar en él. Pero prefirió no implicarse demasiado, por si acaso. Esperaba que su colega, abstraído en un universo de manuscritos de siete siglos atrás, aceptara una cooperación burocráticamente correcta, pero del todo distante. Sin embargo, a Cabeza de Vaca, por lo visto, aquello no le servía. Quería más.

Ante la pregunta recién formulada sobre su interés particular en algún autor concreto, Daniel sabía que no podía mentir. Era consciente de que no le convenía hablar sin tapujos sobre Sender, de que más le valía seguir aferrándose a una noción de narradores genérica y abstracta. Pero Fontana y él habían considerado remotamente este escenario y habían acordado que, en caso de sentirse acorralado, sería peligroso insistir en el engaño.

—He de reconocer que hay algún autor que me interesa de manera particular, aunque todos en general son dignos de…

Cabeza de Vaca alzó una ceja, no necesitó preguntar. Daniel supo que no tenía escapatoria.

—Ramón J. Sender, señor.

—Francamente interesante… O sea, que lo que usted pretende es seguir los pasos de Sender por España para después investigar sobre su producción.

—Así es, más o menos —confirmó en un tono de voz algo más bajo de lo normal.

—Entonces, y corríjame si estoy equivocado, ¿no contempla acercarse durante su estancia en España a la prosa del autor?

Se revolvió en su asiento, cruzó las piernas y, automáticamente, las volvió a descruzar. Aquello estaba yendo más lejos de lo que Fontana y él habían previsto en Pitt.

—No me es posible, señor.

—¿Sería tan amable de explicarme la razón?

Cambió de postura de nuevo, volvió a ajustarse el nudo de la corbata que le estaba ahogando.

—Resulta difícil encontrar sus libros en España —reconoció al fin.

—¿Difícil?

—Imposible, más bien.

—¿Por alguna causa en concreto?

Carraspeó.

—Censorship —dijo en voz baja.

—En castellano, por favor.

Tragó saliva con fuerza.

—La censura, señor. Los libros de Ramón J. Sender están prohibidos.

—¿Y usted cree que eso es correcto?

Notó la boca seca. Su cabeza, sin embargo, hervía.

—¿Lo considera correcto o no, señor Carter? —repitió el profesor ante su mudez.

Sabía que se la estaba jugando. Que aquello podía ser el fin de todo: de su estancia en España, de su beca, de su aún incipiente carrera profesional. Pero se arriesgó. Qué otra salida le quedaba.

—No, profesor. Creo que no es correcto.

—¿Por qué?

—Porque creo que las voces no se deben callar.

—Acallar.

—¿Perdón?

—Callar, verbo intransitivo, es cesar de hablar. Acallar, verbo transitivo, es hacer callar. Un leve matiz diferenciador. Aquí no estamos hablando de decisiones propias, sino de imposiciones externas, ¿sí o no?

—Sí, señor —musitó.

No quiso dejar ver que los matices lingüísticos le daban en ese momento exactamente igual, que lo que de verdad le importaba era que no lo sacaran de allí a patadas.

La reacción del profesor tardó en llegar unos segundos y, en su transcurso, mientras los dos se sostenían la mirada, por la mente de Daniel pasaron como en una secuencia precipitada los peores pronósticos que con su bullicioso optimismo jamás había llegado a imaginar. Fontana se había equivocado: confiar en aquel colega suyo había sido una penosa elección, no habían contado con su insidia. La decisión de trabajar en la obra de Sender iba a ser sentenciada a muerte antes de empezar, fin de su primer gran proyecto académico. La comisión Fulbright sería informada de lo improcedente de su trabajo, le retirarían la beca, en breve tendría que volver a Pittsburgh. Adiós a Madrid, a su sueño de recorrer España. Quizá debería haber hecho caso a sus padres y haber cejado en su absurdo empeño de especializarse en una literatura extranjera. Quizá su destino profesional estaba en la escuela de leyes. O en la sala de urgencias de un hospital. O en la fábrica Heinz, cargando camiones de ketchup y alubias hasta que sus huesos no pudieran más.

—Bien, señor Carter, muy, muy bien... —sentenció finalmente el profesor apuntando en la comisura de su boca una leve sonrisa un tanto burlona—. A pesar del mal trago que le he hecho pasar, no me cabe duda de que acabará usted siendo un buen hispanista cuando consolide su dominio de la lengua y avance en sus investigaciones. De momento, se le ve bien encauzado, dueño de opiniones firmes y de una evidente determinación.

Daniel estuvo a punto de resoplar mostrando su alivio, a punto de destensarse y de echarse a reír. De sentirse a salvo.

—Pero todavía le queda un arduo camino por delante —añadió Cabeza de Vaca—. Y, para ello, como primer paso y antes de que se embarque en su cometido, debemos cumplir con algunas exigencias formales.

Volvió a sentir una cierta turbación, pero estaba seguro de que lo peor ya había pasado. El profesor, entretanto, seguía elaborando su discurso bien medido.

—Para que cubramos todos los requisitos académicos, le vamos a matricular en dos materias. Una será Paleografía visigoda, con especial atención al *Comentario al Apocalipsis* de Beato de Liébana. La imparto los lunes, martes y miércoles a las ocho de la mañana. La otra, Análisis comparativo de las Glosas Silenses y Emilianenses. Jueves y viernes, de siete y media a nueve de la noche.

En el español aún a medio cocer del joven americano empezaron a amontonarse las palabras necesarias para elaborar un pretexto que le eximiera de cursar algo tan disparatadamente ajeno a sus intereses.

—Disculpe, señor, pero… yo, bueno, mi intención…

—Aunque quedará dispensado de asistir a las clases de ambas materias sin menoscabo de obtener en ellas la calificación de sobresaliente si le tengo aquí de vuelta el mes que viene y me cuenta qué tal le ha ido allá por el Alto Aragón.

El rostro de Daniel debió de reflejar algo parecido al estupor. Cabeza de Vaca, rompiendo su frialdad hasta entonces exquisita, soltó una sonora carcajada.

—Sus palabras han sido convincentes, como lo son también las cartas de recomendación que me han llegado desde la Universidad de Pittsburgh y el informe de la Fundación Fulbright. Aunque, naturalmente, yo no estaba dispuesto a aceptar a un alumno de mi querido Andrés Fontana sin antes retomar con él el contacto perdido. No porque desconfiase, entiéndame: habría aceptado cualquier petición suya sin ni siquiera dudarlo. Pero no quería perder la oportunidad de volver a saber de mi viejo compañero y conocer qué ha sido de él a lo largo de todos estos años.

Así que ya había hablado con Fontana. Así que Cabeza de Vaca estaba al tanto de sus intenciones y de la vida de su compañero en las últimas décadas. Así que solo le estaba poniendo a prueba. Su alivio fue tan inmenso que casi le entraron ganas de llorar.

Entreverado con su desahogo, sin embargo, Daniel fue de pronto consciente de que tampoco él sabía gran cosa del pasado de su profesor. Las conversaciones entre ambos casi siempre se centraban en el presente y, sobre todo, en el futuro: planes y proyectos, programas que cumplir, objetivos que alcanzar. Lo remoto que de Fontana conocía se circunscribía tan solo a las aulas y las lecturas, al pasado histórico y literario que envolvía su patria. Apenas nada más.

—Fue emotivo, créame. Jamás supe de su paradero desde que ambos concluimos la carrera en el 35. Sabía que tenía la intención de pasar un curso como lector en una universidad norteamericana, pero desconocía si alguna vez volvió, si luchó en la guerra o no, si lo mataron o sobrevivió.

—Nunca regresó —adelantó Daniel.

—Lo sé, lo sé. Ahora ya lo sé todo. Ya he averiguado en qué acabó fraguando el tesón y el empuje de aquel hijo de minero que jamás se sintió incómodo entre los señoritos que pululábamos por aquí esos días. Siempre admiré eso de él: la confianza en sí mismo, su capacidad para no amilanarse, para adaptarse a todo sin perder nunca la perspectiva de quién era y de dónde venía. Ha sido una grandísima alegría recuperarle. Y me ha enviado un mensaje para usted. Téngalo, transcrito letra a letra.

Le tendió una cuartilla doblada. Dentro, un breve puñado de monosílabos en su propia lengua.

—Let him do his way —leyó para sí. Déjele hacer a su manera, aconsejaba su maestro.

—Contrariamente a lo que entre ustedes dos tramaron en un principio, me he comprometido con Andrés Fontana no solo a actuar como su supervisor nominal para cumplir con los requisitos formales de su beca, señor Carter, sino también a ayudarle verdaderamente en todo lo que esté en mi mano.

—Se lo agradezco, señor.

Pretendía sonar sincero, pero estaba confuso, incapaz de vislumbrar si aquella reacción del profesor iba a resultar positiva para sus intenciones o se tornaría en un lastre difícil de arrastrar.

Cabeza de Vaca siguió hablando como si no le hubiera oído.

—A diferencia de lo que pensaban inicialmente, en el fondo, su proyecto me complace. O me voy a esforzar para que me complazca, por expresarlo con más precisión. Enseguida entenderá por qué.

Se inclinó entonces lateralmente, agarrando algo que quedaba oculto de la vista tras la recia mesa que los separaba. Se trataba de una muleta. Una muleta que el profesor se ajustó con destreza bajo el brazo derecho a la vez que hacía un esfuerzo enérgico para ponerse en pie. Solo entonces pudo percibir Daniel la merma de su cuerpo.

—La guerra me arrebató a mi novia, dos hermanos y una pierna. Hay que ser muy fuerte para superar algo así y mirar sin angustia hacia el futuro. Y yo no lo fui. Me faltó el coraje y, por eso, me refugié en el pasado. Retrocedí hasta el Medievo —dijo desplomándose en la silla otra vez y tirando la muleta al suelo. El ruido sonoro de la madera al estamparse contra las baldosas no pareció alterarle—. Entre los códices, las crónicas y las cantigas hallé el sosiego que la memoria y las pesadillas me robaban. De ellos hice algo más que mi profesión de medievalista: los convertí en una guarida en la que cobijarme a lo largo de estos años.

—Entiendo... —murmuró Daniel sin ser del todo sincero. Creía entender, pero no estaba seguro de asimilar la justa densidad de lo que estaba oyendo.

—Pero no creo que mi postura sea la más sensata, ni muchísimo menos. Y por eso me parece que debo hacer un esfuerzo por comprender y ayudar a quien se empeña en seguir hacia delante. He estado pensando mucho sobre esto desde que retomé el contacto con Fontana, ¿sabe? Y aunque jamás imaginé que me vería defendiendo esta postura, he llegado a la conclusión de que mal camino llevaría este país si todos los intelectuales se escondieran como yo en una caverna pretérita, ausentes y ajenos, sordos, ciegos y mudos ante el presente que nos rodea.

—Entiendo... —volvió a murmurar. En el fondo, seguía sin comprender.

—Mi vida transcurre volviendo una mirada reflexiva hacia el pasado, pero creo que también es necesario que nuestras letras se sigan nutriendo, que dejemos avanzar nuestra cultura por todos sus cauces hacia el futuro. Y en esos cauces, guste más o menos, están las voces de todos los que sobrevivieron a la atrocidad de la guerra: los que se quedaron y los que se fueron. Los que siguen aquí y los desterrados.

—¿Se refiere a los exiliados como Sender, señor? —preguntó Daniel dubitativo.

—Exactamente. Los únicos que ya están silenciados para siempre son los muertos. Los demás, incluso en la distancia, siguen siendo hijos de esta patria, mantienen viva su memoria y ennoblecen nuestra lengua con su palabra. Ignorarlos y perpetuar la escisión dolorosa que separa a los de fuera de los de dentro solo contribuirá a deformar aún más el desarrollo intelectual de nuestro país.

—Así lo cree también el doctor Fontana, profesor —se aventuró a decir.

—Y así creo yo que deberíamos empezar a pensar todos también aquí. Considerar a los que no pueden o no quieren volver como parte esencial de nuestra cultura es, nos guste o no, una responsabilidad moral. Así que cuente conmigo para recuperar a su escritor, amigo mío, y también para ayudarle a comprender este país y para todo lo que necesite. Intuyo que no será mucho lo que yo pueda hacer por usted, vaya eso por delante. Pero aquí me tiene, por si acaso. Solo le exijo a cambio que me informe periódicamente sobre sus avances.

—Lo haré tal como me pide, muchas gracias, profesor —fue lo único que logró replicar. Demasiada información, demasiada emoción contenida como para digerirla de golpe.

—Le estaré esperando —concluyó Cabeza de Vaca tendiéndole la mano sin volverse a levantar—. Se despide de usted un Heroico Requeté y Caballero Mutilado por la Noble Causa de Dios, la Patria y los Fueros. Un iluso que no tuvo la suerte de su mentor, se tragó la milonga de la gran cruzada, y no supo quitarse de en medio en el momento oportuno.

Daniel se la estrechó con fuerza, trasladándole con su apretón una mezcla de admiración y aturdimiento.

—Volveré en un mes, señor, se lo prometo.

—Eso espero. Y una cosa más, antes de que se vaya. Probablemente usted no conozca la película *Bienvenido, Mr. Marshall*, ¿verdad?

—No la conozco, no...

—La estrenaron hace unos años, en el 53, si no recuerdo mal. Es divertida y amarga a la vez, desoladora en el fondo. Véala si tiene ocasión y reflexione después. Intente no hacer usted lo mismo que sus compatriotas en el film. Respete a este pueblo, muchacho. No pase por delante de nosotros sin pararse a entender quiénes somos. No se quede en la anécdota, no nos juzgue con simpleza. Confiamos en usted, Daniel Carter. No nos decepcione.

# CAPÍTULO 15

El calendario atravesaba el otoño, pasó Halloween con sus brujas, sus espantapájaros y sus calabazas. Vinieron después días lluviosos y, en paralelo a ellos, mi ánimo también se empezó a nublar.

La causa no estaba ahora a un continente y un océano de distancia, sino mucho más cerca. Gravitando sobre mi entorno inmediato y el trabajo cotidiano, en el embrollo en el que la producción escrita del profesor Fontana se iba convirtiendo con el paso de los días. Los textos en los que estaba trabajando databan ya de los años sesenta, algunos estaban mecanografiados, pero la mayoría seguían siendo manuscritos. Mi problema, no obstante, no radicaba en la grafía, sino en el contenido: en la falta de coherencia entre unos y otros, en las lagunas y la ausencia de nexos. Como si faltaran grandes trozos de información, como si alguien hubiera arrancado de cuajo pedazos enteros.

Además, por si la desconexión entre textos fuera poco, la temática de los mismos tenía ya un cariz muy distinto al de las décadas anteriores. Los autores españoles, la literatura del exilio y otros tantos temas recurrentes parecían haber quedado progresivamente abandonados desde que Fontana se estableciera en California a principios de los sesenta. En el sitio que antes ocupaban novelistas, poetas y dramaturgos, ahora encontraba nombres de exploradores y monjes franciscanos sobre cuya vida y acciones yo no tenía la más remota idea. El lugar de las obras literarias lo llenaban ahora las viejas crónicas sobre los españoles en aquel extremo norte de la Nueva España; donde antes hubo crítica literaria ahora hallaba nombres de presidios y misiones. Poner un poco de coherencia en toda aquella información me llevaba trastornando la semana entera. Me pasaba los días encerrada en mi despacho, alargando las horas como un elástico mientras intentaba casar folios, establecer vínculos y conectar párrafos de aquí y allá. A menudo tenía la sensación de estar montando un puzle gigante en el que faltaban un buen montón de piezas.

Amontoné dudas hasta el jueves por la tarde, cuando, por fin, me decidí a recurrir a quien quizá habría necesitado desde un principio. Antes hice una parada en el despacho de Rebecca, para que ella me dijera adónde debía ir.

—Prueba en Selma's Café, junto a la plaza. Suele ir casi todas las tardes si está por aquí.

Hacia allí decidí dirigirme, dando por terminado el trabajo de aquel día mucho más temprano de la hora habitual.

Al abandonar el Guevara Hall encontré el tiempo revuelto y los alrededores agitados. Calentaban motores, según me contaron unos estudiantes en la misma puerta, para empezar una manifestación contra el proyecto de construcción del centro comercial que amenazaba a la zona de Los Pinitos, aquel paraje de calma y verdor que conocí el mismo día en que descubrí el rostro de Andrés Fontana en las fotografías de la sala de juntas. El mismo por el que, según supe después, él solía pasear a menudo.

El *Santa Cecilia Chronicle* y el periódico de la universidad dedicaban cada vez más páginas a propósito de aquel asunto: reportajes informativos, artículos de opinión a favor y en contra, cartas de lectores que se pronunciaban al respecto… El núcleo duro en su contra, según había ido sabiendo con los días, se había gestado dentro de la universidad y entre sus cabezas visibles figuraba mi alumno Joe Super, el profesor emérito del departamento de Historia que había sacado a relucir el primer día de clase la epopeya de los franciscanos y sus misiones. Esgrimían razones contundentes: descalabro medioambiental e incluso un posible uso ilegal de ese suelo al no estar del todo clara, tal como me contaron Rebecca y Daniel en su día, la legitimidad de su posesión. No era terreno privado, pero tampoco público. Las autoridades locales lo controlaban, pero carecían de su propiedad. Un desbarajuste de intereses, en fin, a raíz del cual se había formado una plataforma antiproyecto que, a falta de soluciones definitivas, batallaba con empuje y ganas de hacer ruido.

Vi que algunos estudiantes llevaban pancartas, otros megáfonos, más lejos había un chico de pelo rastafari con un enorme tambor. El acto no había comenzado aún, pero el movimiento era ya intenso. Me abrí paso entre un grupo de ancianas con pelo blanco de peluquería, una de ellas intentó venderme una camiseta naranja butano decorada con frases de protesta, otra me entregó una pegatina con la palabra NO! En el camino me crucé también con coches que asomaban banderines y hacían sonar el claxon como muestra de apoyo.

Logré atravesar el bullicio y alcanzar mi destino zigzagueando entre los manifestantes; en realidad, no iba demasiado lejos. Mi objetivo era un café con aspecto de llevar abierto unas cuantas décadas, un local ante cuya puerta yo había pasado docenas de veces sin cruzar nunca el umbral. En esta ocasión, en cambio, sí lo hice. Y allí, junto a la cristalera que asomaba a la calle, lo encontré.

—Vengo en tu busca.

—Qué inmenso honor —dijo levantándose a saludarme—. Te estaba viendo mientras te las ingeniabas para avanzar entre todos esos locos, pero no me imaginaba que venías a verme. Siéntate, cuéntame…

En la mesa, frente al sillón de cuero viejo, tenía un ordenador portátil, unos cuantos libros y un bloc lleno de notas y garabatos. No sabía si era el mejor de los momentos, quizá mi invasión había sido un poco abrupta. Él fue, no obstante, quien se ofreció a echarme una mano con Fontana y sus enredos la noche que compartimos una cena imprevista en casa de Rebecca.

—¿Seguro que no te interrumpo, Daniel? —dije mientras me quitaba la gabardina—. Podemos hablar en otro momento si ahora no te viene bien.

—Por supuesto que me interrumpes. Y no sabes cuánto agradezco a estas horas, después de un día entero de trabajo, un buen rato de interrupción.

El sitio era cómodo, acogedor: suelo y paredes de madera, sillones desperdigados y un par de mesas de billar. Tras la barra larga y vacía, un camarero secaba vasos con parsimonia mientras contemplaba un partido de fútbol americano en una gran pantalla sin voz. Casi inaudible a través de los altavoces, Crosby, Stills, Nash&Young rasgaban sus guitarras y desmigaban la legendaria *Teach Your Children*.

—Rebecca me ha dicho que vienes por aquí casi todas las tardes —dije mientras intentaba acomodarme el pelo tras la ventosa caminata.

—Por la mañana suelo trabajar en mi apartamento y por las tardes prefiero cambiar de escenario, airearme un poco. Este es un buen sitio, a esta hora casi nunca hay gente. Y el café no está mal. Nada tiene que ver con un buen café con leche de bar español, por supuesto, pero algo es algo.

Alzó su taza para llamar la atención del camarero e indicarle sin palabras que trajera otra para mí.

Entre sus libros descubrí algunos títulos leídos a trompicones durante la infancia de mis hijos. Solía cargar entonces con grandes bolsones en los que se acumulaban las cosas más insospechadas: miembros de la saga Playmobil mezclados con paquetes de Ducados, un par de plátanos, bolígrafos sin capucha y bocadillos de jamón de york a medio comer. Y algún libro. Siempre algún libro en el que iba picoteando como buenamente podía mientras David bajaba por un tobogán o Pablo daba sus primeras patadas a un balón, mientras aguardaba nuestro turno en la sala de espera de la pediatra, mientras mis hijos empezaban a crecer. Con el tiempo había dejado de fumar, mejoró mi capacidad adquisitiva, los niños se olvidaron de los bomberos y los cowboys, y comenzaron a requerir videoconsolas y libertad para salir y entrar. Y aquellos bolsones se fueron convirtiendo en bolsos auténticos, de piel, de moda, de verdad. No conseguí desprenderme, sin embargo, de la querencia a que fueran grandes y a llevar casi siempre dentro una novela.

El camarero se acercó con mi taza y una cafetera de cristal en la mano, volvió a servirle a él también.

—Narradores españoles de fin de siglo, entre ellos ando; los veinticinco últimos años de vuestras letras. Los que ya venían de antes y los que surgieron entonces. Aunque supongo que tú no has venido a verme para que charlemos sobre toda esta tribu a la que seguro que conoces tanto como yo.

—La verdad es que no —dije mientras abría un sobrecillo de azúcar—. Quería hablar contigo de otra cosa.

Me miró con ojos de haber leído y haber vivido mucho antes de aquella tarde gris.

—De Andrés Fontana, supongo.

—Supones bien.

—¿Se te está complicando el legado?

—No te imaginas cuánto.

Le contesté con la vista concentrada en la negrura del café. Sin darme casi cuenta, había bajado la voz. Como si estuviera hablando de los problemas íntimos de alguien cercano en vez de comentar un asunto de trabajo. Como si todo mi cometido se hubiera vuelto, de pronto, algo profundamente personal.

—Estoy aquí para ayudarte en todo lo que necesites, Blanca, ya te lo dije en su día.

—Por eso he venido. ¿Sabes, por cierto, que el otro día encontré entre sus papeles una postal tuya?

—¡No puede ser! —dijo con una carcajada de incredulidad.

—Nochevieja de 1958. Anunciabas tu marcha desde Madrid a no sé dónde en busca de Míster Witt.

—Dios mío… —murmuró a la vez que sonreía con cierta nostalgia—. Aquella fue mi primera Navidad en España, cuando yo andaba todavía tanteando mi tesis. Él fue precisamente quien me propuso trabajar sobre Sender y aquello, quién iba a decirlo, trastocó lo más profundo de mi vida para siempre. En cualquier caso, no quiero entretenerte con batallas melancólicas de tiempos de las cavernas, cuéntame en qué líos te está metiendo a ti ahora mi viejo profesor.

Tardé en elegir las palabras adecuadas, me tomé mi tiempo mientras disolvía el azúcar con la cucharilla. No tenía del todo claro cómo definir lo que de él quería.

—Ya he completado la clasificación por décadas hasta los cincuenta y ahora estoy empezando con los textos de la etapa de California, ya en los sesenta —dije al fin—. Son interesantes, pero muy distintos de los anteriores.

—Menos literarios, intuyo.

—Así es. Ya no se centran prioritariamente en autores ni en crítica literaria, como hasta ahora, aunque siempre hay apuntes al respecto. Son en general más históricos, más californianos, menos familiares, por eso me cuesta más procesarlos. Además, se mezclan datos y, en ocasiones, me pierdo porque tengo la impresión de que falta información.

—Y lo que ahora quieres es saber si yo sé si en verdad falta algo.

—Eso es. Y ya puestos, por mera curiosidad personal, también me gustaría que me contaras, si tienes idea, por qué dio ese vuelco en su carrera. Por qué de pronto la literatura dejó prácticamente de interesarle y se adentró en todo este mundo de la historia de California, algo en principio ajeno a él y a sus intereses académicos.

Se tomó también su tiempo antes de contestarme, reflexionando la respuesta con sus manos grandes alrededor de la taza.

—La primera cuestión, si falta información e incluso si sé qué puede haber sido de aquello que tú echas de menos, tiene una respuesta fácil: no tengo la menor idea. Yo me fui de Santa Cecilia muy poco después de su muerte y, hasta donde sé, todos sus documentos quedaron en la universidad sin que nadie los haya tocado hasta tu llegada. Yo mismo, de hecho, nunca los llegué a ver fuera de su propio despacho.

—¿Cuánto tiempo viviste aquí? —pregunté a bocajarro, un tanto indiscreta quizá. Nada tenía que ver la vida privada de Daniel Carter con mi trabajo sobre Fontana y sus asuntos, pero me invadieron repentinamente las ganas de saber.

—Dos años y pico, no llegó a tres cursos.

—¿Hace cuánto?

—Me marché en el 69, así que… —Hizo una rápida operación mental y añadió—. Dios, treinta años ya, qué barbaridad…

Se mantenía recostado en el sillón de cuero. Las piernas largas cruzadas, el codo izquierdo sobre el respaldo, un jersey azul marino. Se le veía cómodo, con la apariencia de ese tipo de personas que, de tanto ir y venir por la vida, son capaces de sentirse a gusto en todas partes.

—Y respecto a tu segunda pregunta, respecto a la causa de ese viraje en sus intereses investigadores, la verdad es que mi respuesta es solo tentativa porque, después de tanto tiempo, mis recuerdos están ya un poco oxidados. Pero creo que se apasionó con la historia de California nada más instalarse aquí y de ahí posiblemente el cambio que dices que has percibido en su producción. Descubrió una conexión entre esta tierra y España y aquello, no me preguntes por qué, le apasionó.

—¿Y por qué vino aquí, por qué dejó Pittsburgh?

Yo también me había acomodado. Gracias a lo acogedor del sitio o a la taza de café reconfortante, supuse. O a la habilidad natural de Daniel para hacerme sentir cómoda con él cerca.

—A todos los que le conocíamos nos extrañó que, después de haber pasado tantos años en un campus tan grande y tan urbano como el de Pitt, decidiera mudarse a esta pequeña ciudad en la otra punta del país. Pero tenía sus razones. En primer lugar, le ofrecieron un puesto de director bastante apetecible. En segundo, acababa de divorciarse, había salido de una relación que no le dejó buen sabor de boca y yo intuyo que quiso poner tierra de por medio.

Me sorprendió aquello, no recordé haber visto ninguna referencia a matrimonios o divorcios entre sus documentos. Así se lo hice saber.

—Fue un matrimonio breve con una profesora de biología de origen húngaro. Yo a ella apenas la conocí, pero sé que estuvieron unos cuantos años juntos, dejándose, volviendo y torturándose mutuamente, hasta que decidieron casarse. Por entonces yo ya no estaba en Pitt pero, según él mismo me contó años después sin entrar en detalles, a los pocos meses ambos se dieron cuenta de que aquello había sido un error.

Habría querido saber algo más sobre esa historia, pero él no parecía tener demasiada información adicional.

—Y, aunque no se lo había dicho a nadie —continuó—, quizá la principal razón por la que decidió cambiar de aires fue porque empezaba a estar delicado de salud. Era de apariencia fuerte y recia, sus alumnos le llamaban a menudo el toro español. Pero tenía los pulmones castigados, era un fumador empedernido, y el invierno implacable y los humos de las fábricas de Pittsburgh cada vez le sentaban peor. Así que decidió mudarse, instalarse en un sitio tranquilo de clima moderado y sin polución. Y así llegó a Santa Cecilia.

—Y tú le seguiste...

De nuevo me di cuenta demasiado tarde de mi indiscreción, aunque no pareció molestarle lo más mínimo.

—No, no, qué va —dijo cambiando de postura—. Yo vine años después, antes anduve por otros cuantos sitios. Con el tiempo surgió una plaza interesante en este departamento, él me la propuso y así acabé recalando aquí. Aunque, en realidad, a donde yo de verdad quería ir era a la Universidad de California en Berkeley, pensé que esto sería solo una parada cercana y transitoria.

Su español cada vez me asombraba más, pocos nativos de mi lengua habrían usado el verbo recalar para hablar de un destino profesional.

—¿Y lograste lo de Berkeley al final?

—Bueno, en realidad todo acabó tomando un rumbo que nadie había previsto... Resumiendo una larga historia, el resultado fue que yo nunca llegué a ser profesor de Berkeley y que Andrés Fontana, a los dos años y pico de mi llegada a Santa Cecilia, falleció.

—¿Tan enfermo estaba?

—En absoluto. De hecho, aquí se encontraba mucho mejor.

—¿Entonces?

—Murió en un accidente. —Volvió a beber un sorbo de café antes de continuar—. Conduciendo su propio coche, el viejo Oldsmobile que tenía desde hacía un siglo.

Nunca se me había pasado por la cabeza aquel final; inconscientemente, había supuesto que su vida se apagó por causas naturales, por el desgaste propio de la edad.

Quería seguir haciéndole preguntas, Daniel parecía abierto sin reservas a responder. En realidad, lo que me estaba aportando eran solo unas pinceladas sobre la vida de Fontana, pero me resultaban valiosas para encajar sus escritos en sus tiempos y circunstancias, para verlo todo bajo otra luz. Lamenté no haber acudido a él antes, me habría ahorrado horas de dudas y algún dolor de cabeza.

Los ruidos de la calle desviaron súbitamente nuestra atención y ambos enfocamos la vista en lo que se acercaba al otro lado del cristal del café. El chico de las rastas y el bombo, como un flautista de Hamelin alternativo, abría la nutrida manifestación. Tras él, la fauna más variopinta: estudiantes con pancartas y megáfonos, jóvenes parejas con bebés en cochecitos, profesores y ciudadanos de mediana edad, niños de colegio con globos de colores, las abuelitas enérgicas que vendían camisetas y chillaban como camioneros, y algún que otro personaje estrafalario más propio de una comparsa gaditana o de un desfile de drag queens.

—¿Vamos? —dijo empezando a recoger sus libros.

Me puse la gabardina a la vez que él terminaba de guardar sus cosas, dejaba unos cuantos dólares sobre la mesa sin esperar a que el camarero trajera la cuenta y apuntaba después algo con prisa en una servilleta.

—Por si me sigues necesitando —dijo tendiéndomela.

Mientras me guardaba dos números de teléfono en un bolsillo —casa y móvil, supuse—, él se colgó al hombro su mochila cargada y yo hice lo mismo con mi bolso otra vez.

—Mil gracias por aclararme unas cuantas cosas —dije mientras nos encaminábamos a la salida.

—Todo lo contrario, Blanca, me estás haciendo un favor tú a mí. Me gusta recordar a mi viejo amigo, volver a hablar de él. Es sano desatascar las cañerías de la memoria y terminar de hacer las paces con todo lo que quedó atrás.

La tarde estaba cada vez más desapacible; apenas pisamos la calle, yo me cerré la gabardina cruzando los brazos con fuerza sobre el pecho y él se subió el cuello de su chaquetón. El aire nos revolvió a los dos el pelo.

—¿Sabes? —añadió con una media sonrisa colgada de su barba clara—. De haber seguido vivo, Andrés Fontana habría estado sin duda en esta protesta. Siempre se habría opuesto a cualquier intervención en aquel paraje. Te dije que él solía andar a menudo por Los Pinitos, ¿verdad? Sobre todo en los últimos meses, cuando todavía no anticipaba lo poco que le quedaba para llegar al final.

Me pasó entonces un brazo por los hombros, en parte protegiéndome del tumulto y, en parte, arrastrándome hacia su interior. En apenas unos segundos, estábamos en medio de la manifestación. Entre gritos, cantos, consignas y el ruido retumbante del tambor, Daniel, sin soltarme todavía, tuvo que gritar para que pudiera oírle.

—Él solía decir, medio en broma medio en serio, que andaba por allí en busca de la verdad.

# CAPÍTULO 16

A mediados de noviembre llegó mi cumpleaños y con él un buen puñado de felicitaciones cibernéticas de mi familia y amigos. Junto con sus mejores deseos, la mayoría me preguntaba de paso, casi como quien no quiere la cosa, cuándo tenía planeado volver. Pero a nadie adelanté datos ni fechas, y no porque quisiera mantener el secreto, sino porque ni yo misma los conocía. Mi beca no contemplaba una fecha límite precisa, simplemente estipulaba una duración de entre tres y cuatro meses hasta la culminación de la tarea asignada. Aún me quedaba trabajo y tiempo por delante, de momento no tenía ninguna intención de regresar.

Acumular años, con todo, no era lo más fascinante que puede pasarle a alguien a quien su marido acaba de cambiar por una mujer más joven, más rubia y con mejor sueldo. Tampoco me ayudaba a levantar el optimismo vivir lejos de mis hijos ni recibir las llamadas insistentes de mi hermana cada cuatro o cinco días espoleándome rabiosamente para que me lanzara a sabotear a mi exmarido en su camino hacia la felicidad. Así las cosas, decidí celebrar la fecha, tal vez para demostrarme a mí misma que la vida, pese a todo, seguía adelante.

Nadie en Santa Cecilia sabía que yo cumplía años, el día podría haber pasado de largo sin celebración alguna. Pero quizá por eso, por querer sacar yo misma la fecha de los días comunes del calendario y poner a mi tiempo un poco de color, se me ocurrió organizar una fiesta. Una fiesta española para los recientes amigos americanos que me habían abierto las puertas de sus casas y me habían brindado su dedicación y su afecto. Una fiesta en la que no faltara ningún ingrediente del tipismo clásico español de guía de viajes, un guiño quizá a aquel día ya casi remoto del debate sobre la hispanidad. Tortillas de patatas, gazpacho, sangría, aceitunas. Decidí, no obstante, mantener oculto el motivo del evento: a nadie interesaba estar al tanto de los avances de mi edad.

En un arrebato creativo confeccioné unas cuantas invitaciones en la vieja impresora de mi despacho, que, como casi siempre, seguía funcionando a su antojo, ahora sí, ahora no. Las distribuí en los casilleros del departamento y repartí otras tantas entre los alumnos de mi curso. De acuerdo con las normas habituales de la cortesía norteamericana, debería haber avisado con más antelación. Pero las cosas habían venido así. Impensadas, imprevistas. Como casi todo en los últimos tiempos.

A medida que me fueron confirmando presencias y ausencias, calculé que nos reuniríamos más de treinta entre propios y parejas. Luis Zárate aceptó desde un principio, lo mismo que unos cuantos compañeros más. Rebecca no faltaría, por supuesto. Daniel Carter se acercaría si lograba llegar a tiempo, regresaba esa misma noche de un congreso en Phoenix, Arizona, me dijo cuando le llamé. Tampoco me fallarían la mayoría de mis estudiantes.

Tras dudarlo inicialmente, me decidí a invitar a Fanny también, pero rehusó mi ofrecimiento alegando que los sábados cenaba siempre con los miembros de su iglesia. Poco a poco me

había ido acostumbrando a su extraña personalidad y nos habíamos llegado a entender bien. Con cariño incluso. Ya no me ex-
trañaban sus pequeñas excentricidades ni su manera a veces alborotada de proceder; los días la habían ido convirtiendo en una
presencia cercana y casi entrañable. No en una amiga exactamente, pero sí en alguien un tanto especial.

—¿Necesitas que te ayude o que te preste algo? —se ofreció
Rebecca cuando le detallé mis planes.

Antes de que pudiera responder, dio por sentado que mi respuesta sería afirmativa y comenzó a enumerar los útiles imprescindibles para reconvertir mi apartamento de apenas cuarenta
metros cuadrados en un sitio apropiado para una fiesta decente.

—Déjame pensar… Tengo una mesa y sillas plegables para
cuando en casa nos juntamos más de la cuenta. También te puedo dejar utensilios para cocinar si los necesitas y, si quieres, un
mantel grande, y copas, y cubiertos…

No tuve más remedio que frenar su abrumadora generosidad,
de lo contrario habría llenado el menguado espacio de tantos
trastos excesivos que no habría cabido ni la quinta parte de los
invitados. Acepté la mesa, unas cuantas sillas y un par de cosas
sueltas. El resto sería desechable. Cero complicaciones, no había
necesidad.

—El viernes por la tarde, te espero al terminar y vamos juntas
a mi casa. Cargamos mi coche y lo llevamos todo a tu apartamento. El sábado por la mañana tengo que ir a Oakland y seguramente vuelva con el tiempo justo para la fiesta, así que será
mejor dejarlo todo listo el día anterior.

Aparcamos delante de su casa poco después de las cinco, un
hogar de toda la vida con un jardín frondoso y una piscina en la
parte de atrás. Con un perro grande, tranquilón, peludo entre
blanco y gris, con escaso pedigrí, querencia por los bordes de las
pizzas y tanta simpatía como su dueña. Macan, se llamaba. Llegó

un día cualquiera, me contó Rebecca, pegado a la rueda trasera de la bicicleta de una de sus hijas hacía casi una década. Nunca lo reclamó nadie a pesar de que empapelaron la zona en busca de su dueño. Macan no se volvió a ir.

Aún quedaban en la casa marcas indelebles de los habitantes que por allí habían pasado: patines y bicicletas en el garaje, chubasqueros en el perchero tras la puerta. Los hijos eran tres, cinco los nietos, ninguno cerca. La casa, sin embargo, no parecía la de una mujer madura independiente, sino el hogar de una familia cuyos miembros acababan de salir al cine o a hacer un recado, y no a construir sus propias vidas en las esquinas más remotas del país. No era otro nido vacío al uso, sino un refugio al que todos podrían regresar en cualquier momento y sentirse como si nunca se hubieran ido.

—Empecemos por la cocina —propuso.

Un gran ventanal la abría al jardín y una isla de madera en el centro contenía los fuegos. Sobre la isla, de un armazón de hierro colgaban sartenes, cazos y ramos de hierbas secas. La eficiencia de Rebecca se extendía más allá de su oficina y quedaba patente en su entorno doméstico. Todo estaba en su sitio, los botes etiquetados, el calendario colgado de la pared con anotaciones perfectamente caligrafiadas, las flores recién cortadas sobre la encimera.

—Esto es para el gazpacho —dijo sacando de un armario un enorme armatoste eléctrico sobre el que se acoplaba una gran jarra de cristal.

Intenté aclararle que una simple batidora de brazo me vendría bien, pero en el país donde todo se hace a lo grande, aquella era la herramienta más básica que Rebecca tenía para triturar unos cuantos tomates.

—Y esto para la sangría. Me lo trajo de España hace años Pablo González, el profesor colombiano —proclamó levantando triunfal un enorme recipiente de loza con una espita en la base—. Y ahora, vamos al sótano a por las sillas.

Descendimos hasta un espacio diáfano en el que se acumulaban ordenadamente los trastos y enseres más inverosímiles. Una mesa de ping-pong, cajas de cartón con nombres de propietarios y contenidos, posters de cantantes pasados de moda, cientos de discos de vinilo y montones de fotografías, banderines y diplomas clavados en un corcho gigante fijado a una pared. El paraíso de un chamarilero con el orden de un desfile de la legión.

Mientras Rebecca localizaba las sillas plegables, no pude resistirme a echar un ojo a las fotografías clavadas con chinchetas. Allí estaba la historia gráfica y remota de su familia: picnics en la playa, fiestas infantiles, bailes de prom. Bebés que ya eran adultos, jóvenes que ya serían padres y abuelos que solo seguían vivos en la memoria de sus descendientes.

—Bueno, esto ya está listo —anunció una vez que hubo amontonado unas cuantas sillas junto a la escalera. Al verme observar las fotografías se acercó a mí—. Son viejísimas —dijo sonriendo.

Al igual que al poco tiempo de mi llegada me había mostrado el rostro de Andrés Fontana en la sala de reuniones del departamento, esta vez me indicó quién era quién en su gran álbum familiar. Para cada imagen tenía un recuerdo, una anécdota.

—Esto fue un Cuatro de Julio en la playa, al final nos sorprendió una tormenta tremenda y se nos fastidiaron los fuegos artificiales. Aquí estamos en una excursión en Angel Island, en la bahía. Esto fue el día en que mi hijo Jimmy acabó cayéndose del patín, se hizo una brecha en la ceja y tuvieron que darle siete puntos.

Prosiguió desmenuzando escenas, trasladándose en el tiempo a medida que señalaba instantáneas. Hasta que se topó con la de un grupo de adultos jóvenes.

—¡Dios mío, qué pintas! ¡Cuántos años! Hace mucho tiempo que no me fijaba en esta foto. A ver si eres capaz de reconocer a alguien —me retó.

Observé la instantánea con detenimiento. Cuatro humanos al aire libre, dos hombres a los lados, dos mujeres en el centro. Todos apoyados contra un gran coche rojo cubierto de polvo. Al fondo, un pasaje desértico y lo que parecían casas mexicanas. A lo lejos, el mar. El primero por la izquierda era un hombre moreno con una ancha cinta en la frente. Muy delgado, con una camisa floreada y una cerveza en la mano tendida hacia delante, como si se la estuviera brindando al fotógrafo. A su lado, una chica menuda, pura sonrisa con las manos metidas en los bolsillos de un short, dos trenzas y una camiseta amarilla con la palabra PEACE. La tercera figura era una mujer joven, esbelta, hermosa. Su boca grande parecía haber sido cazada en el momento de soltar una carcajada. El vestido blanco le llegaba casi hasta los pies descalzos, multitud de collares de colores rodeaban su cuello. A su lado, un hombre alto cerraba el grupo con camiseta desteñida y vaqueros desarrapados. Apenas se le distinguían los rasgos de la cara, escondidos entre una melena rubia hasta el hombro, barba tupida y gafas de sol. Parecía verano, estaban morenos, sudaban alegría.

—Ni idea.

No sabía quiénes eran, pero no me habría importado ser alguno de ellos. Tan radiantes. Tan despreocupados.

—Esta soy yo —aclaró señalándome a la joven de las trenzas.

—¡No! —dije con una carcajada.

Costaba realmente hacerse a la idea de que la Rebecca Cullen elegante y madura que yo conocía fuera aquella muchacha de pantalón mínimo cuyo pecho proclamaba la paz mundial.

—Y hay alguien más que conoces. Observa despacio…

Lo hice, pero no fui capaz de reconocer a nadie. Posó su dedo entonces sobre la última figura, la del hombre alto de melena y barba.

—Fíjate bien…

Entonces creí distinguirlo. El rostro apenas se percibía, pero había un no sé qué en su figura que me hizo intuir quién podría ser.

—¿Daniel Carter? —pregunté dubitativa.

—El mismo —confirmó con una sonrisa nostálgica—. ¡Dios mío, cuánto tiempo ha pasado! Fíjate qué jóvenes éramos, qué ropa llevábamos, qué pelos. —Volvió a señalar de nuevo la fotografía, moviendo alternativamente el dedo sobre las dos figuras restantes—. Esta era su mujer y este mi exmarido, Paul.

Me mordí la lengua para no preguntar inmediatamente qué había sido de ellos, dónde acabaron, qué pasó después. No hizo falta, sin embargo, que mostrara mi curiosidad porque, a medida que Rebecca se alejaba de las fotografías y se disponía a recoger las sillas, comenzó a hablar sin que yo se lo requiriera.

—Esa foto es del verano del 68 en el cabo San Lucas, en la Baja California. Aunque parezco muy joven, ya habían nacido mis tres hijos. Paul, mi marido, era profesor de filosofía aquí, en Santa Cecilia. Nos habíamos mudado a California desde Wisconsin tres años antes. Los Carter llegaron poco después y nos hicimos grandes amigos.

Subíamos la escalera, ella cargada de sillas plegables delante. Yo, con una mesa a rastras, detrás.

—Por entonces, yo me dedicaba solo a la familia. No trabajaba, los niños eran todavía pequeños y habían nacido muy seguidos. Acabábamos de comprar esta casa, estaba hecha una ruina y aún la estábamos arreglando. Aquel verano vinieron mis padres desde Chicago y se quedaron con nuestros hijos durante una semana para que nosotros pudiéramos tener unas vacaciones al fin.

Habíamos llegado de nuevo a la cocina, la Rebecca del presente y su eficiencia retornaron a la realidad.

—Bueno, ahora vamos a cargar todo esto en el coche. Creo que lo mejor será que guardemos primero la mesa porque es lo que más ocupa. Después meteremos las sillas y encima pondremos el resto de las cosas, ¿te parece bien?

Asentí mintiendo. No, en realidad no me parecía bien. Prefería que me siguiera contando cosas de su vida, de aquel verano en el que fueron jóvenes y recorrieron la costa del Pacífico en un coche cargado de polvo.

Para mi fortuna, como la mujer eficaz que mostraba ser siempre, ella se las arregló sin problemas para hacer ambas cosas a la vez.

—Paul nos dejó cuatro años más tarde. Se largó con una estudiante de doctorado. Mi hija Annie tenía nueve años, Jimmy siete y Laura cinco. Me dijo que era una pasión animal, una fuerza superior a él que no podía controlar.

Estábamos ya en el jardín delantero, junto al coche. Había oscurecido.

—Estuvo yendo y viniendo un tiempo, desconcertando a los niños y volviéndome loca a mí —prosiguió—. Desaparecía una semana y luego regresaba suplicando perdón, prometiendo que su historia había acabado, jurando que me sería fiel el resto de sus días. Así durante cuatro o cinco meses.

Dejó las sillas en el suelo y abrió el maletero sin parar de hablar con naturalidad. Sin dramatismo y, a la vez, sin exceso de frivolidad, con el desapego justo que el tiempo transcurrido proporciona a nuestra manera de rememorar las realidades que la vida nos ha forzado a dejar atrás. Macan, el perro, nos había seguido desde el interior de la casa y observaba cachazudo la escena tumbado sobre la hierba. Acompañándonos tan solo, preguntándose quizá para qué demonios estaba su dueña empeñada en guardar tanta silla con lo grandiosamente a gusto que se estaba en horizontal.

—Annie, que hasta entonces había sido una niña dulce y aplicada, se volvió arisca y dejó de esforzarse en el colegio. Jimmy empezó a hacerse pis en la cama. Laura solo conseguía dormir si yo me acostaba con ella. Cuando no pude soportar más la situación, llené un par de maletas y nos fuimos a Chicago, a casa de mis padres. Pon la mesa primero en el fondo, por favor.

La obedecí sin una palabra y ella empezó después a meter las sillas una a una, ordenadamente.

—Me instalé allí con los niños, pero Paul me llamaba mil veces por teléfono —añadió mientras colocaba las primeras—. Reconocía que todo había sido un error, que se había portado como un verdadero imbécil. Insistía en que su romance había terminado, que no vería más a aquella chica, Natasha era su nombre, medio rusa. Nos rogaba que volviéramos a Santa Cecilia, diciendo que no podía vivir sin los niños y sin mí. Gritaba como un loco que yo era su único amor. Finalmente se presentó en Chicago. Habló con mis padres y con nosotros, pidió perdón por lo que nos había hecho sufrir, me juró que todo volvería a ser como antes. Ahora pásame la batidora.

Hablaba sin dolor, con la voz de siempre, concentrada y metódica en su quehacer.

—Hasta que me convenció. Regresamos juntos a casa y durante un par de meses todo fue perfecto. El mejor padre, el marido más cariñoso. Pasaba horas jugando con los niños, les compró un cachorro. Cocinaba por las noches y ponía velas en la mesa, me traía flores cada dos por tres. Hasta que una mañana, tras dejarnos preparado a todos el desayuno, se fue a la universidad y esa noche no volvió. Ni la siguiente, ni la siguiente. Al cuarto día, reapareció. ¿Nos falta algo, Blanca?

—¿Y qué hiciste entonces? —pregunté mientras le tendía el recipiente para la sangría, el último de los trastos por guardar.

Cerró el maletero con un golpe seco.

—No le dejé entrar. Le mandé al infierno y busqué un trabajo.

Después giró la cabeza y me miró con sus ojos claros entre un puñado armonioso de arrugas diminutas a la luz de las farolas del jardín. Y, pese a la historia triste que me estaba contando, con un gesto al que no faltaba un punto de dulzura, sonrió.

—Ojalá aquel verano en el cabo San Lucas hubiera sido eterno. Ninguno imaginaba entonces lo dura que acabaría siendo la vida con todos nosotros.

# CAPÍTULO 17

Daniel Carter partió a finales de octubre del 58 hacia el Aragón natal de Ramón J. Sender. En la provincia de Huesca visitó el pueblo que le vio nacer, Chalamera, y aquellos lugares en que había vivido su niñez y que siempre perdurarían en la memoria del escritor. Alcolea de Cinca, bajo la montaña que, como él mismo dijo, parecía cortada a cuchillo. Tauste, donde emplazaría su *Crónica del alba* revisitando aquel amor de infancia por Valentina.

Pateó caminos, se refugió de la lluvia en ermitas ruinosas, durmió en malas fondas y habló con los paisanos, de los que aprendió palabras sin fin. Bebió vino de las botas que le ofrecieron y comió lo que hubo allí donde la generosidad ajena le puso un plato en la mesa. De Aragón pasó a Navarra, de Navarra a Castilla la Vieja, de la Vieja a la Nueva. Y tomando trenes y autobuses cuando pudo, y encaramándose en tantos carros, camionetas y furgones como conductores bien dispuestos se cruzaron a su paso, el estudiante americano fue dando tumbos por el mapa de la vieja piel de toro, quedando subyugado ante todo lo que le salió al encuentro. Capitales de provincia con calles mayores, yugos y flechas; con casas nobles y casas menos nobles y casas que de nobles apenas tenían nada entre charcos, mercados y barrios. En los pueblos y los campos halló escenarios en los que casi siempre aparecían, recurrentes, los mismos personajes: niños con mugre, mujeres que andaban con canastos sostenidos mágicamente sobre sus cabezas, cerdos y gallinas por las calles embarradas, y hombres con boinas y sin dientes a lomos de mulas viejas. En el norte encontró piedra, cal a medida que avanzó hacia el sur, pero las diferencias nunca eran sustanciales. Atraso y miseria en una España que solo cinco años antes había logrado alcanzar la misma renta per cápita de antes de la guerra, ya por entonces lastimosamente escuálida.

Nada más distinto de lo que en su patria había dejado al partir: una nación próspera y dinámica en la que el baby-boom estaba en el punto más glorioso y los ciudadanos asentaban con optimismo sus casas modernas en las zonas arboladas de los suburbios. Un país en el que los Ford Fairlane y los Chevy Impala llenaban las calles y en el que los electrodomésticos ya no eran objetos de lujo, sino aparatos básicos para las rutinas caseras más cotidianas. Una América consumista y contradictoria en la que el bienestar y el entretenimiento convivían con la paranoia anticomunista, los coletazos de la segregación racial y la amenaza de la guerra nuclear.

A pesar de los inmensos contrastes con los que se fue tropezando en su periplo español, disfrutó cada instante de aquella tierra dura llena de chuscos de pan, gachas y tocino, de achicoria y tabaco de picadura, campanas de iglesia, cánticos imperiales y parejas de la Guardia Civil. Mordía ya el frío cuando regresó a Madrid a finales de noviembre, con los pies encallecidos, cinco cuadernos repletos de anotaciones, un puñado de rollos de fotografías sin revelar y la sensación de haber estrujado hasta el extremo cada minuto de aquel viaje iniciático y pleno.

Una vez instalado de nuevo bajo el ala de la señora Antonia, tras un par de jornadas disfrutando hasta hartarse del sabor de sus pucheros, cumplió con sus obligaciones y volvió al despacho de Cabeza de Vaca.

Le entregó el informe que había pasado dos días tecleando en su cuarto de la portería. En él pormenorizaba su aventura paso a paso: lo percibido en la tierra de Sender, las conversaciones con sus paisanos, sus visitas añadidas a ciudades, pueblos y parajes. Lo visto, lo vivido, lo sentido, lo aprendido.

—Excelente, señor Carter, excelente —dijo el profesor guardando los folios en un cajón—. Y ahora le toca exprimir Madrid. Le espero mañana por la mañana en el Museo del Prado.

—Gracias por su interés, profesor, pero yo ya conozco el Prado. Estuve allí una tarde entera, vi *Las Meninas*, *La rendición de Breda* y *Los fusilamientos del tres de mayo*, y también…

El arqueo de la ceja izquierda de Cabeza de Vaca le sugirió que más le valdría callar.

—Considérelo mi aportación a su formación integral, muchacho. Dos semanas intensivas de introducción a la pintura española. A las diez. Bajo mi tutela.

Así fue atravesando el americano el último tramo del año, entre cuadros y enseñanzas con su nuevo mentor mutilado mientras ambos recorrían con lentitud descompensada las galerías. Por intermediación suya asistió también a unas cuantas clases afines a sus intereses y conoció a algunos estudiantes que le invitaron a un par de guateques y a una excursión a La Granja. Y así continuó pasando las páginas de los días y pisando las calles del otoño llenas de castañeras y vendedores de lotería que prometían un futuro opulento a un pueblo aún lleno de carencias en tantos, tantos flancos de sus vidas.

Sin que la señora Antonia tuviera que insistir demasiado, aceptó pasar la Nochebuena con el resto de su familia en casa de su hijo Joaquín, que entonces vivía en la calle Santa Engracia y tenía una mujer que se llamaba Teresa y tres niñas que quedaron prendadas ante aquel gigantón que hablaba español con un acento extraño, comía los polvorones de dos en dos, cantaba con ellas villancicos a grito limpio y preguntaba por el significado de palabras que nadie conocía, como el anafre que iba en la burra con la chocolatera y el molinillo. Aquella ruidosa celebración navideña a ritmo de zambombas, panderetas infantiles y una botella de anís La Asturiana raspada con un tenedor le hizo disfrutar enormemente. Y tan absorto en ella estuvo, tan entusiasmado que ni siquiera se dio cuenta del par de lágrimas furtivas que resbalaron de los ojos cansados de la viuda en recuerdo de su Marcelino y de aquellos tiempos perdidos, atroces y entrañables a la par, que habían quedado congelados para siempre en su memoria.

—La Nochevieja también la pasarás con nosotros, ¿verdad, hijo? —le preguntó un par de días después. Tras meses de insistencia por parte de Daniel, ella finalmente se había acostumbrado a tutearle.

—Pues… ya sabe que les agradezco de todo corazón su hospitalidad, pero estaba pensando…, estoy pensando… que quizá me gustaría pasar esa noche por ahí, si no les molesta.

Tenía otros planes. O, para ser más exactos, tenía otro plan. Acercarse andando hasta la Puerta del Sol en busca del bullicio de la masa. Nada más. Intentaba ser fiel al consejo de Cabeza de Vaca: no se deje llevar por la anécdota, muchacho, no se quede en la superficialidad. Y con todo, a sabiendas de que con ello caería en lo más banal y lo más común, no pudo resistirse a la tentación de comer sus primeras doce uvas al son de las campanadas, rodeado de un gentío bullanguero en el que la sidra y los matasuegras corrían a raudales entre soldados de permiso, buscavidas de calaña diversa y catetos vestidos de fiesta recién llegados a la capital.

—¿Y por qué no cenas con nosotros y después te vas? Ya le he dicho a mi nuera que me voy a ir para su casa esa tarde tempranito y voy a asar un cochinillo que me van a traer de mi pueblo que me va a salir tan rico, por lo menos, como los de Casa Botín.

—¿Usted cree que me dará tiempo? —preguntó Daniel saboreándolo de antemano. La viuda sabía que el estómago del muchacho era un flanco seguro por el que atacar.

—Tú no te preocupes, que ya me encargo yo de que para las once hayamos terminado.

Así fue: a las once y media estaba en la Puerta del Sol. Incluso le sobraron unos minutos para comprar unas cuantas postales, garabatearlas y echarlas a un buzón con destino a ultramar.

Al despertar en la mañana de Año Nuevo, en la pared del comedor de la portería le estaba esperando la Chiquita Piconera abriendo el mes de enero en el flamante almanaque de 1959. Sobre la mesa, café recién hecho y porras calentitas. Como todos los días.

—Bueno, hijo, pues ya tenemos encima un año más. ¿Y qué tienes pensado hacer tú ahora, quedarte en Madrid o volverte a ir como la otra vez, a andar por esos caminos de Dios?

—Irme, irme. Eso es lo que tengo planificado, hay que trabajar.

—¿Y para dónde vas a ir esta vez, si puede saberse?

—Al Cantón de Cartagena, si es que logro averiguar cómo se llega hasta allí.

*Míster Witt en el Cantón* era la novela con la que Ramón J. Sender había ganado el Premio Nacional de Literatura en 1935, y él había decidido que su siguiente viaje tendría como destino aquel enclave tan significativo en la producción literaria del autor. La viuda, indocta en geografía como en tantas otras cosas más allá de sus faenas, fue incapaz de ayudarle, así que no tuvo más remedio que ir en busca de su resobado mapa de España al acabar el desayuno.

Apartó el tazón vacío del café con leche y lo extendió sobre la mesa. Tomando como referencia la capital, bordeó con el dedo índice los alrededores de Madrid, pero no dio con su objetivo. Continuó ampliando su radio de acción a las provincias cercanas, pero tampoco allí aparecía lo que estaba buscando. Se extendió hasta la periferia sin suerte y finalmente abordó las costas. Tardó un rato largo en localizar aquel rincón de la Península y tan solo encontró el nombre de Cartagena, porque lo de Cantón no aparecía por ningún sitio. Pero allí estaba, en una esquina del sureste. Sacó un lápiz rojo y lo marcó con una cruz. Aquel sería su próximo destino.

# CAPÍTULO 18

Atravesar en tren la Península desde la capital era, a finales de los años cincuenta, una aventura heroica que Daniel Carter vivió desde su asiento de tercera clase como un espectador privilegiado en palco de honor. A la hora de sacar el billete en la estación de Atocha, dudó sobre la categoría en la que viajar. Aunque en su país probablemente no se hubiera podido permitir elegir entre una u otra clase tan a la ligera, los menguados precios de su nación de acogida le permitían considerar todas las opciones sin gran menoscabo para su bolsillo. Primera, pensó, prometía un viaje cómodo pero carente de sabor. Segunda, ni gran confort ni nuevas experiencias. Se decidió finalmente por tercera, un paso más en su ansia por conocer a fondo la verdadera esencia del pueblo español. Y vaya si encontró esencia. A manos llenas.

Las locomotoras de carbón seguían siendo el alma de los ferrocarriles nacionales, un alma renqueante para la que el cumplimiento de los horarios era una mera ilusión dependiente del paso entrecruzado de docenas de correos y mercancías. En los vagones con asientos de listones de madera, el invierno se soportaba mal que bien con la calefacción que generaban los cuerpos amontonados. El chacachá de la marcha era sustituido en incontables paradas por los martillazos en las ruedas y por el rellenado de las calderas y el chirrido de maniobras interminables cada dos por tres. Por las ventanillas entraban y salían montones de maletas de madera, cajas de cartón atadas con cuerdas, petates militares y fardos envueltos en tela que contenía sabía Dios qué. Hasta un par de gallinas y un colchón enrollado vio que pasaban entre un padre y un hijo en La Roda.

Le maravillaron los andenes convertidos en mercados provisionales en los que, según la localidad, se anunciaban tortas de Alcázar, navajas de Albacete o papeletas para la rifa de un jamón. Y más aún le fascinó, en ausencia de servicio de restaurante, el sube y baja de aquellos canastos de los que, acompañados siempre por un solidario ¿ustedes gustan?, emergían hogazas de pan y tarteras de hojalata rebosantes de tajadas de tocino entreverado. Las botas de vino iban de mano en mano mientras, con mordiscos feroces, los viajeros devoraban bocadillos de sardinas grandes como torpedos envueltos en papel de periódico, un cóctel de aceite con noticias que desparramaba manchas igual de negras que la carbonilla. Eche un trago, amigo, insistían al americano. Pruebe usted este choricillo, coja un cacho de morcilla, que es de nuestra matanza, verá qué rica está. A nada ni a nadie dijo Daniel no.

El humo denso de los Celtas cortos y del tabaco de picadura se amasaba a lo largo de kilómetros eternos con el llanto de niños de pecho, los suspiros de viejas en luto eterno y un espeso olor a pies. Por el aire planeaban charlas entre desconocidos en las que se mezclaban pronósticos para las cosechas venideras con comentarios sobre la última corrida de Antoñete y un puñado de hazañas épicas protagonizadas por parientes que habían emigrado a Barcelona el año anterior.

A ratos, con gran esfuerzo, logró concentrarse en *Míster Witt en el Cantón.* Bien forrado, para que no hubiera problemas. Lo había leído en Pittsburgh el invierno anterior, pero ahora necesitaba entresacar algunos datos. En la medida en que la incomodidad del entorno se lo permitía, se esforzó por subrayar a lápiz escenarios, pasajes y nombres entre las páginas de aquella novela sobre el afán independentista y revolucionario de la ciudad a la que se encaminaba. Veintitrés días, según le había contado Fontana, fue lo que Sender tardó en escribir con su prosa ágil las aventuras y desventuras de la Cartagena insurrecta de la Primera República.

Dos policías de paisano se pasearon por el vagón unas cuantas veces. A medida que pedían documentación a cara de perro, el volumen de las conversaciones descendía mansamente y los ojos de los viajeros se concentraban en el suelo sin una sola protesta. Pasado el trámite, la viveza de la palabra volvía a prender mientras algunos pasajeros cruzaban miradas rápidas o disimulaban un suspiro de alivio. Hasta que el sueño empezó a contagiarse y, mientras alguno se echaba en el suelo para roncar a pierna suelta, otros comenzaban a dar cabezadas a trompicones sobre el hombro del vecino.

En Chinchilla salió a estirarse y a respirar un poco de aire fresco, un aire que resultó ser un relente helador nada más pisar el andén. Se refugió en la cantina y pidió con un gesto lo mismo que consumían los dos soldados que charlaban acodados en la barra: un vaso de achicoria con leche y una copa de anís Machaquito.

Hasta que por fin, por fin, por fin, llegó a su destino. Y para su sorpresa, la ciudad que encontró al término de aquel viaje perpetuo en nada le resultó parecida inicialmente a otras que había conocido en el interior de España. O quizá tuvo esa sensación por ser aquel su primer contacto con la luz invernal del Mediterráneo. O tal vez porque el cansancio acumulado en el tren había alterado su sentido de la percepción. En cualquier caso, en ella se adentró dispuesto a abrir un nuevo capítulo en su deambular ibérico.

Era domingo y la gente vestía de domingo, inmersa en las rutinas del día grande de la semana. Saliendo de misa, tomando el aperitivo, eligiendo pasteles en La Royal. Se dejó aconsejar por un par de señoras a las que abordó en plena calle. ¿Un sitio para dormir? Aquí mismo, en el hostal de la calle del Duque. Céntrico y aseado, para qué va usted a buscar más. Por el módico precio de setenta y cinco pesetas diarias tomó una habitación en principio para tres noches. Al cargar la maleta escaleras arriba notó punzadas de dolor en la cabeza y una somnolencia un tanto gruesa, pero achacó su malestar al cansancio y al frío que aún llevaba agarrado a los huesos. La exigua cama del cuarto le pareció de pronto gratamente tentadora, pero no sucumbió a su canto de sirena. En vez de acostarse como el cuerpo le pedía a gritos, se armó como pudo de energía y salió de nuevo al exterior. No se encontraba bien y era consciente de ello, pero su obstinado empuje por no perderse nada le impulsó a recorrer las calles, a vagar sin rumbo definido.

Tardó poco en encontrarse en una calle peatonal. Larga, estrecha y flanqueada por terrazas, su final se abría en una plaza que, como en todos los centros de todas las ciudades que pateó, se llamaba del Caudillo. Más adelante se intuía el puerto, pero no pudo llegar hasta él. Iba notando que sus fuerzas menguaban progresivamente, tenía la boca seca y en las sienes le retumbaban los ruidos de la calle y las voces de la gente. Decidió entonces desandar sus pasos, regresar a la concurrida calle Mayor, entrar a tomar algo en uno de sus cafés. Ni se percató de que el establecimiento que eligió al azar parecía por su nombre estar predestinado a recibirle con generosa hospitalidad. Bar Americano.

—Un vaso de agua, por favor.

—¿Cómo ha dicho?

El camarero de pajarita y calva reluciente le había entendido a la primera, pero prefirió pensárselo antes de servirle. La presencia de aquel grandullón despeinado y con la ropa arrugada había despertado una reacción poco complaciente en el local. Entre vermuts con aceituna y platitos de almendras, la clientela endomingada le recibió con ojeadas de desaprobación, murmullos suspicaces y ni un ápice de simpatía.

—Un vaso de agua, por favor —repitió—. O de seltz...

Sin percibir las miradas ni los comentarios y con la capacidad de reacción notablemente mermada, Daniel permaneció unos segundos inmóvil, a la espera de que le pusieran delante cualquier líquido que aliviara la sequedad de su garganta. Pero lo único que recibió fue un toque en la espalda, como si alguien le llamara la atención.

—Creo que se ha equivocado de establecimiento, amigo.

—¿Perdón?

Al girarse se encontró con un individuo de fino bigotito pulcramente trajeado. Le llegaba, como mucho, a la altura del hombro.

—Este es un negocio de gente de bien. Márchese, haga el favor.

—Solo quiero beber un vaso de agua —aclaró. Y volviendo la vista al camarero, insistió por tercera vez en su empeño de ser atendido—. O una Coca-Cola, si es posible...

—El agua, para las ranas. Y las Coca-Colas se las toma usted en su tierra. Salga de aquí inmediatamente. Andando, que es gerundio —insistió el valedor de la virtud.

Daniel se esforzó por explicar de nuevo sus simples intenciones a aquel señor cuyo rostro, voz y bigote se distorsionaban ante sus ojos y oídos cada vez más. Sus palabras, pastosas e incongruentes, lejos de aclarar nada, solo sirvieron para reafirmar la presuposición inicial de casi todos los presentes: aquel desaliñado forastero andaba ya como una cuba. Y apenas era mediodía.

Lo siguiente fue agarrarle del brazo.

—¡Que se largue de una vez, leche! ¡Que este no es sitio para mamarrachos como usted!

Probablemente el español de Daniel resultara grumoso y difícil de comprender, tal vez lo mezclara con el inglés sin advertirlo.

—Suélteme, señor, por favor. Please, sir, please...

A la vista de que el aguerrido bienhechor no cejaba en su empeño, Daniel, aturdido como estaba, impuso una inconsciente brusquedad en su intento por zafarse de él. Tanto que a punto estuvo de mandarlo al suelo.

A modo de refuerzo ante la reacción aparentemente temeraria del forastero, unos cuantos espontáneos se despojaron apresurados de sus chaquetas dispuestos a neutralizarle. El rifirrafe fue rápido y en menos de un par de minutos el muchacho, desconcertado y tambaleante, estaba de nuevo en lo ancho de la calle Mayor. Expuesto a las miradas indiscretas de los viandantes, con los faldones de la camisa colgando fuera del pantalón, el pelo revuelto y una manga medio arrancada a la altura del hombro.

«¡Miserables! ¿De veras van a atreverse? ¡Si quieren pelea, la tendrán! ¡Michael O'Reilly no ha retrocedido nunca!» Al percibir la llegada del huésped, el recepcionista ni siquiera se molestó en levantar la vista de la novela de a duro de Marcial Lafuente Estefanía que le mantenía absorto. Sin mirarle, tan solo le tendió la llave de su cuarto y se limitó a chasquear la lengua y a mover la cabeza con gesto de resignación; después se mojó el pulgar con saliva para pasar la página de *Incendiarios en Oklahoma*. Como para frenar la lectura por uno de tantos viajeros estrafalarios que a diario llegaban a aquel puerto, debió de pensar. Y menos en ese preciso momento, cuando el sheriff del condado estaba a punto de meter un cargamento de plomo en el cuerpo de los dos forajidos que amenazaban con armar jaleo en el saloon.

Treinta horas pasó en su austera habitación, acostado entre

sábanas revueltas. A ratos sintió un frío helador, a ratos sudó como si estuviera en pleno desierto. Alguna vez recobró la consciencia, se levantó de la cama y con paso vacilante se acercó ansioso a beber agua al lavabo que había dentro del cuarto. Esa fue su única ingesta. Hasta que en la tarde del segundo día, alguien llamó a su puerta. Primero de manera discreta. Después, insistentemente. Daniel articuló con esfuerzo un flojo ¡adelante! y una cabeza femenina se asomó entonces con la preocupación dibujada en el rostro. No supo quién era, si la dueña del hostal, o quizá una empleada, o un ángel con mandil mandado desde el cielo. El caso fue que aquella alma caritativa, alarmada ante la ausencia de sonidos por parte del huésped, le recompuso la cama con sábanas limpias y una manta extra, y le llevó un par de pastillas de Okal, un vaso de leche caliente y un recio bocadillo de tortilla a la francesa que a él, ya algo más entonado, le supo a gloria bendita.

Aquella noche consiguió dormir con cierto sosiego y no volvió a tener temblores ni pesadillas. Al día siguiente, bien entrada la mañana, pudo reunir las fuerzas suficientes como para levantarse y, aun con lentitud, ducharse, afeitarse, vestirse y salir a la calle. Entre los sudores y la frugalidad alimentaria había perdido un par de kilos y cualquier resto de memoria de la bronca del Bar Americano.

La ciudad le recibió con un sol amistoso. Le tentaron las fachadas modernistas con sus caprichosos balcones de hierro, los miradores blancos que salpicaban numerosos edificios y las calles llenas de gente; le sedujo la luz y el olor a mar. Pero prefirió no despistarse y centrarse en su objetivo: encontrar una farmacia. Sabía que aquello no había sido más que un inoportuno proceso gripal y que no necesitaba un médico, pero aún se sentía débil y era consciente de que estaba expuesto a la recaída. Lo primero que debía hacer para evitarlo era, por tanto, encontrar un remedio infalible para no volver a verse postrado en su triste habitación. Siguiendo las indicaciones del conserje, en un par de minutos halló lo que buscaba.

La farmacia del licenciado Carranza estaba a punto de cerrar para la prolongada pausa del mediodía. El propietario se había marchado un buen rato antes a fin de pasarse por el casino a echar un ojo al periódico y tomar el aperitivo antes de volver a casa para comer, no fueran a perderse las buenas costumbres. Cuando Daniel empujó la puerta, el mancebo cetrino y cuarentón se estaba ya desabrochando la bata blanca, ansioso por encararse al arroz con conejo que su madre le tenía prometido desde la noche anterior. Intentó disuadir al joven extranjero de que entrara, estamos cerrando, señor, vuelva usted por la tarde si no es mucha molestia. La insistencia de Daniel fue firme. Ni loco estaba dispuesto a salir de allí sin un arsenal de medicinas. El tira y afloja que se estableció entre ambos solo terminó cuando desde la rebotica se oyó una voz de mujer.

—¡Váyase ya, Gregorio, no se preocupe, que cierro yo!

Aunque satisfactoria para su estómago de tragaldabas, aquella propuesta no pareció convencer al mancebo. La idea de abandonar la farmacia dejando a un forastero dentro no acababa de entusiasmarle, y todavía invirtió unos segundos en tomar su decisión. La gula, no obstante, se impuso finalmente a cualquier otra cuita y el tal Gregorio, tras mirar de arriba abajo repetidamente al recién llegado como intentando calibrar su grado de decencia, se despidió de la voz del interior con un hasta la tarde cargado de prisa.

La farmacia olía reconfortante, anticipando los remedios que él necesitaba encontrar. Todo en ella transmitía sosiego y bienestar. El mostrador de mármol frente a la puerta presidido por una caja registradora centenaria. El arco amplio que daba paso a la rebotica. El suelo de losas blancas y negras simulando un gran tablero de ajedrez. A la espera de ser atendido, mató el tiempo contemplando los tarros de cerámica que llenaban los armarios acristalados, intentando descifrar el latín de sus inscripciones.

Cuando sonó de nuevo la voz oculta, su cercanía le desarmó.

—Perdóneme, por favor, es que estaba desembalando un pedido...

Desprendió rápidamente la atención de los latines, volvió la cabeza, la buscó. Y, apenas a tres metros, la encontró. Con los pómulos encendidos por el esfuerzo previo mientras con movimientos ágiles intentaba poner orden en los rizos desatados de una melena pajiza. Diferente a una farmacéutica convencional, diferente a sus compañeras de aulas y pasillos. Diferente a cualquier mujer con la que hasta entonces se hubiera cruzado en la vida.

—Si me dice en qué puedo ayudarle...

Hablaba con los brazos aún alzados, afanándose por domar sus mechones rebeldes mientras esperaba a que él se arrancara. Su boca grande, entretanto, sonreía con una mezcla de simpatía y sorpresa ante la perspectiva de concluir la mañana atendiendo a alguien tan distinto a los clientes de siempre.

—Creo que tengo un gripe —logró decir por fin.

—¿Una gripe? —preguntó ella extendiendo involuntariamente la sonrisa ante el error.

—Una gripe, perdón.

Todavía le costaba trabajo asignar el género correcto a algunas palabras del español. Y más aún en su condición de convaleciente medio febril. Y más aún ante la presencia más adorablemente desgreñada que nunca había sospechado que llegaría a contemplar.

La escuchó en silencio mientras ella le recomendaba distintos medicamentos para atajar los coletazos de su malestar. La oyó después hablar sobre la forma traicionera en la que aquel clima engañaba constantemente a los forasteros que tendían a creer que junto al Mediterráneo todo era pura bonanza. Mudo, absorto, pasmado, se dejó aconsejar con la fe de un catecúmeno y ni siquiera un segundo fue capaz de separar su vista de ella mientras sus manos rebuscaban entre armarios y cajones con agilidad gatuna y disponían los medicamentos sobre el mármol blanco del mostrador.

Hasta que las instrucciones sobre las dosis y frecuencias de las tomas llegaron a su fin y él no tuvo más opción que disponerse a pagar la cuenta. Y a la vez que contaba el dinero, su cabeza, turbia todavía, se esforzó por encontrar una excusa para prolongar su estancia, para no marcharse, para no perder de vista ni la melena desastrada, ni los ojos grises, ni los dedos largos de la inesperada proveedora de su bienestar. Pero su mente embotada parecía negarse a proporcionarle recursos mientras él ralentizaba sus movimientos y se demoraba en ordenar con toda la calma del mundo los billetes del cambio en la cartera, en meterse esta después con lentitud en el bolsillo de la chaqueta, en simular más tarde un cambio de idea para guardarla entonces en el pantalón.

Hasta que no tuvo nada más que hacer. Ni cambio que ordenar, ni cartera que guardar, ni palabras que decir. Agarrar su paquete y marcharse. No había opción a más.

—Ha sido usted muy amable, muchas gracias —fue la fórmula cortés de despedida, sin margen en su mente revuelta para mayor naturalidad.

—No hay de qué —dijo ella tendiéndole el paquete. A él le pareció que, durante la mitad de la mitad de un segundo, sus dedos llegaron a rozarse—. Cuídese. Y abríguese bien.

Asintió, con las medicinas envueltas en papel de seda en una mano y una sensación extraña agarrada a un sitio impreciso de sus tripas. Las baldosas blancas y negras acogieron sus zancadas hacia la salida, creyó notar la mirada de ella clavándosele en la espalda. Al tirar de la barra de latón bruñido, el cristal de la puerta tintineó. A un paso, la calle. Y en la calle, la gente. Gente anónima, gente en masa entre la que probablemente nunca volviera a encontrar el rostro que estaba a punto de dejar atrás.

Hasta que su voz le paró.

—¿Es usted militar de la base americana?

La puerta volvió al dintel, dejó el cristal de sonar.

—Soy norteamericano, pero no militar —dijo sin girarse, sin mirarla, sin soltar la barra aún.

Por fin se volvió. Y fugazmente, como en un chispazo vertiginoso de lucidez y anticipación, aquel breve movimiento le sirvió para intuir que, de alguna manera, nunca acabaría de irse del todo.

Posiblemente la joven ya preveía una respuesta negativa antes de hacer la pregunta, no tenía aquel extranjero pinta de militar a pesar de su porte sin tacha. Pero su pelo era demasiado largo para lo común en tal oficio, y sus posturas y gestos, aunque correctos, tenían un punto de relajación que no parecía corresponderse con las maneras castrenses. Con todo, se lo preguntó. Y él se lo aclaró.

Tras sus palabras pretendía ofrecerle algo más que unas breves pistas sobre su identidad: el deseo ansioso de que ella lo mirara como el hombre que era en su esencia y no como a un simple cliente de paso en busca de un bálsamo que le devolviera la salud. Que se estaba especializando en literatura española, le dijo. Que aspiraba a ser profesor, que había llegado a aquel puerto siguiendo el rastro de una novela…

La puerta se abrió a su espalda de pronto, impidiéndole continuar. Tres pequeños torbellinos cargados de toses y mocos entraron de pronto en la farmacia seguidos por una madre repleta de agobios.

—¡Por los pelos! ¡Ya creía que no íbamos a llegar!

La estancia se llenó de pronto de voces, los niños empezaron a perseguirse mientras la pobre señora alternaba su esfuerzo por contenerlos con la búsqueda afanosa de una receta en el bolso. Uno de ellos empujó a otro contra uno de los armarios repleto de loza, el mueble se tambaleó amenazando un vuelco. El ejecutor recibió un capón de la madre mientras la víctima exageraba aparatosamente el efecto del golpe tapándose media cara, gritando como un poseso y pataleando con furia contra el suelo.

Tras el mostrador, la chica, consciente de su incapacidad para recuperar la cercanía creada entre ambos, se encogió de hombros y lanzó a Daniel un gesto de disculpa e impotencia.

—No se preocupe —musitó él amagando una sonrisa que solo le salió a medias.

Se cruzaron las últimas palabras ajenos a la trifulca familiar, mirándose por encima de los tres pequeños cafres y su sufrida progenitora.

—Adiós —leyó en los labios de ella. Su voz, perdida entre los llantos de los niños y las reprimendas airadas de la madre, apenas le llegó a los oídos.

—Adiós —repitió él casi sin voz también.

Cuando por fin pudo reunir el coraje suficiente como para separar su mirada de aquella boca grande y aquellos ojos grises, salió de la farmacia.

Nunca la calle le había parecido tan fría.

# CAPÍTULO 19

No la perdió de vista ni un segundo mientras caminaba a su espalda. La seguía en la distancia sin tener idea de hasta dónde acabarían por llevarle los pasos elásticos de ella y aquella impetuosa insensatez de él. Sabía que lo razonable sería volver al hostal, tomarse las medicinas, descansar sin alterarse demasiado. Pero no pudo, no fue capaz. A cambio, se apostó en una esquina. Esperándola, esforzándose por ocultar su estatura tras un furgón de reparto aparcado en la cercanía. Hasta que la vio salir.

Antes lo habían hecho la madre y sus tres demonios con el zafarrancho a rastras. Después, un viejo achacoso que logró colarse en la farmacia en el último minuto como una lombriz. Y, al fin, ella. Terminándose de poner un abrigo azul, quitándose de la cara otro mechón subversivo, entrecerrando los ojos cuando la luz del mediodía la cegó por sorpresa. Sin la barrera intermedia del mostrador, por fin Daniel pudo contemplar su cuerpo entero mientras ella ajustaba los cierres y se guardaba las llaves en un bolsillo. A medida que la observaba, volvió a sentir algo que no fue capaz de definir. Ni siquiera en su propia lengua.

Acomodó el ritmo de sus piernas al compás airoso con el que

la joven cruzaba calles y avanzaba entre los viandantes, su melena pajiza le sirvió de guía. La vio saludar a unos y otros, en un par de ocasiones se paró a charlar con alguien un minuto o dos. Él, entretanto, para seguir pasando desapercibido, simulaba detenerse para atarse el cordón de un zapato, para encender un cigarrillo con el rostro medio oculto entre las cuencas de las manos o leer un anuncio pegado en cualquier esquina. Varias veces pensó que todo eso era una insensatez: quizá debería haberla abordado abiertamente, preguntarle su nombre, pedirle que le dejara acompañarla, proponerle quedar para tomar un café. Pero no se sintió con fuerzas. Le costaba trabajo pensar, notaba la fiebre que todavía hacía estragos. En cualquier otro momento habría saltado por encima de todo. Ahora, sin embargo, dudaba.

Callejeó tras ella hacia una breve cuesta que pareció subirlos por encima del nivel del mar, hasta que la ausencia de movimiento a su alrededor le hizo duplicar las precauciones. Apenas había gente, tan solo muy de vez en cuando se veía un vehículo. Ralentizó el paso, se giró, deshizo unos metros de camino y volvió a seguirla. Alcanzaron por fin una calle que no parecía del todo ser tal. A su izquierda se alineaban las fachadas de edificios de varias alturas, a la derecha halló una especie de paseo y una balaustrada colgante. Debajo el puerto y, al fondo, el mar. El hechizo de luz, salitre y calma duró apenas los segundos que ella tardó en entrar en el portal de la que supuso que sería su casa.

Sobre la cabeza de Daniel chillaron un par de gaviotas, el sol se ocultó de pronto. El aire sopló antipático y él se subió el cuello de la chaqueta, hundió las manos bajo sus propios brazos cruzados y se dispuso a iniciar el camino de regreso. Volvería a la farmacia por la tarde, quizá para entonces se encontrara mejor.

Antes de dejar la calle se detuvo a mirar su nombre. Paseo de la Muralla, leyó. Acto seguido sintió una punzada en el estómago y se percató en paralelo de dos cosas importantes en las que hasta entonces no había caído. La primera era que, antes o después, habría acabado visitando aquel mismo lugar: allí, imaginariamente, había vivido también Míster Witt, el protagonista de la novela cuyo rastro le había llevado hasta aquella ciudad. La segunda, que, a excepción del bocadillo que le había proporcionado la mujer anónima, llevaba más de dos días en ayunas. Por fortuna para él, esta última cuestión se resolvió en cuanto encontró una casa de comidas. Con el plato de guiso por delante empezó a planteárselo y al llegar las sardinas a la mesa, la balanza se acabó de inclinar. El flan le trajo la certeza: sus afanes investigadores no tendrían de momento más remedio que pasar a un plano secundario. En el instante más inesperado, mágicamente casi, se le había cruzado por delante de la vida algo que le apremiaba mucho más.

Regresó al hostal dispuesto a echarse un rato a la espera de que le hicieran efecto los remedios que ella le había ofrecido. Le vendría bien, tenía otra vez frío, sentía flojera en las piernas y notaba que, ya sin la virulencia de los días anteriores, la fiebre no había acabado de desprenderse de él. Se acostó vestido pensando en ella con la determinación de intentar recuperar el contacto en cuanto hubiera logrado descansar. Pero cayó en un sueño tan espeso que cuando se despertó, desorientado y con la cabeza embotada, eran ya las nueve y cuarto de la noche. Salió apresurado de su habitación poniéndose la chaqueta a la vez que bajaba los escalones de tres en tres, maldiciendo su desatino con sonoros fuck, fuck, fuck, y peinándose con los dedos mientras salía del hostal y recorría las aceras a grandes zancadas en busca de su objetivo. Los escasos viandantes se dirigían ya con prisa a sus casas para cenar en familia, las calles estaban casi vacías, todas las tiendas cerradas. En breve confirmó lo que se temía. La farmacia Carranza también.

Acometió la mañana siguiente con la decisión firme de concentrarse en la búsqueda de la joven sin nombre. Solo el mancebo atendía a la abultada clientela cuando Daniel atravesó de nuevo el umbral de la farmacia. Aguantó con paciencia su turno mientras desde la rebotica sonaba machacona la retransmisión radiofónica del sorteo de la Lotería del Niño y escuchaba a los parroquianos anticipando en qué gastarían el premio que nunca les iba a tocar. *Dos mil cuatrocientos quince: tres miiiiil pesetas. Trece mil seiscientos cuarenta y uno: tres miiiiil pesetas...*

—Usted me dirá, caballero...

—Aspirinas, por favor.

Aunque no las necesitaba, confiaba en que, junto con el ácido acetilsalicílico, el tal Gregorio le dispensara también alguna pista sobre su compañera de trabajo. Para su frustración, sin embargo, no obtuvo nada más que el pequeño paquete de medicamentos envuelto con maña en papel.

—Ocho cincuenta, por ser usted.

—¿Cómo?

No acabó de entender la broma, por un momento pensó que tal vez el dependiente quería transmitirle algo en particular por su condición de cliente del día anterior. O por ser extranjero. O, mejor todavía, por alguna otra razón que tal vez tuviera que ver con la chica ausente. Pero erró. El mancebo no le estaba dando ningún trato personalizado, sino repitiendo por enésima vez lo que él consideraba una apostilla la mar de ingeniosa.

—Ocho cincuenta, señor. Un durito, tres pesetas y cincuenta céntimos. Cosa barata. Y para usted, doña Esperanza, lo de siempre, ¿no? Dos cajas de supositorios laxantes y el agua de Carabaña.

Mientras volvía a ralentizar disimuladamente el pago igual que hiciera con ella, Daniel notó que la oportunidad de preguntar por su paradero se le escapaba como el agua entre los dedos a medida que Gregorio se desentendía de él y se concentraba con diligencia en otros clientes. Ahora o nunca, pensó.

—¿No está hoy la señorita? —se aventuró a preguntar por fin señalando con un gesto la rebotica.

A grandes voces, como si Daniel no solo fuera extranjero, sino también sordo, el mancebo proclamó a los cuatro vientos:

—¡No, no! ¡La señorita hoy no está! ¡Está de compras! ¡Los Reyes, los Reyes Magos! ¡Esta noche llegan los Reyes!

Y entonando a gritos *Ya vienen los Reyes Magos, ya vienen los Reyes Magos, caminito de Belén...* maniobró con maña la caja registradora mientras al fondo se oía a los niños de San Ildefonso coreando eufóricos el tercer premio que acababa de salir del bombo.

En pos de ella callejeó sin rumbo el resto de la mañana, variando constantemente la dirección de sus pasos, barriendo con la mirada los rincones y los grupos de amigas, las entradas de los comercios y las terrazas de los cafés. Pero la zona de trasiego comercial era limitada y, tras unas cuantas vueltas, se vio recorriendo las mismas calles una y otra vez sin dar con su objetivo. A la una y media todos los establecimientos se prepararon para el cierre de mediodía: los dependientes comenzaron a bajar las persianas metálicas con largos ganchos de hierro, las señoras miraron de pronto sus relojes entre exclamaciones de alarma y el ajetreo se empezó a diluir poco a poco.

Y entonces la vio. La vio al fin, airosa como un junco, con sus rizos rebeldes escapando una vez más del pasador que intentaba sujetarlos en la nuca, envuelta en una gabardina beige anudada con firmeza a la brevedad de su cintura. Caminaba parapetada entre dos señoras de aspecto elegante que le doblaban la edad y que parecían quitarse la palabra la una a la otra sumidas en ágil conversación. Hasta que ella reparó en él. En el americano guapo y griposo al que había atendido en la farmacia el día anterior, en el estudiante que aspiraba al extravagante oficio de enseñar literatura española en una universidad de su lejano país. Y, por segunda vez en su vida, el resuelto Daniel Carter no supo qué hacer.

Aquel hombre precozmente independiente que, a pesar de su juventud, había corrido ya más mundo que muchos otros en toda su existencia, que había sido capaz de ganarse su propio sustento trabajando hombro con hombro con rudos obreros industriales, que había leído a todos los clásicos españoles y pateado en solitario los caminos polvorientos de aquella patria extraña, quedó desarmado al verla acercarse hasta él.

—Espero que las medicinas le hayan hecho efecto.

Nunca fue capaz de recordar qué respondió, quizá alguna trivialidad plagada de incoherencias gramaticales y errores de pronunciación. Solo se dio cuenta de que el encuentro había terminado al ver su espalda desvanecerse entre la gente. No averiguó nada más sobre ella, volvió a perderla sin saber su nombre. Pero el recuerdo de su rostro y de su voz lo acompañó a lo largo del almuerzo y ni un momento se la pudo apartar de la mente durante el inútil amago de lectura desconcentrada al que dedicó las primeras horas de la tarde, tumbado como un preso en su cama estrecha del hostal, sintiéndose frágil como nunca, sin tener qué hacer ni adónde ir, ni con quién compartir lo que le estaba quemando por dentro.

Cuando intuyó que la vida volvía a llenar las calles tras la larga parada que las familias españolas dedicaban a la comida de mediodía, se dispuso a salir. Aún no sabía que aquella tarde Melchor, Gaspar y Baltasar, en su milagro anual de multilocación, estaban a punto de recorrer simultáneamente cientos de pueblos y ciudades en las cuatro esquinas del mapa.

Aquel inesperado acontecimiento de bullanga callejera maravilló a Daniel una vez más. Tanto que, por unos minutos, fue capaz de apartar de su cabeza a la joven de la farmacia para concentrarse en el espectáculo, observando fascinado las reacciones de los chiquillos y las suntuosas indumentarias de los de Oriente y sus séquitos. El olvido duró poco, en cualquier caso. El azar quiso que su imagen, de improviso, emergiera sin buscarla entre la gente.

Estaban en aceras opuestas, pero casi frente a frente, mientras la cabalgata discurría entre ambos arropada por gritos y aplausos. Ella llevaba la misma gabardina que aquella mañana; una bufanda verde alrededor de su cuello largo fue el único cambio que él percibió. Reía y hablaba con alguien a su lado, alguien que hizo que las ilusiones de Daniel se desmoronaran de pronto como un castillo de papel soplado por la brisa. Un hombre joven, con pelo muy corto y rostro moreno, que sonreía asintiendo con la cabeza mientras ella le decía algo agarrada a su brazo con confianza. Posiblemente fuera su novio. Quizá su marido. Probablemente militar, quizá marino. O eso, al menos, supuso él.

El interés de Daniel por todo lo que le rodeaba se desvaneció de pronto como una pompa de jabón. Los niños que aplaudían entusiasmados dejaron de parecerle criaturas deliciosas y se transmutaron en pequeños diablos gritones. Los majestuosos atuendos de los Reyes y sus pajes se le antojaron de repente groseramente ostentosos para aquel país tan necesitado de muchas otras cosas. Para colmo, a Baltasar se le estaba corriendo el betún que le cubría la cara y a Gaspar se le había ladeado la barba postiza.

Sintió un repentino golpe de calor, le pareció que la fiebre se le disparaba. Sofocado, decidió marcharse: volver al hostal, huir de aquel tumulto estruendoso que ahora le resultaba insoportable. Pero no pudo hacerlo con la premura que pretendía porque se dio cuenta de que estaba inmovilizado entre la gente, aprisionado entre la masa apelotonada que, ajena al derrumbe de sus pobres ilusiones, seguía disfrutando al paso del cortejo. Y entonces, mientras se esforzaba por hallar la forma de escapar de allí, ella reparó en su presencia y desde la acera de enfrente le envió un saludo. Con la mano, abriéndola y cerrándola repetidamente, segura, cordial. Él respondió con torpeza, copiando el gesto a la vez que marcaba una sonrisa ortopédica, y escondía unas ganas inmensas de no haber aparecido nunca por aquella ciudad en la que todo le estaba resultando endiabladamente complejo. Logró al cabo abrirse paso entre la muchedumbre casi a empujones, pero antes de volatilizarse no pudo evitar volver la vista a ellos por última vez. Y comprobó que le observaban. Y que hablaban. No le cupo duda de que lo hacían sobre él.

En la habitación seguían retumbando los tambores de la maldita cabalgata. Quiso leer, pero no pudo concentrarse. Quiso dormir, pero no llegó el sueño. Permaneció tumbado un rato infinito, con los brazos doblados tras la cabeza, la boca cerrada en un rictus adusto y la mirada fija en una gotera informe del techo. Ofuscado, abatido. Cuando la irritación se convirtió en un fastidio más soportable y consiguió analizar la situación con serenidad, por fin asumió que nunca había tenido demasiados números para esa tómbola.

Aquello había sido un sinsentido desde el principio. Suponerla accesible, nada más que una mera ilusión. Y una fanfarronería imaginar que tras su simpatía, tras su sonrisa y el brillo de sus ojos, se agazapara algo más que la simple cortesía hacia el forastero desorientado.

Una vez que logró medio engañarse con el convencimiento de que nunca había existido la posibilidad factible de nada, finalmente pudo retornar a las cuestiones más mundanas y notó una sensación de hambre tremenda. Aunque la cabalgata había acabado hacía un buen rato, le faltó ánimo para volver a salir a las calles desiertas en las que aún quedaría el rastro triste de la bulla extinguida. Bajó a recepción con la esperanza de que la mujer de la noche de la fiebre pudiera prepararle otro bocadillo. Las penas con pan son menos, solía decir la señora Antonia rescatando la frase de su catálogo infinito de refranes de pueblo. A ver si era verdad.

No encontró a quien buscaba, pero sí volvió a ver al conserje del primer día, abducido de nuevo por la lectura. Transitaba esta vez por el desierto de Arizona sin saber aún si el gobernador acabaría o no sentenciando a los cuatreros. *Nacidos para la horca,* leyó Daniel de refilón en la portada.

—¿Interesante? —preguntó. Por preguntar. En el fondo, le daba exactamente lo mismo el contenido de aquella novelucha.

—Pssse. Me ha gustado más *Plomo en el pecho*, dónde va a parar. Y *El cobarde de Syracusa*, ni le cuento. Por aquí abajo las tengo... —dijo quedando momentáneamente oculto tras el mostrador. Emergió en breve con un par de librejos resobados en la mano—. Si quiere le presto alguna para que eche usted la noche, hasta mañana no tengo que devolverlas en el kiosco.

Había visto en el cine montones de westerns, pero jamás había leído una novela del Oeste. Ni siquiera las de su legendario compatriota Zane Grey. Mal asunto sería empezar a aficionarse con las escritas por un español, a saber qué disparates narrarían.

—¿Qué, se queda con alguna, amigo? —insistió el recepcionista—. Si le digo la verdad, las dos valen la pena. Y si no le gustan estas, mañana si quiere le traigo otras cuantas de El Coyote, que tengo por ahí un montón de ellas desde hace años. Esas son de California y los personajes parecen españoles, no sé yo si a usted...

—No se preocupe, muchas gracias. En la maleta traigo mis libros.

No mentía, le aguardaban varias lecturas pendientes. Cosas más serias, más esenciales para su carrera. Jaramas entre visillos, colmenas y vientos solanos. Obras de autores españoles contemporáneos a los que estaba empezando a conocer.

—Pues usted verá, pero para mí que no va a encontrar otra cosa mejor que esto. Venga, quédese una, hombre…

La conversación se vio interrumpida por la llegada del ángel anónimo que le había socorrido en su calentura. En zapatillas, rondando la cincuentena y con un delantal a cuadros.

—Que digo yo, Modesto, que si vas a hacer tú el turno de noche hoy, o si va a venir por fin tu primo Fulgencio.

—Pues no lo sé, Catalina, no me ha avisado todavía.

—Es por ir preparando ya la cena o esperarme un rato. Sopa de fideos y escabeche de estornino tengo, ¿quiere que le suba a usted un plato también a su cuarto, hijo? —preguntó entonces dirigiéndose a Daniel, todavía acodado en el mostrador—. Se está poniendo muy fea la noche, así no tiene usted que volver a echarse a la calle. Y le vendrá bien, que lo veo muy chupado, con esas fiebres que ha tenido y tanto trajinar para arriba y para abajo, que no para usted quieto un rato, a ver si se va usted a poner malo otra vez. Ahora le aparto yo a usted un poquico de lo nuestro, que donde comen dos comen tres.

—Espérate, Catalina, que antes tiene que elegir una novela. ¿Por cuál se decide, amigo?

*Plomo en el cuerpo* fue el precio que tuvo que pagar por la cena.

Había pensado dedicar la jornada siguiente a la búsqueda de datos que le abrieran los ojos a la retaguardia de Sender al escribir su novela. Antes de acostarse repasó por encima sus notas sobre lugares y personajes. La taberna de la Turquesa en el Molinete, Paco el de la Tadea en Escombreras, Milagritos con su cuerpo de jaca y su aire populachero, gente de papas y aladroques, el fuerte de Galeras. Todo aquello de repente parecía haberle dejado de interesar y, aunque se hizo el firme propósito de esforzarse en su trabajo, decidió también que, como las cosas siguieran igual de oscuras, regresaría a Madrid un día después.

A punto de dormirse, añadió una última resolución a su lista: no volver a evocar el recuerdo de la joven de la farmacia. Pensándolo bien, tampoco ella era para tanto. Sus zancadas al caminar resultaban excesivamente enérgicas, su estatura un tanto desbordada para la talla media de las mujeres de su edad. Y aquel pelo suyo, tan rebelde, resultaba demasiado llamativo en comparación con las melenas morenas y bien peinadas que solían llevar las españolas. Por su vida habían pasado antes y habrían de pasar después, se dijo, mujeres más hermosas, más accesibles, menos remotas. Cayó en el sueño convencido de que su interés por la chica de la Muralla había muerto definitivamente. Para siempre, se propuso con firmeza. Apenas media hora después, soñaba que hundía los dedos en los rizos pajizos de su nuca y, atrayéndola hacia sí, la besaba en su boca grande y dulce como un pozo de miel sin fin.

Amaneció el día siguiente lloviendo a cántaros y no paró de jarrear hasta la noche. Un día triste, oscuro, de calles vacías y establecimientos con las persianas bajadas. De cielo de plomo y charcos en los que chapoteaba la melancolía. Lejos de achantarse, se lanzó a la calle armado con un paraguas propiedad de Catalina al que faltaban dos varillas y con su copia manoseada de *Míster Witt en el Cantón*. Forrada todavía con papel de periódico, no fuera a encontrarse con algún problema paseando el nombre del autor exiliado a la vista de cualquiera. Su difuso objetivo era hallar alguna pista sobre qué pudo inspirar a Sender para crear el personaje del viejo ingeniero inglés que el escritor ubicara en la Cartagena insurrecta de la Primera República. O sobre los hechos que entonces acontecieron. O sobre los personajes y escenarios que trufaban las páginas de su novela. Pero nadie pudo darle razón porque apenas a nadie solvente pudo encontrar en aquel día de aguacero, juguetes y familias reunidas. Y nada halló, como ya esperaba, tampoco a su paso. Ni el nombre de una calle, ni una minúscula placa conmemorativa, ni la portada del libro en el escaparate de ninguna librería. Y para colmo, la biblioteca pública estaba cerrada.

El único que pareció arrojar algo de luz ante tan penosa ausencia fue un parroquiano entrado en años con aspecto de llevar encima unos cuantos copazos de más. En una taberna de la calle Cuatro Santos, le aclaró que Sender era un rojo malnacido y que su nombre no se mentaba en aquella patria de paz y orden que había traído el Caudillo. Y, para rematar su discurso, se alzó tambaleante y se marcó un sonoro arriba España. El taconazo que acompañó a tan patriótico saludo a punto estuvo de hacerle caer de espaldas si Daniel no lo hubiera llegado a sujetar.

Regresó al hostal empapado y con el humor tan negro como el día. Dejó pasar la tarde absorto en otra sesuda sesión de contemplación de las manchas del techo y después comenzó una carta para el profesor Fontana que no pasó del encabezamiento. A eso de las siete bajó a recepción y echó un vistazo a la prensa local. Un anuncio informaba de que aquella tarde en el cine Central estrenaban *El príncipe y la corista*. En Cinemascope y Technicolor. Si se daba prisa, llegaría a la sesión de las siete y media. Así se distraería un poco. Aunque fuera oyendo a Marilyn Monroe y Laurence Olivier flirteando en español.

A la vuelta preparó la maleta; volvería a Madrid al día siguiente pese a todo. Sin haber conseguido ni un solo dato interesante para su trabajo y sin intención de darse ni una oportunidad más. Y con la imagen de la chica de la farmacia aún fresca en la mente a pesar de los esfuerzos por arrancársela. Para compensar lo primero, ya tendría ocasión de consultar otros recursos en la Biblioteca Nacional. Lo segundo lo iría desvaneciendo el tiempo.

A fin de evitar contingencias similares a las del viaje de ida, en la estación sacó sin dudarlo un billete de primera clase para el regreso. Tiempo habría de buscar más esencia racial; de momento, lo único que le interesaba era largarse de allí. Cuanto antes, mejor.

Aunque el tren estaba ya dispuesto para su salida, prefirió no subir antes de tiempo y dedicarse a contemplar el trasiego de gentes y bártulos desde un banco del andén. Sin rastro ya de la lluvia del día anterior, se sentó a saborear en la piel el último sol mediterráneo de aquella tierra a la que no tenía intención de volver jamás.

Le gustaban las estaciones de ferrocarril y sus rutinas, le entretenía especular sobre la vida de los viajeros y sus destinos, las razones que los impulsaban a ir y venir. Algunas costumbres de los españoles le resultaban particularmente llamativas, como aquella tendencia a desplazar a los andenes a varias generaciones de familias enteras para despedir o recibir a alguno de sus miembros.

Contemplaba el ambiente con el ánimo crecido ante la inminencia de su marcha mientras a su espalda, desde la puerta abierta de la cantina, entre el ruido de los platos y los vasos al chocar, sonaba la radio. *Olé, olé, te mueves mejor que las olas y tienes la gracia del cielo, la noche en tu pelo, mujer española…* El cadencioso ritmo mañanero se le metió sin darse cuenta en los huesos y casi inconscientemente comenzó a marcar el compás con la suela del zapato mientras seguía enfrascado en sus pensamientos. *Olé, olé, tus ojos son tan pintureros que cuando los miro de cerca, prendido en su embrujo, soy su prisionero…* Ya no le quedaba duda de que en poco tiempo aquella ciudad caería al fondo de la zanja menos accesible de su memoria. *Olé, olé, envidia te tienen las flores, que llevas esencia en tu entraña del aire de España, María Dolores.* Tan pronto como el tren se alejara de aquella tierra, atrás quedaría tan solo el leve recuerdo de un personaje literario cuyo rastro no encontró y el de una mujer que le atrajo momentáneamente y de la que nunca supo siquiera cómo se llamaba. *Olé, olé, olé, por linda y graciosa te quiero…* Hasta que el movimiento machacón de su pie se paró en seco, truncado en el tránsito de una nota a otra, dejando a Jorge Sepúlveda liquidar la canción desde la radio de la cantina ya sin su acompañamiento. *Y en vez de decirte un piropo, María Dolores, te canto un bolero…*

Una elegante pareja de mediana edad, una anciana de aspecto distinguido y tres muchachos acababan de entrar en el andén a la carrera, cargados de prisa y maletas. Instintivamente, sin pararse a pensar por qué, abrió uno de los periódicos que acababa de comprar y se ocultó tras él. Por el flanco derecho, sin embargo, no los dejó de observar.

Acompañaban todos ellos a una joven de melena pajiza que volvía a la Universidad de Madrid tras la Navidad para terminar su último curso de la carrera de Farmacia. Los vio intercambiar besos y abrazos que se intensificaron al llegar el turno del hermano mayor, un joven teniente de aviación con pelo muy corto y rostro tostado a quien esperaba en breve el regreso a su destino en Canarias.

Aguardó al último segundo para subir de un salto al vagón. A través de la ventanilla contempló cómo la familia se iba empequeñeciendo en la distancia, apiñados, palpando ya la ausencia mientras agitaban unos brazos en los que apenas quedaba brío.

La chica, entretanto, se esforzaba por frenar una lágrima tozuda que llevaba ya un buen rato amenazando con echar a rodar. Para evitar que se saliera con la suya, se concentró en organizar el equipaje. Una gran maleta, un bolso de viaje, el abrigo azul del primer día…

—¿Te puedo ayudar? —oyó ella a su espalda.

Lo recibió otra vez con su sonrisa gloriosa y aquellos ojos grises que brillaban como el mar frente a su balcón en las mañanas de invierno. Por fin él averiguó las seis letras de su nombre.

# CAPÍTULO 20

Siempre me había gustado enredar en la cocina entre sartenes y cacerolas, y lo mismo disfrutaba experimentando con innovaciones y modernidades que homenajeando a los pucheros de toda la vida. Cualquier excusa, la celebración de cualquier pequeño evento había sido siempre una buena razón para sentar a amigos y familia alrededor de la mesa. La llegada del fin del curso, un aniversario, el más pequeño éxito de mis hijos o una noche de viernes cualquiera. A veces fueron comidas bulliciosas con conversaciones cruzadas y sobremesas eternas. A veces, cenas pequeñas de tertulia, vino y velas encendidas hasta la madrugada, con la sensación del mundo parado bajo los pies.

Pero ahora todo era distinto. Mis amigos de siempre estaban en la otra esquina del planeta, mi familia se había desintegrado y yo no tenía ningún acontecimiento memorable al que rendir honores salvo el hecho de que el calendario acababa de certificarme que ya tenía un año más. Triste perspectiva que, bien mirada, tal vez podría ser una buena ocasión para asentarme en mi nueva vida. Una vida inesperada y no elegida, llena de ausencias e incertidumbres. Una vida que, de pronto, casi de un día para otro, me había exigido reinventarme y empezar a dar tumbos inciertos. Como un niño que empieza a andar, solo que con cuatro décadas y media a mis espaldas. Una edad en la que debería haber alcanzado una madurez serena, afianzada en la experiencia y la seguridad de lo conquistado a lo largo de los años, pero que a mí, sin embargo, me había pillado con el paso cambiado. Con la autoestima desgarrada, la vulnerabilidad a flor de piel y el asqueroso sabor del fracaso en la boca. Sin expectativas, sin ilusiones. Dueña de un destino confuso y desorientado, con un futuro tan borroso como la tinta en el agua.

A media mañana salí en busca de provisiones. Necesitaba más huevos, más patatas, tomates para el gazpacho y melocotones para la sangría, ajos. Las anchoas del Cantábrico, el par de cuñas de manchego curado y algunas otras exquisiteces las tenía compradas desde unos días antes a precio de oro molido. Lo que me faltaba era el abastecimiento más elemental, por eso no opté por el más exclusivo Meli's Market, sino por el G&G de detrás de la plaza. Donde compraban los estudiantes y las familias con recursos más moderados. Donde se cocía la esencia.

Fui a tiro fijo y acabé rápido, tenía prisa por volver y empezar a cocinar. Hasta que, ya en la cola de la caja a la espera de mi turno, recordé súbitamente que me faltaban las servilletas de papel. Maldije entre dientes mi mala cabeza. Media vuelta, dónde estarán las malditas servilletas, pensé. En su busca andaba cuando, en mitad del pasillo de los consumibles de papel, la vi. Parecía estar escrutando el contenido de un paquetón de kleenex, lo observaba del derecho y del revés. Se sostenía en un andador ortopédico y, con aquel pelo teñido de un rubio imposible para sus años y las enormes gafas de sol, su identidad me resultó inconfundible. La madre de Fanny, Darla Stern. La que fuera secretaria del departamento en los tiempos remotos, la que no logró generar en Daniel Carter la misma cordialidad que él siempre desplegaba con el resto de los mortales.

Le di la espalda con disimulo. Por si me reconocía. Por si Fanny, que sin duda andaría cerca, aparecía de pronto a su lado y me obligaba a detenerme y departir. Evitando la ocasión y con ella el peligro, agarré mis servilletas sigilosamente y me evaporé.

El día transcurrió entre el humo de las tortillas y el ruido de los tomates al triturarse. Mientras con una mano batía huevos, con la otra espantaba a los fantasmas que, gamberros, me acosaban sabedores de la magia que tienen los olores para devolvernos al pasado y sacarnos las emociones de las entrañas. Media hora antes de las ocho todo estaba listo. La mesa plegable de Rebecca parecía el sueño de un emigrante y mis espectros nostálgicos reposaban ya serenos en sus jaulas. Me vestí de negro, puse un cedé de Ketama y, para rizar el rizo de la españolada completa, me coloqué en el pelo un par de claveles reventones que en un arrebato había comprado en el G&G justo al salir.

Estaba terminando de ponerme la segunda capa de rímel cuando sonó el teléfono. Supuse que sería Rebecca para preguntarme si tenía alguna urgencia de última hora o quizá alguien disculpándose tardíamente por no poder asistir a la fiesta, pero no acerté. La voz al otro lado, tan distante en kilómetros, pertenecía a quien más de veinte años antes había sido casi un pedazo de mí. Alguien que superaba en más de un palmo mi estatura y que ya andaba suelto por el mundo por más que yo deseara que se hubiera quedado eternamente a mi lado sin rebasarme nunca la altura del hombro.

—¡Eeeeeeh! ¿Dónde te metes, madre? ¡Aquí la caña de España!

Mi hijo Pablo, previsiblemente de copas a las tantas de la madrugada. Llevaba desde el verano en las playas de Cádiz abducido por el surf, su última gran pasión hasta que cualquier otro arrebato la suplantara. Contra todo pronóstico, había terminado la carrera de Empresariales en junio, algo insospechado habida cuenta de que se había juntado en quinto con tres asignaturas de cuarto y alguna de tercero. Pero él era así, impulsivo e imprevisible. Como imprevisible fue también su resolución de tomarse un año en blanco antes de pensar en algo útil para su futuro profesional. Así las cosas, a diferencia de su hermano, que el año anterior había conseguido una beca para un máster en la London School of Economics, Pablo había decidido dedicar sus primeros meses de recién licenciado a saltar olas como un loco en el sur del sur de la Península. Aquel fin de semana, sin embargo, había previsto volver a Madrid y desde allí me llamaba en plena noche de juerga.

—Qué vieja eres ya, mami, cuarenta y cinco tacos... Que no... que es broma... que estás hecha una chiquilla... ¡La más guapaaaa!

No pude evitar sonreír mientras una punzada de melancolía me atravesaba el esternón. Inmovilizada en el escueto perímetro del cuarto de baño, me senté a escucharle en el borde de la bañera. Mi niño. Qué deprisa se me había hecho mayor.

—Oye..., ¿me oyes? —Seguía hablando a gritos, con un estruendo de fondo difícil de identificar—. Que estamos aquí... y que estábamos hablando de ti, que hemos salido a cenar y después a tomar una copa por ahí, y nos hemos ido liando y liando, y... y... y este se la va a cargar cuando llegue...

Una carcajada feroz remató la frase. No sabía a quién se refería con este, probablemente a alguno de sus amigos. No me dejó siquiera intentar averiguarlo, solo dijo espera, que te lo paso.

—Hola, Blancurria. Soy yo.

La sonrisa que la voz de Pablo había dibujado en mi rostro se me quedó congelada en un rictus tenso. Era Alberto, mi exmarido, con voz gangosa. Llamándome por el apelativo cariñoso de siempre, el de lo cotidiano, el de la complicidad.

—Aquí estoy, con Pablito, que me ha liado, qué morro tiene... —prosiguió sin esperar a que yo dijera nada—. Está hecho un hombre, el tío, con unas melenas que a ver si se las corta de una vez... Pero a mí no me hace ni caso, como siempre, a ver si le dices tú algo y lo convences, ya sabes que lo que yo le digo siempre se lo pasa por el arco del triunfo. Bueno, que... que feliz cumpleaños. No tengo ningún regalo para ti, como estás tan lejos. El otro día vi un cuadro, nada, una chorrada, una marina con unos barquitos, una gilipollez, y pensé, para Blanca, que en invierno siempre echa de menos el mar. Pero después me acordé de que ya no estabas, de que te has ido... bueno, de que... de que me he ido yo...

Calló entonces y yo no fui capaz de articular una sola palabra. El ruido de fondo seguía siendo atronador y hacía más tenso todavía nuestro silencio. Permanecimos así unos segundos que se me hicieron interminables, mudos ambos, él en su bar y yo en mi cuarto de baño, consciente cada uno de la presencia callada del otro en la distancia. A pesar de la lejanía trasatlántica y del abismo abierto entre nosotros, a pesar del distanciamiento afectivo que yo llevaba tanto tiempo luchando por superar, por primera vez en mucho tiempo Alberto y yo nos sentimos cercanos. Él fue el primero en hablar. Su voz sonó clara. Pastosa, pero clara como el cristal.

—No sé si esto ha sido una locura...

Un nudo me atravesó la garganta y en los ojos se me agolparon las lágrimas. Luché por contenerlas y con esfuerzo conseguí no derramar ni una sola. Con todo, el escozor fue descomunal. Alberto. Como en un relámpago, a mi memoria retornó su rostro, su presencia que todo lo llenaba. Su trote ruidoso al bajar la escalera, su espalda caliente durmiendo a mi lado. Su pelo moreno, su risa, sus dedos, su piel. Por un instante deseé que tuviera razón, que todo hubiera sido un mal sueño, que su abandono no hubiera sido más que una pesadilla febril. Que el hijo suyo que crecía dentro de otra mujer no fuera más que un desvarío de mi imaginación. Pensé que quizá aún estábamos a tiempo de recomponer nuestras vidas, de empezar otra vez. A tiempo de perdonar y olvidar. Y quise decírselo.

Pero por alguna extraña descoordinación neuronal entre los canales del pensamiento y el lenguaje, o tal vez por ese cable de auxilio que la lucidez nos echa de tanto en tanto cuando estamos al borde del precipicio, las palabras que salieron de mi boca fueron otras.

—Adiós, Alberto. No me vuelvas a llamar.

Sin apenas intervalo para procesar lo que acababa de ocurrir, al tiempo que cortaba oí que llamaban a la puerta. Miré el reloj, las ocho pasadas. Hora de empezar. Antes de salir, comprobé fugazmente mi imagen en el espejo. El aderezo cañí sobre mi oreja izquierda se me antojó de pronto un penacho estrafalario. Ni mi humor ni mi cara estaban para claveles, así que me los arranqué del pelo de un tirón. Los eché al retrete, tiré de la cadena y, con una sonrisa más falsa que Judas, salí a recibir a mis invitados.

La primera en llegar, cómo no, fue Rebecca. Con un gran dip de espinacas y un cuenco gigantesco de guacamole, dispuesta como siempre a ayudar. Después, una profesora de portugués y su novio canadiense y, apenas dos minutos más tarde, tres de mis alumnos con otras tantas botellas de vino bajo el brazo. Luis Zárate, el director, fue el siguiente, con tequila reposado y en vaqueros. El apartamento tardó poco en llenarse de voces, música y humo. Los platos y las fuentes de comida empezaron a vaciarse a velocidad de vértigo a la vez que yo me esforzaba por diluir, al menos superficialmente, mi desasosiego. Unos entraban y otros salían, comenzaba a hacer calor, alguien abrió una ventana. Hubo quien no se presentó y hubo quien trajo a unos amigos. Otro de mis alumnos llegó un rato después con una guitarra y una pareja de uruguayos a los que yo no conocía. Mientras los saludaba, noté que alguien me tocaba el brazo para llamar mi atención.

—Voy a por limas y más hielo, vuelvo enseguida.

Era Luis Zárate, a cargo espontáneamente del bar desde su llegada. Al contrario de lo que yo esperaba, había llegado solo, sin la joven profesora de alemán con la que yo alguna vez le había visto y con la que, según los rumores del departamento, llevaba un tiempo saliendo. Nunca lo había imaginado como un hombre de farra y trasnoche, pero, para mi sorpresa, se manejaba con enorme destreza preparando margaritas y caipiriñas a la vez que departía con todo el mundo cargado de buen humor.

—Perfecto, pero no te escapes. Te necesitamos para que sigas con las copas, aún queda mucha noche. ¿De dónde has sacado esa maña, por cierto?

—Tiene truco —dijo acercándose a mi oído—. Aprendizaje académico de bajo impacto. Hice un curso de cócteles hace un par de años, pero no se lo digas a nadie.

—Ok, pero pórtate bien conmigo, para que nunca tenga que usarlo en tu contra.

—Todo lo bien que tú me dejes...

Volvió a acortar la distancia entre nosotros. A juzgar por su actitud, seguramente la mitad de los cócteles que llevaba preparados desde su llegada se los había bebido él mismo. Pero estaba distendido y divertido, así que le seguí el juego.

—Cuando me cambies la impresora de mi despacho, hablaremos —le contesté con una carcajada, yo también llevaba unas cuantas—. De momento, con que te encargues del hielo es suficiente.

—¿Y qué tal si...? —insistió volviéndose a acercar.

No le dejé que siguiera; agarrándole por el brazo, lo llevé hasta la puerta.

—Hay un 7-Eleven en la esquina, ya sabes. Ni se te ocurra conducir.

—A sus órdenes, doctorsita —dijo simulando acento mexicano. No pude evitar reír mientras cerraba la puerta a su espalda.

Hubo más risas, más mezcla de lenguas y finalmente un rasgueo de guitarra y algunas palmas que dieron pie a un repertorio desacompasado de viejas glorias en español y en inglés, entonado a grito limpio sin el menor pudor.

En algún momento impreciso de la noche, entre las carcajadas y las estrofas de una ranchera, oí que llamaban a la puerta. Supuse que era Luis al fin, hacía un buen rato que se había marchado y aún no había vuelto. Pero no fue al director a quien encontré, sino a Daniel Carter dentro de un chaquetón de cuero oscuro, con un bolso de viaje en una mano y una bolsa de plástico en la otra. Al fondo seguían reventando pa todo el año la memoria del gran José Alfredo Jiménez.

—Ya pensaba que ibas a fallarme.

—Antes muerto —dijo mientras se quitaba el chaquetón y dejaba su equipaje en el suelo—. Mi avión tenía retraso, he estado a punto de estrangular al piloto.

Sin dejarme darle réplica y sin una palabra más, tomó entonces mi mano, me agarró por la cintura y, uniendo su voz fuerte al coro desafinado —*porque yo tendré el valor de no negarlo, gritaré que por tu amor me estoy matando, y sabrán que por tus besos me perdí...*—, me arrastró por el salón con cuatro diestros pasos de baile en busca de algún resto de tortilla de patatas, ya más que improbable a aquellas horas.

Acabamos a las mil y pico sin que quedara ni un miserable resto de mi esfuerzo culinario y sin volver a saber de Zárate. Con la marcha de los últimos invitados se fueron también mis responsabilidades de buena anfitriona, así que decidí dejarlo todo tal como estaba y acostarme de inmediato. No tenía fuerzas para recoger nada, ni los restos de la fiesta, ni los retazos de la conversación con Alberto que, a pesar de la larga fiesta, no había dejado de ir y venir dentro de mi cabeza. El cansancio y las copas me lo pusieron fácil: para mi suerte, me quedé dormida de inmediato, sin dedicar a aquel triste reencuentro telefónico ni un solo segundo más.

A la mañana siguiente, tras una ducha descongestionante, me puse manos a la obra. Entre bolas de servilletas, copas vacías y decenas de botellas sin rastro de lo que en su origen contuvieron, encontré dos pertenencias olvidadas la noche anterior. Una era un jersey rojo caído en el suelo tras un sillón, recordé que lo llevaba puesto uno de mis estudiantes. La otra era una bolsa de plástico verde y blanca de la cadena de librerías Barnes&Noble. Miré dentro con la intención de identificar a su dueño según el contenido y encontré un libro y un sobre con mi nombre. La imagen de Daniel Carter en su llegada tardía volvió entonces a mi retina. En ella, llevaba aquella bolsa en la mano.

El sobre contenía una simple tarjeta con dos frases en letra negra y firme.

*Que la luz de los años te sirva para ver más claro tu camino. Muchas felicidades.*

Y un libro. Un libro de tamaño mediano con sobrecubierta amarilla. *A History of California.* Lo hojeé. Trescientas cuarenta y cuatro páginas en inglés que desgranaban la historia de California en catorce capítulos, un mapa, una cronología, algunas fotografías y una lista de referencias bibliográficas.

No entendí el sentido de aquel regalo inesperado, aunque presumiblemente no tuviera ninguno más allá del de una compra de paso para cumplir con el trámite de la mera cortesía. Tampoco sabía de dónde había sacado Daniel la información sobre mi cumpleaños, supuse que se lo habría dicho Rebecca. Tras un último vistazo, lo aparté junto con el jersey sobre una silla para poder continuar limpiando.

Aireé el apartamento, llené tres bolsas enormes de basura, fregué el suelo a conciencia y saqué mil botellas al contenedor del reciclaje. Al terminar me di cuenta de que tenía un hambre tremenda y la nevera vacía, así que salí a comer. Aproveché para comprar periódicos, di un corto paseo y volví a casa. Domingo de otoño por la tarde. Mal momento para mantener a raya la nostalgia, aún más después de la llamada de Alberto la noche anterior.

Encendí la televisión en busca de algo con lo que distraerme. La CNN hablaba de un accidente de avión con dieciocho muertos en México, la explosión en un geriátrico de Michigan y la llegada a los cines de los Pokemon. Trasteando entre canales di con una reposición de *Rambo III*, dos teletiendas, un reportaje sobre peluquerías caninas y el enésimo episodio trasnochado de *Miami Vice*. En la cadena local de Santa Cecilia hacían un seguimiento al asunto de Los Pinitos otra vez. Me detuve en él unos minutos, las cámaras recorrían el paraje y entrevistaban a algunos paseantes. Con grados variables de fogosidad, casi todos se mostraban abiertamente en contra de su aniquilación. Conversaron después con mi alumno Joe Super, el profesor emérito de Historia del que yo ya sabía que era un enérgico activista en la plataforma propreservación. No había podido asistir a mi fiesta del día anterior, estaría fuera, me había avisado con tiempo. Me gustó verle al menos en la tele disertando convincente acerca de las nefastas consecuencias del proyecto del centro comercial que pretendían construir. Tras Joe intervinieron otros cuantos miembros de la plataforma que pronto dejaron de interesarme. Con uno de ellos hablando sobre la dudosa propiedad legal del paraje, me quedé dormida.

Cuando me desperté era de noche. Miré el reloj desorientada y me di cuenta de que había dormido una siesta de más de tres horas, con un sueño denso y profundo. Puede que la causa fuera el cansancio tras la limpieza del apartamento. O el peaje del alcohol y el trasnoche. O quizá un inconsciente mecanismo de defensa para rehuir el encuentro con la melancolía. En cualquier caso, independientemente de la razón, la cruda realidad era que allí estaba yo, sola, insomne ante una larga madrugada, encerrada en un apartamento semivacío. Había terminado una novela el viernes y no había tenido tiempo de comprar otro libro ni de pasar por la biblioteca. Recorrí entonces decenas de veces los canales de televisión sin encontrar nada interesante. Me tomé un yogur. Revolví los periódicos, que en unas horas parecían haber perdido su actualidad. Leí un artículo sobre el diseño inteligente y una entrevista con Oprah Winfrey. Me tomé un plátano. Maldije mi decisión de no haberme llevado a casa mi ordenador portátil ese fin de semana, había pensado que con la fiesta apenas tendría tiempo para usarlo. Y entonces mi vista enfocó el libro de Daniel Carter. La historia de California. Lo abrí y empecé a leer.

En la página tres lo intuí y en la seis lo tuve claro. Aquel obsequio tenía un sentido más allá del de una mera compra precipitada. En la tarde que pasamos juntos hablando entre cafés, yo le había contado los quebraderos de cabeza que los papeles de Fontana me estaban generando en los últimos tiempos. Con aquel regalo inesperado, él intentaba hacerme ver que mi procedimiento tal vez no fuera el más adecuado y me daba un consejo. En la constante huida hacia delante que parecía dominar todas las facetas de mi vida a lo largo de los últimos meses, mi objetivo inmediato se centraba en avanzar desentrañando el legado, saltando acelerada barreras y agujeros, sorteando con urgencia las grietas y los obstáculos que constantemente aparecían en los escritos. Textos incompletos, referencias desconocidas, comenta-

rios sobre anotaciones inexistentes y un inmenso desconoci-
miento por mi parte.

El antiguo alumno de Fontana me estaba sugiriendo ahora
una solución llena de sensatez que, pese a ser la más obvia, yo
no me había parado a considerar. Sosiego y calma. Y una documentación exhaustiva para poder completar la hoja de ruta de
los escritos del viejo profesor sobre el mapa real de los tiempos
y los hechos.

Leí de un tirón los primeros capítulos y comprendí que mi
intuición era cierta. Aquella lectura me estaba ya ayudando a
apreciar con mayor claridad el sentido de la última parte del legado. Pero el contenido relativo a la presencia española en California solo alcanzaba los tres capítulos iniciales del libro y, aunque a grandes rasgos estos contenían la información elemental
para visionar el trasfondo general del panorama, supe que necesitaba saber más.

Estaba a punto de quedarme por fin dormida casi a las cuatro
de la madrugada cuando decidí no dejar para la mañana algo
importante. Tecleé en mi móvil:

LECCIÓN APRENDIDA. INTENTARÉ ESTAR A LA ALTURA

Suponía que Daniel no iba a leer mi mensaje hasta el día siguiente, pero alguna razón irracional me impulsó a darle las gracias de inmediato. Apenas había vuelto a apagar la luz cuando oí
un bip-bip. Abrí el icono del sobrecito casi entre sueños.

COMO SIEMPRE

## CAPÍTULO 21

No era flamante pero, comparada con mi antiguo cacharro del Pleistoceno, parecía tecnología de otra galaxia. Ni siquiera me paré a conectarla. Antes salí en busca del responsable.

—Tu fuga queda perdonada —anuncié desde la puerta. Tras la mesa se sentaba el Luis Zárate de siempre, controlado y profesional. Aparentemente.

—¿Seguro? —dijo alzando la vista de la pantalla del ordenador.

—Nos perdimos tus margaritas, pero he ganado una impresora decente. No está mal.

—Llegué incluso a comprar el hielo, ¿sabes? Pero al final opté por marcharme a casa. Iba bastante cargado y un paso más habría sido nefasto.

—¿Para la resaca o para tu reputación?

—Para las dos cosas, supongo. ¿Qué tal acabasteis?

—Bien, bien… Un poco pasados de vueltas, pero bien. Fue una noche divertida.

—¿Y crees que podré recuperar algo de lo que me perdí? —propuso a la vez que se levantaba de su sillón.

Yo seguía de pie en la puerta, sin intención de entrar. La semana acababa de arrancar, todos teníamos trabajo a montones. No era momento para una charla detenida, tan solo me había pasado por su despacho para darle las gracias por su gesto, sin ánimo de entretenerle más de un par de minutos.

—Me temo que, como anfitriona, ya he cumplido con mi cupo de celebraciones.

—Entonces ahora es mi turno —dijo a la vez que se apoyaba en el borde delantero de la mesa. Más cerca de mí, más a mi altura.

—¿Vas a organizar una fiesta en tu casa?

—Me gustaría, aunque me temo que, a diferencia de ti, soy un anfitrión penoso. Pero tenemos pendiente una cena en Los Olivos, ¿te acuerdas?

Cierto. Desde la tarde que paró su coche a mi costado en el campus al terminar de trabajar.

—Ya te dije que cuando quieras.

Mi respuesta era sincera otra vez. No me disgustaba la idea de salir a cenar con él. Siempre se nos cruzaban mil cosas sobre las que hablar y, tras mostrar en mi fiesta su lado más humano y menos formal, había ganado un par de puntos en mi particular escalafón.

—Tenemos encima las vacaciones de Acción de Gracias, ¿prefieres antes o después?

—No tengo planes, cuando mejor te venga a ti.

—Me reclama mi madre en Concord para celebrarlo en familia, servidumbres de ser hijo único. Y antes tengo un par de compromisos pendientes. Quizá será mejor dejarlo para la vuelta.

Iba a contestarle que la semana tenía siete días, que quizá no era necesaria tanta anticipación. Pero me contuve. O quizá sería más exacto decir que me contuvieron. Tres mujeres llegaron en ese momento a la misma puerta contra la que yo estaba apoyada. Tres profesoras del departamento que tenían sus espacios en otra planta y con las que yo apenas solía coincidir. Una era Lisa Gersen, a la que todos teníamos por pareja o novia o chica de Zárate, una treintañera de piel muy clara que solía peinarse con un moño tirante y llevaba siempre zapatos de tacón. Las otras eran compañeras que, como ella, también enseñaban alemán.

Me aparté al notar sus presencias cargadas de papeles y carpetas, supuse que tenían una reunión con el director.

—Hablamos —dije a Luis como despedida. Ellas protestaron al ver mi intención de marcharme—. No hace falta que te vayas, esperamos —insistieron. Él se enderezó y miró el reloj.

—Perfecto. Y cerramos la fecha para nuestro encuentro.

A pesar de hablar entre nosotros en español, Luis prefirió no mencionar la palabra cena. Nuestro encuentro, dijo tan solo. Quizá casualmente, o quizá como un mecanismo automático ante la recién llegada: alguien que había sido o tal vez seguía siendo cercano a sus afectos. Lo único que me faltaba era interferir en una relación, pensé mientras recorría el pasillo de vuelta a mis asuntos. Todavía me estaba recuperando de una historia entre tres en la que acabé sobrando yo. Malos tiempos para verme implicada, sin comerlo ni beberlo, en un nuevo triángulo.

No me paré siquiera a comprobar el funcionamiento de mi nueva impresora ni a seguir dándole vueltas a por qué Luis Zárate había preferido no llamar a una cena por su nombre. Tenía algo más urgente que hacer. Algo que no se vinculaba directamente con mi fiesta, sino con sus consecuencias, con el libro sobre California que Daniel Carter me había traído en una inocente bolsa como si fuera una simple lectura más. Ese libro que había despertado mi necesidad de saber.

Media hora después trasladé mi campamento a la biblioteca con la decisión de no continuar desmenuzando el legado hasta haber logrado ser capaz de moverme con seguridad sobre el tablero en el que había de ubicar sus contenidos. Y allí, sola y apartada del ruido en una esquina remota de la cuarta planta, a través de distintas fuentes localicé las coordenadas geográficas e históricas indispensables para una mejor comprensión de lo que pasó en esa tierra que con el nombre de California se reparte hoy día por dos naciones.

Entre los documentos que consulté encontré hechos coincidentes, pasajes conmovedores y cientos de datos acoplados con armonía. Gracias a ellos, por fin comencé a ser capaz de encajar las grandes y pequeñas historias de la intervención de mis compatriotas en la formación de California y los escritos de Andrés Fontana en sus justos lugares y circunstancias. Y pude así entender, trasladándolo a otras realidades, cómo el coraje y la pasión pueden empujar a los trasterrados a acometer a veces acciones imposibles más allá de sus propias fronteras.

Apenas hablé con nadie en los dos primeros días en los que me mantuve enclaustrada, simplemente avisé a Rebecca de mi nueva ubicación y me lancé a bucear entre recursos como quien busca las piezas sueltas de un tesoro desparramado en el fondo del mar. Pero, al igual que los buzos, yo también necesitaba mantenerme alimentada para recobrar fuerzas. Y así, alrededor de la una, solía abandonar un rato mi labor para salir a comer algo rápido. Por fin iba habituando mi estómago a los horarios de mis convecinos.

Al entrar aquel miércoles en la cafetería del campus, entre el ajetreo de alumnos y profesores en movimiento, entre mochilas, libros, ruido de platos y cubiertos y un olor a pitanza no demasiado apetecible, vi a Daniel Carter de lejos. Con su pelo claro, su estatura y su porte desenfadado, siempre me resultaba fácil distinguirlo entre la masa. Conversaba animadamente con un par de profesores, parecían haber terminado ya sus almuerzos, le oí en la distancia un par de carcajadas. Supuse que no se había dado cuenta de que yo andaba por allí.

Entre las distintas opciones del día, elegí un burrito de pollo y una Coca-Cola. Rodeada de alumnos cargados con bandejas atiborradas de pasta en varias versiones, bocadillos gigantescos y lo que se anunciaba como el plato estrella del día, gulash de ternera, aguanté estoicamente la cola para pagar y me instalé en un rincón con el periódico de la universidad por compañía. Apenas me había llevado tres veces el burrito a la boca cuando la silla frente a mí dejó de estar vacía.

—Tremenda sorpresa verte por aquí, doctora Perea. Ya te daba por desaparecida.

—Culpa tuya es.

Me lanzó un gesto interrogatorio.

—Por las ganas de saber más que me despertó tu libro sobre California. Tendría que haberte localizado antes para agradecértelo, por cierto, perdóname.

—Ya lo hiciste a medias el otro día a las cuatro menos diez de la mañana. ¿O es que estoy empezando a soñar contigo?

A medida que iba conociéndole, me iba acostumbrando también a su manera natural de andar por la vida, al afecto con el que trataba a todo el mundo y con el que todos los que le conocían parecían tratarle a él. Flirteaba con las camareras, cuanto más feas y más gordas, mejor. Abrazaba a sus amigos sin reservas, solía mirar las cosas a través del cristal de la ironía y hacía que todo resultara fácil a su alrededor. Tan solo le había visto tenso con un par de personas, casualmente el mismo día. Con Zárate en aquella tarde ya remota del debate de la Hispanidad. Y con la madre de Fanny, un rato después. Nunca supe las razones de aquellas faltas de sintonía, en realidad me daba igual. Mucho más me importaba seguir contando con él para que me ayudara a ver la luz en el legado de su viejo profesor.

—No lo soñaste, lo único que conseguiste fue quitarme el sueño a mí. Y obligarme a encerrarme como una reclusa en la biblioteca.

—No sabes cuánto me alegro —dijo dando un pellizco a mi burrito.

—Pero si acabas de comer... —protesté.

—Pero tú has elegido hoy mejor que yo, mi gulash era bastante penoso. Cuéntame más cosas, qué es lo que estás haciendo.

—Ahora lo veo todo mucho más nítido, empiezo a entender que poco a poco se fue fascinando por la historia de sus compatriotas en esta tierra, que desarrolló una especie de atracción personal hacia todo ello, y que por eso dio un vuelco a sus líneas de investigación y se centró cada vez con más pasión en la vieja California. Y cada vez voy entendiendo con más claridad la esencia de ese mundo en que se volcó.

—¿Por dónde andas, entonces?

—Estoy trabajando con documentos relativos a las últimas misiones franciscanas, ya en las etapas finales de la California hispana. Unos años antes de que se independizara brevemente y pasara luego a formar parte de los Estados Unidos.

—Es una historia muy atractiva la de las misiones, aunque yo he tardado años en reconocerlo. Recuerdo que, cuando Fontana andaba investigando sobre ellas, me parecía un tema de trabajo soporífero.

—¿Por qué?

—Porque yo era entonces un completo ignorante aunque me creía una lumbrera. No entendía el interés que habían despertado en un especialista en literatura de su talla aquellas simples construcciones de adobe, un puñado de curas andrajosos y unos cuantos indios confundidos a los que de pronto les habían cambiado los nombres, la lengua y los fundamentos de su simple vida. Y, a pesar de que a menudo intentó transmitirme su interés, no logró convencerme. —Volvió a arrancar con los dedos un trozo de mi burrito—. El último, te lo prometo.

La cafetería se había ido vaciando, apenas quedaban tres o

cuatro mesas ocupadas. El ruido de fondo se había amortiguado y ya solo se oía alguna despedida suelta y el choque de los platos entre sí conforme los empleados los recogían.

—Quizá se cansó de hacer lo mismo durante décadas —planteé—. Quizá necesitaba nuevas perspectivas en sus líneas de investigación. Y en estas misiones, tan lejanas en la geografía y a la vez tan cercanas a su propia cultura, tal vez encontró algo distinto.

—Seguramente tienes razón. Pero dime una cosa, solo por curiosidad. ¿Has encontrado alguna referencia a una supuesta misión Olvido?

—¿En la documentación que estoy consultando ahora en la biblioteca?

Negó con la cabeza.

—En los papeles de Fontana.

—No, pero aún me faltan bastantes escritos por mirar. ¿Por qué me lo preguntas?

—Porque recuerdo que él mencionó varias veces aquel nombre al final de su vida. Ya llegarás a ello si es que hay algo, supongo.

Salimos de la cafetería hablando aún y, tras despedirnos en la puerta, cada uno retornó a su quehacer. Con la mención todavía fresca a aquella supuesta misión, a lo largo del camino hacia la biblioteca me rondaron por la mente los nombres de las veintiuna misiones levantadas por los franciscanos españoles en esa larga cadena que festoneaba toda California a lo largo del Camino Real. Me había familiarizado con ellas en los últimos días: San Diego de Alcalá, San Luis Rey, San Buenaventura, La Purísima, Santa Inés, La Soledad... Historias de frailes corajudos y de soldados violentos, de indios bautizados e indios rebeldes, de reyes ambiciosos, expediciones en tierra ignota y una vieja España ansiosa por extender ad infinítum sus confines sin prever lo efímero de sus conquistas. Pero nunca me había cruzado con ninguna referencia a una tal misión Olvido, de eso estaba segura. Archivando el dato en la carpeta *misiones* de mi memoria, empujé con brío la puerta de la biblioteca y entré en mi particular paraíso enmoquetado, donde todos los saberes que de momento necesitaba me esperaban dispuestos a absorberme otra vez.

A media mañana del día siguiente recibí una visita inesperada. Fanny, acelerada y nerviosa. Por las sienes le resbalaban pequeñas gotas de sudor, suspiró con alivio al verme.

—¡Por fin la encuentro, profesora!

Realmente no era fácil dar conmigo en aquella esquina remota de la cuarta planta de la biblioteca, una zona casi siempre desierta. La mayor parte de los estudiantes se concentraban en la planta principal, en las zonas más accesibles y frente a los ordenadores. Imaginaba que en época de exámenes todo estaría más lleno. Pero en aquellos días, salvo por la presencia esporádica de algún alumno en busca de un libro puntual, mi área de trabajo era una laguna de sosiego. La aparatosa llegada de Fanny, sin embargo, lo desbarató.

—¿Pasa algo? —pregunté con un punto de alarma.

—Nada, nada, nada, gracias a Dios. Es que llevo un buen rato dando vueltas y no conseguía encontrarla. Me manda la señora Cullen. Esto es para usted.

Me tendió un sobre color crema. A mi nombre, adornado con unas cuantas arrugas y un par de huellas que las manos sudorosas de la portadora, en su impetuoso arrebato por localizarme, habían dejado tatuadas en él. Dentro, una tarjeta manuscrita por Rebecca en la que me invitaba a compartir con ella y su familia la cena de Acción de Gracias. Un adelanto elegante realizado con su particular tacto para no proponerme en persona y de sopetón algo en lo que tal vez no me apeteciera participar.

El día de Acción de Gracias no significaba verdaderamente nada para mí por ser una celebración ajena a mi cultura y a mi inventario de festividades nostálgicas. Podría haber pasado tal noche sola en mi apartamento leyendo un libro o viendo una película sin sentirme desarropada ni añorar a mis hijos, el pavo o la tarta de calabaza. Pero sabía que para los americanos era un acontecimiento fundamental en el calendario, su reunión familiar más entrañable. Por eso me reconfortó saber que Rebecca contaba conmigo.

—Da las gracias de mi parte a la señora Cullen, por favor, Fanny. Dile que acepto encantada y que pasaré a verla en cuanto pueda.

—Ok —musitó quedamente.

Había comenzado a balancearse. Adelante y atrás, como una mecedora. Con los pies pegados al suelo, las manos juntas en la espalda y la vista baja, concentrada. Su atención no estaba ya en mis palabras, el ok que acababa de pronunciar habría servido para dar respuesta a cualquier cosa. Sus ojos, entretanto, vagaban por mi mesa y el despliegue de libros, mapas y documentos que tenía extendidos sobre su superficie.

Permanecimos un tiempo en silencio, mientras ella miraba la mesa, yo la miraba a ella, y ninguna de las dos arrancaba a decir nada. Hasta que finalmente su mirada me buscó.

—¿Ya no está trabajando con el legado del profesor Fontana, doctora Perea?

Formuló la pregunta con timidez, como con vergüenza. Posiblemente pensara que estaba invadiendo mi intimidad.

—Sí, Fanny, claro que sigo con él, aunque cada vez me falta menos para terminar de procesarlo todo. Pero antes de continuar, necesitaba documentarme sobre algunos asuntos, por eso estoy aquí. No me llevará demasiado tiempo, casi estoy acabando. Dentro de unos días regresaré a mi despacho y seguiré trabajando allí. Volveremos a vernos a menudo.

Asintió a la vez que persistía en el balanceo. Adelante y atrás. Adelante y atrás. Su pelo lacio, sujeto a un lado con una pinza infantil con forma de nube rosa, se movía acompasadamente. Volvió a concentrar su mirada de pez sobre mi material. Tres libros abiertos y unos cuantos cerrados. Un montón de fotocopias. Dos mapas extendidos. Varios folios llenos de notas. No entendía en qué podía todo aquello resultarle de interés.

—Él también trabajaba así —dijo al cabo señalándolo todo con un dedo—. Como usted, con muchos papeles y mapas sobre la mesa, escribiendo siempre muchas cosas. Usaba su pluma y una máquina de escribir. Aunque no le gustaba mucho escribir a máquina, así que mamá lo hacía a veces por él. Mamá podía escribir a máquina deprisa. Muuuuuy deprisa. Pero no le gustaba transcribir los papeles en español, porque no los entendía. Solo en inglés. Pero él prefería escribir en español. Y hablar en español. Tío Andrés era bueno. Muuuuuy bueno. Siempre me regalaba cosas. Zapatos. Ropa. Y muñecas. Y nos llevaba en su coche. Y me compraba helados y batidos. De fresa, sobre todo.

Tardé unos momentos en lograr que los datos me cuadraran, en encajar que el Fontana de mis desvelos y ese tío Andrés cuyo nombre en mi lengua ella pronunciaba penosamente eran la misma persona. Me sorprendió que Fanny y el profesor hubieran tenido una relación tan cercana, por eso la seguí escuchando atenta mientras continuaba hablando sin mirarme. Aunque sus ojos parecían aún posados sobre mi mesa, en realidad ya no miraban a ningún sitio fijo. A nada real, a nada concreto. Vagaban tan solo sobre el pasado.

No la interrumpí, creo que ni siquiera me habría oído.

—Una vez nos llevó al Santa Cruz Beach Boardwalk, junto al mar. Es muy antiguo, el parque de atracciones más antiguo de California. Algunas atracciones eran muy divertidas. Muuuuuy divertidas. Y otras peligrosas. Muuuuuy peligrosas. Me subí en casi todas, lo que más me gustó fue la montaña rusa. Él se subió conmigo y me dio la mano fuerte para que no tuviera miedo. Mamá se quedó abajo. Fue un gran día.

De su rostro simple y ausente desapareció de pronto la media sonrisa de los últimos momentos.

—Me puse muy triste cuando murió. Yo estaba dormida y me despertó la señora Walker, la vecina. Mamá ya no estaba en casa, se había ido durante la noche. No me gustaba estar con la señora Walker, me decía tonta y otras cosas feas. Tío Andrés nunca me regañaba, siempre me decía ¡Muy bien, Fanny! o ¡Bien hecho, Fanny! Él también es así conmigo. Nunca me dice nada malo, ni desagradable. Solo cosas buenas.

Parpadeé extrañada, había perdido el hilo, no sabía de quién me hablaba ahora. La miré esforzándome por escudriñar su mente mientras ella seguía desmigando recuerdos y sensaciones a la vez que mecía rítmicamente el fardo que tenía por cuerpo, con su vestido del color del salmón hervido abotonado hasta el cuello y la cara aún sudorosa. La mirada permanecía extraviada y las palabras continuaban saliendo de su boca sin gracia, pero con una cierta delicadeza.

—Él es como tío Andrés, pero distinto. No los veo a ninguno, pero sé que están ahí. Los dos son buenos conmigo. Él también me dice ¡Adelante, Fanny!, Tú puedes, Fanny, Buena chica, Fanny.

Entonces todo hizo clic. Recordé su oficina, las pegatinas de su coche, sus saludos fervorosos. Ya sabía quién era *él*, ese otro ser que la trataba con el mismo cariño que antes lo hiciera Andrés Fontana. Hablaba de su Dios, ese Dios particular que ella misma había configurado a su propia medida para iluminar los rincones oscuros de su vida.

—A mamá no le gusta que hable tanto con él y que le dedique tanto tiempo —prosiguió en su tono monocorde—. Yo creo que es porque sabe que él no va a darle a ella nada de lo que quiere.

De lo que tío Andrés le daba cuando yo era pequeña, después ya no. Regalos, paseos en el coche. A veces hasta se lo dejaba para que condujera ella sola, sin él. Yo me sentaba a su lado y ella corría y corría y corría. Le gustaba mucho conducir, pero nosotras no teníamos coche porque papá se lo llevó cuando se fue de casa y nosotras no podíamos permitirnos comprar otro, por eso mamá conducía a veces el automóvil de tío Andrés. A mí también me gusta conducir. Me gusta mucho. Después del accidente, su coche quedó hecho chatarra. A mamá le habría gustado quedárselo, pero ya no se podía arreglar. Estaba hecho polvo.

La llegada de un par de estudiantes interrumpió su monólogo. Despreocupadas, en chándal, morenas de rayos UVA. Hablaban y reían moviendo rítmicamente sus coletas rubias, nos ignoraban. El hecho de no encontrar el libro que andaban buscando parecía resultarles sumamente chistoso. Su frívolo parloteo retrotrajo a Fanny a la realidad.

—Creo que debo irme, se me ha hecho un poco tarde —anunció acercándose el reloj hasta los ojos—. Le diré a la señora Cullen que irá a verla en cuanto pueda.

La contemplé alejarse con su ritmo patoso mientras agarraba un rotulador para seguir trabajando, pero ni siquiera llegué a destaparlo. Fontana y Fanny flotaban aún en mi cabeza. Fontana y Fanny, Fontana y Darla Stern, vínculos inesperados que de pronto se asomaban ante mí. No sabía que madre e hija hubieran tenido una relación cercana con él, pero tampoco era inverosímil. Fontana había sido director del departamento; Darla, la secretaria del mismo; Fanny, una niña torponcita y sin padre que posiblemente despertara ternura alrededor.

El tiempo había recompuesto el orden y el sitio de las piezas. Él ahora estaba ausente, ellas seguían allí. Él muerto, ellas vivas. Vivas y con él en la memoria, al menos Fanny. Quizá Darla también.

Me obligué a retomar mi tarea y comencé a patear de nuevo el mapa de las viejas misiones. De Santa Bárbara a Santa Inés, de Santa Inés a la Purísima Concepción. La tarde fue pasando, el sol cayendo tras la cristalera. La imagen del profesor español y una Fanny niña subidos en una vieja montaña rusa quedó, sin embargo, colgada en el aire. Haciéndome compañía, como una pequeña araña sujeta a un hilo que apenas se deja ver.

# CAPÍTULO 22

Ala mañana siguiente volví al Guevara Hall para ver a Rebecca. Me recibió cálida como siempre, me sirvió un té. Trabajaba con música suave de fondo y flores frescas junto a la ventana, el colmo de mi envidia. A pesar de proponérmelo en todos los principios de curso, nunca logré tener una cafetera o una kettle o un equipo de música en mi despacho. Ni siquiera un simple ramo de margaritas o un viejo transistor. A lo más lejos que había llegado fue a un par de macetas que se me acabaron secando durante las vacaciones.

—Estarán allí mis hijos y mis nietos, como siempre. Comeremos el pavo que hago todos los años con la receta de mi abuela materna y, después de cenar, los chicos verán el fútbol en la tele y las chicas recogeremos la cocina, como manda la tradición —dijo con un guiño irónico.

—Me encantará pasar con vosotros ese día tan especial.

Permaneció entonces en silencio durante unos segundos, como si estuviera decidiendo si compartir conmigo algunas otras palabras o cerrarles el paso más allá de la garganta.

—Vendrá además Daniel Carter.

—Estupendo.

—Y... y alguien más.

Se mantuvo callada de nuevo unos instantes hasta que añadió:

—Estará también Paul.

—Paul... ¿tu exmarido?

Con un simple gesto dijo sí, el mismo. No había vuelto a hablarme de él desde el día que cargamos su coche con las sillas para mi fiesta; a partir de aquella charla supuse que Paul había desaparecido de su vida para siempre. Pero todo apuntaba a que me equivoqué.

—¿Quizá porque...?

—Si estás pensando en una reconciliación, la respuesta es no.

—¿Entonces?

—Pues... Porque la vida siempre acaba dando vueltas inesperadas, Blanca. Porque a veces creemos tenerlo todo claro y de pronto nos damos cuenta de que nada es tan firme como pensamos. Y lo que yo ahora quiero es que se reencuentre con sus hijos.

—Pero yo pensaba que habíais perdido el contacto con él, que...

—Al principio volvía a llamarnos de tanto en tanto, intentaba ver a los niños un par de veces al año. Pero ellos nunca acabaron de comprender su actitud cambiante, adorándolos unas veces, desatendiéndolos otras...

—Y ellos mismos se fueron apartando —adelanté.

—Así fue, sí. La distancia fue creciendo en todos los sentidos y llegó un momento en el que prefirieron no saber de él.

—Supongo que no viviría cerca.

—Nunca acabó de establecerse permanentemente en ningún sitio, cambió de universidad un montón de veces y, aunque mantuvo unas cuantas relaciones, por lo que yo sé, ninguna llegó a durar. Y, entretanto, los niños se hicieron mayores y emprendieron sus propias vidas. Pero ahora quiero reunirlos otra vez.

—Pero ¿por qué, Rebecca, por qué ahora, después de tanto tiempo?

—Para que se digan adiós. Será muy posiblemente la última vez que se vean.

Se quitó las gafas y cerró los ojos. Con dos dedos se masajeó la parte superior del tabique nasal, justo donde la montura había dejado dos leves marcas gemelas. Supuse que la presión le provocaba dolor. O quizá solo quería protegerse antes de responder a la pregunta que esperaba de mí.

—Y ellos todavía no saben que él estará allí, ¿verdad?

Negó con la cabeza y no hizo falta que le pidiera más explicaciones, porque apenas tardó unos segundos en aclararme la situación.

—Desde hace tres años Paul está de nuevo en California, internado en una institución en Oakland. Voy a verle de vez en cuando. Tiene alzhéimer.

Llegó finalmente el día, cuarto jueves de noviembre. La universidad, tal como me había adelantado Zárate, regaló unas cuantas jornadas sin clase y el campus quedó desierto, con el otoño ya asentado como único residente. La mayoría de los estudiantes voló a sus nidos familiares, se vaciaron las residencias y los apartamentos compartidos, dejaron de verse gorras, bicicletas y mochilas, se extinguieron las risas y las voces en las aulas y los pasillos. Y a los expatriados solitarios como yo nos acogieron por fortuna los amigos.

Decidir qué ponerme para aquella cena me llevó un buen rato. No tenía ni idea del grado de formalidad con que celebraban la fecha, ni del ambiente que se respiraría teniendo en cuenta la decisión de Rebecca de invitar a su exmarido sin hacer partícipes de ello a sus hijos. Tal vez lo aceptaran con naturalidad, entendiendo los sentimientos de su madre. Tal vez les sentara como una patada en la boca del estómago y fueran incapaces de comprender que lo que Rebecca quería era cerrar el círculo vital de una familia fracturada. Fracturada pero real.

Opté por un traje de terciopelo burdeos y unos pendientes de plata que me habían cautivado la primavera anterior en un viaje a Estambul con Alberto y sus hermanos. Un par de pendientes largos que nunca llegué a estrenar. Los había guardado para el verano, para esas noches distendidas junto al mar, para esas cenas con olor a sal llenas de risas y amigos. Para esos días de siempre que ya nunca llegaron. En aquellos meses de calor y tripas negras no había habido cenas bajo las estrellas, ni risas, ni amigos. Solo rabia y desconcierto, ese desconcierto que me había impulsado a cambiar de vida. Pero todo eso había quedado atrás. Ahora había que mirar hacia delante y en homenaje a ese futuro que se iba abriendo a mi paso, decidí por fin ponerme mis pendientes nuevos de plata vieja.

A las cinco de la tarde, hora extemporánea de cena para un estómago español, llamé a la puerta de casa de Rebecca con una botella de Viña Tondonia comprada al precio de un bidón de petróleo y una caja de chocolatinas para los niños. Me abrieron un par de polvorillas rubias que no superarían los seis años y que me exigieron cumplir con toda una exhaustiva serie de preguntas y condiciones antes de dejarme entrar. Cómo te llamas, de dónde eres, para quién son esas chocolatinas, cuántos hijos tienes, enséñanos tus zapatos, agáchate, enséñanos tus pendientes, prométenos que al final de la cena nos los vas a prestar. Acto seguido, las dos rubiales desaparecieron como balas camino del jardín y solo entonces percibí la presencia de Daniel en un lado de la entrada. Con su cuerpo largo apoyado en el marco de la puerta, observando divertido la escena. Con chaqueta gris, camisa azul y corbata, una copa en la mano.

—Prueba superada —dijo sonriendo mientras se acercaba a saludarme.

—No creas que es fácil: los niños son implacables y, como no les entres bien a la primera, estás perdido. Te sienta muy bien la corbata, pero la llevas torcida.

—Me la han intentado quitar las dos diablesas, son peligrosísimas.

—A ver, déjame. —Le tendí el vino y la caja para tener las manos libres, le enderecé el nudo, se dejó hacer—. Ahora. Perfecto.

La casa estaba anormalmente tranquila para lo que se suponía que deberían ser los momentos previos a una gran cena familiar. Detrás de las puertas correderas que separaban la entrada de la sala de estar se oía, no obstante, el sonido amortiguado de una conversación.

—¿Cómo van las cosas? —pregunté mientras él me dirigía hacia la cocina.

—No tengo ni idea, he llegado hace apenas diez minutos. Rebecca está hablando con sus hijos ahora, supongo que intentando explicarles la situación. Imagino que todos se habrán quedado un poco aturdidos al ver a su padre aquí. Lo trajeron hace un rato, está en el jardín con la enfermera que lo acompaña. Los niños andan también por ahí haciendo el indio y mirando a su abuelo como si se tratara de un fenómeno de feria.

—¿No le conocen?

—Ni siquiera sabían de su existencia.

Recorrí con la mirada la cocina mientras él me llenaba una copa de vino. Todo estaba impecablemente organizado para la cena. Fuentes y ensaladeras, cestas de pan, tartas de calabaza. El horno desprendía un olor que invitaba a salivar, nos sentamos en un par de banquetas altas bajo las sartenes colgantes.

—Paul era amigo tuyo, ¿verdad?

—Un grandísimo amigo, hace muchos años. —Bebió un trago mientras concentraba la vista en un punto impreciso tras la ventana. Quizá miraba hacia donde se encontraba él—. En una época complicada de mi vida, él fue mi mayor apoyo. El destino nos llevó más tarde por derroteros distintos y perdimos el contacto. Él dejó a su familia, creo que ya conoces esa parte de la historia, y yo anduve en varios sitios hasta que, con el tiempo, me acabé instalando en Santa Bárbara. A lo largo de los años, sin embargo, sí he seguido manteniendo la amistad con Rebecca. Y ella me ha tenido al tanto de lo que iba sabiendo de la vida de él. De sus idas y venidas, sus truculentas historias sentimentales, sus traslados por todo el país de una universidad a otra cada vez con peor suerte. Así supe de su inestabilidad anímica y de su declive profesional. Y, finalmente, de su enfermedad.

—¿Y no habías vuelto a verle hasta hoy?

Mi pregunta le hizo desviar la mirada del infinito y retornarla hacia mí. Hablaba tranquilo, sin melancolía.

—Cuando lo internaron, hace un par de años, Rebecca me lo contó y vine a visitarle a Oakland, cerca de aquí, en la bahía. Le debía al menos una visita a su infierno particular, igual que él fue una vez testigo de honor en el mío. —Bebió otro trago, volvió a mirar hacia fuera—. Son historias de hace mucho tiempo, viejas historias prácticamente olvidadas. De cuando yo me marché de Santa Cecilia, hace…, ¿cuántos años te dije el otro día que habían pasado? ¿Treinta ya?

La cocina seguía en calma. Rebecca y sus hijos aún permanecían encerrados en el cuarto de estar, de cuando en cuando se oía alguna voz más alta que otra, las risas de los niños llegaban desde el jardín.

—Cuando le vi otra vez tras todo ese tiempo, no encontré a quien yo esperaba —continuó—. Allí no estaba aquel rabo de lagartija que había sido mi amigo, aquel profesor de filosofía algo mayor que yo, listo como un zorro y tremendamente divertido, al que conocí cuando llegué por primera vez a esta universidad. En el lugar de Paul Cullen, solo hallé su sombra. Pero como yo sé que las sombras también agradecen a su manera la compañía, de vez en cuando, cada dos o tres meses, voy a visitarle.

—¿Y él te habla? ¿O te entiende, por lo menos?

—Ni habla, ni entiende. Al principio todavía era capaz de comunicarse medianamente, aunque se le olvidaban palabras, le costaba terminar las frases y se desorientaba con facilidad. Poco a poco, su vocabulario se fue limitando hasta que su memoria se deterioró del todo. Solo me reconoció durante algunos instantes fugaces en la primera visita; fue un momento duro pero emotivo. La última vez que nos habíamos visto fue en unas circunstancias difíciles y, por eso, aquel reencuentro fue particularmente especial. La segunda vez me trató con afecto, pero creo que nunca llegó a saber del todo quién era yo ni qué hacía allí. A partir de la tercera, ya no pudimos mantener ni una mínima conversación.

—Pero sigues visitándole…

—Paso la tarde con él y le cuento cosas, tonterías. Le hablo de libros y películas, de viajes, de política. De la liga de baloncesto, del culo de las enfermeras. De lo que se me ocurre, qué sé yo… —Apuró la copa—. Ven a conocerle. Últimamente también le he hablado de ti.

Casi sin darme cuenta me vi arrastrada al jardín convertido en un zoológico lleno de extrañas especies humanas. Los más pequeños, supuestamente bajo el ojo de una au-pair japonesa, campaban a sus anchas sin control. Un Terminator de cinco años acababa de rajarse el pantalón con una rama cortada y un par de mellizos se peleaban a brazo partido por un camión de plástico amarillo mientras su cuidadora desafiaba tozuda una Game Boy. Las dos rubias peligrosas que me habían recibido al llegar —Natalie y Nina— estaban sometiendo a una supuesta sesión de intenso tratamiento estético a la novia de su tío Jimmy. Tumbada en una hamaca, la pobre aguantaba estoicamente el maltrato mientras las dos hermanas le retorcían la melena en moños imposibles y le pintaban las uñas de color verde rabioso. Al fondo, junto a la piscina, una enfermera sonrosada y oronda pasaba las páginas de la revista *People* y comentaba las últimas intimidades de las celebridades de Hollywood a un hombre sentado en una silla de ruedas.

—Betty, esta es nuestra amiga Blanca. Quiere conoceros a Paul y a ti.

La presentación de Daniel no dejaba duda sobre el protagonismo de Betty en la vida de Paul: para acceder a él, había que pasar por ella.

—Encantada de conocerte, cariño —respondió ofreciéndome una mano de lechoncito—. Estamos pasando una tarde estupenda. Le estaba comentando a Paul que no me gusta el nuevo look de Jennifer López, ¿qué os parece a vosotros?

—Y este, Blanca, es Paul.

Se había situado tras la silla de su amigo, había apoyado las manos en sus hombros y las movía en un masaje vigoroso que él no parecía percibir.

En mi mente solo tenía una imagen del Paul de otros tiempos: la de la fotografía clavada en el tablón del sótano de aquella casa que había sido la suya, la del hombre joven de pelo oscuro y disparado. Con una cinta atravesándole la frente y una camisa llena de colores, con la risa en los labios y una cerveza en la mano. Nada que ver con aquel ser menudo de pelo ralo y ojos perdidos en el infinito al que Daniel hablaba como si su mente estuviera allí, en el jardín, con nosotros, y no en un pozo en el que nadie conocía a nadie. Ni a Jennifer López ni a su propia estampa frente al espejo.

—¿Recuerdas que te hablé hace poco de Blanca, Paul? Está trabajando con el legado de Fontana, ya sabes. Te acuerdas de Andrés Fontana, ¿verdad? ¿Te acuerdas de cuando discutíais sobre Tomás de Aquino en mi casa? Era duro mi amigo español, ¿eh?

La voz de Rebecca llamándonos desde la puerta de la cocina suplió súbitamente el silencio eterno de Paul ante las preguntas de su antiguo amigo. Los niños entraron en tromba, los seguimos los demás. Daniel empujaba la silla de Paul mientras Betty seguía cascando imparable sobre los últimos cotilleos del mundo del espectáculo. Hasta que Rebecca, bendita sea, me rescató.

—Me encantan tus pendientes, gracias por el vino y las chocolatinas. Espero que los niños te hayan tratado bien.

Sonreía, pero en sus ojos había un poso de tristeza que no podía ocultar.

La casa se había llenado de pronto de voces y ruidos. Los pequeños se lavaban las manos en un cuarto de baño cercano e iban acomodándose en el comedor. Se oían subidas y bajadas por la escalera, conversaciones entre adultos, risas infantiles. Rebecca hablaba entretanto sin mirarme, deslizándose por la cocina de un sitio a otro sin parar, organizando lo que faltaba por llevar a la mesa.

—Ahora te presentaré a mis hijos. Perdona que no te hayamos atendido antes, hemos tenido una larga conversación.

—No te preocupes en absoluto. He estado con Daniel y he conocido a Paul. Dime en qué te puedo ayudar.

—Déjame ver... Antes de nada, creo que vamos a sacar el pavo del horno, no vaya a quemarse en el último momento.

En menos de diez minutos estábamos todos sentados alrededor de una mesa grandiosa en estilo y tamaño. Cuadrada, vestida con un mantel color caldero y una vajilla de porcelana blanca. Cinco niños y doce adultos. La familia, sus parejas, sus hijos.

Más un amigo de los viejos tiempos, una estudiante japonesa y una enfermera gorda como un tonel. Y yo. Dieciséis mentes activas y una ausente. Annie, Jimmy y Laura, los hijos de Rebecca, adorables como su madre, me habían saludado con simpatía antes de ocupar nuestros asientos. Paul estaba entre Betty y Daniel y, a continuación de ellos, una tarjeta indicaba mi nombre. Un gran centro con frutas de otoño se alzaba en medio de la mesa. Una de las pequeñas rubias, Natalie, frente a mí, no paraba de ponerse bizca mientras me lanzaba muecas monstruosas. Le devolví un par de ellas.

Hasta que la voz de Daniel se volcó en mi oído.

—Rebecca quiere que diga unas palabras. Allá voy, sin red.

Reclamó entonces la atención de todos con el choque de un tenedor contra su copa, el tintineo alegre del metal con el cristal trajo por fin el silencio.

—Querida familia Cullen, queridos amigos. Rebecca me ha pedido unas palabras para esta cena de Acción de Gracias y, como yo jamás podría negarle nada a esta mujer ni en cien vidas que tuviera, aquí estoy, en calidad del más antiguo amigo de la familia, dispuesto a ejercer hoy de maestro de ceremonias. Pero antes de ello, antes de dar gracias, me voy a tomar la libertad de contaros algunas cosas que me llevan rondando la cabeza desde hace algunos días. Desde que Rebecca me comentó su decisión de reunirnos hoy a todos aquí.

»Cuando yo salí de vuestra vida, vosotros, Annie, Jimmy y Laura, aún erais muy pequeños, así que lo más seguro es que apenas guardéis recuerdos tan añejos. —Dirigió entonces la atención hacia la zona de los niños—. ¿Sabéis, Natalie y Nina, que vuestra madre, cuando tenía vuestra edad, hizo un pastel en la cocina de mi casa y casi salimos todos ardiendo? —Un gesto teatral simulando una explosión provocó una carcajada entre los niños e hizo a Annie taparse la cara con las manos—. Y a ti, Jimmy, te encantaba que te subiera a mis hombros, decías que así casi podías tocar las nubes. Y tú, Laura, eras tan pequeña que aún te caías al andar. Y una vez, con ayuda de Paul, vuestro padre —dijo volviendo a poner una mano sobre el hombro de su amigo—, os construí una caseta de madera y cartón en el jardín. Apenas duró tres días en pie, se vino abajo una noche de tormenta y nunca logramos levantarla otra vez.

»Ha pasado muchísimo tiempo desde entonces, pero, aunque no os haya visto a lo largo de todos estos años, a través de vuestra madre he seguido vuestras vidas: vuestras carreras, vuestros amores y progresos, el nacimiento de vuestros hijos, estos chicos y chicas tan elegantes que hoy están sentados con nosotros a la mesa deseando hincarle el diente al pavo. Rebecca y yo no nos vemos tanto como nos gustaría, pero nuestras conversaciones telefónicas nocturnas pueden durar horas, así que estoy al tanto de todo. ¿Sabéis, chicos —dijo dirigiéndose de nuevo a los más pequeños—, que vuestra abuela es como un búho y no duerme por las noches? Cuando el mundo entero se acuesta, ella revive y empieza a hacer cosas: se conecta a internet, cocina recetas extrañas, nada en la piscina o llama a alguien por teléfono. Hasta las tantas. A veces, esas llamadas suyas las recibo yo.

»Por eso, Annie, Jimmy y Laura, conozco todo lo que habéis vivido, lo que habéis sufrido y las grandes personas que habéis llegado a ser. Y sé que los tres sois conscientes de que todo eso nunca habría sido posible sin el estímulo de esta mujer extraordinaria que ha preparado la cena que ahora vamos todos a compartir. Por esa razón quiero pediros que, por ella, aunque sea solo por ella, aceptéis que las cosas sean hoy como son. Que estemos aquí esta noche, alrededor de esta mesa, todos los que estamos.

»Cumplir años cuando eres mayor, muchachos, no es tan divertido como al ser niños. Nadie te hace regalos interesantes, solo libros, discos, pañuelos y bobadas así. Pero alcanzar una cierta edad tiene su lado positivo. Pierdes algunas cosas por el camino, pero ganas otras también. Aprendes a ver el mundo de otra manera, por ejemplo, y desarrollas sentimientos extraños. Sentimientos como la compasión. Y la compasión no es más que querer ver a los demás libres de sufrimiento, independientemente del sufrimiento previo que ellos pudieran habernos causado a nosotros. Sin rendir cuentas ni volver la vista atrás. Hoy no sabemos si Paul sufre, no podemos sondear su mente. Tal vez tenerle aquí hoy no vaya a hacerle ni más ni menos feliz, aunque dicen que las personas como él nunca pierden del todo su memoria afectiva ni el sentido del gusto y que, a su manera, disfrutan con una simple palabra afectuosa, con una cucharada de helado o una caricia.

»Dicen que la compasión es un síntoma de madurez emocional; no es una obligación moral ni un sentimiento que nazca de la reflexión. Simplemente es algo que, cuando llega, llega. Haber querido tener hoy entre nosotros a Paul no es una traición ni una muestra de flaqueza por parte de Rebecca. Es tan solo, creo, un ejemplo de su enorme generosidad. Para mí, Paul fue un gran amigo, el mejor durante un tiempo. Hizo por mí cosas que ojalá nadie hubiera tenido que hacer nunca. ¿Sabéis, chicos, que una vez hasta me cortó las uñas de los pies? Chas, chas, chas, con unas tijeras enormes y viejísimas que alguien le prestó. Fue un gran amigo, pero eso es solo una parte de él.

«Sé perfectamente que no fue una buena inspiración como padre ni como compañero, y eso es difícil de perdonar y de olvidar. Por eso, su presencia hoy no va a ayudaros a superar el pasado ni va a compensar el vacío de sus años de ausencia. Pero Rebecca lo ha querido así y yo os pido que respetemos su decisión. Paul no fue un buen padre, pero sé, porque así me lo dijo él mismo, que en el desorden de su vida y a su peculiar manera, os quiso a todos mucho, muchísimo. Hasta el último momento en que en su mente hubo un rastro de luz.

»No quiero alargarme, que el pavo está ya pidiendo a gritos que nos lo comamos de una vez. Hoy es día de Acción de Gracias y creo que todos los presentes, a pesar de lo que el pasado nos haya hecho sufrir, tenemos muchas cosas por las que expresar nuestra gratitud. Lo que no tengo tan claro es a quién se la tenemos que hacer llegar, porque eso es cuestión personal de cada uno. Pero, pensando sobre ello, sobre a quién podríamos hoy dar gracias todos juntos, he recordado una vieja canción que a Rebecca le encantaba en los viejos tiempos. Una canción que está en un disco grande y negro que sé que a veces ella pone en ese cacharro que tiene en el sótano. Porque en sus noches raras, por si no lo sabéis, chicos, vuestra abuela también canta y baila por la casa, con la música a todo volumen y en camisón. Sí, sí, no os riais: espiadla de madrugada, ya veréis. Esta canción de la que os hablo la cantaba hace siglos otra abuela también un poco loca que se llama Joan Baez, que la tomó prestada a su vez de otra abuela loca que se llamaba Violeta Parra. La canción tiene la letra en español y se llama *Gracias a la vida*. Y, en resumen, viene a dar gracias por todo lo que nos ayuda a ser felices cada día. Los ojos para ver las estrellas, el abecedario para componer palabras hermosas, los pies para recorrer ciudades y charcos y todas esas cosas cotidianas, en fin, de las que algunos ya carecen y por las que debemos estar agradecidos los que aún tenemos la suerte inmensa de poder mantenerlas.

»Así que, por eso, porque aunque a veces los tiempos vengan difíciles al final siempre tenemos esas pequeñas cosas, vamos todos a dar en este día de Acción de Gracias un gracias a la vida fuerte, con ganas. En español y en inglés. ¡Gracias a la vida! Here's to life!

Las reacciones ante el fin del discurso fueron de lo más dispares. Los pequeños, cautivados por la retórica y los gestos de aquel espontáneo comediante barbudo que parecía conocer todos los secretos del pasado de la familia, gritaron a todo pulmón un montón de gracias a la vida mientras lanzaban las servilletas por los aires entre carcajadas. Annie salió corriendo escaleras arriba mientras Laura, agarrada a la mano de su marido, continuó derramando el llanto silencioso que había comenzado mucho rato antes. Rebecca y Daniel se fundieron en un abrazo, la novia de Jimmy y yo cruzamos miradas que mezclaban el desconcierto con emoción contenida. La au-pair japonesa, sin comprender nada de lo que allí estaba pasando, disparaba su cámara digital en todas las direcciones y, entretanto, la enfermera Betty, a la vista de que nadie mostraba tener prisa por empezar a cenar, decidió encargarse ella misma de trinchar el pavo. Solo Paul permanecía ajeno a todo, hasta que su hijo Jimmy se levantó de su sitio y vino a ocupar la silla que Daniel había dejado libre al abrazar a Rebecca. Con una dulzura inmensa, cogió la mano de su padre y le acarició la cara. Creí entonces percibir con el rabillo del ojo que —muy, muy levemente— Paul sonreía.

Un par de tupperwares llenos de restos de la cena no fue lo único que me llevé de casa de los Cullen al volver a mi apartamento la noche de Acción de Gracias. También traje conmigo una sensación moderadamente dulce difícil de describir, un sutil soplo de optimismo que no había sentido desde hacía mucho tiempo. Un optimismo difuso, sin proyección en nada concreto. Tan solo en la certeza de que todo, en algún momento, puede ir a mejor.

Además de comida para varios días y el ánimo en positivo, aquella noche también obtuve dos pequeños planes para mantener activa mi vida social. Uno provino de Rebecca y sus hijas: shopping para cumplir con la tradición del día siguiente a Thanksgiving.

—Así podrás ir comprando regalos para cuando vuelvas a España en Navidad. Porque vas a volver para entonces, ¿verdad?

La pregunta de Rebecca, de sopetón mientras terminábamos de recoger la cocina, me pilló desprevenida. Cuando logré reaccionar, mantuve la atención concentrada en secar una salsera como si aquella nimia tarea requiriera mis cinco sentidos.

—No lo sé, ya veremos.

No la estaba engañando, no tenía idea de lo que iba a hacer una vez que acabara de procesar el legado de Fontana. Y cada vez quedaba menos. Con el final de mi obligación profesional se volatilizarían mis responsabilidades en la universidad. Ya no habría excusa para alargar más la estancia, aunque a veces se me había pasado por la cabeza la idea de contactar con la FACMAF, la fundación que financiaba mi trabajo, para consultar la posibilidad de obtener otra beca similar. De hecho, aunque no me era en absoluto necesario para el desarrollo de mi labor ni formaba parte de los requisitos, a menudo había pensado que tal vez sería conveniente dirigirme a ellos para hacerles saber que todo estaba en orden. A veces pensé pedir la dirección o el teléfono a Rebecca, a veces pensé en hablar sobre ello con Luis Zárate. Pero siempre se me cruzaba algo distinto por delante y por olvido, por prisa o por simple dejadez, nunca llegué a hacerlo.

Por otra parte, sin embargo, era consciente de que más temprano que tarde habría de regresar. Quería ver a mis hijos, debería volver a mi universidad y, en algún momento, a pesar de mi reticencia, tendría que enfrentarme cara a cara con Alberto y hablar con él. Mi estancia en California estaba siendo un bálsamo, una cura dulce para las heridas que él me había causado. Pero debajo de aquella confortable venda estaba la crudeza de la vida real y antes o después tendría que asumirla en toda su dimensión.

La segunda propuesta me la ofreció Daniel al llevarme a casa aquella noche, cuando al llegar a mi apartamento me preguntó sobre mis planes para el fin de semana.

—Mañana me voy de compras con las chicas Cullen. Me cuentan que es el gran día de compras del año, el Black Friday, ¿no? Insisten en que no me lo puedo perder.

—Por supuesto que no, será una portentosa experiencia cultural. América pura en vena.

—Y el sábado voy a hacer una pequeña excursión. Rebecca me va a dejar su coche, quiero visitar Sonoma.

—¿El pueblo de Sonoma o el valle de Sonoma?

—La misión Sonoma, San Francisco Solano, el final del Camino Real. Ya sabes que llevo varias semanas leyendo sobre misiones en los papeles de Fontana y me gustaría ver al menos esta. Y, por cierto, la misión Olvido sobre la que me preguntaste el otro día sigue sin aparecer.

—Me lo imaginaba. Y ¿tienes que ir este sábado necesariamente?

—No, podría ir en algún otro momento. Pero este fin de semana no tenía nada mejor a la vista, ¿por qué me lo preguntas?

Se había bajado del coche para acompañarme hasta la puerta, seguíamos hablando frente a mi edificio, alumbrados tan solo por la luz mortecina de la fachada y rodeados por un silencio poco común. Ante la huida colectiva de los estudiantes para celebrar aquella noche con sus familias, todo alrededor se mostraba anormalmente sosegado. Ni pasaban apenas coches, ni salía música machacona del parking del cercano 7-Eleven donde por las noches solían proveerse de alcohol, ni había risas ni gritos en los porches de las casas vecinas donde las fiestas eran el pan nuestro de cada día.

—Porque me gustaría acompañarte, pero no puedo este fin de semana. Vuelvo mañana a Santa Bárbara, me espera otra cena en mi casa, una especie de Acción de Gracias un poco sui géneris. Este año no he querido perderme el reencuentro con Paul y su familia, y por eso la hemos retrasado a mañana.

—O sea, que te va a tocar comer pavo dos días seguidos.

—En realidad, lo del pavo es una mera excusa para juntarnos unos cuantos viejos amigos y ponernos al día en mil cosas. Bebemos como cosacos, jugamos al póquer y arreglamos el mundo entre nosotros, eso es lo que hacemos básicamente. Una versión del tradicional día de Acción de Gracias un poco marginal y bastante irreverente, por decirlo con delicadeza. Si te apetece venir, estás más que invitada: serías la primera mujer que tiene el honor de compartir esa noche con media docena de trogloditas cargados de whisky hasta las orejas.

—Gracias, pero no —rechacé contundente—. Pésimo plan.

—Lo suponía. Aun así te aviso de que podrías aprovechar para ver la misión de Santa Bárbara en vez de la de Sonoma.

—La reina de las misiones —aclaré.

—Así la llaman, en efecto. De hecho, yo vivo relativamente cerca, podríamos…

Mi negación sin palabras le hizo desistir.

—De acuerdo, retiro la propuesta. Pero el martes estaré de vuelta, así que, si me esperas y no vas sola a Sonoma pasado mañana, podríamos ir juntos el fin de semana que viene. Incluso, si nos da tiempo, podríamos intentar visitar alguna otra misión, aunque no recuerdo si hay alguna más en esta zona al norte de la bahía.

—Sí, hay otra, la vigésima. San Rafael Arcángel. Fundada en 1817 por el padre Vicente de Sarriá.

—Me estás dejando impresionado —dijo con una carcajada—. ¿Qué has hecho en estos días que llevo sin verte, un doctorado en misiones?

—Documentación de base, lo que tú me sugeriste.

—¿Documentación de base, dices? ¿Así te enseñaron a ti a documentarte en la Complutense?

—No —respondí contundente—. Esa manera de trabajar la

he ido aprendiendo yo sola, picando piedra a lo largo de muchos años. Llámame entonces cuando estés de vuelta. Y gracias por ofrecerte a acompañarme.

Subí las escaleras hacia mi apartamento con un runrún indefinido en la cabeza. Algo había habido en los últimos momentos de la conversación que me había chirriado, pero no lograba identificar qué. Algo que desentonaba, que no me cuadraba. Ya tenía la llave dentro de la cerradura cuando caí. Bajé corriendo las escaleras y salí de nuevo a la calle a la vez que él arrancaba el coche.

—¡Daniel!

Frenó en seco tras haber recorrido apenas unos metros, bajó la ventanilla.

—¿Tú por qué sabes que yo estudié en la Complutense? —grité desde la puerta.

No se acercó, tan solo me respondió desde detrás del volante usando la misma técnica que yo había utilizado para dirigirme a él. A voces contra la noche.

—Supongo que me lo habré imaginado. Por allí pasó Fontana. Y yo también, durante un tiempo. Y otra gente querida que alguna vez conocí en España. Por entonces se llamaba todavía Universidad Central. Probablemente te he metido sin darme cuenta en el mismo saco.

## CAPÍTULO 23

El profesor Cabeza de Vaca volvía a esperarle en su despacho como si nada hubiera pasado entre una visita y otra. Mantenía el aspecto atildado tras su mesa de nogal, las densas cortinas frenaban la luz de la mañana, la escribanía y el crucifijo de marfil ocupaban sus sitios en perfecto estado de revista.

—Bueno, muchacho, me alegro de tenerle de vuelta al fin —dijo tendiéndole la mano sin moverse de su sillón—. Estamos ya a mediados de febrero y no he sabido ni una palabra de usted desde antes de la Navidad, imagino que su incursión en el viejo Cantón habrá resultado una experiencia intensa.

A pesar del esfuerzo por ponerse en situación, a la mente de Daniel no llegó ni una sola estampa de los escenarios literarios en cuya busca fue y que jamás llegó a conocer. En su lugar acudió una secuencia prolongada de imágenes y sensaciones. El rostro de Aurora, los ojos de Aurora, el olor de Aurora. Su ternura infinita, su risa grande, su voz.

—Intensa, señor, así es —logró decir tras tragar saliva—. Una experiencia muy intensa.

—Supongo entonces que habrá regresado a Madrid conociendo en profundidad el trasfondo geográfico de la novela de Sender.

Asintió sin palabras. Mentía, claro estaba. Apenas había pasado de refilón por los escenarios de *Míster Witt en el Cantón*. A cambio, se había aventurado a explorar el territorio de la mujer que allí le cautivó. La cicatriz diminuta en el pómulo, la suavidad de sus labios y aquellos cuatro lunares justo en el sitio donde el pelo le empezaba a nacer. La dulzura de sus dedos en medio de las caricias y el sabor a mar que en Madrid, a cien leguas de una orilla, llevaba eternamente pegado a la piel.

—Y supongo que también se habrá familiarizado usted con los acontecimientos históricos que se recogen en el libro.

Volvió a asentir. Volvió a mentir. Los únicos hechos de trascendencia perpetua que se le habían quedado grabados en la memoria fueron los que habían tenido que ver con Aurora. Aquel primer encuentro en la farmacia de su padre mientras intentaba poner orden a su melena revuelta. Los pasos de él tras ella negándose febrilmente a perderla. El reencuentro en plena calle al día siguiente, atrapado entre las pestañas de sus ojos grises sin saber qué hacer ni qué decir. Su amargura furiosa al paso de los tres reyes, cuando intuyó erróneamente lo que no era verdad. Aquel largo viaje en tren en el que empezaron a conocerse, el principio de todo lo que vino después.

—Y supongo asimismo —continuó Cabeza de Vaca, ignorante absoluto de los pensamientos que asaltaban la cabeza del americano— que ya habrá elaborado el prescriptivo informe sobre sus hallazgos y reflexiones.

La respuesta esta vez fue un carraspeo. Después, incapaz de seguir mintiendo más, Daniel murmuró algo ininteligible.

—No le entiendo, Carter. Hable claro, por favor.

—Que no he podido hacerlo, señor.

—Sigo sin entenderle. ¿Qué es lo que no ha podido hacer?

¿Encontrar datos relevantes para su trabajo o redactar el informe pertinente?

—Ninguna de las dos cosas.

Cabeza de Vaca mostró su sorpresa con un gesto. Un gesto elegantemente adusto, un simple fruncimiento de un lado de la boca. Suficiente.

—¿Sería tan amable, si no tiene inconveniente, de explicarme la razón?

Daniel volvió a carraspear.

—Asuntos personales.

—¿Cómo de personales?

—Altamente personales, señor.

Las esperas infinitas en la puerta de la Facultad de Farmacia ansiando verla bajar los escalones a la carrera, cargada de libros entre los brazos y con el abrigo aún a medio poner. Las llamadas a deshora para decirse una simple tontería, los largos besos a escondidas en cualquier rincón a media luz. Los mil paseos agarrados de la mano por las calles de Madrid mientras intentaban enseñarse mutuamente sus idiomas respectivos, separados por un océano y arrimados de pronto a fuerza de querer. Aurora a él, vocablos de ciencia y laboratorio, voces de todos los días y palabras con sabor a familia, infancia y patio de colegio. Daniel a ella, sustantivos simples, verbos y adjetivos elementales en sus primeros pasos hacia el inglés a través del amor. Aurora is beautiful, Aurora is gorgeous. I love Aurora from the morning until the night.

Cómo contarle todo eso al minucioso filólogo. Cómo podría entender aquel medievalista mutilado, perdido en su mundo de códices y pergaminos, el frío desolador que notaba dentro cada vez que caminaba solo dando patadas a las piedras bajo la luz de las farolas tras dejarla en su colegio mayor a las diez. Qué podría saber de cómo se sentía él noche a noche encerrado en su cuarto de la portería, acostado en su cama de remiendos, evocando a oscuras su cuerpo de huesos largos, su tersura, su calor.

El carraspeo esta vez vino del profesor. Y tras él, una pregunta. Un tanto retórica, ciertamente. Pero pregunta a la espera de respuesta, al fin y al cabo.

—¿Estamos hablando de una dama, quizá?

Impotente frente a lo inevitable, Daniel asintió.

—Homo sine amore vivere nequit...

—¿Perdón?

—Que el hombre, Carter, no puede vivir sin amor. Y menos en una tierra extraña.

—Yo... bueno, la verdad es que...

—No se esfuerce, muchacho, no tengo intención de adentrarme en su vida privada. Pero, si me lo permite, sí quisiera darle un consejo.

Intuía lo que iba a decirle. No esperaba una reprimenda agria, no era ese el estilo de Cabeza de Vaca. Pero sí anticipaba un aleccionamiento en toda regla. Y con razón. Recuerde que ha contraído responsabilidades y obligaciones, le pareció oír antes de tiempo. Recuerde que la beca Fulbright que está disfrutando tiene el objetivo de financiar un proyecto académico y no una aventura sentimental. Recuerde que tanto el profesor Andrés Fontana como yo hemos depositado toda nuestra confianza en usted. Dedíquese, de momento, a lo que de verdad es importante para su carrera. Olvídese de amoríos y céntrese en trabajar.

De la boca del viejo caballero requeté no salieron, sin embargo, tales palabras. Ni siquiera otras distintas que transmitieran un mensaje parecido.

—Pero antes tengo alguna pregunta. Con la mano en el corazón, ¿está usted convencido de que no se trata de un ave de paso?

—¿Un ave como un pájaro, quiere decir? —preguntó confuso.

—Me temo que su sensibilidad metafórica no está hoy muy afinada, joven. Permítame que le reformule la pregunta en otros términos: ¿está usted seguro de que no se trata de un mero arrebatamiento transitorio?

—Creo que tampoco comprendo el significado de esa palabra, señor —reconoció sin poder ocultar su turbación—. ¿*Arrepatamiento*, ha dicho?

Cabeza de Vaca frenó en seco el desatino lingüístico; después, acumulando paciencia, intentó explicarse con mayor precisión.

—Le inquiero sobre si en verdad existe por su parte voluntad de compromiso, un deseo férreo de superar las adversidades conjuntamente. Afán de perdurabilidad y lucha común ante los infortunios que la vida les depare, los cuales, teniendo en cuenta sus particulares circunstancias, y si me permite que le sea del todo franco, anticipo que serán unos cuantos...

Daniel se revolvió incómodo en su silla, incapaz de asimilar aquellas preguntas que cada vez le resultaban más desconcertantes. A la vista de que ni las metáforas ni los circunloquios parecían llevarle a ningún sitio, el profesor decidió atajar por lo sano.

—Para que me entienda de una vez por todas, muchacho: ¿está usted seguro de que ella es la mujer de su vida?

Por fin. Por fin comprendió. Por fin no dudó.

—Al cien por cien, señor.

—Pues, entonces, amigo mío, no la deje escapar.

Apoyado en su muleta, desde la ventana los contempló alejarse con el paso despreocupado de los inmunes a cualquier riesgo más allá de la periferia de sus sentimientos. El brazo de ella aferrado con fuerza a la cintura de él. El brazo de él alrededor de los hombros de ella, atravesando su melena alborotada, atrayéndola hacia sí. Intuía que iban hablando sin tregua, poniéndose al tanto de lo que había ocurrido minutos antes entre las paredes de su propio despacho.

Los había visto besarse al pie de la escalera de entrada, ajenos al mundo bajo el sol tibio de invierno mientras el aire revolvía las páginas del cuaderno de bromatología que Aurora había estado repasando durante su espera. Después ella le susurró algo al oído, él rio con ganas y la volvió a besar. Cabeza de Vaca conocía de sobra lo efímero de la felicidad, la simpleza brutal con que los zarpazos del destino son capaces de llevarse por delante lo que creemos duradero e ilusamente establecido. Con todo y con eso, habría dado la única pierna que le quedaba entera por haber vuelto a sentir en su alma la sensación del enamoramiento grandioso y confiado de cualquiera de ellos dos.

Entre aulas y caricias, probetas, promesas y bibliotecas, ante Daniel Carter y Aurora Carranza comenzó a despuntar por fin la primavera. Día a día también, sin darse cuenta casi, a fuerza de abrir los ojos a aquel joven americano apasionado por España, sus letras y una mujer, el medievalista mutilado y melancólico fue sacando la cabeza de su caverna. Y vio que fuera había luz. Que el mundo avanzaba, que las heridas sanaban, que la gente se quería.

Hasta que llegaron las vacaciones de Semana Santa y el momento en que Aurora, irremediablemente, hubo de volver a casa. Se despidieron en el mismo andén de la estación de Atocha que los recibió juntos tras aquel viaje en tren que a los dos les pareció haber durado un suspiro. Tres meses intensos quedaban ahora atrás, once días de separación los aguardaban. Te voy a echar de menos, yo más, yo más todavía, acuérdate de mí, y tú también, yo ya me estoy acordando...

Daniel, en previsión, se hizo el firme propósito de aprovechar aquellas jornadas al máximo. Desde el encuentro de febrero con Cabeza de Vaca se había propuesto volver a centrarse. Y lo logró. Con Aurora siempre cerca y su amor por ella intacto, pero sin perder la perspectiva ni la razón, había sido capaz de reanudar su trabajo con paso firme. Hasta que se fue y sus planes se desmoronaron nada más palpar su ausencia. Al tercer día sin ella, todo le dejó de interesar. Incapaz de calibrar el peso de su primera separación, no había anticipado cuánto iba a extrañarla. Optó entonces por quedarse en casa, echándola de menos con rabia, como si le faltara el aire. Esperando una llamada suya o una carta del todo imposible por la cercanía de su marcha. Calibrando el futuro también.

—Pero ¿qué es lo que te pasa a ti, hijo mío, que estás todo el día cencerreando como alma en pena de acá para allá?

La pregunta de la viuda rezumaba inquietud. Preocupación maternal, casi. Mientras guisaba, oía a Daniel entrar y salir de su habitación constantemente, incapaz de sostener la simple lectura de un libro más de diez minutos seguidos. Mientras planchaba, lo veía moverse huraño por todos los rincones de la portería como un león entre rejas, abriendo y cerrando puertas sin tino, refunfuñando, cambiando de sitio las cosas sin ton ni son. A primera hora de la mañana se lanzaba a correr por las pistas de atletismo de la Ciudad Universitaria, una práctica de los tiempos de Pittsburgh que había retomado una vez se asentó en Madrid. A media tarde se acercaba al café Viena, como mucho, para tomar un cortado. El resto del día era incapaz de concentrarse en nada más allá de los pensamientos que ocupaban su cabeza.

—Es por la muchacha esa con la que andas zascandileando desde después de las Pascuas, ¿verdad? La rubieja larga y flaca del abrigo azul con la que por fin te vi la semana pasada por la calle Altamirano —preguntó mientras salpicaba unas gotas de agua con los dedos sobre una de las camisas de él.

—¿Usted cree que ella se vendrá conmigo a América cuando yo tenga que irme? —preguntó a bocajarro.

No, hijo, no, fue lo que estuvo a punto de decirle; eso aquí no lo piensa ni el que asó la manteca. Pero antes de abrir la boca, dio a la plancha un respiro y le miró.

Había cogido una mandarina del frutero de loza que presidía la mesa camilla del comedor y se dedicaba a pelarla lentamente, con la vista baja y el pelo cayéndole sobre la cara, concentrado en arrancar la piel rugosa como si tras ella fuera a encontrar alguna solución a su penar. Tan buen mozo, tan forastero y, sin embargo, ya tan cercano, pensó la viuda. Con esa envergadura a la que todo en la portería se le quedaba pequeño. Con ese acento y esa manera de ver la vida que a ella se le hacía extraña y tierna a la vez.

—Hasta las trancas —dijo la viuda sentándose enfrente.

—¿Qué?

—Que te has enamorado hasta las trancas, criatura.

Todavía no tenía esa expresión apuntada en su cuaderno de vocabulario, pero intuyó lo que quería decir.

—Supongo que sí.

—Y andas calculando el tiempo que te falta para volver a tu tierra y no te salen las cuentas.

—Menos de tres meses, eso es todo lo que me queda.

El retrato desvaído de la boda de Antonia con el difunto Marcelino y la estampa del mes de marzo en el calendario de Julio Romero de Torres los contemplaban como siempre desde la pared. En la radio sonaba queda Marifé de Triana con su *Torre de arena: como un lamento del alma mía, son mis suspiros, válgame Dios, fieles testigos de la agonía, que va quemando mi corazón.* A nada que Daniel hubiera prestado a la copla un poco de atención, se habría sentido anímicamente cómplice de la tonadillera.

—Porque digo yo que por aquí, aunque quieras, no puedes quedarte... —sondeó la viuda midiendo sus palabras.

—¿Haciendo qué? ¿Cómo voy a ganarme la vida en este país, qué futuro me espera? Como mucho podría dar alguna clase particular de inglés, pero a casi nadie interesa por aquí otra lengua extranjera que no sea el francés —dijo sin alzar la mirada de una nueva mandarina. Llevaba ya peladas cuatro y todavía no se había comido ninguna—. Pero si ella aceptara venirse conmigo, luego, tal vez...

Movió ella la cabeza con gesto de resignación, suspiró y después le agarró con su mano curtida y sabia por encima del tapete de ganchillo.

—No lo has entendido, Danielillo, hijo, todavía no te has enterado bien.

—No me he enterado ¿de qué?

—De que no se trata de que la muchacha quiera irse contigo o quedarse aquí para los restos —dijo la viuda apretándole con fuerza la muñeca—. Que aquí ni pincha ni corta lo que ella quiera.

—Pero...

—Que, o pasas por la iglesia antes de irte, criatura, o no hay más nada que hacer.

# CAPÍTULO 24

Martes Santo, mediodía. Hora de regresar a casa, hora de comer. Tres cuerpos avanzaban camino de la Muralla del Mar tras tomar el aperitivo en el Mastia, parloteando entre ellos sobre intrascendencias con la animación natural de una familia reunida en vacaciones. Hasta que ella lo vio. Acodado contra la balaustrada, con el mar a su espalda, a la espera. Confusa, aturdida casi, se disculpó ante sus padres.

Se enterneció de nuevo al ver su melena y su rostro, al observarla aproximarse con su caminar elástico, al tener de nuevo ante sí esa boca por la que habría vendido su alma al diablo sin dudar. A duras penas ató cortas las ganas de besarla.

—¿Qué haces tú aquí? —logró susurrar ella tan solo. El tono de su voz delataba una mezcla de nerviosismo y desazón.

—He venido a pedirte que te cases conmigo —dijo acercando la mano a su cara.

Ella le frenó. La caricia y la propuesta matrimonial, las dos cosas quedaron inconclusas.

—Aquí no, Daniel, así no... —balbuceó.

—No puedo volver a mi país sin ti, tienes que venirte conmigo.

Sus explicaciones habrían podido extenderse hasta el infinito, pero no hubo tiempo. A su espalda, desde el otro lado de la calle, oyeron una voz. La de la madre, en concreto, llamando a su hija con el tono de un cuchillo de combate.

—Ni se te ocurra, loco... —musitó Aurora.

Demasiado tarde. Para cuando quiso pararle, él ya la había agarrado de una mano y la arrastraba consigo hacia la acera opuesta.

—Mi nombre es Daniel Carter, soy norteamericano y quiero pedirles la mano de su hija.

Lo llevaba ensayado. Docenas de veces. Mientras la portera fregaba los platos en la pila de la cocina, mientras tendía la ropa en el patio de luces o probaba frente al fuego la sal de las lentejas, él, a la espera de correcciones, le había machacado los tímpanos repitiendo su proposición como una letanía. Por eso la frase le salió redonda. De diez. Para lo que no estaba preparado, sin embargo, era para la reacción de ellos.

El farmacéutico Carranza se quedó sin habla, incapaz de articular algo coherente mientras miraba con gesto de incredulidad a los cómplices en aquel desatino. La madre, airada y con el ceño contraído, pura clase y señorío tras el broche de perlas en la solapa, por fin sentenció.

—Me parece que está usted muy confundido, joven.

Después lo repasó de arriba abajo con altanería.

—Le ruego que haga el favor de dejarnos en paz —añadió.

—Señora Carranza, yo...

Ni se dignó a mirarle.

—A casa, Aurora —ordenó con voz de mando.

—No —respondió ella tozuda, agarrándose al brazo de Daniel con las dos manos.

—A casa ahora mismo he dicho —repitió con mayor brío.

—Señora, solo un momento...

Le ignoró altiva otra vez. Por la calle pasaron algunos viandantes; no se detuvieron, pero de reojo observaron la escena con curiosidad. Ella les dedicó un breve saludo y una sonrisa más falsa que un duro de madera. A medida que se alejaban, volvió a centrarse en ellos dos.

—No nos montes un espectáculo en plena calle, Aurora —masculló entre dientes intentando contener su ira—. Pero ¿es que nos hemos vuelto todos locos? ¿De dónde ha salido este descarado, qué haces tú con él? A casa inmediatamente, no voy a repetirlo más.

—No pienso irme hasta que le escuchéis.

—Aurora, se me está acabando la paciencia...

—Señora, se lo ruego... —insistió Daniel por tercera vez.

—¡Que nos deje en paz he dicho! —chilló entonces al borde de la histeria. Las cabezas de los transeúntes se volvieron en la distancia y ella, descompuesta, bajó la voz sin disminuir ni una milésima su acritud—. Pero ¿qué se ha creído usted, por Dios?

En ese justo momento Aurora, incapaz de soportar la tirantez, se echó a llorar. Incontenible, desconsolada, volcando en sus lágrimas una mezcla de frustración, rabia y tristeza. Daniel hizo un amago de abrazarla, de protegerla y arroparla, pero en esta ocasión fue el padre quien, firme al fin, le paró.

—Márchese de una vez, háganos el favor —dijo con autoridad mientras atraía a Aurora hacia él—. Venga, hija, vámonos nosotros también.

Entendiendo que su osadía acababa de costarle algo que no había llegado a calcular, Daniel por fin se avino a razones.

—Ya hablaremos... —le dijo a Aurora a modo de despedida.

La cara de sota de la madre sacó de nuevo a escena su voz.

—¡En este asunto ya está todo hablado! De ninguna manera vamos a permitir que nuestra hija mantenga una relación con un forastero desconocido, ¿se entera? ¡Hasta ahí podríamos llegar! No vuelva a acercarse a ella. ¡Jamás!

—Pero tienen que escucharme aunque sea en otro momento, por favor. Yo solo quiero...

En saco roto cayeron sus palabras, antes de completar la frase ya habían emprendido los tres el breve camino que los separaba de su portal. La madre, iracunda todavía. El padre, mudo y reflexivo. Y Aurora, su Aurora, rebozada en lágrimas, ahogada en un llanto sin consuelo ni fin.

Los contempló alejarse desconcertado, sobre su cabeza chillaron unas cuantas gaviotas. Y, por primera vez, empezó a dudar.

En los más de seis meses que llevaba en España siempre se había esforzado por encontrar un argumento medianamente exculpatorio para los mil comportamientos carentes de razón que a menudo se le habían cruzado por delante. El aborregamiento del pueblo ante lo impuesto, la falta de reacción y de espíritu crítico, el orgullo testarudo. El estancamiento refractario ante el progreso y esa lógica mojigata y refranesca incompatible con cualquier atisbo de modernidad. Obediente a los consejos de Cabeza de Vaca, sin embargo, había intentado esquivar la simple anécdota o la superficialidad más banal. Siempre había tratado de encontrar una justificación para todo, una razón que respaldara lo indefendible o hiciera digerible lo complejo. A menudo había aplicado un indulto más que generoso cuando las cotas de la absurdez resultaban imposibles de asumir. Respete a este pueblo, muchacho, no nos juzgue con simpleza, le pidió el viejo requeté en el primer encuentro que mantuvieron en Madrid. Así lo hizo Daniel Carter. Hasta que aquella manera de ver el mundo tras el cristal de la condescendencia dejó de afectar solo a lo ajeno y se volvió contra él con un mordisco en la yugular. Entonces le dolió. Y, aun peleando por no hacerlo, no tuvo más remedio que reconocer que el alma de su patria de acogida podía tornarse también ingrata y torticera.

Aquella tarde no hubo manera de volver a ver a Aurora. Desde temprano la esperó frente a su casa, pero ella no salió. Ni se asomó a ninguna ventana, ni su silueta se recortó en ningún balcón. La llamó desde un bar ruidoso con una ficha de teléfono que pidió a un camarero tras la barra. Una voz desabrida le contestó que no estaba, él supo que le mentía. La buscó sin suerte en la farmacia también, anticipando que solo encontraría en ella a Gregorio y su clientela de propietarios de achaques y desperfectos. Deambuló después desorientado, entristecido, sin acabar de entender. A su paso se cruzó con hombres vestidos con largas túnicas y capirotes bajo el brazo y con señoras de negro y mantilla, y recordó los días felices de Madrid en los que Aurora le había hablado con afecto de la Semana Santa de su ciudad. De esa celebración que él anticipó subyugante y que ahora, sin entender nada y a la luz de su humor, se le empezaba a antojar cada vez más siniestra. Propia de gente anclada en los tiempos de las cavernas, pensó con su mente de americano procedente de una gran ciudad industrial. Gente como el matrimonio que esa misma mañana le había despreciado sin sutilezas, por ejemplo.

Mientras peleaba por conciliar ese sueño que a las dos de la mañana aún se le resistía, poco podría sospechar que lo mejor de Cartagena sabía ya que un extranjero de reputación incierta había pedido la mano de la hija de los Carranza en plena calle. A su cuarto interior del hostal no llegó nunca el runrún de conversaciones que desde el encuentro con los padres en la Muralla discurrían por la ciudad, saltando resbaladizas de las mejores bocas a las orejas más selectas. Como te lo estoy contando, en mitad de la calle, ya ves, sí, sí, a Marichu casi le da algo y Enrique se quedó sin palabras, cómo se iba a quedar, un trotamundos o sabe Dios qué, ni oficio ni beneficio dicen que tiene el pollo, qué desfachatez, el caso es que él no está nada mal, pero tú me dirás el plan, nadie sabe de dónde ha salido, qué descaro, un buscavidas, adónde vamos a llegar, lo mismo es comunista, seguro que protestante también, o ateo, que no sé yo qué será peor, y la niña se ha encerrado en su cuarto y dice que no sale, qué insolencia y qué poca vergüenza, eso pasa por mandar a las niñas a estudiar a la universidad, y entonces ¿a qué artista dices tú que se parece él?

Todavía no eran las nueve de la mañana del día siguiente cuando ya estaba de nuevo en la Muralla, semioculto en la distancia tras una palmera, alternando su foco de atención entre el mar luminoso y el portal de casa de Aurora. A las diez menos cuarto vio salir al farmacéutico Carranza. Solo. Media hora después, la madre con uno de sus hijos pequeños, soportando el chico una bronca monumental.

El escenario se iba despejando, pero decidió aguardar un poco más. Tras la larga espera del día anterior, conocía de memoria las ventanas y balcones de la casa de los Carranza, las peculiaridades de su arquitectura y la cara de malas pulgas del portero, un hombre enclenque que respondía al nombre de Abelardo y que, sabedor de la tensión que bullía en el edificio y adiestrado por la señora del farmacéutico, vigilaba el acceso con celo de cancerbero.

Más de una hora y media permaneció confiando en un quiebro de la suerte, acompañado solo por sus pensamientos y las gaviotas que sobrevolaban el puerto. Hora y media larga de espera densa, hasta que la llegada simultánea del cartero, un repartidor de ultramarinos y un par de marineros cargados con un gran paquete colapsó el trozo de calle frente a la entrada por unos segundos. Tenemos que entregar esto en el domicilio del coronel Del Castillo, este certificado es para la señora de Conesa, fírmeme usted aquí, haga el favor, muy buenas, Abelardo, cero tres perdió el Osasuna, ande que va usted aviado con los pronósticos, así no nos va a sacar de pobres una quiniela en la puta vida, ayúdeme con este saco de patatas, ande, y luego le digo quién va a ganar el Betis-Celta, a ver si se entera usted de una vez...

La oportuna congestión de comentarios futbolísticos y de unas cuantas responsabilidades secundarias más generó la oportunidad. ¿Gento? ¿Gento, dice? ¡Venga, hombre! Donde se ponga Kubala...

Visto y no visto. Antes de que Abelardo pudiera dar su parecer sobre los pases del húngaro, el americano, con cuatro zancadas sigilosas, ya estaba dentro.

La finca ofrecía empaque y ascensor, pero optó por no usarlo. Arrebatado, con la urgencia latiéndole en las sienes, subió los escalones de tres en tres hasta el segundo piso. Una vez allí, sin embargo, le invadió la confusión. Llevaba la mañana entera ansiando ese momento y, una vez alcanzado, dudó. Dos puertas le esperaban, idénticamente cerradas a canto y cal mientras él se debatía. ¿Sería mejor llamar inmediatamente? ¿Esperar a que alguien saliera y preguntar con sigilo, quizá? El tiempo corría en su contra, las voces de la tertulia deportiva habían dejado de oírse en la calle. El ascensor se puso en marcha, alguien subía.

Para su fortuna, el desconcierto duró solo lo que tardó en abrirse la puerta de la izquierda. Sonó entonces una voz dirigida al interior de la vivienda, adelantándose a la figura de su propietaria.

—Que sí, que sí, que no se me olvida, pero mira que sois plastas... Hale, hasta luego, adiós, adiós...

Algo más iba a añadir aquella anciana huesuda y espléndida de pelo espumoso cuando le vio. Daniel, en respuesta, no supo qué hacer. Demasiado tarde para volatilizarse, demasiado desconcertado para actuar con lucidez. Al final decidió no moverse y quedar a la espera. Peinándose rápidamente con los dedos, estirándose los puños de la camisa por debajo de las mangas de la chaqueta, ajustándose el nudo de la corbata que se había puesto en un esfuerzo por mostrarse presentable, a la expectativa ciega de lo que le acabara brindando la temeraria ocasión.

Sorprendida ante la presencia del forastero en el descansillo, la señora dio un breve respingo y, con rapidez de reflejos, se llevó un dedo a la boca y musitó un sonoro sssssssshhh. Emergiendo de una estola de marta cibelina y un collar de perlas de doble hilo, Daniel reconoció a la abuela de Aurora, aquella que él había visto fugazmente en la estación. Vasca de nacimiento, un tanto peculiar, recordó de inmediato que le había contado Aurora. Conocida por todos como Nana.

—Usted es el americano que tiene a mi nieta trastornada, ¿verdad? —susurró en un arrebato.

—Sí, señora. Me temo que soy yo.

No había tiempo para presentaciones formales ni para deshacer malentendidos: prefirió quedar como un extranjero seductor antes de perder la oportunidad de que la anciana le aportara alguna información sobre Aurora y la marcha de los acontecimientos en la familia.

—Pues sepa que la niña está que no vive, mi hija hecha una hidra y en esta casa no hay cristiano que aguante ni un minuto más —continuó ya sin el menor sigilo—. He dicho que me voy a dar una vuelta, que tengo muchísimos recados que hacer, aunque la verdad es que solo iba a escaparme. Pero me gustaría hablar con usted, joven, así que, si quiere charlar conmigo un ratito, espéreme dentro de media hora en el Gran Bar.

Y con una mano enérgica y añosa de perfecta manicura, le indicó la escalera. El tintineo de las monedas de oro que colgaban de sus pulseras vino a ordenar a Daniel que se marchara de allí a toda mecha.

—Mi hija es una antigua y mi yerno, un pan sin sal —fue lo primero que dijo tras expulsar una larga bocanada de humo.

Daniel la había visto entrar y se había levantado a recibirla. Retiró la butaca para que se sentara y le acercó un encendedor cuando ella dispuso en una boquilla de marfil el cigarrillo que él le ofreció.

—Son más pesados que un collar de melones y no va a ser fácil hacerles cambiar de opinión, así que se lo va a tener que ganar usted a pulso si quiere llevarse a la niña a las Américas.

La pasmosa tranquilidad con la que ella relataba intimidades ante el extranjero desconocido, que supuestamente era un rival del honor de la familia, le desubicó.

—Yo también tuve oportunidad de cruzar el charco cuando era joven, ¿sabe, querido? —continuó tras un sorbo de vermut—. Tuve un pretendiente que se fue a la Argentina, cómo se llamaba... Ay, ay, ay, cómo se llamaba... Ro... Ro... Romualdo, eso, Romualdo, Romualdo Escudero de la Sierra era su nombre, eso es, y no se crea que se marchó porque aquí le fueran mal las cosas, no, no, no, ni muchísimo menos. Él era de una familia estupenda, formidable, espléndida, pero se marchó porque era un aventurero, un chico echado para delante, un emprendedor que montó allí un negocio fabuloso de... de... —La momentánea falta de memoria pareció contrariarla un par de segundos, pero continuó con su conversación eludiendo el dato—. Bueno, de lo que fuera, qué más da. El caso es que se hizo de oro, pero de oro, de oro purito, ¿eh? Me contaron que tenía edificios enteros en la calle Corrientes, y una hacienda en la Pampa, y no sé cuántas cosas más, pero ¿sabe qué? —preguntó impetuosa.

—No, no lo sé —respondió Daniel sin intuir a dónde pretendía llegar la anciana con aquella estrambótica historia.

—Pues que muchos años después me enteré de que nunca se casó, así que a veces pienso que a lo mejor no lo hizo porque se pasó toda la vida acordándose de mí. Yo, la verdad, no le añoré mucho cuando se marchó, porque ni se me pasó por la cabeza irme con él, adónde iba a ir yo con lo rebién que vivía por entonces en Neguri. Así que le dije tararí que te vi, y me quedé tan a gusto. Pero después, con los años, pensándolo, pensándolo, pues a veces me digo, oye, ¿y qué habría sido de mi vida si hubiera aceptado a aquel pretendiente y me hubiera ido con él a la Argentina? Pues seguro que bailaría el tango divinamente y hablaría así como hablan ellos, con ese acento y esa cosa que tienen los de allí...

Sus ojos brillaban de pronto soñadores como los de una adolescente a pesar de los casi ochenta años acumulados en sus patas de gallo. Después apagó el cigarrillo con inmensa elegancia y se quedó contemplando el solitario que resplandecía en su dedo anular. Un punto de luz en una mano cuajada de manchas, venas y arrugas; un faro alumbrando la penosa evidencia de la decrepitud. Bajó entonces la voz y se acercó al oído de Daniel, como si fuera a susurrarle su confidencia más íntima.

—Imagínese qué joyones más impresionantes heredaría ahora nuestra Aurorita.

Daniel tardó poco en deducir que aquella matriarca coqueta y verborreica era considerada por su hija y yerno como poco más que una anciana atolondrada sin capacidad alguna para influir en las decisiones del clan. El parloteo se extendió prolijo sobre su juventud opulenta y sus docenas de admiradores en fiestas relumbrantes a ritmo de fox-trot. Saltó airosa, sin embargo, sobre los aspectos amargos de su vida, aquellos que —consciente o inconscientemente— se habían evaporado de su cabeza de impecable moño gris. La bancarrota a la que el tarambana de su progenitor llevó a la empresa familiar de suministros industriales tras noches febriles en el casino de Biarritz. Su matrimonio tortuoso con un hombre tiránico que jamás le dio una brizna de felicidad. El traslado forzoso y precipitado a aquella tierra ajena en busca de un futuro que les permitiera salvar los muebles al cobijo de las minas de La Unión. La muerte en la guerra de sus dos hijos varones antes de cumplir ninguno los veinticinco años. Los insoportables dolores de huesos que la humedad del mar le producía en el invierno y alguna otra turbiedad que prefirió no airear, ocupada como estaba en el rescate nostálgico de una época amortizada más de medio siglo atrás.

Tras empalmar uno con otro cinco cigarrillos del paquete de Chesterfield de Daniel y beberse los tres vermuts que ella pidió y él pagó, la anciana —llámame Nana y de tú, cariño— se dispuso a marchar. Se ajustó entonces su estola de piel al cuello, guardó su boquilla en el bolso con un sonoro clic y se levantó con una distinción majestuosa mientras él, a su espalda, le retiraba el asiento. Instalada para entonces en la complicidad, a modo de despedida le reformuló la idea vertida nada más llegar:

—Eres monísimo, pero mi hija y mi yerno son un par de majaderos y no van a consentir que te lleves a la niña así como así. —Y entonces sonrió, adorable entre sus arrugas, sus despistes y su enjambre de recuerdos selectivos—. La quieres mucho, ¿verdad?

Él le devolvió la sonrisa encogiéndose de hombros, incapaz de desnudar ante ella sus sentimientos a la hora del aperitivo en medio de un bar.

—Pues si es así, si de verdad quieres tenerla a tu lado para siempre, yo que tú me buscaba un buen padrino. —Y para enfatizar su idea, le palmeó con afecto el antebrazo mientras bajaba ligeramente el tono de voz—. En este país nuestro, tesoro, todo se consigue con un buen padrino, acuérdate tú bien.

Daniel debió de plasmar un gesto extraño que la anciana captó de inmediato.

—Piénsalo, piénsalo... Alguien tiene que haber que te pueda echar una mano.

Y sin darle tiempo a reaccionar, le sopló en las mejillas dos besos de ala de mariposa y se marchó resuelta como si aún tuviera diecinueve años y en la puerta del Gran Bar la estuviera esperando un aventurero intrépido para llevársela allende los mares en busca de nuevas fortunas.

# CAPÍTULO 25

El encuentro con Nana dejó un poso de aliento en el ánimo de Daniel. En el fondo, todo seguía prácticamente igual, nada había solventado la conversación con Nana y ninguna solución tangible había puesto en sus manos. Con todo, y a pesar de la nula capacidad de maniobra que la anciana parecía tener en aquella batalla, sus palabras un tanto disparatadas habían conseguido transmitirle un soplo de optimismo, una diminuta transfusión de energía para no decaer.

A lo largo del camino de regreso al hostal fue rumiando su consejo al despedirse. Que se buscara un padrino, le había recomendado. Un buen padrino. Aunque desconocía muchos de los tejemanejes y cambalaches propios de las maneras españolas de operar, sospechaba que la sugerencia de la anciana iba más allá de los significados de la palabra padrino que él ya sabía de memoria: la figura que acompaña a la novia al altar o al recién nacido en la pila de bautismo. Su diccionario le dio la respuesta en la tercera acepción. El que favorece o protege a otro en sus pretensiones, adelantamientos o designios, decía. Captado el sentido, pero sin saber qué hacer con él, lo dejó en barbecho. A la espera.

Volvió a llamar a Aurora por teléfono una vez más desde la recepción. Por boca de la anciana había sabido que ella se negaba a hablar con nadie en su casa excepto con la propia Nana y Asunción, la tata de toda la vida, la que le llevaba tazones de caldo, croquetas y torrijas en un inútil intento de hacerla entrar en razón. Pero nadie contestó al otro lado del hilo y, al tercer intento sin respuesta, desistió una vez más. Entretanto Modesto, el conserje, desde detrás de su mostrador, mantenía un ojo en *El justiciero del Colorado* y otro en Daniel. Entre tiros y amenazas con olor al Far West, le observaba indiscreto preguntándose a quién llamaba el americano con tanta insistencia y por qué acababa siempre dando un golpe al colgar, sin hablar con nadie y con gesto de mal humor.

—Parece que le gusta a usted venir por esta tierra, ¿a que sí, amigo? —se aventuró a decirle aparcando momentáneamente el revuelo de balas, polvo y relinchos de su novela. Dispuesto a saber de una vez qué se traía entre manos el huésped.

Asintió cortés, sin dar mayores explicaciones. Pero Modesto insistió. Con ganas.

—Aunque esto no sea como América, aquí no se vive mal, no se crea usted, míster Daniel. No es que atemos los perros con longaniza, que todo hay que decirlo, pero quien más y quien menos tira para adelante y coloca a los zagales como buenamente puede, y los domingos siempre hay fútbol, y tenemos unos toreros que para qué le voy yo a usted a contar. Hasta hay quien tiene frigorífico, anda que no salen ricas las cervecicas bien frías... Y aunque todavía funcione el estacazo y tentetieso, de aquí a cuatro días, no le digo más, eso del turismo va a hacernos a todos ricos en tres patadas, ya verá usted.

No rebatió las ilusas previsiones del conserje, para qué desinflarle las fantasías.

—Pero en su tierra se vivirá mejor todavía, no me diga usted que no —continuó cada vez más animado—. Con esos cochazos que salen en el cine y esas rubias con esas piernas y esas cinturas, fuma que te fuma con esos escotes, madre de Dios, menudo pedazo de hembras que tiene que haber por allí, ¿eh, míster Daniel? Y con esos jabones que tienen ustedes, que huelen a gloria bendita y no se despedazan como el barro entre las manos, y esos encendedores que parecen de plata y que nunca se apagan así sople el levante o el lebeche, y esas maquinillas de afeitar que le dejan a uno la cara como el culo de una criatura de pecho, no como la hoja Palmera que usamos por aquí, que te mete unos tajos que te masacran como un Cristo aunque diga el anuncio de la radio que no tiene rival. Ande que no tiene usted suerte con ser americano, lo que yo le diga, míster...

—Bueno, en fin, tampoco es para tanto... —dijo Daniel en un intento por frenar aquella vomitona extemporánea sobre las maravillas materiales de su propio país.

—Y que no es para tanto, dice... A mí me va usted a contar... Yo me entero de todo eso por mi cuñado, ¿sabe? —prosiguió Modesto insistente—. Se ha colocado con sus paisanos ahí en la Algameca y dice que menudos son los tíos de la Navy, cómo lo tienen todo de bien organizado. Hasta planos llevan cuando hay que echar arriba una tapia, no le digo más. Dice el Agustín, mi cuñado, que el otro día levantaron entre los operarios españoles una caseta de madera y, cuando vieron que ya estaba firme con la mitad de los clavos, así que la dejaron, tan ricamente. Y al cabo de un rato llega el sargento americano, la mira, la remira, y dice que abajo con la caseta, que a deshacerla y a levantarla otra vez. Que si en las instrucciones pone que quinientos clavos, pues quinientos clavos como quinientos soles que tienen que poner. Con dos cojones, el muy machote. Y para abajo que fue la caseta y para arriba otra vez, con los quinientos clavos bien colocados en su sitio, como hay Dios... —Chasqueó la lengua y torció el gesto en tono admirativo—. ¡Joder con los americanos, qué tíos más grandes!

Un pálpito de curiosidad agarró a Daniel por las entretelas y empezó a sacudirle a medida que el conserje avanzaba en su perorata. Base, americanos, Navy. Un triángulo con cabida para la esperanza.

—Entonces —dijo eligiendo sus palabras mientras deslizaba sobre el mostrador su paquete de Chesterfield en dirección a Modesto—, si su cuñado trabaja con mis compatriotas, eso significa que existen contactos cotidianos entre los americanos y los españoles.

—Vaya si existen, míster, vaya que sí —replicó el conserje sacando dos rubios de Virginia con boquilla. El primero se lo puso entre los labios, el otro en la oreja izquierda—. Pues ¿no le digo yo que allí están colocados tropecientos españolitos más? En los periódicos no hace mucho que han sacado anuncios para personal civil español, hasta yo mismo eché los papeles, pero no me cogieron, vaya usted a saber por qué, que sus buenas papeletas les habría yo resuelto. En mi garita y con mi uniforme, como un general, usted para adentro, usted para afuera, a ver, usted, documentación… ¡Puah! De puta madre habría estado yo allí con los americanos si me hubieran contratado.

Indiferente a aquellos espejismos profesionales, Daniel, movido por el poderoso empuje de la más desnuda intuición, continuó a tiro fijo.

—Y dígame, Modesto, ¿esos americanos van y vienen, o están siempre por aquí?

—Pues para mí que por aquí viven unos pocos. O, por lo menos se los ve de vez en cuando por las calles, con unos cochazos de aquí te espero, a veces de uniforme y a veces con camisas de colores sin remeter por el pantalón, que vaya facha llevan, qué le voy yo a contar a usted. ¿No se ha cruzado con ninguno de ellos todavía?

No. Todavía no se había cruzado con ningún compatriota, apenas había tenido tiempo en sus breves estancias. O quizá sí, pero ni siquiera se había fijado, tan abstraído como andaba con sus propias preocupaciones. Recordó entonces el día en que conoció a Aurora, cuando ella misma le preguntó en la farmacia si era un militar de la base americana. Tres meses largos habían pasado desde entonces. Quizá había llegado la hora de que los conociera de una vez.

—¿Y usted cree que yo tendría algún problema para entrar allí a verlos?

—¿En la base, dice? Pues me parece a mí que va a estar jodido —contestó el conserje con otro chasquido de la lengua—. Mi cuñado me ha dicho que lo tienen todo la mar de controlado. Que si los permisos, que si los pases… Lo mismo se planta en la puerta y no le dejan entrar. Ahora, que si yo estuviera de guardia en la entrada, es un suponer, y le viera a usted llegar…

La potencial conexión entre aquellos compatriotas y el padrinazgo propuesto por Nana había empezado a adquirir forma en la mente de Daniel mientras el conserje, agotadas sus ensoñaciones laborales como vigilante, emprendía de nuevo su matraca sobre el descoco de las rubias fumadoras y los rascacielos de las películas, aliñado todo ello con un puñado de conocimientos geográficos entresacados de sus novelas de vaqueros y de las hazañas californianas de El Coyote de Mallorquí. Hasta que Catalina, su mujer, apareció en la recepción armada de un plumero y una bayeta, se sumó a la charla y resolvió el asunto con su particular sensatez.

—Pero ¿qué sabrás tú de cómo funciona esa gente, Modesto, si no los has visto más que de lejos y echaste los papeles para trabajar con ellos fuera de plazo? Ahora mismo vamos a llamar a mi hermano Agustín, que por las tardes tiene faena en un taller aquí cerca. Marca el número, anda, y deja ya de decir tonterías de una santa vez.

Poco tardó el tal Agustín en aparecer. Con mono azul y boina, las uñas llenas de grasa todavía y más que dispuesto a ayudar.

—Dígame usted, amigo, qué es lo que quiere saber, que yo le pongo al día rápidamente.

A lo largo de los años anteriores habían comenzado las obras de aquella estación naval, la Base Conjunta Hispano-Norteamericana distribuida entre Tentegorra y la Algameca, unas instalaciones que, a diferencia de las gigantescas construcciones de Rota de la que dependían, tendrían un tamaño más reducido y una titularidad que no sería exclusivamente estadounidense, sino compartida.

La marina americana funcionaba con un sistema logístico que cubría todas sus necesidades, y su personal se asentó en el poblado que construyeron en una zona de monte y pinos separada por un par de kilómetros del resto de la ciudad. Aunque residirían y trabajarían de forma independiente, desde el principio hubo una intención de acercamiento de los americanos hacia la vida local, un comportamiento impulsado por los propios mandos para generar la cordialidad entre los dos pueblos. Para ello se organizaron tanto actos institucionales como muchos otros que, por el cauce natural de las cosas de la vida, precisarían necesariamente de la cooperación mutua: las esposas de los marinos americanos parirían a sus hijos en clínicas locales ayudadas por matronas españolas y un intérprete, los chiquillos nacionales formarían corros bulliciosos alrededor de los marineros para pedirles chicles a gritos, y algunos militares jóvenes y solteros se acabarían casando con guapas cartageneras mientras otros, quizá algo menos románticos, se desfogaban en los días de libranza con las putas del Molinete, obsequiándolas después galantemente, además de la tarifa reglamentaria, con billetes de un dólar, latas de leche condensada y algún que otro paquete de Philip Morris.

De todos estos detalles se enteraría Daniel a lo largo del transcurso de los días siguientes y a través de otras fuentes. En aquel momento, sin embargo, de las explicaciones del hermano de Catalina —anécdotas interculturales de calado similar a la historia de los clavos, el sargento y la caseta— a él le interesó solo una cosa: averiguar dónde diablos podría encontrar a sus compatriotas y cómo acceder a ellos.

—Pues ya le digo yo, amigo —sentenció el cuñado dando la última chupada a un Ideales deshilachado—, que sin papeles ni nada de eso, para mí que ni la barrera le van a levantar. Otra cosa es que se encuentre a sus paisanos por la calle o en los bares, que a todos les gusta el alterne que para qué.

La espontánea tertulia continuaba en la recepción del hostal, interrumpida tan solo por la llegada ocasional de algún huésped inoportuno al que nadie hacía caso, absortos todos en las fabulosas aventuras conjuntas de aquellas tribus dispares. Con Modesto tras su mostrador y Agustín y Daniel acodados en el lado opuesto. Con Catalina pasando la bayeta y el plumero sin demasiado empeño mientras intervenía de tanto en tanto en la conversación.

—Y si yo fuera a verlos a sus domicilios, ¿creen que me recibirían? —propuso Daniel disparando a ciegas en un empeño impulsivo por encontrar una solución.

—Pssss... no sé yo... —dijo Modesto pasándose la mano por su escaso pelo y sin tener, en realidad, la más remota idea de cómo actuarían aquellos extranjeros llegada la ocasión.

—En Tentegorra los tiene ya instalados, que menudos cortijos se han construido por allí. Con lavadora automática, calefacción y alfombras pegadas al suelo en todos los cuartos, según me han contado —añadió el cuñado echando el humo de lado tras encender otro cigarro con su chisquero—. Hasta me han dicho que cerca tienen un campo con hierba donde juegan con un palo y una pelotica a meterla en un agujero. ¿Cómo se llama eso, míster? ¿Gor? ¿Gos? Como gol, pero sin portería…

—Golf —dijo Daniel solventando el asunto léxico con prisa para no perder más tiempo—. ¿Y allí viven los militares solos, o tienen a sus familias?

—Para mí que vivirán con las parientas —intervino Modesto con brío renovado—, porque, si no, que me digan a mí por dónde andan solas esas jacas que me encuentro yo de vez en cuando con esos pantalones bien apretados, que me entran unas ganas de… de…

—Para el carro, Modesto, que te calientas y luego se te dispara la tensión —le reprendió Catalina sacándole de sus desvaríos. Se ajustó entonces el plumero debajo del brazo y se dirigió a Daniel intentando poner un poco de orden en aquella conversación errática que parecía no llegar a ningún sitio—. Pero usted, míster Daniel, si no es indiscreción, ¿para qué tiene tanto interés en ver a sus compatriotas, para un asunto de trabajo, para que le busquen una colocación con ellos o algo así?

Los tres pares de ojos de sus contertulios quedaron a la espera de alguna explicación jugosa mientras un cliente recién llegado golpeaba insistentemente con la llave sobre el mostrador, harto de que el conserje no le hiciera ni caso.

—Pues… Se trata de algo más… más… más familiar, podríamos decir.

Aunque no les dijo del todo la verdad, tampoco mentía tanto. Al fin y al cabo, lo que él pretendía a largo plazo era formar con Aurora una familia.

—En ese caso, yo que usted, si me permite la confianza, ¿sabe lo que haría?

Todos miraron a Catalina. Daniel, ansioso por encontrar de

una vez el camino de salida. El hermano, por aquello de la sangre. Y Modesto porque sabía que, aunque no tuviera las nalgas de alabastro ni las pechugas turgentes de las jamelgas de Hollywood, de las cosas prácticas de la vida, su Catalina algo entendía.

—Pues yo que usted, como le digo —prosiguió ella guardándose la bayeta en un bolsillo—, me iba mañana mismo en busca de las mujeres. Mire usted que nosotras, esas cosas de la familia, siempre las entendemos mejor. Y después, si es menester, que ellas vean la manera de que sus maridos resuelvan lo que haya que resolver.

La luz. Catalina fue la luz. Igual que le llegó como el maná con un bocadillo de tortilla francesa en la noche turbia de su calentura, ahora acababa de ponerle ante los ojos un posible flanco por el que empezar a actuar.

—¿A qué hora terminan de trabajar en la base, Agustín? —preguntó Daniel con prisa mientras se ajustaba la chaqueta y miraba el reloj. Las cuatro y veinte.

—A las cinco en punto suena una sirena, uuuuuuuuhhh, y a partir de ahí unos empiezan a ir para acá y otros para allá, y entonces…

Cuánto echó de menos en aquel mismo momento sus viejas zapatillas de deporte con las que a diario salía a correr en Madrid.

—¿Me podría conseguir un taxi, Modesto, por favor? —pidió zanjando tanto sus añoranzas como las prolijas historias del cuñado.

—Eso está hecho, míster. No querrá que le acompañe, ¿verdad?

# CAPÍTULO 26

Apenas llegó, Daniel tuvo la sensación de haber sido arrancado de cuajo de la realidad del Miércoles Santo junto al Mediterráneo y trasladado por arte de birlibirloque a un pedazo anónimo de su país. Ante sus ojos se abría lo que parecía una zona residencial suburbana de cualquier ciudad americana media. Casas modernas con tejado a dos aguas rodeadas de césped impoluto, bocas de riego rojas en las aceras y niños rubios en blue jeans jugando con un frisbee sobre la hierba.

Caminó incrédulo con lentitud, inmerso en esa experiencia casi surrealista que en un suspiro parecía haberle sumergido en un barrio cualquiera de Ohio, Connecticut o North Carolina, hasta que un grupo de vecinas con bebés en brazos y niños entre las piernas intuyó por su aspecto su nacionalidad y le saludó en su propia lengua. Hi! Hello! Hi! Are you American? How're you doing?

En los escasos metros que lo separaban de ellas, tomó una decisión. Nada de decirles la verdad de momento. Nada de exponerles abiertamente sus intenciones. De hecho, tampoco tenía del todo claro cómo traducir a su propia lengua común el concepto difuso del padrino a la española que andaba buscando.

Eran seis o siete jóvenes madres, seis o siete coterráneas que encajaban en el prototipo de novia que él debería haber elegido si hubiese querido verse encaminado sin trabas hacia un futuro apacible y carente de complejidades. Pero, para entonces, ya había trotado lo suficiente como para saber que la vida trastoca su rumbo en cada esquina. Y en vez de enamorarse de una buena chica americana sin prejuicios ni complicaciones, el hijo del dentista de Morgantown, West Virginia, no solo se había salido por la tangente en cuanto al destino profesional que para él anhelaba su familia, sino que, en cuestión de amores, también había optado por sacar los pies del tiesto yendo a poner sus afectos en la reserva espiritual de Occidente. Y allí estaba, intentando encontrar la manera de ser aceptado en aquella ciudad de conductas incomprensibles para su mente que año a año acometía extravagancias tales como pasear a hombros a Santísimos Descendimientos y Vírgenes del Primer Dolor, o encerrar a ritmo de pasodoble a un san Pedro dentro de un arsenal militar. Por eso, quizá, prefirió contar a sus compatriotas tan solo la mitad de su verdad. Con ganas y empeño, en cualquier caso. Para metérselas en el bolsillo, sin saber todavía del todo ni cómo ni con qué fin.

—Awesome!

—Amazing!

—So interesting!

Aquellas fueron, junto con un desparrame de sonrisas y gestos de admiración, algunas de las reacciones de las americanas cuando Daniel, tras saludos y presentaciones, comenzó a glosarles sus andanzas por una España que ellas apenas conocían. Noches en castillos medievales con aroma de fantasmas entre sus ruinas, visitas a bodegas llenas de toneles gigantescos y a basílicas varias veces más grandes que un estadio de baseball.

Wow! Fascinating! Really? El anecdotario que despertó tan entusiastas reacciones podría no haber tenido fin de no ser porque, al poco rato, los maridos se fueron incorporando también a aquel recuento de hazañas viajeras en plena calle. Y, a partir de ahí, todo cambió. Dos llegaron a pie y arrastrando palos de golf tal como pronosticó el cuñado Agustín, otros tres aparecieron en coche y de uniforme. Al margen de la indumentaria, todos parecían sacados del mismo molde: cuerpo en forma, sonrisa amplia, buena estatura y pelo muy corto. Saludaron a Daniel con apretones de manos cordiales e intercambiaron algunas frases amistosas. Qué tal, qué sorpresa, así que experto en literatura, vaya, qué interesante.

Hasta que las conversaciones empezaron a cruzarse y su protagonismo a decaer. Cada uno de los recién llegados traía algo que contar, la atención de las esposas cambió de rumbo y la estrella de Daniel, como el final de unos fuegos artificiales, se fue desvaneciendo hasta desaparecer. Poco más de media hora había durado su gloria y lo peor era que ya no había cabida para más. La sensación de que la oportunidad se le estaba escapando irremediablemente como el agua de entre las manos fue creciendo a medida que el grupo comenzó a desmigarse poco a poco. Pues buena suerte, tío, hasta la vista, que te vaya bien, dijeron ellos. Encantadas de haberte conocido, Dan, ojalá sigas disfrutando de tus aventuras, dijeron ellas. Punto final.

Cada pareja se fue retirando a su casa arrastrando a sus retoños, despejando el paisaje de risas infantiles y palabrerío. A medida que la densidad del grupo menguaba y la tranquilidad llenaba la zona otrora bulliciosa, el desánimo de Daniel crecía en proporción. Quizá había actuado de la peor de las maneras, pensó mientras una de las últimas familias se alejaba dándole la espalda. Quizá había sido un error hacerse pasar por un mero compatriota errante, un estudiante simpático carente de cualquier preocupación. Tal vez debería haber sido más claro y directo, haberles hablado del airado desprecio de los padres de Aurora, de la resistencia tenaz de ella, del empeño de él por encontrar a cualquier precio una clave o un recurso para no perderla. Tendría que haberles confesado que, por primera vez desde su llegada a España, aquella atracción casi visceral por esa cultura ajena se había transmutado en incertidumbre. Que la eterna luna de miel en la que hasta entonces había vivido parecía haber empezado a resquebrajarse.

Hasta que se vio solo con dos de las chicas del grupo. Las más maduras a pesar de su evidente juventud. La alta de coleta castaña, la de los ojos verdes y camisa a cuadros amarillos con leve acento del sur. Vivian, se llamaba. Y Rachel, la rubia con el pañuelo color turquesa amarrado a modo de diadema a la cabeza. Ambas, sin duda, habrían hecho babear al conserje del hostal con solo sospecharlas en la distancia.

—Bueno, pues va siendo hora de que nosotras empecemos a pensar en irnos también —dijo la primera con cierta pereza.

Ninguna de las dos parecía tener bebés o niños pequeños a su cargo, seguramente sus hijos eran aquella media docena de diablos que no paraban de hacer el salvaje por los alrededores subidos en sus bicicletas.

Daniel presentía que sus últimas posibilidades estaban a punto de volatilizarse: en cuanto cada una de ellas cerrara tras de sí la puerta de su vivienda, él se quedaría solo otra vez. Solo de nuevo frente al precipicio, con su último cartucho quemado en balde y el maldito padrino sin asomar.

—¿Dónde están vuestros maridos? —preguntó incisivo. Qué más le daba ya sonar indiscreto. Poco le quedaba por perder.

—Llegarán de madrugada, vienen de camino desde la base de Rota, asuntos de trabajo —aclaró Vivian.

Intentó que no se le notara la sacudida de energía que sintió en su interior. Dos esposas de miembros de la U. S. Navy solas y unas cuantas horas por delante. En su recobrado entusiasmo, aún le dio tiempo de acordarse del pobre Modesto.

—Rota, qué interesante. Eso está en Andalucía, ¿no? —preguntó ofreciéndoles un cigarrillo con el propósito de alargar la conversación.

Rachel se encogió de hombros mientras él le acercaba una cerilla encendida, Vivian dijo creo que sí. Ninguna de las dos parecía estar excesivamente al tanto en los detalles de la geografía peninsular.

—Debe de ser agradable para ellos volver a casa tarde y encontrar el calor de la familia —sugirió entonces soplando el fósforo con un impostado aire de desamparo—. Ojalá yo tuviera a alguien cerca que se ocupara de mí...

Traidor, le dijo la voz de su conciencia. ¿Acaso no te es suficiente con el amor arrebatado de Aurora? ¿Acaso te parece poco lo que a diario hace la señora Antonia por ti?

—Que alguien cocine para ti un simple pollo asado, por ejemplo —continuó desoyendo a sus escrúpulos. Ya tendría tiempo de hacer las paces con ellos, de momento debía concentrarse en no dejar pasar aquella oportunidad—. Patatas al horno con crema agria, helado de chocolate. El viejo sabor de las cosas de siempre...

Apenas había echado de menos nada de aquello en los más de seis meses que llevaba en España trasegando entre tabernas, casas de comidas y los guisos de la portería. Callos y mollejas, higadillos, sangre frita y oreja de cerdo, todo le sabía bien. Intentó, no obstante, que ni Vivian ni Rachel se lo notaran. Lo que hiciera falta por conseguir sentarse esa noche a la mesa de cualquiera de las dos.

Los alaridos de uno de los niños en bicicleta silenciaron precipitadamente la conversación. Resultó ser hijo de Rachel, un terremoto de nueve años sangrando por la nariz. Tras él iban su hermano pequeño explicando la caída y una pelirroja con dos trenzas apostillando su propia versión. Al minuto aparecieron otros dos trastos más seguidos por un perro.

—Me muero de hambre, ¿qué tenemos esta noche, mamá? —preguntó uno de ellos.

—Macarrones con queso —dijo Rachel apretando con fuerza un pañuelo sobre la nariz de su hijo mayor.

—¿Y nosotros? —quiso saber otro chiquillo a la vez que recogía su bicicleta del suelo.

—Pollo asado —anunció Vivian.

No pudo contenerse.

—¿Con patatas?

Por alguna razón sin fundamento, intuía que en ellas hallaría una salida. Era consciente de que sus herramientas para lograr tal objetivo rayaban en la indigencia: no hablaban español, no conocían a nadie representativo en la ciudad y no sabían ni de lejos cómo funcionaban allí las relaciones sociales. Aparentemente, solo eran unas jóvenes madres de familia sin mayor aspiración vital que el cuidado de los suyos. Puede que les importara bastante poco la cultura local, que carecieran de curiosidad intelectual y de la sensibilidad necesaria para apreciar la riqueza histórica y artística del entorno que las acogía. Que lo mismo les diera estar en el sureste de la península Ibérica que en Jaifa o en Corfú. Pero, bajo aquella apariencia tan simple y doméstica, presentía que había mujeres fuertes, resueltas y decididas, que habían sido capaces de abandonar su patria y encargarse de sus hijos solas durante las largas temporadas que sus maridos pasaban fuera, y que estaban siempre dispuestas a empaquetar su vida en cajas y maletas para empezar una nueva etapa allá donde la U. S. Navy tuviera a bien enviarlas. Mujeres positivas y solidarias, acostumbradas a encontrar soluciones ingeniosas para todo, a adaptarse a mil cambios y a vivir siempre en el aire, pendientes del siguiente ascenso o de un traslado caprichoso que las reubicara en cualquier punto remoto del globo una vez más.

Entre ellas cruzaron una mirada veloz.

—Anda, entra. En cuanto organicemos a la tropa, te invitamos a cenar.

## CAPÍTULO 27

En el lapso de tiempo comprendido entre la noche del Miércoles Santo y la madrugada del Domingo de Resurrección, dos líneas divergentes actuaron a plena potencia. Por un lado, la ciudad entera se volcó para vivir con intensidad los días mayores de la Semana Santa. Las calles se desbordaron de gente dispuesta a contemplar la monumentalidad de los tronos, el colorido de las túnicas a la luz de los hachotes y el orden marcial de los penitentes. Por otro, entretanto, ajenos por completo al fervor religioso y a la adustez de las fechas, un grupo de extranjeros guiado por un objetivo común confeccionó un plan estratégico tan puntillosamente pautado que para sí lo habrían querido los mandos de la Sexta Flota.

El programa arrancó en la mañana del jueves, cuando Vivian y Rachel, las jóvenes madres americanas, se presentaron sin aviso en casa del capitán de navío David Harris sabedoras de que el más alto cargo de la base conjunta ya había salido rumbo a su despacho. Tenían la seguridad, no obstante, de que su mujer sí estaba en casa. Lo único que no calcularon bien fue la hora, demasiado temprana para un ama de casa sin hijos a su cargo ni obligaciones.

Loretta Harris, despeinada, en bata larga y todavía medio dormida, recibió con la mosca detrás de la oreja a las dos mujeres que llamaron a su timbre a las nueve y diez de la mañana con una tarta de frambuesas como coartada.

—Morning, my darlings.

Tenía la voz rota y no se esforzó en disimular su desgana. Con todo, las invitó a entrar.

El protocolo era el de siempre: ofrecerles café, encender un cigarrillo y esperar a que dispararan. Llevaba cinco lustros dando tumbos por el mundo como compañera de un bragado marino, de sobra sabía que cuando las mujeres de tenientes de navío se presentaban en busca de la esposa del superior de sus maridos a esas horas, era porque algo necesitaban con urgencia.

La decisión de intervenir la habían tomado Vivian y Rachel la noche anterior, entre el simple pollo al horno y las humildes patatas asadas con crema agria con que agasajaron a su invitado. A medida que su plato se iba vaciando, Daniel también comenzó a despojarse ante ellas de imposturas, dejándose conocer sin el disfraz de trotamundos intrascendente bajo el que en un primer momento se había escondido. Tal cual era, sin barricadas, con sus preocupaciones y sus circunstancias. Con su gigantesco problema todavía sin solución.

—Empiezo a pensar que no entré en esta ciudad con buen pie —confesó con la confianza ya bien asentada.

Continuaban hablando tras la cena, de fondo sonaba la American Forces Radio. Ambas amigas habían mandado a sus hijos a la cama, se habían quitado los zapatos por fin y le escuchaban recostadas en el sofá. Todo alrededor resultaba cálido y conocido: los picaportes de las puertas, los ejemplares atrasados de la revista *Time,* el color del mantel. Cortesía de la U. S. Navy para su gente en las cuatro esquinas del planeta. Quizá por eso, se sintió de alguna manera en casa y bajó la guardia al fin.

—Nada más llegar caí con gripe —continuó— y en un bar me sacaron casi a la fuerza a la calle, convencidos de que estaba borracho.

—Bueno, eso tiene su razón —dijo Rachel con una mueca irónica—. Pensarían que eras otro americano beodo; uno más de los muchos que se exceden y montan la bronca casi a diario.

—Ese es uno de los principales problemas a los que nuestros maridos se enfrentan ahora mismo —aclaró Vivian—. Algo que se repite lo mismo aquí que en el resto de las bases. Algunos de nuestros muchachos beben más de la cuenta y la lían, a menudo acaban a puñetazos con la población local o incluso entre sí. Las peleas entre los soldados de Rota y Morón empiezan a ser legendarias, según cuentan.

—Y eso da una mala imagen, supongo… —dijo él.

—Pésima —corroboraron las dos al unísono. Fue entonces Rachel quien continuó.

—Hay órdenes de no importunar a la población española, la consigna es resultar amistosos y cercanos, generosos, cordiales y dispuestos a ayudar. Eso es en parte responsabilidad de nuestros maridos y nosotras intentamos ayudarles.

—¿Cómo?

Si hubiera leído la prensa en su día, Daniel habría sabido, por ejemplo, que aquella Navidad habían llevado a la Casa de Misericordia a un fantoche barrigón vestido de rojo, con pelo y barba blancos y cargado de regalos. Santa Claus, dijeron que se llamaba el tipo, aunque en realidad casi todos sabían que se trataba de un tal sargento Smith.

—Estamos intentando también organizar un torneo de softball entre nuestros hijos y otros niños españoles. Y, para verano, un campeonato de natación.

—Y una semana cultural.

Las dos amigas empezaron a alternarse en el turno de palabra, abiertamente ilusionadas con sus proyectos.

—Y un desfile de ropa deportiva.

—Y para el Cuatro de Julio pensamos hacer unos enormes fuegos artificiales.

—Y constantemente regalamos alimentos y medicinas para los ancianos del asilo.

Daniel, rumiando sus propios pensamientos a medida que las oía, no tuvo tiempo de descifrar si tras aquel entusiasmo existía un verdadero interés humano por congraciarse con la población local, un corajudo afán por ayudar a sus maridos en el desempeño de sus cometidos profesionales, o una simple batería de entretenimientos vacuos con los que llenar el aburrimiento en su destierro.

—Pero nos falta un gran golpe de efecto —apuntó Vivian.

—Algo brillante de verdad, que resulte espectacular y que implique a mucha gente.

—Algo ¿como qué? —quiso saber Daniel.

—No sabemos, todavía le estamos dando vueltas. Algo que levante expectación, que consiga atraer a personas influyentes y de lo que se hable durante días. Quizá un baile con muchísimos invitados.

—O un grandioso festival…

—¿Qué tal una boda?

Rachel se quedó con la boca abierta y la copa a medio centímetro de sus labios. Vivian no logró expulsar el humo que acababa de aspirar. Las dos lo miraron con ojos como platos.

—Me ofrezco voluntario. Dispuesto a aportar el cincuenta por ciento de la cuota necesaria.

A la mañana siguiente, la maquinaria se puso en marcha. A medida que la cafeína hacía efecto en su cerebro, Loretta Harris comenzó a visualizar el objeto de la visita intempestiva de las dos amigas. Tras escucharlas con toda la atención que sus neuronas medio adormecidas le permitieron, creía haber entendido lo que las chicas pretendían. Que ella convenciera a su marido para que él mediara ante quien correspondiese en la sociedad local. Que entre ambos lograran que un joven compatriota consiguiera la autorización de unos padres tercos y reacios para poder casarse con su hija. Todos se beneficiarían del asunto si este salía adelante: lo más granado de la U. S. Navy destinada en Cartagena compartiendo bancos de iglesia y tarta nupcial de merengue con lo más selecto de la sociedad local. Nada había que perder. Y quizá mucho que ganar.

A la mujer del capitán Harris no le resultó extraño que le pidieran abogar por un civil. Allá donde no tenían embajadas o consulados, no era del todo infrecuente que los jefes militares actuaran en cierta manera como representantes informales de su país. No vio por ello absurda la petición, pero guardó un prudente silencio. En su larga vida nómada criando a sus cinco hijos en destinos por medio globo, había vivido situaciones mucho más complejas entre personal militar y ciudadanos patrios. Embarazos improcedentes, paternidades irresponsables, peleas, robos, chantajes y estafas. Terciar por la simple felicidad de una pareja de enamorados parecía pan comido. A piece of cake, como decían ellos en su lengua. Y si aquello aportaba un rédito a la reputación de todos ellos entre la sociedad local y ayudaba a tender puentes entre las dos nacionalidades, mejor que mejor. No les faltaba razón a Vivian y Rachel: si lograban manejar aquella contingencia de forma satisfactoria, el resultado sería de lo más ventajoso. Pero antes debería hacer algunas averiguaciones. Y, si tras ellas no encontraba nada turbio, planificar después detenidamente el operativo.

Pero eso, por supuesto, no se lo adelantó a las recién llegadas. Tan solo les rellenó las tazas, encendió otro pitillo y planteó el primer paso. Conocer personalmente al afectado, esa fue la condición inicial. Para obtener información básica y calibrar la envergadura del asunto, dijo. Aquella tarde estaba libre, su marido tenía un compromiso oficial hasta la noche, sus hijos habían ido gradualmente accediendo a la universidad y quedándose en su país, y aquel era el primer año que pasaban solos. Se acabó el café, queridas, anunció apagando el cigarrillo. Quiero aquí al tal Carter a las cinco. O'clock.

El recepcionista Modesto creyó estar en medio del más tórrido de sus sueños cuando un jeep sin capota frenó en seco frente a la puerta del hostal y expelió a un par de americanas deslumbrantes embutidas en blue jeans. Sin articular ni una palabra de español en medianas condiciones, entre risas y sonidos deliciosos, lograron hacerse entender lo suficiente como para que él intuyera por quién preguntaban.

—¡Ah, están buscando ustedes a míster Daniel! ¡Míster Daniel Carter!, ¿a que sí? —dijo a voces.

—Exactamente —confirmó Vivian guiñando a Modesto uno de sus ojos verdes.

El conserje tragó saliva y se metió un dedo por el cuello de la camisa en un intento de evitar el ahogo. No te resistas, muñeca, decían en las novelas del Oeste. Cuidado conmigo, pequeña, no soy un tipo de fiar. ¿Cómo demonios se diría eso en inglés?

—Míster Daniel ha salido, ya se ha ido —anunció moviendo la mano en dirección a la calle. Automáticamente se arrepintió de sus palabras. Mecachis, pensó. Como me descuide, estas dos potras se me van a ir también—. Aunque lo mismo ha vuelto y yo no lo he visto —corrigió de inmediato—. O igual vuelve pronto otra vez.

—Pues... quizá nosotras podemos escribir un nota for him. Para él, I mean, ¿sí?

—Sí, señora, claro que sí. Lo que usted pida por esa boca, guapa. A mandar, que para eso estamos... —respondió Modesto a Rachel sin despegar los ojos de su escote comprimido por un breve suéter color limón.

Les facilitó el envés de una cuartilla llena de cuentas domésticas y un viejo lapicero remordido por él mismo en la parte superior. Y mientras ellas redactaban una misiva en la que emplazaban a su reciente amigo a presentarse en casa del jefe de la base aquella misma tarde, a él le saltaban los ojos febriles de una a otra. De las caderas redondas de Vivian al pecho rotundo de Rachel, de la melena trigueña de Rachel a la cintura de avispa de Vivian. Empezó a sudar.

—Muchas gracias —dijeron al unísono cuando terminaron.

Ante los ojos del recepcionista brillaron los dientes más blancos que había visto en su vida. Y los labios más carnosos. Y las sonrisas más turbadoras. Madrecita del Señor, murmuró con la boca seca.

Las escoltó hasta la salida intentando rozarse con ellas disimuladamente mientras les abría la puerta con supuesta galantería. Y después las contempló partir, maldiciendo su negra suerte por carecer de recursos comunicativos para haberlas entretenido un rato más. Hay que joderse, farfulló antes de escupir con furia un gargajo al suelo. Media vida cabalgando a lomos de novelas de Marcial Lafuente Estefanía y acompañando a El Coyote en sus hazañas, para al cabo de los años no saber decir más que whisky, sheriff y saloon.

Para Daniel, la mañana fue fructífera también. Decidió en principio apostarse con estrategia bien calculada en el paseo de la Muralla. Lo bastante cerca como para controlar los movimientos de entrada y salida de casa de Aurora. Lo suficientemente alejado y encubierto como para que su presencia pasara desapercibida. Al igual que el día anterior, primero vio salir al padre y, aunque no pudo descifrar su ceño, por el frío saludo que dirigió al portero intuyó que su humor no pasaba por el mejor de los momentos. Un rato después abandonaron la finca la madre y la abuela, distinguidas y airadas ambas, enzarzadas en una discusión que no alcanzó a oír. Apenas notó las figuras de las señoras recortarse en el portal, se invisibilizó con destreza de prestidigitador, ocultándose de canto otra vez tras el tronco de una palmera.

Cuando las vio doblar la esquina, salió de su escondite y se dirigió al portal. Nada más verle Abelardo, el portero, intentó defender el fuerte con el vigor que de su cargo se esperaba. Era consciente de que el americano ya se le había colado una vez y no podía consentir que se lo reprocharan de nuevo.

—¡No se puede entrar aquí! ¡Aquí no se puede entrar!

Un billete de cien pesetas derrumbó la barricada: el más convincente de los argumentos, doblado entre dos dedos como si se tratara de un salvoconducto. Ni una pensada tuvo que dedicar Abelardo al asunto, los veinte duros se adentraron en las profundidades del bolsillo izquierdo de su pantalón con la misma velocidad con que el joven se escurría en el edificio y volvía a subir los escalones de tres en tres. Al fin y al cabo, suspiró el hombre con cierto alivio, qué más daba otra bronca de la tormentosa señora de Carranza, si con aquellos cuartos casi le alcanzaba para el traje de primera comunión de su zagal.

Abrió la puerta una mujer de rostro bonachón, moño en la nuca y edad considerable, alarmada por los impetuosos timbrazos que resonaron por toda la casa. Él ni siquiera saludó. Ni anunció el objeto de su visita, ni se identificó. En cuanto se abrió la puerta e intuyó el libre acceso a la vivienda, tan solo pronunció una palabra. Repetida tres veces en tres gritos poderosos: Aurora.

Una fracción de segundo fue exactamente lo que tardó en aparecer desde el fondo del pasillo un torbellino en pijama. Como una bala descalza, se lanzó a los brazos de Daniel con un salto de gata salvaje mientras se aferraba a su cuello, a su torso y a sus piernas, le clavaba los dedos en la espalda y le acariciaba la nuca llorando y riendo a la par. Él, por su parte, solo alcanzó a susurrar su nombre a la vez que la apretaba contra sí con todas sus fuerzas, una mano apestillando sus hombros, la otra su breve cintura, sintiendo la risa de ella en su oído y en la cara sus lágrimas llenándole de deliciosa humedad.

Dos presencias los contemplaron desencajadas, sin saber del todo si aquel abrazo rezumaba pura desvergüenza y escándalo pecaminoso o más bien una ternura desbordada que ya no había manera humana de contener. La primera era Asunción, la mujer que había abierto la puerta, la que llevaba más de cuarenta años desviviéndose por la familia y que, a la luz de la escena, solo alcanzaba a desmenuzar una letanía precipitada de Virgen Santísima y válgame Dios que no parecía tener fin. La otra, Adelaida, la joven muchacha de servicio. Escondida tras un bargueño isabelino, había caído rendida ante la visión de la pareja y se preguntaba por qué su novio no era así de romántico con ella cada vez que salía de permiso del cuartel.

Hasta que Asunción reaccionó, y su insistencia al intentar arrancar a Aurora de los brazos de Daniel fue lo único que consiguió devolverlos a la realidad. —Niña, ¡niña! ¡NIÑA!—. Solo entonces fue él consciente de estar, por primera vez, en la casa en la que ella había nacido. De pisar el suelo en el que ella había empezado a andar, de ver fugazmente todo aquello que había rodeado a Aurora a lo largo de su vida. Las fotografías familiares en marcos de plata, la biblioteca heredada de la rama paterna, los balcones abiertos al puerto, el retrato al óleo de una Nana jovencísima sonriendo coqueta a un anónimo pintor.

Aurora, entretanto, suplicaba para que el alivio momentáneo a su calvario se extendiera un poco más.

—Un ratito, Asunción, deja que se quede un rato solo, por favor…

Pero la vieja Asunción era hueso duro. Había criado a Aurora, la adoraba y llevaba días sufriendo por ella. Pero antes había criado a su madre, y conocía su carácter y la que podía armar si llegara a enterarse de que ella había autorizado la presencia del americano en casa.

—Ni hablar, tiene que marcharse ahora mismo. Por Dios, niña, por Dios, no puede ser, no puede ser... —repetía la buena mujer mientras sostenía la puerta abierta invitando a Daniel a salir.

Los ojos de ella, colgada con fuerza férrea al brazo de él, volvieron a llenarse de lágrimas.

—Te lo ruego, Asunción, te lo suplico, un rato solo y se va, te lo prometo...

En medio del tira y afloja, él se esforzaba por permanecer neutral. Ansiaba poder quedarse no un rato, sino la vida entera, pero era también consciente de que su nivel de osadía al colarse en su casa ya había alcanzado un nivel bastante considerable y no les convenía tensar más la situación. Hasta que no pudo aguantar.

—¿Me permite un instante, por favor? Se lo prometemos, Asunción, cinco minutos contados y ni uno más. Le damos nuestra palabra de honor —dijo llevándose ostentoso la mano al corazón.

—No —se reafirmó la tata.

—En el lugar que usted prefiera y, ni que decir tiene, con usted presente —ofreció entonces en un derroche desesperado de buena voluntad.

—No.

—Y, a partir de ahora, si usted accede, le prometo que no volveremos a molestarla más.

El coraje de la juventud y la cortesía de libro de texto vencieron a las canas al fin. Pero Asunción, aun seducida sin quererlo por las maneras y palabras convincentes de aquel muchachote que distaba siete leguas de ser el demonio del tridente que su imaginación había anticipado, impuso las condiciones y marcó el territorio con celo de fiel perro guardián. A marcaje de minutero. En su presencia. Y las manos quietecitas o sanseacabó. Amén, les faltó a ellos decir.

Los instaló en la cocina, amplia, blanca y cuadrada, con la

gran mesa de mármol en el centro. La mesa de los desayunos y del pan con chocolate a la vuelta del colegio. De tareas escolares, ogros y brujas buenas, de pumbys, pulgarcitos y guerreros del antifaz. De peleas y confidencias entre hermanos, de leche caliente en las tardes de invierno y pellizcos clandestinos a la barra de pan justo antes de la hora de comer. Ahora era el territorio que Asunción había elegido para la urgente puesta al día de las cuestiones sentimentales de la que hasta entonces había sido la niña de la casa, sentados uno frente a otro, como la visita a un preso en un penal. Ella, entretanto, permaneció de pie, mostrando en su rostro el gesto adusto de un guardia civil. A dos metros de distancia y sin perder de vista el reloj.

—Hay alguien que quizá pueda ayudarnos —anunció Daniel a Aurora por fin.

La puso entonces al corriente de su incursión en el poblado de la U. S. Navy y de la firme promesa de sus compatriotas.

—Pero ¿qué van a poder ellas hacer? —preguntó a la vez que se tapaba la cara con gesto de desesperación—. Mis padres no conocen a ningún americano, no tienen ninguna relación con esa gente.

—Pues quizá ahora empiecen a tenerla.

Aquello, naturalmente, no era más que un brindis al sol. Un empeño tan ilusionado como inconsistente por transferirle cierto optimismo a través de una potencial solución en la que ni siquiera él tenía demasiada confianza.

Fumaron un cigarrillo a medias y aprovecharon el trasiego del pitillo de una boca a otra boca y de una mano a otra mano para poner ambos los labios en el mismo sitio, para rozarse los dedos, para tocarse apenas y transmitirse con el tacto fugaz una milésima de aquello que sus cuerpos harían si una fuerza misteriosa desintegrara mágicamente a Asunción.

Acababan de encender el segundo Chesterfield cuando, con

precisión de relojero, Asunción anunció que el encuentro había llegado a su fin.

—Andando, señorito, que me busca usted la ruina —dijo señalando la puerta. Y después suspiró como si intentara sacarse del cuerpo un gato muerto.

Por mucho que insistieran, los dos sabían que ya no podían arañar ni un minuto más.

—¿Cuándo vuelves a Madrid? —preguntó Aurora mientras ambos se levantaban de sus sillas con la misma voluntad que un condenado camino del paredón.

—No me voy a ir sin ti.

—No me digas eso, Daniel... —susurró ella acercando una mano al rostro de él.

Asunción frenó el impulso.

—He dicho que se acabó.

Hasta que él no tuvo más remedio que cruzar el umbral. Y desde fuera se giró y la buscó por última vez. Allí la encontró, bajo el pijama a rayas azules de uno de sus hermanos, con sus rizos pajizos dispersos en un enjambre disparatado, con los ojos brillantes por las lágrimas retenidas que anunciaban un llanto sin consuelo tan pronto como él empezara a descender la escalera. Y entonces, a pesar de sus buenas intenciones, a pesar de haberse resistido hasta el ultimísimo segundo, no pudo contenerse más. A sabiendas de que contravenía la orden de Asunción y se arriesgaba a perder para siempre su confianza, volvió a entrar precipitadamente y se despidió de Aurora con el beso más inmenso que en la historia de todos los besos del mundo hubo jamás.

De haberlo grabado una cámara de cine, no habría pasado la censura ni con recomendación personal del secretario general del Movimiento.

# CAPÍTULO 28

La noticia de que la esposa del jefe de la base se avenía a recibirle en su casa añadió a su día otro soplo de optimismo. Leyó la nota repetidamente y memorizó los detalles. El recepcionista entretanto no le quitó ojo, aunque contuvo a duras penas las ganas de saber qué habrían escrito aquellos dos bellezones cuya imagen todavía se columpiaba en su cabeza.

—¿Podría pedirme otro taxi para las cinco menos cuarto, Modesto, por favor?

—Eso está hecho, míster Daniel. ¿Va a ir usted a ver a sus amigas las americanas? —preguntó sin poder contenerse.

—Por el momento creo que no. Hoy tengo que arreglar otros asuntos.

Un taxi le esperaba a la hora convenida en la puerta del hostal. Un taxi junto a alguien más.

—Ya me he enterado de que esta mañana hemos tenido una visitita en casa.

—Nana, pero ¿qué haces aquí?

Esta vez iba vestida de gris, con un velo negro cubriéndole la cabeza.

—Venía a verte, cariño. A que me invitaras a un cafetito antes de los oficios, que no tengo yo todavía el cuerpo para genuflexiones. ¿Adónde quieres llevarme?

—A ningún sitio, lo siento. Me están esperando.

—Pues fíjate tú qué pena más grande, que no vas a tener tiempo para leer lo que te traía en el bolso.

La miró sin creerla del todo.

—En realidad es una cartita muy corta, no como las que escribíamos nosotras en otros tiempos a nuestros enamorados, con todas aquellas fruslerías que les contábamos. Pero seguro que a Aurora le encantaría que la leyeras.

—¿Por qué no hacemos una cosa? —propuso él tan pronto como captó el intento de chantaje de la anciana—. Tú me das la carta ahora, yo me voy y después, cuando vuelva, nos vemos. Y entonces tomamos un café o hacemos lo que más te apetezca.

—No, querido mío, porque para entonces ya me habrá cogido Marichu por banda y andaremos las dos preparándonos para la procesión.

—¿Nos vamos yendo ya, señor? —preguntó el taxista impaciente—. Son menos diez pasadas y tengo que estar en la estación a las cinco y cuarto, que me llegan unos viajeros con un porrón de bultos.

Con una mano le pidió que esperara un momento mientras, armándose de paciencia, se dirigía a la abuela de Aurora de nuevo.

—Verás, Nana… —tanteó con tacto extremo—. Lo cierto es que me encantaría pasar la tarde contigo, pero no puedo quedarme porque tengo una reunión muy, muy importante. Importante para Aurora e importante para mí. Para los dos.

—Pues déjame acompañarte. Al fin y al cabo, soy de la misma sangre que una de las partes implicadas, igual hasta te puedo ayudar.

—Te lo agradezco de corazón, pero es imposible. Esto tengo que resolverlo solo.

—Señor, que son ya menos cinco… —insistió el taxista.

—Entonces, cielo, me temo que no te voy a poder dar la cartita.

—Nana, por favor.

—Señor, que los viajeros vienen cargados, que los pierdo si no estoy allí a tiempo…

—Y nuestra Aurora se va a llevar un disgustazo que ni te cuento.

—Señor, menos cinco pasadas…

Entre estrangular a la anciana o al taxista, Daniel optó por una vía intermedia.

—Sube al coche, rápido. Pero antes, dame la carta. Y usted corra todo lo que pueda, haga el favor.

Desdobló la misiva con tanta furia que casi rajó el papel. Tan solo contenía unas cuantas palabras tiernas que rememoraban la alegría de su visita inesperada. Aun así, la leyó cuatro o cinco veces, sin prestar atención a la conversación incesante de la anciana mientras se deshacía del velo, lo guardaba en el bolso sin demasiados miramientos y se atusaba el peinado mirándose en el retrovisor.

Loretta Harris salió a recibir a su invitado al jardín delantero de su residencia. Si se sorprendió al verle acercarse con una respetable anciana española agarrada del brazo, lo disimuló de manera magistral.

—Je suis la abuela de Aurora —fue su presentación, para que no quedara duda de la legitimidad de su presencia. Y antes de que Daniel tuviera ocasión de abrir siquiera la boca, despachó una catarata de alharacas y salutaciones pasadas de moda en un francés más que correcto por lo demás.

La americana la escuchó entre anonadada y divertida mientras de soslayo echaba un ojo a Daniel, tasando en la distancia al recién llegado en cuyo favor habría de actuar. Él, entretanto, hizo lo mismo en un intento por valorar premonitoriamente a aquella compatriota de gesto desenvuelto y hechura caballuna que se había avenido a intervenir en su auxilio.

—Muchas gracias por recibirnos, señora Harris —logró él encajar en un respiro de Nana. Aquellas palabras las pronunció en español en atención a ella, aunque aclaró a toda prisa en inglés que la abuela de Aurora había decidido unirse a la visita en contra de su voluntad y de manera absolutamente intempestiva.

Loretta restó importancia al asunto con una sonrisa de dientes excesivos.

—Pasen, pasen, por favor —dijo tan solo conforme cedía el paso a la anciana—. Es un placer tenerlos aquí.

La casa, grande, recién construida y amueblada según las tendencias de la América de los cincuenta —los fabulous fifties—, se asemejaba como un huevo a una castaña a los parámetros decorativos de las casas de las buenas familias que Nana solía frecuentar. Era el americano un diseño de interiores que retransmitía el optimismo y el consumismo creciente generado tras la Segunda Guerra Mundial, el reflejo de un país que se sentía cada vez más moderno y poderoso. Allí donde los españoles atesoraban cortinajes de encaje y terciopelo, mesas camilla con braseros de picón y retratos apergaminados de los bisabuelos, los americanos exhibían butacas con tres patas y ceniceros de colores rabiosos. Donde los españoles acumulaban raigambre, comedimiento y opacidad, los americanos ofrecían luminosidad y una ligereza desconocida por aquellas tierras.

Apenas Nana vislumbró aquel fascinante despliegue, se paró en seco y se llevó una mano a la boca con gesto teatral en un intento de contener su admiración desbocada. Sus ojos volaron entonces sobre las paredes llenas de cuadros abstractos y por las lámparas un tanto estrambóticas con forma de cono y color azul chillón.

—¡Me encanta todo esto, me encanta, me encanta y me requeteencanta! ¡Estas casas tan modernísimas y estos muebles tan... tan... tan... no tengo palabras, es que me rechiflan a morir! —fue su comentario apasionado nada más entrar.

—Muchas gracias, querida —respondió la señora Harris.

—A ver si te haces amiga de mi hija Marichu, cariño —añadió dándole unas palmaditas en el brazo— y la convences para que el trapero se lleve todas las reliquias horrorosas que tenemos en casa y compre cosas de estas, tan modernas, y tan fabulosas, y tan fantásticas y tan, tan, tan...

Loretta y Daniel se miraron de reojo. Él pedía disculpas con el gesto y ella le tranquilizaba, indicando sin palabras que no se preocupara, que no había problema alguno con la presencia de aquella señora tan singular. Cuando Nana terminó de dar un repaso a la estancia, Loretta logró al fin acomodar a su visita en unos grandes sillones cuya estética y confort la anciana volvió a elogiar con desmesuradas alabanzas.

—¿Café? ¿Té? —logró la anfitriona decir por fin.

El gesto elegantemente contrariado de la abuela de Aurora la obligó de inmediato a añadir una oferta más a la lista.

—¿O quizá un martini?

La conversación levantó el vuelo en una mezcla de español e inglés salpicada con algunas frases en francés que Nana aportaba de vez en cuando intempestivamente como testimonios herrumbrosos de sus viajes a París y sus alegres veranos de soltera en Biarritz antes de la debacle familiar en la que por culpa del calavera de su padre perdieron hasta las pestañas. Y así se mantuvieron charlando durante un buen par de horas, hasta que la señora Harris intuyó que ya tenía un mapa más que aproximado de la situación, incluyendo la genealogía de ambas familias en España y los Estados Unidos, el posicionamiento de los Carranza en la estructura social local y los puntos flacos de Enrique y Marichu. Material suficiente como para poder empezar a trabajar, pensó.

La visita debería haber terminado en ese punto; había llegado el momento razonable para que Loretta les dijera goodbye, my dear friends. Pero eran ya casi las ocho y la tarde estaba resultando muchísimo más entretenida de lo esperado. Y su marido tenía un compromiso, ella comenzaba a sentir los primeros arañazos del hambre y notaba la cabeza un tanto volátil por los efluvios del alcohol. Sin apenas pensárselo, los invitó a cenar.

Antes de que Daniel tuviera tiempo de sopesar lo procedente de aceptar o no el ofrecimiento, Nana estaba ya solicitando un teléfono para llamar a su hija y contarle una trola monumental que le permitiera alargar su estancia. La oyeron así hilvanar una sarta de mentiras disparatadas en la que se mezclaban el supuesto resbalón de su amiga María Angustias en plena calle, una posible fractura de muñeca y la necesidad ineludible de permanecer a su lado hasta que llegara alguien a sustituirla en su papel de buena samaritana.

—No os preocupéis por mí en absoluto —insistió antes de despedirse—, que una es capaz de hacer cualquier cosa por una amiga del alma. Ya llegaré yo a casa en cuanto pueda, no os preocupéis, por favor...

Bastantes problemas tenía ya en la familia por seducir a la hija como para que también le acusaran de pervertir a la abuela, anticipó Daniel. Pero nada podía hacer. Al río de perdidos, como solía decir la señora Antonia. ¿O era de perdidos, al río? Igual daba, pensó impotente mientras remataba el tercer martini. De poco servía pararse a adelantar consecuencias.

La cena se prolongó en conversación distendida hasta que, al término de la tarta de queso precocinada de Sarah Lee y el café,

Nana apoyó los codos sobre la mesa y propinó una sonora palmada.

—¿Y ahora, qué tal una partidita, queridos?

Daniel no necesitó más para saber que había llegado el momento de llevársela de allí aunque fuera a rastras. Su relación con los Carranza estaba ya bastante deteriorada, pero nunca era tarde para que pudiera ir a peor.

Lo primero que hizo Loretta Harris a la mañana siguiente fue llamar a casa de Vivian para confirmarle que la operación ya estaba en marcha y pedirle que buscaran a su compatriota y se encargaran de él. Se justificó afirmando que al chico le vendría bien un poco de entretenimiento, no las dejó siquiera entrever que la verdadera razón de su propuesta era la conveniencia de distanciarle de las actividades que en su favor habrían de desarrollarse en las horas sucesivas. La larga velada de la víspera había sido divertida y muy fructífera para la obtención de datos relevantes, pero intuía que dejar a Daniel circulando libremente por la ciudad podría resultar un tanto arriesgado. Incluso tal vez contraproducente para sus planes: en cualquier momento podría aparecer en el sitio menos oportuno, actuar de forma inapropiada o decir algo inconveniente. Tampoco intuía positivo que él siguiera viéndose con Nana: la anciana, sin menoscabo de su chispa y garbo, era una verdadera bomba de relojería de consecuencias imprevisibles en caso de estallar.

Les transmitió por eso a las chicas una sugerencia espontánea. Puesto que era un día festivo y hacía un tiempo espléndido, ¿qué tal si organizaban una acampada junto al mar hasta el sábado por la tarde? En el aire quedó flotando la idea de que, con aquella propuesta tan aparentemente inocua, lo que la mujer del jefe de la base pretendía era quitárselos a todos de en medio.

Accedieron, por supuesto. Un par de horas más tarde, las dos familias junto con otra acoplada partían en busca de Daniel a bordo de tres jeeps de los que salían carcajadas de niños, gritos espontáneos y el *Jailhouse Rock* de Elvis Presley a todo meter. Ignorantes de los tiempos y ritmos locales, sin saber que al atravesar la ciudad en canal en pleno Viernes Santo, estaban poniendo patas arriba la quietud del día más luctuoso del año.

Loretta Harris los vio alejarse discretamente oculta tras una cortina mientras fumaba el cuarto cigarrillo de la mañana. Cuando calculó que estaban fuera del campo de acción, agarró el teléfono y marcó un número que conocía de memoria.

—Nieves al habla —contestó una voz al otro lado del hilo.

Y entonces la bola empezó a rodar.

El sargento Ricardo Nieves había llegado a Cartagena dos años antes con el encargo de preparar la logística necesaria para hacer la vida de los militares americanos y sus familias lo más cómoda posible. Por sus rasgos y hechuras podría haber pasado por miembro de la estirpe de Pancho Villa, pero fue su bilingüismo prodigioso y no su ardor guerrero lo que le abrió las puertas para aquel puesto. Cómo no habría de hacer malabares con el inglés y el español aquel digno hijo de la frontera, si había pasado la vida a caballo entre Laredo, Texas y Nuevo Laredo, México, dos ciudades unidas por un puente y separadas por un río que cambiaba de nombre según la orilla en la que cada cual estuviera. Veinticuatro meses después de instalarse junto al Mediterráneo, el sargento hispano de la U. S. Navy se manejaba por su ciudad de destino como si hubiera nacido en la misma calle del Aire. Carecía de conocimientos sobre estrategia naval, instrumentos de inteligencia o armas submarinas, pero era un portento de la naturaleza para solventar, resolver, negociar y conseguir lo que fuera, lo mismo un par de bicicletas que una operación de apendicitis, una caja de Alka-Seltzer o tres fulanas para la despedida de soltero de un furriel.

Codo con codo, Loretta y él se distribuyeron el trabajo en partes proporcionales. El chico americano empeñado en casarse con la joven española parecía encantador, cierto. Pero la esposa del capitán de navío estaba ya más que harta de conocer a muchachos sin tacha aparente y con maneras exquisitas que, al final del día, resultaban ser mentirosos compulsivos, caraduras sin escrúpulos o simples pirados al borde de alguna psicopatía. Tendría que comenzar por eso haciendo averiguaciones para comprobar que el hombre a quien planeaban amparar reunía realmente los requisitos personales mínimos para ser ayudado. No había problemas para ello, la esposa del jefe de una base de la U. S. Navy siempre tenía recursos. Aquella sería su misión de momento, el flanco Carter. Nieves, por su parte, se encargaría del ámbito local. En una agenda con tapas de hule negro, apuntó todos los detalles que la señora Harris le proporcionó: el nombre exacto de la familia, cómo eran, dónde residían, con quién se relacionaban, de qué vivían, cuánto tenían... Lo necesario para empezar.

En las horas sucesivas, cada uno expandió sus tentáculos en su ámbito de acción. Loretta Harris lo hizo a larga distancia. Por el puesto de su marido, tenía a su disposición múltiples recursos, pero siempre utilizaba primero los que su olfato presentía infalibles y en aquel momento estos fueron sus contactos personales. Bastó con que en dos de las cinco llamadas telefónicas que realizó encontrara sendos cabos de los que tirar. El resto vino rodado.

El sargento Nieves, entretanto, trabajó sobre el terreno, entablando múltiples conversaciones que incluyeron a contratistas, consignatarios de buques, marinos de la armada española y buscavidas y oportunistas de la calaña más dispar. No utilizó el teléfono, sino la calle, las mesas de los cafés y las barras de los bares, medio desolados todos en el día más aciago de la Semana Santa.

Volvieron a reunirse esa misma noche. Para entonces, a través de su compleja red de contactos, Loretta Harris ya tenía la certeza contrastada de que Daniel Carter era enteramente quien decía ser. Nieves, por otro lado, acumulaba para entonces un número considerable de papeletas que anticipaban que la misión llegaría a buen puerto. El siguiente paso era planificar el escenario.

A media tarde del sábado, la caravana de excursionistas regresó a su poblado. Habían disfrutado de un tiempo espléndido acampados en la playa, hicieron carreras y castillos y nadaron los más lanzados, entonaron canciones en su lengua, comieron raciones de campaña calentadas en una hoguera y los paisanos locales los observaron desde la distancia como si de una patrulla de alienígenas se tratara. Al llegar, los esperaba una nota manuscrita bajo la puerta de Rachel. Daniel Carter era requerido en casa de los Harris. Urgentemente.

Por enésima vez en los últimos días, una mesa de cocina sirvió como base de operaciones para gestionar el devenir del asunto. En un extremo se sentó Daniel, incongruente la preocupación de su rostro con el desaliño de su aspecto: pantalón corto y una camiseta caqui prestados por uno de los marinos, la cara requemada por el sol y el pelo revuelto aún lleno de arena y sal. En el otro extremo, Nieves de uniforme junto a su agenda de tapas negras, echando al aire las primeras bocanadas de humo del puro que acababa de encender. De pie, apoyada en la encimera y equidistante entre ambos, Loretta Harris fumaba en silencio. Alerta, atenta.

Ni usaron paños calientes, ni le consultaron opiniones, ni le ofrecieron posibilidad alguna de intervenir en la historia con otra opción distinta a la que ellos le brindaron. Todo estaba ya organizado y habría de resolverse aquella misma noche, en la cena con la que el jefe de la base y su esposa obsequiarían a un selecto grupo de invitados. Cuanto antes mejor: más valía pillarlos desprevenidos que dar tiempo a que todavía se enturbiara más la ya tremendamente turbia situación.

Como si del adiestramiento de un agente secreto se tratara,

Nieves, con frialdad de neurocirujano y el Farias entre los dedos, expuso a Daniel Carter la manera exacta en la que tendría que proceder si así fuera necesario. Para empezar, en ningún momento debía mencionar siquiera que el responsable de su estancia en España era un profesor que había decidido no volver nunca a la patria grande y libre de Franco, ni que en Madrid llevaba seis meses alojado en casa de la viuda de un anarquista, ni que estaba preparando una tesis doctoral sobre un escritor rojo por muy premio nacional de literatura que hubiera sido. Tampoco convenía airear sus tiempos de trabajo entre obreros sindicalistas en Pittsburgh, ni que había completado su educación a base de becas, ni que uno de sus primeros conocimientos de aquel remoto lugar llamado España lo obtuvo leyendo *Por quién doblan las campanas* de Hemingway, esa novela de cuestionable ideología protagonizada por un profesor americano que acabó como dinamitero en las filas de las Brigadas Internacionales defendiendo la República en la sierra de Guadarrama.

Sí, en cambio, convendría que se explayara en la descripción del gabinete de odontología de su padre y en las dotes pianísticas de su madre, en sus múltiples actividades caritativas y en el parentesco que la unía con un congresista conservador del estado de Wyoming, aunque se tratara de un primo segundo con el que se había visto por última vez hacía catorce años en un funeral. De su religión, si es que le preguntaban, lo mejor sería que simplemente dijera que era cristiano, no había necesidad alguna de pormenorizar sobre su creciente agnosticismo ni sobre la iglesia metodista a la que su familia asistía cada domingo por la mañana. Respecto a su formación académica, en caso de que por ella fuera cuestionado, lo mejor sería que mostrara abiertamente su admiración por la literatura española anterior al siglo xx, concentrándose a ser posible en héroes, santos, monjes y románticos. El Cid Campeador, san Juan de la Cruz y fray Luis de León podían ser ensalzados sin problemas. A los liberales, regeneracionistas o extranjerizantes, mejor mantenerlos al margen. A los exiliados, prohibido mentarlos. Y acerca de Ramón J. Sender, ni media palabra.

—Y del profesor don Domingo Cabeza de Vaca, Heroico Requeté y Caballero Mutilado —concluyó Nieves tras expulsar el humo de la última calada del puro—, puede usted platicar si gusta, mijo, hasta las claras del día.

Al oír aquella retahíla de consejos que mostraban un exhaustivo conocimiento de todas las facetas de su vida, Daniel Carter no supo qué decir. Por un lado, se sentía incómodo, dolido al ver asaltada su intimidad, tergiversados sus intereses y anuladas las decisiones personales por las que tanto había luchado. Calibró por eso todo aquello como una insolente invasión de su vida y su persona, y a punto estuvo de expresar abiertamente su malestar.

Por otro lado, sin embargo, hubo de reconocer que el trabajo realizado era impecable. Recordó que su petición de ayuda había partido de él sin poner restricciones a los procedimientos, que fue él quien buscó a aquellos compatriotas para que le echaran un cable cuando no encontraba manera alguna de salir a flote por sí mismo. Solo entonces logró reunir la lucidez suficiente como para llegar a la conclusión de que, a aquellas alturas, esas eran las únicas cartas que tenía en su mano. En ellas se albergaba la remota posibilidad de caer en gracia a la familia de Aurora, no había otra opción.

O aceptaba ese reparto, o ya podía volverse a su patria por donde había venido.

O jugaba con cabeza, o la partida estaba perdida.

# CAPÍTULO 29

El sargento Nieves y Loretta Harris resolvieron reunir urgentemente a todos los figurantes necesarios para su puesta en escena el Sábado Santo por la noche en la propia residencia del jefe de la estación naval. *Cena de Amistad* rezaba la excusa elegida. Ambos eran conscientes de que aquella no era la fecha más idónea, pero confiaban en que los afectados interpretaran aquella invitación tan precipitada como un caso de simple torpeza intercultural por parte de unos extravagantes forasteros que poco o nada sabían de los usos sociales de aquella ciudad. Imposible sospechar las maniobras y los apaños que unos cuantos muñidores se traían entre las manos.

Un par de soldados repartió a domicilio esa misma mañana los imponentes tarjetones con el escudo dorado y azul de la U. S. Navy. Aprobada por la esposa del jefe de la base, la lista de invitados fue minuciosamente confeccionada por Nieves a tenor de sus gestiones en las horas anteriores. Incluía a las fuerzas vivas, altos mandos militares de los ejércitos patrios y un buen montón de parejas con cierto pedigrí: nadie con peso, dinero o buen nombre debería quedarse fuera. Todas las invitaciones fueron recibidas por sus destinatarios con dosis similares de sorpresa y desconcierto, pero ni por un segundo se planteó ninguno de ellos la posibilidad de no asistir.

Para la mayoría de los convocados, iba a ser el primer cara a cara con aquellos extranjeros que tan intrigantes les resultaban. Por eso, ajenos por completo a las maquinaciones e intereses subterráneos, las horas anteriores al evento fueron un barullo desquiciado para la mayoría de los asistentes y, de manera muy particular, para las señoras. Todas requirieron con urgencia a las peluqueras en casa y perdieron los nervios probándose modelos una y otra vez, descartando unos por excesivos, otros por pacatos, sin saber del todo qué demonios tendría una que ponerse para no desentonar en un encuentro así.

Los señores, por su parte, acogieron la invitación con sorpresa no exenta de un oculto regustillo al conocer que solo la flor y nata local había sido convocada. Será una oportunidad inmejorable para afianzar relaciones, consolidar negocios y limar asperezas, pensó más de uno. Para enterarse de chismes y estar a la última de los asuntos más jugosos. Para mantener bien engrasada, en definitiva, la maquinaria siempre rentable de las relaciones sociales.

En casa de los Carranza la situación no fue distinta. Marichu, la madre, en rulos y combinación, soplándose nerviosa las uñas tras la manicura recién hecha, dudaba entre lucir un deslumbrante traje de cóctel en color azul pavo o un conjunto más modosito en tono coral. El farmacéutico, despreocupado, mataba el tiempo resolviendo un crucigrama en el salón, sabedor de que lo único que debía hacer en el último momento era repasarse el afeitado y ponerse el esmoquin. Nana, entretanto, andaba de una punta a otra de la casa echando humo mientras elucubraba sobre la manera de embaucar a su hija para que la llevaran con ellos. No hubo suerte, sin embargo, aunque apenas salió la pareja por la puerta, al domicilio llegó un ramo de flores con una tarjeta de Loretta. Se disculpaba y la emplazaba para comer al día siguiente con la excusa de relatarle en detalle los pormenores. Bajo cuerda, lo que pretendía era mantener por el momento a la anciana bien apartada del escenario.

A las ocho en punto comenzaron a llegar los invitados a la residencia de los Harris, un buffet espléndido los esperaba, algo terriblemente chic e inusual en la España del año 59 que rondaba el cuarenta por ciento en tasa de analfabetismo y tenía una renta per cápita anual que apenas alcanzaba los trescientos dólares. Las buenas relaciones de Loretta con la esposa del jefe de la base de Rota por un lado y los compadreos de Nieves por otro habían servido para suplir la muy limitada disposición de productos americanos en la zona. Ensalada Waldorf, filetes de salmón salvaje, langosta de Nueva Inglaterra con salsa de mantequilla y otras exquisiteces ultramarinas llegadas en cajas refrigeradas dando tumbos a bordo de un vehículo militar. Junto a las viandas, pilas de platos de porcelana blanca con ribete dorado y azul y el escudo de la U. S. Navy. Nada debía faltar.

El capitán de navío Harris apenas se había enterado el día de antes de las maquinaciones de su esposa y su subordinado, pero confiaba en el buen hacer de ambos. Y jamás hacía ascos a una fiesta. A medida que los invitados iban accediendo, ella, de rojo intenso, saludaba encantadora a todos mientras él, conteniendo su generoso volumen en un uniforme con cuatro galones en la bocamanga, los recibía con una sonrisa marcada a fuego en el rostro. Ambos se esforzaban por poner en práctica su mejor español mientras de fondo sonaba la trompeta de Louis Armstrong. El sargento Nieves se mantenía, conforme a su rango, en un plano secundario a la actividad central.

Las ropas y joyas de las señoras refulgían suntuosas mientras entre ellas se lanzaban miradas como dardos destinadas a calibrar el lustre ajeno, a la vez que observaban de reojo la moderna decoración de la residencia de los americanos. Entre los señores, el patrón recurrente era el uniforme militar y el esmoquin, aunque algunos, despistados o ignorantes, se habían presentado en vulgar traje de calle, tremendo patinazo que quedaría grabado para los restos en la memoria de sus abochornadas legítimas.

Con un par de miradas imperceptibles para los demás, Nieves indicó al matrimonio Harris quiénes eran los Carranza. La elegante señora del vestido azul que reía en mitad de un animado grupo era la madre. El padre, aquel señor de aspecto despistado que observaba con curiosidad aquellos extraños cuadros en los que las líneas y formas geométricas se cruzaban sin ton ni son. No había que perderlos de vista, aunque de momento los dejarían tranquilos. No convenía avasallar desde el principio.

Todos fueron poco a poco acercándose al buffet, sirviéndose de unas y otras fuentes con naturalidad impostada, desconociendo casi siempre qué diantres era lo que acabarían metiéndose en la boca. A la patria de los mercados de abastos, los economatos, las fondas y las tabernas, aún no había llegado la moda del sírvase usted mismo, y aquello de elegir un poco de aquí y otro poco de allá y comer después de pie resultaba diabólicamente complicado para los españoles. La incapacidad de la mayoría para sostener a la vez plato, tenedor, conversación y copa resultaba patente, y fueron varios los que, tras unas cuantas tentativas, decidieron arrojar la toalla y quedarse a medio cenar. Antes pasar hambre que sufrir el ridículo de ver sus viandas estampadas sobre la dignísima pechera de alguna señora, debieron de pensar.

Al cabo de un rato, un nuevo cruce de miradas entre Nieves, Harris y su esposa sirvió para levantar la veda. Con una ingenua pregunta sobre la composición química del Calmante Vitaminado, Loretta acorraló en un rincón de la sala al farmacéutico y le sumergió en una cháchara intensa y un tanto incomprensible sobre medicamentos españoles y americanos. Casi simultáneamente, en otro ángulo de la estancia, la oportuna cercanía del capitán de navío fue crucial para evitar que el traspié de un patoso invitado destrozara el traje azul pavo de Marichu. El marino agarró la copa de vino casi al vuelo con un ágil movimiento y, con ello, no solo salvó la integridad del atuendo, sino que logró también generar una corriente de agradecimiento en ella que le sirvió como excusa para iniciar el diálogo.

Ni el boticario ni su mujer pudieron más tarde recordar en detalle cómo se desarrollaron ambas conversaciones, pero entre mucho ji, ji, ji por aquí y mucho ja, ja, ja por allá, el caso fue que el padre de Aurora se encontró de pronto con una deslumbrante propuesta para distribuir desde su farmacia doscientas ampollas de penicilina, el medicamento más codiciado en aquella patria de atrasos y escaseces. Prácticamente en el mismo instante, la madre aceptaba complacida una invitación para asistir a la feria de Sevilla en compañía de lo más selecto del aparato militar estadounidense destacado en España. Nieves, entretanto, apuraba su séptimo tequila y observaba complacido ambas escenas desde la retaguardia a la vez que temporizaba el siguiente paso de su plan.

Una vez superadas las acrobacias del buffet, el alcohol y el rock-and-roll fueron los que destensaron el ambiente mezclando las carcajadas con el tintineo de las copas, mientras el chalaneo y los chismes discurrían sin freno entre los corrillos y algunas parejas se esforzaban por acoplar sus pasos de baile al ritmo de aquella música extraña que invitaba al movimiento. En paralelo a ellos, el concejal de orden público intentaba meter mano a la mujer de un capitán de corbeta de la U. S. Navy que andaba ya con una castaña monumental.

Mientras los Carranza seguían seducidos por el personal encanto del matrimonio Harris, ellos, que hasta entonces se habían mantenido en flancos separados, emprendieron con disimulo un acercamiento destinado a que las dos parejas acabaran confluyendo. Actuaban en respuesta a una nueva indicación de Nieves; una vez comprobó el sargento que ya estaban los cuatro juntos, se escurrió hacia la cocina y de allí salió al jardín. Se llevó entonces dos dedos a la boca y rasgó la noche con un silbido. Cinco sombras surgieron en el acto de una casa vecina, cinco cuerpos distribuidos entre dos uniformes de gala, dos vestidos de cóctel y un esmoquin que, saltando baches y socavones, había llegado acompañando a los alimentos desde la base de Rota tras ser enviadas las medidas necesarias con toda su exactitud.

La entrada del quinteto acalló momentáneamente las conversaciones.

—¡Buenas noches, queridos! —gritó Loretta desde algún punto del salón.

Ellos, apuestos y bronceados tras la acampada junto al mar, presentaban un aspecto imponente. Sus mujeres lucían espectaculares, embutidas en vestidos que dejaban a la vista un despliegue de brazos, hombros y escotes deliciosamente dorados. Daniel, con el rostro tostado, su pelo siempre indómito sometido a una buena dosis de fijador e impecable dentro del esmoquin prestado, barrió con ojos veloces el escenario. Hasta que localizó a los Carranza junto a los Harris: no habían faltado. Paso inicial superado, prosigamos avanzando y al ataque, pensó con un nudo del tamaño de un puño agarrado al estómago.

Los anfitriones recibieron a la pandilla con un entusiasmo rayano en la euforia. En parte, porque aquello era el plan. Y, en parte, porque ambos cónyuges llevaban ya más de dos horas empinando el codo sin atisbo de moderación.

—Danny, my dear, you look absolutely gorgeous! —exclamó ella con una de sus carcajadas caballunas. Casi a codazo limpio, se abrió paso entre los invitados hasta llegar a él.

—Mi querida Loretta, estás fantástica, muchísimas gracias

por esta fiesta espectacular —fue el saludo de Daniel en su español bien ensayado.

A continuación le besó galante una mano. Como si los dos llevaran adorándose desde el principio de la creación.

Su participación en el programa marchaba según las pautas acordadas. Primero, entrada, reconocimiento del territorio y ubicación. Después, un caluroso saludo a la anfitriona para hacerse notar. Tercer movimiento, el capitán Harris. Vamos a ello, se ordenó en su interior.

Cuando los padres de Aurora vieron el abrazo de oso con el que el poderoso jefe de la base americana obsequió a su joven compatriota, a quien solo unos días atrás ellos mismos habían desairado como a un vulgar buscavidas, él se atragantó con un hielo del whisky que estaba bebiendo y su mujer notó en la espalda un amago de sudor frío que a punto estuvo de arruinarle la seda del vestido. Todos juzgaron tan cordial muestra de afecto como una demostración sincera de la intensidad del cariño que Harris profesaba al recién llegado. Nadie se percató, por fortuna, de que tal acto fue la reacción automática a una orden emitida por su esposa clavándole en el pie izquierdo su tacón. Ni uno de los presentes sospechó que aquella era la primera vez en la vida que ambos hombres se veían.

Solo entonces, con sus tres objetivos iniciales cubiertos, Daniel se relajó mientras un puñado de señoras se arremolinaba en torno a Loretta para interesarse por aquel joven al que tasaron de inmediato como impresionantemente apuesto, y de cuyo brazo ella se había colgado con tremenda familiaridad. Al verlo desparejado, intuyeron que estaba disponible y se lanzaron a olfatear la presa: todas tenían alguna hija, sobrina o hermana pequeña en edad casadera dispuesta a hacer feliz a un bombón como aquel. Y, más aún, conociendo su cercanía con el encantador matrimonio americano que les estaba ofreciendo la mejor fiesta que re-

cordaban en muchos años. Por suerte para él, nadie lo identificó
como el forastero atormentado que llevaba días derritiéndose de
puro amor por la hija de la pareja que en aquel momento cuchicheaba consternada en un rincón.

El plan de Loretta y Nieves iba hasta entonces cumpliéndose
según lo pautado pero, al percibir al grupo de féminas arremolinadas en torno a Carter, embelesadas con lo que la señora Harris
contaba sobre él e intentando atraer su atención con zalamerías
y comentarios ingeniosos, al sargento se le encendió el piloto de
alarma. Enderezó entonces su postura, carraspeó y se atusó el
bigotón. Aquello no estaba previsto. Algo inesperado estaba sucediendo. El acercamiento de los Harris a los Carranza estaba
pensado para ir calentando motores, pero desde un principio
habían imaginado que, al llegar al punto de la entrada de Daniel
en la sala, todavía quedaría mucho trabajo por hacer. Presuponían que aún tendrían que presentar al muchacho, ir poco a
poco convenciendo a los padres de que se trataba de una persona
digna de su hija, demostrarles que su condición de extranjero no
implicaba que fuera un libertino, un amoral o un patán indocumentado que no tenía dónde caerse muerto.

Con lo que Nieves no contaba era con que el abrazo del capitán Harris y la estruendosa afectuosidad de su mujer serían suficientes como para despejar instantánea, mágica, radicalmente,
cualquier suspicacia entre los presentes. El sargento entendió entonces que todas las instrucciones que había proporcionado al
joven sobre cómo debería comportarse y qué tendría que contar
o callar sobre su vida eran una raya en el agua. A nadie le interesaban. Qué más daban ya. No había anticipado que el simple
hecho de que el muchacho apareciera en sociedad avalado por
los Harris sería suficiente como para que, de un plumazo, pasara
de ser un estrafalario buscavidas a un objeto de deseo. De forastero indeseable a cotizado partido. Cuánta sabiduría había de-

mostrado la abuela de Aurora al aconsejarle que se buscara un buen padrino.

Nieves localizó a los Carranza con una mirada presurosa. Se habían desplazado hacia una esquina, incómodos, descompuestos, sin saber qué hacer. Daniel, entretanto, continuaba en el centro del salón, flanqueado por los anfitriones mientras sostenía entre las manos el vaso vacío de un gin-tonic que acababa de beberse en tres tragos, disimulando con clase y empaque su estupor ante los halagos desorbitados que sobre su persona, raigambre y formidables perspectivas profesionales Loretta pregonaba a voz en grito en un español cada vez más pastoso.

El sargento fronterizo supo entonces que había que actuar. Inmediatamente. El farmacéutico y su mujer estaban tan desconcertados que habían perdido cualquier capacidad de reacción. Tenía que ayudarles, pero no había tiempo para sutilezas ni subterfugios. Circunvaló por eso la estancia con pasos raudos y se colocó a la espalda de la pareja sin que percibieran su presencia. Se aproximó entonces a ellos con sigilo, hasta que su cara quedó justo entre la oreja derecha de ella y la izquierda de él. Y tras sacarse su sempiterno Farias de entre los dientes, despachó su mensaje:

—O se acercan al grupo de los Harris, o al gringo lo trinca la mujer del registrador para su hija Marité y la niña de ustedes se queda para vestir santos. Ándele nomás.

Ni el pinchazo de una navaja habría espoleado a Marichu Carranza con mayor eficacia. Todavía se estaba el boticario preguntando de dónde diantres había salido aquel tipo en uniforme de la U. S. Navy que hablaba el español como Cantinflas, cuando su mujer ya lo había agarrado del brazo y lo arrastraba hacia el grupo donde el rostro de Daniel destacaba por encima de las demás cabezas.

Del resto, una vez más, se encargó Loretta.

La fiesta acabó a las cuatro de la madrugada en el jardín, bailando todos *La conga de Jalisco* alrededor de la residencia. Nieves observaba satisfecho la escena en la oscuridad, abrazado a un árbol mientras apuraba a morro una botella de tequila Herradura. La señora Harris abría la comitiva con su vestido rojo arremangado hasta medio muslo. La seguía una larga hilera de cuerpos mezclados de las formas más inverosímiles. Daniel iba aferrado a la cintura de la madre de su novia y el farmacéutico Carranza levantaba las piernas desacompasadamente, agarrado a su vez a la chaqueta del esmoquin de su futuro yerno. El concejal de orden público, sudoroso, con la pajarita deshecha y la camisa medio desabotonada, babeaba emparedado entre el portentoso trasero de Vivian y la delantera exuberante de Rachel. El jefe de la base conjunta hispano-norteamericana cerraba el desfile, inconsciente todavía de haber anotado un mérito más en el expediente de los históricos acuerdos bilaterales suscritos entre los gobiernos de España y los Estados Unidos en el Pacto de Madrid.

Aurora Carranza y Daniel Carter se casaron tres meses más tarde, a mediodía de un espléndido domingo de finales de junio. La novia vestía un traje de organza blanco añejo y, a pesar del empeño de su progenitora para que la peinaran con un vistoso moño a lo Grace Kelly, ella se negó en redondo a recogerse el pelo. El novio, de chaqué, aguardó a su futura mujer frente al altar de la iglesia de la Caridad como si aquel fuera el momento que llevaba esperando media vida. Por parte de Aurora asistió a la boda lo más granado de la sociedad local, toda una exposición de pamelas, galones, perlas y tejidos nobles. Por parte de él firmaron como testigos Domingo Cabeza de Vaca —quien acudió acompañado por una joven profesora de arte visigótico a la que durante la primavera había comenzado a cortejar—, los hijos de la señora Antonia, que no pararon de tenderle pañuelos a su madre, incapaz de contener las lágrimas de la emoción, y la plana de oficiales de la U. S. Navy destacada en Cartagena. Asistieron también sus padres, llegados desde Estados Unidos gracias una vez más a las competentes gestiones de Loretta, cerrando con ello el desencuentro amargo de un tiempo para olvidar. Andrés Fontana les envió desde Pittsburgh un telegrama. Con mis mejores deseos de todo corazón para la gran aventura que juntos emprendéis, escribió.

Celebraron un almuerzo con el Mediterráneo al fondo en el Club de Regatas y pasaron después la noche de bodas en el Gran Hotel. Para escándalo de ambas madres y regocijo de Nana, no salieron de la suite nupcial hasta las seis de la tarde del día siguiente. Partieron entonces de luna de miel en un viaje intenso que habría de llevarlos a Chalamera, Pamplona, Biarritz y París. La visita a Chalamera fue un empeño de Daniel por mostrar a Aurora la tierra natal del escritor gracias a cuya obra se habían conocido, una forma de volver al origen de todo. La estancia en Biarritz fue en homenaje a Nana y el viaje a París, un regalo de los padres de él en un intento tal vez de compensar con ello los años de desafecto que los habían separado.

La razón que les impulsó a visitar Pamplona no la aclararon a nadie, y ambas familias solo alcanzaron a entender el empeño de los novios en aquella escala cuando, entre varias fotografías recibidas por correo postal unos meses después, encontraron una de Daniel vestido de blanco y con un pañuelo al cuello, corriendo como un poseso a dos palmos de los pitones de un toro en la calle Estafeta. En otra de las fotografías aparecían los recién casados sentados en una terraza junto a un hombre fornido de barba blanca que muy pocos consiguieron identificar. Se trataba de Ernest Hemingway y aquel fue el último año que asistió a los sanfermines. De ello dejó constancia en el reportaje «El verano peligroso» que la revista *Life* publicaría poco después. Hubo quien dijo que los excesos cometidos por el escritor aquellos me-

ses, recorriendo España en un loco peregrinaje taurino y jarane-
ro, le alteraron tanto que acabaron costándole la vida. Para la
joven pareja aquel verano, en cambio, fue el principio de un
tiempo de gloriosa felicidad.

Aurora aportaba al matrimonio una licenciatura en Farmacia
y un ajuar de mantelerías y juegos de cama de encaje de Valen-
ciennes heredados de su abuela, pero apenas sabía freír un huevo
y tan solo chapurreaba unas cuantas frases en la lengua del país
que la habría de acoger hasta el fin de sus días. Hacía suyas sin
conocerlas las palabras bíblicas del libro de Ruth: allá donde tú
vayas, iré yo; donde tú vivas, viviré yo; tu pueblo será mi pueblo
y tu Dios será mi Dios. Daniel, por su parte, ofrecía por todo
capital un portentoso dominio del español y una modesta oferta
de trabajo conseguida a través de Andrés Fontana para empezar
a enseñar sus letras en una universidad del Medio Oeste mientras escribía aquella tesis sobre Ramón J. Sender cuyos primeros
pasos habían trastocado su vida para siempre.

Tras ellos dejaban el país que, junto con Portugal, era entonces el más pobre de Europa. Una nación sometida al conformis-
mo moral y a un sistema social ortopédico en el que solo cuatro
de cada cien hogares tenían frigorífico y las mujeres no podían
abrir una cuenta bancaria ni viajar al extranjero sin autorización
de sus padres o maridos. Las cosas, sin embargo, irían poco a
poco cambiando. Los velos negros, los niños mendigando por
las calles, los orinales debajo de las camas y la aparatosa retórica
del régimen darían paso lentamente a un tímido progreso industrial y a una muy moderada apertura que culminarían en la España del desarrollo.

A finales de aquel mismo año, Franco, antaño enemigo a
muerte de los americanos, se abrazaría afectuosamente con el
presidente Eisenhower en su visita a Madrid y con ello rubricaría
el acuerdo de 1953 que, pactado en términos renovables, autori-

zaba a los Estados Unidos, según algunos, a trajinar a su antojo en la Península. Como contrapartida, España habría de recibir ayudas económicas y militares hasta alcanzar en diez años los dos mil millones de dólares. A pesar de llegar como la lluvia en un campo sediento, hubo quien pensó que el Caudillo había vendido la soberanía nacional por un plato de lentejas.

A partir de entonces, y aunque numerosos gobiernos extranjeros aún dudaban de la legitimidad del régimen, se sucedió la aceptación de España en todo tipo de estamentos internacionales. Los resultados no tardaron en percibirse: mejoraron ostensiblemente las carreteras, empezaron a llegar turistas cargados de divisas, se modernizaron los obsoletos ejércitos, se incrementó la renta per cápita y, en síntesis, el país arrasado durante la guerra comenzó a aproximarse a la pista de despegue de la prosperidad. Por si aquello fuera poco, y para gran entusiasmo de la chiquillería, se repartieron en las escuelas miles de kilos de leche en polvo y de enormes quesos —cremosos, extraños y enlatados— que llevaban en la etiqueta el emblema del programa: dos manos entrelazándose con la bandera estadounidense como fondo.

A cambio, los norteamericanos, con su habitual eficacia, ya trabajaban a toda máquina en las instalaciones acordadas: tres bases de bombarderos B-47 para la Fuerza Aérea en Torrejón, Zaragoza y Morón de la Frontera, y una gran base aeronaval en Rota, además de instalaciones secundarias en los puertos de El Ferrol, Palma de Mallorca, Las Palmas y Cartagena.

Tal como presentía el conserje Modesto, poco tardarían las playas en llenarse de nórdicas en bikini. La televisión, las fábricas y los altos hornos, los emigrantes arrastrando maletas de cartón rumbo a Alemania y algunos espacios de ocio más allá del fútbol, los toros y los coros y danzas, tardarían poco en instalarse en la vida cotidiana. La emergente clase media empezaría a comer pollo los domingos y, con gran esfuerzo, iría aprendiendo a pronunciar palabras extrañas y barbarismos recién llegados que sonaban como si uno tuviera chinas en la boca: winston, hollywood, kelvinator.

Y mientras España descorría el cerrojo del atraso y entreabría la puerta a la modernidad, a primeros de agosto de 1959, a bordo de un vuelo sobre el Atlántico, un joven americano susurraba unos versos de Pedro Salinas al oído de una muchacha española medio dormida a la que su melena pajiza y alborotada tapaba la mitad de la cara. *Te quiero pura, libre / irreductible: tú. / Sé que cuando te llame / entre todas las gentes / del mundo, / sólo tú serás tú. / Y cuando me preguntes / quién es el que te llama, / el que te quiere suya, / enterraré los nombres, / los rótulos, la historia. / Iré rompiendo todo / lo que encima me echaron / desde antes de nacer. / Y vuelto ya al anónimo / eterno del desnudo, / de la piedra, del mundo, / te diré: / Yo te quiero, soy yo.*

Juntos daban el paso hacia un futuro de cuyo acontecer, por suerte para ambos, nada podían intuir aún.

## CAPÍTULO 30

Me esperaba en la calle apoyado contra su coche, un Volvo azul ni demasiado nuevo ni demasiado limpio. Gafas oscuras cubriendo los ojos, la barba clara más clara todavía al sol de la mañana y el pelo como siempre, algo más largo de lo convencional. Con los brazos cruzados con indolencia, enfundado en unos chinos arrugados y una vieja cazadora vaquera, relajado y atractivo una vez más.

—Tienes cara de recién levantada, seguro que ni siquiera has desayunado —fue su certero saludo.

Llevaba razón, tan solo había tenido tiempo para media taza de café. Me había despertado con el margen justo para darme una ducha, arreglarme mínimamente y salir de casa en el momento en que el claxon sonaba por segunda vez.

Él me había llamado a mitad de semana para poner fecha al plan pendiente del que habíamos hablado en la noche de Acción de Gracias.

—El sábado voy a cenar con Luis Zárate, así que mejor lo dejamos para el domingo —le propuse. Así sería ciertamente: a la vuelta del puente de Acción de Gracias, el director y yo lo habíamos concretado por fin.

—¿Y si te secuestra y no vuelves? —dijo con sorna—. ¿Por qué no lo adelantamos al viernes?

Acepté. Su presencia me era siempre grata y yo mantenía un creciente interés por visitar esa misión con tanta frecuencia citada en los papeles de Fontana. Por qué posponerlo más. Antes, no obstante, hubo unos días un tanto turbios. La entrada en el último mes del año me había traído desde España un bombardeo de e-mails que volvían a preguntarme sobre mis intenciones a corto plazo, a veces de una manera discreta y a veces bordeando la impertinencia. Los compañeros de la universidad querían saber si me uniría a la tradicional cena previa a las vacaciones de Navidad, y mi hermana África me fustigaba permanentemente con sus belicosas ideas sobre cómo torpedear a mi ex. Los amigos compartidos con Alberto, aquellos junto a los que criamos a nuestros hijos y con los que tanto habíamos vivido juntos, me consultaban diplomáticos sobre mis planes en un intento, intuí, de coordinar los encuentros por separado para limitar al máximo la incómoda posibilidad de que ambos coincidiéramos bajo el mismo techo. A todos di largas. Ya os contaré, ya veremos, seguimos en contacto, tengo mucho trabajo, adiós, hasta pronto, adiós.

El campus, entretanto, empezaba a vivir el ambiente de fin de semestre. Fin de semestre, fin de año, fin de siglo y milenio, grandes cambios en puertas. De momento, no obstante, lo que más preocupaba a los estudiantes era sin duda la inminente llegada de los exámenes y las fechas de entrega de trabajos, ensayos y proyectos. El agobio se palpaba, su presencia siempre bulliciosa menudeaba en las zonas de ocio, en el centro recreativo, en las pistas deportivas y en los cafés. Las luces de las residencias y los apartamentos permanecían encendidas hasta la madrugada y la biblioteca, como un gran campamento de refugiados, se mantenía abierta veinticuatro horas al día.

Entre los profesores se respiraba un ambiente similar. Conversaciones de pasillo mucho más breves, montones de exámenes que preparar. Montañas de ejercicios por corregir, presión de última hora y unas ganas tremendas de pegar carpetazo definitivo a la primera mitad del curso. Aquella era la tónica general entre todos mis colegas, lo mismo que a mí solía sucederme año tras año en mi propia universidad. Excepto ahora. Por primera vez en mi vida no tenía el menor deseo de que llegaran las vacaciones.

Y, sin embargo, cada día era más evidente que mi trabajo con el legado de Andrés Fontana avanzaba hacia sus últimas etapas. La altura de las pilas de papeles sobre mi mesa disminuía progresivamente a medida que sus contenidos se iban volcando en la memoria del ordenador. Los documentos, una vez leídos y clasificados, iban acumulándose con orden cartesiano en cajas de cartón alineadas en el suelo. Todo lo que había logrado entender y retener respecto a la historia de California en las semanas anteriores había facilitado mi labor en gran manera, pero era consciente de que la recomposición de lo producido en la fase final de la vida del profesor iba a quedar carente de una cohesión bien trabada. Mantenía la sensación de que me faltaban datos, documentos, piezas del gran puzle que fue su postrera investigación. Dotar todo aquello de coherencia estaba fuera de mi alcance, pocos cestos podía yo tejer con tan escasos mimbres. Por eso quizá me apetecía tanto que llegara el viernes.

—¿Qué tal si comemos algo primero? —fue la propuesta de Daniel una vez le confirmé mi inanición.

Sin prisa por adelantar la salida, nos detuvimos en un café de las afueras, un sitio en el que un puñado de hippies trasnochados compartía espacio con trabajadores y abuelitas de cabello blanco camino de la peluquería semanal. Sentados junto a un ventanal, pedimos a conciencia: huevos con beicon, pancakes, zumos de naranja. Con tranquilidad y dos tazas de café.

Charlamos mientras dábamos buena cuenta del par de enormes platos que puso ante nosotros una recia camarera mexicana. Seguramente los llenó más de lo justo como gratitud a los piropos en su propia lengua con los que Daniel le alegró el tedio de la mañana.

—Me rindo —dije sin terminar—. No puedo más.

—Cómetelo todo —bromeó—. Que tu familia no piense que te estamos tratando mal en California.

Concentré la vista en los restos de la yema de un huevo frito.

—Para lo que me queda de familia y lo que les importo…

No había terminado de oír mis propias palabras cuando me arrepentí de haberlas dicho. Quizá mi intención fuera lanzar un simple comentario irónico, pero lo que salió de mi boca fue un chorro de amargura en bruto vertido a bocajarro sin ninguna razón. No me gustaba hablar de mí, airear mis sentimientos y miserias. Quedé por eso desconcertada, sin entender por qué, de pronto, sin ninguna justificación, había soltado aquel cruel latigazo contra mí misma. Precisamente, además, cuando en los últimos tiempos había comenzado a notar una leve sensación de optimismo, de recuperación de mi ánimo. Tal vez por ese motivo había bajado la guardia. O puede que todo radicara en que llevaba demasiado tiempo tragándome sola tantas cosas que no había podido contenerme más.

—No digas eso, Blanca, por Dios. Sé que tienes a tus hijos, alguna vez te he oído hablar de ellos. Y, aunque siempre andes protegiéndote para no decir ni una palabra sobre ti, me imagino que habrá alguien más a quien le preocupes. Alguien a quien interese saber que estás bien, que trabajas mucho, que estás sana y te cuidas, que vas haciendo amigos que te estiman en este rincón tan lejano de tu casa y de tu vida de siempre. Hermanos, padres, amigos, novio, exnovio, futuro novio, yo qué sé. O un marido, o un exmarido, con más seguridad. Quizá este sea un buen momento para que me cuentes de una vez algo sobre ti más allá de tus avances en el pasado de Fontana.

—¿Quieres saber cosas de mí? —dije entonces levantando la mirada del plato a medio comer—. Pues te las voy a contar. Mis hijos, que son dos, andan ya cada uno por su lado. Han terminado sus carreras y han volado del nido. Uno está en Londres estudiando y otro entre Tarifa y Madrid haciendo el loco y, lógicamente, los dos van a lo suyo y pasan bastante de mí. Padres no tengo, murieron ambos. Mi padre, de cáncer de próstata hace quince años y mi madre, de una hemorragia cerebral hace cuatro, por si te interesan los detalles. Tengo, eso sí, una hermana que se llama África y que me llama por teléfono cada dos por tres para machacarme la moral mientras piensa que me está arreglando la vida a su manera; una manera que, por desgracia, nunca coincide con la forma en la que yo querría ver mi vida arreglada. Y, hasta hace unos meses, tenía también a mi lado a un hombre con el que llevaba casada casi veinticinco años y con el que creía formar una pareja estable y razonablemente feliz. Pero un buen día me dejó de querer y se fue. Se enamoró de otra mujer, va a tener un hijo con ella y no he querido verle desde entonces, por eso decidí marcharme y por eso ahora estoy aquí. No porque me interese particularmente la vida académica de esta universidad en el fin del mundo, ni porque tenga el más mínimo interés en desenterrar el legado polvoriento de un muerto: tan solo vine por huir de la más pura y más amarga desolación. Eso es todo, esa es mi vida, profesor Carter. Fascinante, ¿verdad? Así que, como verás, a nadie importa si como o dejo de comer.

Me invadió de pronto una momentánea debilidad y volví la cabeza para no mirarle a los ojos. Pero no estaba arrepentida de lo que acababa de contarle. Ni satisfecha tampoco. En el fondo, me daba lo mismo. Nada ganaba y nada perdía con ponerle al tanto de mi realidad.

Concentré entonces la vista tras la cristalera junto a la que estábamos sentados sin fijarme en nada en concreto. Ni en la pareja achacosa que entraba en ese momento en el café, ni en el todoterreno que estaba aparcando o en la furgoneta medio destartalada que, a punto de irse, empezaba a rodar marcha atrás.

Hasta que noté los brazos de Daniel cruzar la mesa en dirección a mi plato. Dos brazos largos rematados por un par de manos grandes y huesudas. Con ellas cogió mis cubiertos, les dio la vuelta y manipuló los restos de mi desayuno. Cortó, pinchó, dejó el cuchillo y alzó el tenedor. Hacia mi boca. Y entonces habló. Con autoridad profesoral, una dosis de la que probablemente utilizaba cuando tenía que poner firmes a sus alumnos.

—A mí sí me importa. Come.

Su reacción acabó casi por hacerme reír. Con un punto de amargura y sin muchas ganas, cierto. Pero con un poso de gratitud.

—Vámonos, anda —dije cuando por fin tragué el trozo de pancake que me ofreció.

Salí mientras él pagaba, tardó poco en ponerse a mi altura. Nos dirigimos al coche caminando sin prisa, cada uno pensando en lo suyo. En algún momento del corto trayecto metió sus dedos entre mi pelo y me apretó la nuca un instante.

—Blanca, Blanca...

No dijo más.

Sonoma resultó ser relativamente parecida a Santa Cecilia y distinta a la vez. Sin estudiantes ruidosos, con más quietud. Aparcamos en plena calle en pleno centro, junto a una gran plaza en la que se alzaba el ayuntamiento y un buen montón de árboles centenarios. Alrededor, construcciones de escasa altura y colores alborotados: el legendario hotel Toscano y la Blue Wing Inn, el teatro Sebastiani, viejos barracones del ejército mexicano y la Casa Grande que fuera posesión del comandante general Mariano Guadalupe Vallejo en los primeros años tras la independencia.

—Y aquí tenemos nuestra misión…

En una esquina. Simple, blanca, austera. Con un porche sostenido por vigas de madera vieja recorriendo toda su longitud. San Francisco Solano, conocida popularmente como la misión Sonoma. El final de la cadena instaurada por los franciscanos españoles en su epopeya misionera; el último exponente del mítico Camino Real, esa ruta abierta por la que transitaron los frailes a lomos de mulas y a golpe de recias sandalias de cuero. Escoltada en la fachada, como sus hermanas, por una campana de hierro fundido colgada de travesaños, el símbolo que recorría California de sur a norte anunciando milla a milla que por allí se asentaron aquellos hombres austeros en un pasado no tan lejano.

La contemplamos callados, quietos ambos frente a ella. Nada de especial tenía tras sus líneas limpias y su simplicidad. Pero en cierta forma, quizá por eso mismo, creo que a los dos nos conmovió. Las tejas de barro, el sol contra la cal. Volaron un par de minutos.

—Antes no he sido del todo sincera contigo.

No me preguntó en qué, prefirió que yo misma se lo dijera. Y lo hice sin mirarle, sin desviar los ojos de la fachada de la misión.

—Es cierto que en principio asumí hacerme cargo del legado de Fontana como una simple obligación para distanciarme de mis propios problemas, para separarme de ellos física y anímicamente. Pero eso no significa que me haya tomado esto como un simple entretenimiento; de alguna manera, todo lo que comenzó como un simple deber ha invadido ya mi interés personal.

Ni opinó ni valoró. Tan solo dejó pasar unos momentos rumiando mis palabras. Hasta que me agarró por el codo y dijo venga, vamos. Y echamos a andar.

Al igual que las restantes veinte misiones, San Francisco Solano estaba del todo reconstruida y poco quedaba en pie del edificio original. Pero permanecían la estética, el alma y la estructura, con su humilde cruz de madera tosca en la parte superior. Una placa metálica sintetizaba su historia. Pura sencillez, entrañable y conmovedora en su sobriedad.

No parecía haber visitantes a aquella hora y, sin más compañía que el sonido de nuestros pasos, recorrimos la capilla de paredes claras y losas de barro con su altar simple y naif. Después, el ala donde vivieron los padres, transmutada en un museo diminuto que mostraba una maqueta entre cristales, una olla de cobre, hierros para marcar el ganado y un puñado de fotografías en blanco y negro de distintos momentos del transcurrir de la vida en la misión.

Seguimos curioseando sin apenas hablar, avanzamos. A pesar de lo menguado de las instalaciones y de la humildad de su contenido, el sitio rebosaba encanto y provocaba sosiego a la vez. En las paredes de lo que supuestamente fuera el refectorio encontramos una colección de acuarelas antiguas, nos detuvimos a contemplarlas sin urgencia. Cuarenta o cincuenta, sesenta quizá. Imágenes de las misiones en su hermosa decadencia antes de ser sometidas a su posterior reconstrucción. Muros desplomados, techados a punto del derrumbe o en la mera ruina. Campanarios sostenidos por unos cuantos andamios, tabiques con oquedades, tapias comidas por plantas trepadoras y una gran sensación de abandono y soledad.

—¿Tú crees que él tenía razón?

Quebró el silencio con la mirada fija todavía en la imagen de una arcada medio derruida. Sin sacarse las manos de los bolsillos del pantalón, sin girarse hacia mí.

—¿Quién y en qué?

—Fontana en pensar que tal vez existió una misión cuyo rastro no consta en ningún sitio.

Seguía mirando al frente, estático, como si tras las pinceladas de la acuarela pudiera hallar parte de la respuesta.

—En sus papeles, desde luego, yo no he encontrado ninguna evidencia —dije—. Pero, según tú mismo me contaste, él intuía que sí. La misión Olvido la llamaba, ¿no?

—Ese era el nombre que yo le oí. Quizá fuera el verdadero, quizá uno imaginario que él mismo decidió darle para etiquetar algo de lo que probablemente no llegó a tener nunca constancia.

En la sala entró una pareja de turistas. Ella, cámara en ristre, con una visera colocada sobre la permanente pelirroja y él con una ostentosa riñonera bajo la panza y una gorra de baseball puesta del revés. Nos movimos para dejarlos pasar, aquellas estampas llenas de nostalgia no parecieron despertarles excesivo entusiasmo.

—Pues mucho me temo —añadí cuando volvieron a dejarnos solos— que esa misión perdida sigue sin rastro.

A medida que fuimos dejando atrás las acuarelas y aproximándonos al jardín interior, comenzamos a oír voces infantiles. Al salir comprobamos que se trataba de una excursión de colegiales al mando de una joven maestra y una guía entrada en años que pedía silencio sin demasiado éxito. Nos acercamos y, a distancia prudente junto a una fuente central de ladrillo, nos paramos a oír lo que esta por fin logró contarles. Porciones de historia desengrasadas, digeribles para una audiencia de cuarto de primaria. Menciones al año de su fundación, 1823, a su fundador, el padre Altimira, y a los métodos de trabajo y enseñanza de los indios neófitos acogidos en aquel emplazamiento.

Abandonamos la misión en silencio, dando vueltas en la cabeza cada uno a lo suyo, quizá a lo mismo los dos. Él probablemente rememoraba al Andrés Fontana de su tiempo y aquellas intuiciones suyas a las que prestó en su día muy escasa atención.

Yo, por mi parte, reconstruía al profesor a partir de los testimonios escritos que dejó a su muerte. Dos versiones distintas de lo mismo: el hombre frente a su memoria, la carne y los huesos frente al legado intelectual.

Al pasar de nuevo junto a la campana de hierro de la entrada, Daniel se detuvo. Con sus manos grandes palpó las gruesas vigas de madera que la sostenían y acarició su aspereza. Después, sin consultarnos sobre el rumbo de nuestros pies, caminamos instintivamente hacia la plaza y nos sentamos en un banco a saborear con desidia el último sol del día. Frente a nosotros, entre árboles enormes, se alzaba una escultura de bronce. Un soldado con la vieja bandera del oso ondeando sobre su hombro, un homenaje a la efímera independencia de California. Más allá, una zona de juego en calma absoluta, con los columpios parados y sin rastro de presencia infantil.

A pesar de lo desconcertante de mis palabras aquella mañana durante el desayuno, en cierta manera me sentía mejor después de haber hablado a Daniel sobre mí. Descargada, más ligera, más en paz conmigo misma. Al contrario de lo que hasta entonces pensaba, exponer mi vida ante un extraño había resultado un tanto liberador. Quizá porque, a pesar de todo, mi fuerza cada vez iba a más. Quizá porque aquel extraño lo era cada vez menos.

—De todas las misiones, esta es, no sé por qué, a la que Fontana más interés dedica en su trabajo, ¿sabes? A la misión y a su fundador, el padre José Altimira que ha mencionado antes la guía cuando contaba la historia de la misión a los niños del colegio. Era un joven franciscano catalán, casi recién instalado por entonces en la Alta California. Sobre él sí he encontrado entre sus papeles unos cuantos documentos.

—¿Y qué logró saber? —dijo cambiando de postura. Se había vuelto hacia mí, apoyaba un codo en el respaldo del banco, me escuchaba con interés.

—Que se las arregló para que le autorizaran a levantar esta última misión en el peor de los momentos. La misión Dolores de San Francisco estaba por entonces en una situación lamentable y él propuso trasladarla aquí, pero sus superiores no le autorizaron. México había obtenido poco antes su independencia de España y ya se intuía que las misiones tardarían poco en ser secularizadas, aunque entretanto los franciscanos se negaban a reconocer ningún gobierno que no fuera el de su rey español. El gobernador de California, en cambio, sí aceptó la propuesta de Altimira, y gracias a él comenzó a construirla.

—Imagino que no sería porque al gobernador le preocuparan las almas de los infieles.

—Claro que no. Lo hizo por otra razón mucho más práctica: para garantizar una presencia estable en esta zona frente a la amenaza de los rusos que, a cambio de unas mantas, unos cuantos pares de pantalones de montar, un puñado de azadas y muy poco más, habían obtenido de los indios una gran extensión de tierras algo más al norte, junto al Pacífico.

—Tipos listos los rusos de Fort Ross. ¿Quieres que vayamos a ver todo aquello algún día? Mañana, por ejemplo.

—Tengo cena con Zárate, acuérdate.

—Invéntate cualquier excusa y vente otra vez conmigo. Con él te vas a aburrir mucho más.

—Calla, anda —dije riendo a medias—. ¿No quieres saber qué pasó entonces con Altimira?

—Claro que quiero, solo era una pequeña interrupción. Sigue, soy todo oídos.

—Bueno, pues como te estaba diciendo, a pesar de tener autorización civil, Altimira carecía del permiso de sus superiores. Con todo, hizo de su capa un sayo, eligió este sitio por entonces absolutamente inhóspito y, con cuatro troncos y unas cuantas ramas a modo de altar, clavó una cruz de palo en el suelo y estableció esta misión.

—Un poco díscolo este Altimira, ¿no?

—Bastante rebelde debía de ser, sí, aunque al final sus superiores pasaron por el aro y le autorizaron para que mantuviera la misión activa. A Fontana, por alguna razón que no he logrado aclarar, parecía resultarle un personaje muy interesante. Entre sus papeles hay, como te he dicho, unas cuantas referencias a él y se percibe un gran esfuerzo por reconstruir sus pasos más allá de Sonoma.

—¿Con suerte?

—Regular. Una vez establecida contra viento y marea su misión aquí en Sonoma, se le rebelaron los neófitos, los indios bautizados que vivían dentro de ella. Por lo visto, era un gestor eficiente y un buen administrador, pero nunca consiguió establecer una relación afectuosa con los nativos. En su empeño por civilizarlos, parece que fue duro y exigente en exceso, aplicándoles constantes castigos físicos sin lograr ganarse su confianza.

—Y ellos entonces se le revolvieron.

—Exacto. Dos o tres años después, los indios saquearon la misión y le prendieron fuego. Altimira y unos cuantos neófitos se salvaron del incendio por los pelos y salieron huyendo.

—¿Y qué fue de él?

—Lo que pasó en los días, incluso en los meses siguientes no está muy claro aunque, como te digo, en Fontana se percibe un interés enorme en seguirle los pasos. Pero no he encontrado nada más al respecto.

—Y supongo que con él acabó la vida de esta misión.

—Ni mucho menos. Al poco tiempo de la quema y la huida de Altimira se hizo cargo de ella otro franciscano, el padre Fortuni, un cura vejete y enérgico que rápidamente puso orden e inyectó la moral necesaria para reconstruirla. Sin embargo, tendría que hacer frente a algo peor que un fuego o un saqueo.

—La secularización de las misiones.

—Sí, señor. Una secularización que arrancó de mala manera, después se esforzaron en poner orden y al final acabaron a las bravas otra vez. En un principio, hasta esta Alta California se desplazaron los nuevos representantes militares de México con la intención de reconfigurar el orden social. Y de la noche a la mañana, empezaron los conflictos a varias bandas. Entre los militares y los franciscanos, leales a muerte estos últimos al antiguo orden español. Entre los militares y la población local no indígena (los californios, de origen español también), que hasta entonces vivían tranquilamente en sus ranchos, dedicados a cultivar sus tierras y llevar sus haciendas.

—Y a montar a caballo, rezar el rosario y cantar, bailar y tocar la guitarra en sus fandangos, que era como por aquí llamaban a sus fiestas. No me extraña que no se sintieran identificados con las nuevas soflamas liberales, con la buena vida que llevaban... —apuntó con sorna.

—Pero no les quedaba otra opción. Desde México habían decidido que el sistema de las misiones era un anacronismo y ordenado la secularización inmediata de todas ellas y el reparto de sus tierras entre los indios hispanizados y los nuevos colonos que decidieran asentarse en ellas. Y esto también conllevó disputas, porque hubo algunos avispados que pretendieron hacerse por la cara con tales propiedades, y otros más razonables que creyeron que las tierras deberían volver a sus antiguos y legítimos dueños.

—Que imagino que serían los indios —sugirió—. La población autóctona.

—Efectivamente. Porque, según he leído, los franciscanos nunca pretendieron hacerse con la propiedad de las tierras en las que se asentaron y, aunque en gran manera fracasaran en su intento y utilizaran en muchas ocasiones mecanismos desafortunados, su objetivo único fue acercar a los nativos a su fe e intentar transformarlos en ciudadanos más o menos integrados en sus comunidades.

Seguíamos sentados entre los árboles de la plaza, el sol iba cayendo, tan solo unos cuantos viandantes distraían de tanto en tanto nuestra atención.

—Pero aquello no se logró…

—No, porque el magnífico plan de realizar una devolución justa fue finalmente ignorado y solo un pequeño porcentaje de las tierras acabaron siendo entregadas a aquellos a quienes les correspondían por derecho.

—Y los indios, arrancados casi a la fuerza de su forma de vida y su cultura, acabaron siendo, como suele pasar, los grandes perdedores de la película.

—Por desgracia, sí. Y el resto de lo que por aquí pasó lo conoces tú mejor que yo porque ya es la historia de este país tuyo.

—La breve República de California, y después la guerra entre México y los Estados Unidos de entonces. Y, a su término, el Tratado de Guadalupe Hidalgo que reconfiguró nuestro mapa y nos cedió todo el norte de México, incluida California.

—Así es. Las misiones, a partir de entonces, caerán en el más absoluto de los olvidos, hasta que en los años veinte empiezan a rehabilitarse físicamente y a partir de los cincuenta arranca también la investigación histórica.

—Y atrapan a algunos románticos como Andrés Fontana en los últimos años de su carrera —añadió.

—Y por eso estamos tú y yo aquí hoy, en el final del mítico Camino Real, en la última misión de esta cadena de reliquias del pasado colonial español. Reliquias de un ayer relativamente cercano del que, sin embargo, casi nadie se acuerda ya.

—Y en España, aún menos.

—Desde luego. Excepto yo —bromeé—, que he salvado mi

ignorancia gracias a que una fundación desconocida me puso delante de los ojos en el momento justo una beca que yo solicité sin anticipar siquiera cuál sería mi cometido.

Volvió a cambiar de postura, pero esta vez no me miró, sino que mantuvo la vista perdida en algún punto difuso de la plaza. En la figura de bronce del heroico soldado de la revuelta del oso, en los columpios vacíos quizá.

—Fue una suerte conseguir que la FACMAF me seleccionara —proseguí—. Me está resultando muy cómodo trabajar para ellos sin plazos ni presiones. Me envían un cheque todos los meses y yo avanzo en mi trabajo a mi ritmo, hasta que, a su término, todo quede organizado y yo remita el informe final.

Mantuvo el silencio, escuchándome como si no me escuchara, atendiendo a mis palabras con una mezcla de distancia e interés.

—Vámonos ya, anda —fue lo único que acabó diciendo—. ¿Volvemos a Santa Cecilia o damos una vuelta por aquí?

Paseamos por los alrededores de la plaza, encontramos pequeños callejones peatonales con tiendas, galerías de arte y cafés. Hasta que dimos con un pub irlandés del todo incongruente con el entorno. Anunciaba un concierto en la puerta y nosotros teníamos ganas de tomar cualquier cosa, así que decidimos entrar.

Nos sentamos en la barra. La hora de comer había pasado hacía tiempo y la de cenar no había llegado todavía, pero el sitio parecía dispuesto a ofrecernos lo que quisiéramos. Un trío de músicos veteranos preparaba sus instrumentos en una esquina, ninguno cumpliría ya los sesenta. Uno de ellos llevaba una trenza gris hasta media espalda; otro cubría su barriga prominente con una camiseta negra estampada con una hoja de marihuana; el tercero trajinaba por el suelo, revolviendo el contenido de un bolsón.

Pedimos unas cervezas, seguimos charlando entre tréboles verdes y leyendas en gaélico. Sobre Fontana y sus cosas de nuevo, un tributo quizá inconsciente a la misión que habíamos visitado impulsados por él.

—En aquellos últimos tiempos, cuando él empezó a interesarse por la historia de la California española y las misiones —dijo Daniel tras un primer trago de su cerveza negra—, recuerdo que se aficionó también a comprar documentos sobre historia colonial. Registros, mapas, legajos pertenecientes imagino que a las misiones o a otras instituciones cercanas.

—De eso hay muy poco entre lo que a mí me ha llegado, todo es mucho más documental. ¿Dónde conseguía todo aquello?

Se encogió de hombros.

—Los encontraba en cualquier sitio y apenas pagaba por ellos unos cuantos dólares, aparentemente muy pocos apreciaban entonces el valor de aquellos viejos papeles escritos en español.

—Quizá buscaba en ellos la misión Olvido.

Nos pusieron delante una cesta de patatas fritas, empezamos a picar.

—Quizá —confirmó con la boca medio cerrada mientras masticaba las primeras—. Haciendo memoria, además —prosiguió tras tragar—, recuerdo que alguna vez mencionó incluso que tal vez pudiera haber estado situada cerca de Santa Cecilia. Por eso probablemente estaba tan interesado en hacerse con viejos documentos de la zona, por si en ellos pudiera encontrar algún dato. Pero tú estás segura de que no hay nada de eso en los papeles suyos con los que estás trabajando, ¿no?

—Nada en absoluto, ya te lo he dicho. Aunque sigo teniendo la impresión de que en su legado faltan cosas, de que debería haber algo más que diera sentido a toda esta última parte de su trabajo.

—Es extraño —añadió pensativo al tiempo que volvía a agarrar unas cuantas patatas entre los dedos—. Desde que me dijiste por primera vez que notabas que faltaban documentos, no paro de preguntarme qué pudo pasar. Tal vez se haya extraviado parte del material en algún traslado. O tal vez él mismo se desprendiera de ellos, aunque lo dudo, porque no solía tirar nada. No te imaginas cómo era su despacho, la cueva de Alí Babá.

—No sé, puede que sean simples presuposiciones mías el pensar que algo falta. Pero, desde luego, a mí me facilitaría enormemente la labor encontrar todos esos cabos sueltos.

El pub se había ido llenando, el ambiente se animaba por momentos, los músicos añosos seguían preparándose para tocar.

—Hay bastantes apuntes relativos a una biblioteca de la Universidad de California en la que se encuentra la mayor parte de los registros de las misiones. Esa es otra visita que me gustaría hacer.

—La Bancroft Library, en Berkeley.

Me sorprendió que conociera un detalle tan concreto en un asunto que le resultaba tan ajeno. No se ofreció, sin embargo, a llevarme a conocerla.

—De ella regresaba cuando se mató, de consultar documentos y datos. Estaba anocheciendo, 17 de mayo del 69. Llovía, una de esas lluvias fuertes de primavera. Se le cruzó un camión, derrapó...

—Qué triste, ¿verdad? —le interrumpí—. Dedicar tanto esfuerzo a rescatar el olvido y acabar muerto, solo, tirado en una cuneta una noche de lluvia.

Tardó unos segundos en decir algo. Los clientes a nuestro alrededor se encargaron de llenar con sus conversaciones el hueco en blanco que quedó en la nuestra. Cuando por fin habló, lo hizo con la vista concentrada en el vaso que sostenía entre los dedos. Haciéndolo girar, como si buscara en él la inspiración o el empuje necesario para decir lo que pretendía.

—No iba solo en el coche. En aquel accidente murió alguien más.

—¿Quién?

Los músicos arrancaron con los primeros acordes de su música celta y el ruido de las conversaciones se acalló.

—¿Quién, Daniel?

Levantó la vista de su cerveza, respondió al fin.

—Una mujer.

—¿Qué mujer?

—¿Qué más da su nombre ahora, después de tanto tiempo? ¿Sigues con hambre, pedimos algo más?

# CAPÍTULO 31

Aquel sábado pasé por delante de casa de Rebecca hacia mediodía. Sabía que estaba en Portland, celebrando el cumpleaños de una de sus nietas, así que no tenía ningún sentido que yo anduviera por allí. Con todo, recorrí su calle y contemplé las ventanas cerradas, el garaje con la puerta bajada y ni rastro del buenazo de su perro Macan.

Me habría gustado hablar con ella. Sobre Daniel, sobre Fontana, sobre la maraña de sensaciones que entre los dos iban tejiendo dentro de mí y acerca de aquellos otros tiempos en los que la propia Rebecca los trató, quizá incluso sobre la mujer que había muerto junto al profesor una noche de lluvia. Por pura intriga visceral, movida por un simple interés casi orgánico. Son viejas historias de hace ya mil años, me había dicho Daniel al mencionar el accidente con el punto residual de emoción que da la distancia del tiempo. Después habíamos seguido charlando sobre otras tantas cosas. Pedimos más cervezas, nos sirvieron un par de hamburguesas de las cuales él comió una y media y yo solo una mitad, y entre la música celta y el recuerdo de la visita a la misión, habíamos dejado pasar la tarde.

Nos decidimos a reemprender el regreso a Santa Cecilia cuando ya era noche cerrada. De camino al aparcamiento, él vio algo en un escaparate y, tras un simple espera un momento, entró en la tienda para salir apenas un minuto después con una pequeña campana de hierro, una réplica del mítico símbolo misional. Un recuerdo de este día, dijo tendiéndomela.

—Todavía estás a tiempo de darte a la fuga conmigo y olvidarte mañana de tu director —me advirtió con la ironía de siempre al parar su coche frente a mi apartamento—. ¿Qué tal si vamos a Napa y visitamos unas cuantas bodegas?

—Negativo.

—Ok, tú ganas, aunque luego te arrepientas. Y la semana que viene, ¿qué haces?

—Trabajar. Rematar cosas, ir zanjando asuntos del legado. Empezar a cerrar puertas, me temo. El tiempo ha pasado volando, estamos ya en diciembre y, como te he dicho, cada vez me queda menos quehacer.

—Y entonces nos dejarás —apuntó.

Demoré mi respuesta unos segundos.

—Supongo que no tendré más remedio.

Podría no haber dicho nada más, haber guardado para mí el resto de mis pensamientos. Pero, ya que había empezado a sincerarme con él por la mañana, por qué no seguir.

—No quiero irme, ¿sabes? No quiero volver.

—Lo que tú no quieres es enfrentarte cara a cara con tu realidad.

—Probablemente tengas razón.

—Pero debes hacerlo.

—Ya lo sé.

Hablábamos dentro del coche parado, a oscuras delante de mi casa.

—A no ser que la FACMAF pudiera ofrecerme otra beca

—proseguí—. Quizá, aunque sea tarde, debería contactar con ellos.

—No creo que sea una buena idea.

—¿Por qué no?

—Porque a las cosas hay que darles siempre su final, Blanca, aunque sea doloroso. No es bueno dejar heridas abiertas. El tiempo lo cura todo, pero antes es conveniente reconciliarse con lo que uno ha dejado atrás.

—Ya veremos… —dije sin mucho convencimiento.

—Cuídate entonces.

Puso su mano sobre la mía y me la apretó en un gesto de despedida. Yo no me moví.

Hasta que en nuestro campo de visión apareció mi vecino taiwanés, un profesor de matemáticas cargado con una caja enorme que, por su volumen, parecía contener dentro un televisor. Empezó a hacer malabares a fin de lograr entrar al edificio sin que su carga se le cayera al suelo y distrajo nuestra atención.

Saqué mi mano del cobijo de la suya, abrí la puerta y salí.

—Nos vemos —dije desde fuera agachando la cabeza para ponerme a su altura.

—Cuando tú quieras.

Tan pronto me vio entrar, se fue.

Luis Zárate me recogió en ese mismo sitio la tarde del día siguiente. Qué raro me resultaba, a mí, que llevaba toda la vida conduciendo a todas partes, verme de pronto sin coche a la espera de que alguien viniera a buscarme. Un cambio más, otro de tantos.

Los Olivos fue el destino, por fin conocía el restaurante más célebre de la ciudad. Lleno hasta los topes, con una buena mesa reservada para nosotros. Con clase y sin aspavientos, con paredes altas de ladrillo visto cubiertas por grandes cuadros y botelleros cargados de mil caldos por beber.

—¿Cabernet? ¿Shyraz? ¿O probamos un petit verdot? Me gustan tus pendientes, te sientan muy bien.

Eran los mismos que llevaba en la cena de Acción de Gracias de Rebecca. Quién me iba a decir, cuando los compré en el Gran Bazar de Estambul, cuánto habría de trastornarse mi vida tan solo unos meses más tarde. Pero así había sido: menos de un año después de aquel último viaje con mi marido instalada aún en el ingenuo convencimiento de que la nuestra era una pareja bien cimentada, me encontraba cenando en la otra punta del mundo con un hombre distinto, algo más joven que yo que, además, resultaba ser circunstancialmente mi jefe. Un hombre que, a la luz de la vela blanca que nos separaba dentro de un fanal de vidrio grueso, concentrado en la carta de vinos, vestido de oscuro otra vez, pero con algo distinto esa noche, no prometía ser una mala compañía.

—Gracias, son turcos. Y el vino, mejor elige tú.

—Es algo especial lo que tenéis las españolas para arreglaros. Las españolas y las argentinas, las italianas también. ¿Te gusta la pasta? Te recomiendo las linguine alle vongole.

—Casi que me voy a decidir por el risotto de setas —anuncié cerrando la carta—. Hace un siglo que no como arroz.

—Estupenda elección.

—Te dejaré probarlo. Bueno, ¿y qué tal va todo?

—Bien, bien, bien…

El departamento, sus clases, mis clases, algún libro, algún sitio, este o ese compañero, mil asuntos distintos llenaron nuestra conversación bajo una luz tenue y entre copa y copa de vino.

Casi sin transición ni ser apenas conscientes, a medida que del aperitivo de hummus y tapenade habíamos pasado a una ensalada y después al plato principal, desde el terreno de lo profesional nos fuimos resbalando hasta bordear arenas más humanas. Ninguno se adentró en detalles ni expresó abiertamente emociones o sentimientos como me había ocurrido el día anterior. Pero sí dejamos ambos caer sobre el mantel algunos datos que nunca hasta entonces habíamos comentado entre nosotros. Nada íntimo en realidad: cuestiones objetivas, cuantitativas tan solo que cruzaban, con todo, la raya de lo meramente laboral. Que él tenía una hija pequeña en Massachusetts, aunque nunca había llegado a casarse con su madre. Que yo acababa de separarme de manera un tanto brusca. Que su traslado a California hizo que la relación entre ellos se enfriara. Que mis hijos apenas me necesitaban ya. No mencionó a Lisa Gersen, la joven profesora de alemán con la que le había visto la noche del debate y en alguna otra ocasión. La que todos en el departamento creían que era para él algo especial. Tampoco le pregunté.

Inesperadamente, alguien se acercó a nuestra mesa en mitad de la charla y la cena. Uno de mis alumnos, Joe Super, el historiador veterano y adorable de mi curso de conversación. No le había visto antes, estaba sentado a mi espalda.

Me alegró verle. A Luis, con quien estrechó la mano, también.

—Venía tan solo a decir a mi querida y admirada profesora —dijo con gracia inmensa en su español más que aceptable— que este martes no podré asistir a su clase.

—Pues te echaremos de menos, Joe.

Así sería. Él constituía, sin duda, una de las presencias más participativas del grupo, siempre dispuesto a aportar un punto de vista desenfadado e inteligente a cualquier situación.

—Y es probable que tampoco asistan otros compañeros —añadió.

—Por el asunto de Los Pinitos de nuevo, me imagino —adelantó Luis antes de que yo tuviera ocasión de preguntar.

Joe Super continuaba activamente involucrado en la plataforma contraria al proyecto. Recordaba haberle visto en televisión, y en nuestras clases, sin resultar ni de lejos excesivo ni cargante, de vez en cuando realizaba algún comentario al respecto.

—Así es, así es. Otro encuentro este martes en el auditorio. Falta muy poco para que acabe el plazo para recurrir legalmente contra el proyecto del centro comercial y andamos todos un poco nerviosos.

—Quedáis disculpados entonces.

—Y si te apetece saber cómo van las cosas, tú también puedes venir.

—Gracias, Joe, pero creo que mejor no. Solo estoy en Santa Cecilia de paso, ya sabes. De todas maneras, ya me contaréis.

—Supongo que por allí andará nuestro común amigo Dan Carter también —dijo a modo de despedida—. Seguro que me regañará por haber faltado a la clase de la hermosa profesora española que nos ha venido a visitar.

Con un guiño simpático regresó a su mesa, volvimos a quedarnos solos Luis y yo. El tono y el contenido de nuestra conversación anterior, sin embargo, habían quedado alterados.

—Vuestro común amigo Dan Carter —repitió alzando la copa a modo de brindis con una mueca irónica—. Ya salió otra vez el gigante a pasear.

Dan. Así había oído que llamaban a Daniel sus viejos amigos de Santa Cecilia, abreviando su nombre hasta el extremo. A menudo Rebecca lo hacía también. Pero Luis Zárate, como bien sabía, no formaba parte de aquel círculo.

—¿Tú no irás? —pregunté rematando mi risotto. Preferí hacer caso omiso a su comentario.

—No, gracias. Yo no entro en ese juego —dijo a la vez que terminaba su pasta—. Deliciosa —concluyó tras limpiarse la boca—. En realidad, todo ese asunto de Los Pinitos y su futuro es algo que me da exactamente igual.

Me chocó su reacción, pero lo disimulé mientras la joven camarera retiraba nuestros platos. Mi posición era la de una recién llegada a aquella comunidad, una desconocedora absoluta de sus asuntos. No obstante, a pesar de mi condición de advenediza, entendía la reacción de mis colegas contra el plan de arrasar un paraje natural para convertirlo en un centro comercial más. Por eso no acababa de comprenderle.

—Pero tú vives aquí, algo te tendrá que importar. Casi todo el mundo está en contra, las razones son evidentes, tus propios colegas se están movilizando sin parar...

—¿Ves? —dijo con una media sonrisa—. El viejo zorro de Carter ya te ha inclinado hacia su bando. ¿Otra copa de vino para acompañar el postre?

No dije que no. Quizá fuera precisamente eso, el vino que ambos estábamos bebiendo con generosidad, lo que me hizo hablarle sin ambages.

—Vaya rollo más malo lleváis entre los dos, ¿no?

—No es para tanto, se trata tan solo de una falta de sintonía. ¿Sabes que los primeros en plantar viñas en esta tierra californiana fueron tus compatriotas, los monjes franciscanos? Trajeron unas cepas de España porque necesitaban vino para consagrar...

—No te vayas por las ramas, Luis. Aclárame de una vez qué os pasa, de qué tipo de falta de sintonía me estás hablando.

—Académica, desde luego. Y personal, diría que también. Pero nada realmente profundo, tampoco dramaticemos. De hecho, aparte del acto del día de la Hispanidad, solo he hablado con él de tú a tú una vez, aunque aquel primer encuentro fue mucho menos memorable, incluso.

—¿No me lo vas a contar?

Hablábamos con confianza, ya no se esforzaba como en los primeros tiempos por resultar conmigo el perfecto caballero, el perfecto jefe o el perfecto colega atento y acogedor. Y nos entendíamos perfectamente así. Éramos seres de naturaleza dispar, pero compartíamos algunos códigos que hacían que la comunicación entre nosotros resultara siempre fluida. Aunque él fuera tres o cuatro años menor que yo, pertenecíamos casi a la misma generación y nos habíamos movido por territorios afines. Por eso, por la buena relación que aun de maneras muy distintas mantenía tanto con Daniel como con él, me incomodaba el hecho de que ambos se dedicaran a lanzar dardos envenenados al contrario cuando yo estaba por medio. Y si en algún momento decidí que aquella historia no iba conmigo, acabé por cambiar de opinión. Ahora prefería saber el porqué de aquella antipatía que, viniera del flanco que viniera, siempre acababa por salpicarme.

—¿Qué más te da, Blanca? Tu postura es la más inteligente. A bien con todos al margen de las desavenencias particulares de cada cual. Un día cenas conmigo, otro desayunas con él...

—¿Y tú por qué sabes eso?

—Alguien me comentó ayer que os vio salir juntos a media mañana del café de la carretera de Sonoma, nada más. Santa Cecilia es un pueblo pequeño, qué te voy a contar. En cualquier caso, debe de ser un gran honor para ti tener al gran Daniel Carter comiendo de tu mano.

—No te pases, Zárate... —dije probando por fin mi cheesecake—. De todas formas, desconozco qué interés personal puede tener él en el asunto de Los Pinitos más allá de ponerse del lado de sus amigos opositores.

Sabía que así era porque habíamos hablado sobre ello alguna vez y porque me había arrastrado con él a aquella manifestación una tarde de cafés y viento. Pero desconocía que su implicación fuera más lejos del mero apoyo testimonial.

—Pues no dudes que lo tiene. Enorme, además.

Intenté no fingir sorpresa.

—A finales del curso pasado —continuó al tiempo que empuñaba el tenedor de postre vacío, sin llegar a probar su tiramisú— Carter me llamó desde su despacho en Santa Bárbara para pedirme que le recibiera aquí en Santa Cecilia, quería hablar conmigo sobre un asunto que no me precisó. Le cité para una semana después, apareció por el departamento como si fuera una prima donna y, sin ni siquiera conocerme, vino a decirme poco más o menos cómo tenía yo que dirigir mi departamento. Casi exigiéndome actuar en el sentido que a él le interesaba.

No entendía nada. Quizá fuera el efecto del vino. O quizá algo menos volátil y más sustancial.

—Todo tenía que ver con el proyecto de Los Pinitos. Quería convencerme para que el departamento interviniera activamente en el asunto con todos sus recursos.

—¿Qué recursos? —pregunté sin dejarle acabar.

—No lo sé, no le di opción a que me lo explicara. No sé si pretendía que todos los profesores firmáramos un manifiesto, o que movilizáramos a nuestros estudiantes, o que realizáramos donaciones para la causa… Me negué a seguir escuchándole antes de que entrara en detalles. Aquel asunto entonces me resultaba indiferente en la misma medida en que me resulta hoy. Pero no podía consentir que alguien totalmente desvinculado ya de esta universidad, por muy célebre que sea fuera de ella, viniera a coaccionarme. A decirme lo que yo tengo o no que hacer en mi trabajo y las medidas que debo tomar en según qué cuestiones tan ajenas a nuestras competencias.

Como los viejos coches de choque, a medida que Luis hablaba en mi cabeza comenzaron a producirse encontronazos violentos cuyo orden no lograba controlar. Daniel y el legado de Fontana, Fontana y Los Pinitos, Daniel y yo, Fontana y yo. Aquello que Luis Zárate nunca supo yo lo empecé a sospechar en ese mismo instante. En apenas un par de segundos, mi memoria descendió otra vez al sótano mugriento del Guevara Hall. ¿Y si esos fueran los recursos a los que Daniel se refirió? Recursos palpables, documentales, cuantificables, propiedad de un departamento que jamás los tuvo en cuenta. ¿Y si lo que en su momento había pretendido conseguir de Luis Zárate fuera que el propio departamento desempolvara el legado de Fontana y lo pusiera al servicio de la causa de Los Pinitos? ¿Y si Daniel hubiera tenido desde un principio la sospecha de que allí pudiera haber alguna clave capaz de contribuir a entorpecer el proyecto del centro comercial? ¿Y si, ante la negativa del director, él hubiera buscado su propio camino para sacarlos por fin a la luz?

—Así que me negué —continuó—. Por principio. Por cojones, como diríais en España. Con perdón.

No reaccioné ante la rotundidad de sus palabras, mi mente seguía intentando juntar piezas. Recursos documentales, recursos palpables contenidos tal vez entre los miles de papeles con los que yo llevaba tres meses trabajando. Algo que quizá tuviera que ver con las constantes preguntas de Daniel sobre el avance de mi trabajo, sobre mis hallazgos, sobre aquella escurridiza misión Olvido por la que me preguntaba a menudo.

—Y ahí acabó la batalla, no creas que hay más. Aunque fue interesante —añadió irónico—. No todos los días le planta uno cara a una leyenda viva.

Mi cerebro seguía ocupado en conectar cables a fin de dar consistencia a una creciente sospecha, pero mi rostro debió de mostrar una evidente curiosidad. Y él no lo pasó por alto.

—Al trabajar en áreas distintas, quizá no conozcas en toda su extensión quién es el verdadero Daniel Carter, ¿verdad?

—Pues dímelo tú. —Necesitaba saberlo. Necesitaba saberlo ya.

—En la comunidad de los hispanistas de este país, y créeme, somos unos cuantos miles, él es un peso pesado. Ha sido presidente de la poderosa MLA, la Modern Language Association of America, y director de una de las más prestigiosas publicaciones periódicas de nuestro campo, *Letras y Crítica.* Libros suyos como *Literatura, vida y exilio* o *Claves para la narrativa española del siglo XX* son obras emblemáticas que llevan años usándose en todos los departamentos de Español de los Estados Unidos. Su presencia se cotiza como pocas en los congresos y convenciones de nuestro campo, abrir o cerrar un encuentro académico con una conferencia plenaria suya es garantía de éxito total. Una referencia positiva o una carta de presentación con su firma pueden hacer subir enteros la carrera profesional de cualquiera de los que nos dedicamos a esto.

El perfil de hombre que iba tomando cuerpo ante mis ojos comenzó a incomodarme en la misma medida que su interés por remover los recursos en aquel departamento que no era el suyo desde hacía décadas.

—Tu amigo Daniel Carter, mi querida Blanca, no es un simple profesor anónimo y simpático con escasas responsabilidades y mucho tiempo libre en la recta final de su carrera. A día de hoy continúa siendo una de las figuras con más solvencia intelectual y mayor poder operativo dentro del colectivo hispanista de Norteamérica.

Aquellas pinceladas no hacían sino incrementar mis dudas. Intenté que Luis no notara mi desazón, la tarta de queso volvió a ser la tapadera.

—Además —prosiguió—, tiene fama de ser un tipo carismático, con muchos amigos e influencias y, según cuentan, con un pasado un tanto peculiar. Lástima que yo no le haya captado el punto y que, a diferencia de la tuya, mi relación con él haya sido desde el principio un total desencuentro.

Remató su tiramisú mientras yo seguía intentando en paralelo juntar las piezas del confuso puzle que se iba formando frente a mí.

—No soporto a esas vacas sagradas que se creen capaces de hacer llegar su sombra hasta donde les plazca, ¿sabes?

Continuaba hablando ya sin reservas, como si tuviera bien masticadas sus opiniones y aquellos pensamientos le hubieran ocupado intensamente el raciocinio desde tiempo atrás.

—No me gusta que en esta profesión se siga venerando a los dinosaurios sin que nadie se atreva a toserles.

Joe Super volvió a acercarse a nuestra mesa en ese mismo momento tan solo para decirnos adiós. Le sonreímos, nos sonrió. Aún no se había dado del todo la vuelta cuando por fin tomé la palabra.

—Pero ¿qué hace él en realidad en Santa Cecilia entonces? —pregunté sin apenas voz.

—Disfrutar de un año sabático y escribir un libro. O eso anda diciendo.

—Literatura española de fin de siglo, hasta ahí llego. Pero ¿por qué aquí y ahora, precisamente?

Respondió veloz. Como si tuviera bien elaborada la respuesta.

—Eso mismo me pregunto yo cada vez que le veo.

# CAPÍTULO 32

Pasé el domingo entero masticando incertidumbre. No vi a Daniel, ni le llamé, ni me llamó, ni nadie volvió a recordarme su nombre porque con casi nadie crucé una palabra en todo el día. Pero su eco no me había abandonado desde la conversación con Luis Zárate durante nuestra cena en Los Olivos.

Me desperté temprano y ya no logré volver a dormirme. Fui a la piscina del campus cuando aún estaba prácticamente vacía, nadé sin ganas ni fuerzas. Compré después la prensa y junto a la plaza tomé un café que no logré terminar. A mediodía no pude probar ni un bocado. Mi estómago parecía haberse encogido. Mi mente, en cambio, no paraba de trajinar. Lo que hasta entonces me había parecido inocente y casual ahora me resultaba sospechoso: el porqué de su presencia permanente en un sitio que no le correspondía, ese perseverante interés suyo por mi trabajo, su conocimiento de algunos datos sobre mí misma que yo no recordaba haber compartido con él.

Rebobinando la memoria de los meses transcurridos desde mi llegada, volví a recordarlo en la extensa galería de escenarios y momentos que habíamos compartido. Le vi de nuevo caminar sin prisa por los senderos del campus con un par de libros bajo el brazo y las manos en los bolsillos, le vi trotando de lejos en ropa de deporte al atardecer. Rememoré el día en que nos conocimos en Meli's Market y cuando me arrastró de manera aparentemente espontánea hasta el centro de la manifestación. Aquel mediodía en que me robó pellizcos de un burrito de pollo en la cafetería, la tarde que compartimos mientras me hablaba con cariño del Andrés Fontana que un día conoció, su voz fuerte cantando rancheras en mi fiesta, sus brazos empujando la silla de ruedas del amigo mentalmente ausente y aquel discurso con el que arrancó risas y llantos mientras daba gracias a la vida y entonaba un canto a la compasión. Y más cerca todavía en el tiempo, sus dedos en mi nuca tras el desayuno sin acabar, su atención intensa a mis historias sobre la misión Sonoma sentados los dos en un viejo banco de madera. Su mención a la muerte de Fontana junto a una mujer todavía sin nombre, su consejo dentro del coche para que yo no dejara mis heridas sin cerrar. Su mano en mi mano antes del adiós. Siempre distendido, cálido, cercano. Demasiado, quizá.

A media tarde salí de nuevo. Volví a acercarme a casa de Rebecca, volví a encontrar todo cerrado y sumido en el letargo, no había regresado aún. Me encaminé entonces hacia la biblioteca. A pesar de ser festivo estaba bien nutrida de estudiantes. La calefacción funcionaba a toda potencia, la mayoría de los chicos andaban en manga corta, algunos incluso en bermudas, algún exagerado con chanclas vi también.

Indagué en las tripas de un ordenador de la planta baja a la caza de referencias y coordenadas. ¿Cómo desea hacer su búsqueda?, me preguntó la máquina. Seleccioné la opción *autor*. Tecleé entonces el apellido, seguidamente introduje el nombre. Los hallazgos me saltaron ante los ojos de inmediato. Catorce libros propios, montones de coordinaciones y coautorías, docenas de artículos en revistas de prestigio, un buen puñado de prólogos y ediciones comentadas. Narrativa, crítica, Ramón J. Sender, exilio, voces, letras, análisis, nostalgia, mirada, identidad, revisión. Todas estas palabras se desperdigaban en un orden no aleatorio entre los títulos de la intensa producción científica de Daniel Carter.

Busqué entonces indicaciones y seguí los pasos pertinentes. Hasta llegar a la tercera planta, sección de literatura española. Saqué unos cuantos volúmenes de las estanterías, leí algunas páginas por encima y otras con detenimiento, ojeé, sopesé. Luis Zárate no había exagerado. Aquello era el trabajo de un académico de enorme solvencia, no el quehacer de un simple profesor aburrido sin más obligaciones que acompañar a una colega recién aterrizada a visitar misiones franciscanas y a beber cerveza negra en un pub irlandés.

Lo dejé sobre las siete. No tenía sentido seguir leyendo, ya había ratificado más que de sobra lo que quería saber. De nada me iba a servir adentrarme en otro artículo suyo sobre bandidos adolescentes, tardes con Teresa, herrumbrosas lanzas o señas de identidad. Poco más podría aportar al contorno del hombre que yo ya había acabado de perfilar.

La gran zona central de la biblioteca continuaba con bastante movimiento cuando me dirigí a la salida: algunos estudiantes llegaban entonces, unos cuantos avanzaban hacia el área de los ordenadores, la mayoría buscaba una mesa en la que acoplarse aquí o allá. Los había que salían también. A la calle, a la noche, de vuelta a sus residencias y a sus apartamentos, a la vida normal al margen del confort acolchado de las moquetas y los estantes llenos de libros. Probablemente debería haberme marchado con ellos. Volver a mi vida, no indagar más.

No lo hice.

En el último momento y ya con el chaquetón puesto, decidí

ir en busca de lo que mi intuición me anticipaba como una posible ventana a la verdad. En busca de una pieza más que unir al montón de las que ya tenía acumuladas. En pos del testimonio imborrable de lo que en su día aconteció.

Pedí instrucciones en el mostrador correspondiente. ¿Prensa de 1969? ¿El diario local? Todo está microfilmado. Un momento, por favor. En tres minutos tenía en la mano la microficha que necesitaba, en cuatro estaba sentada frente a la potente pantalla luminosa que habría de engrandecer ante mis ojos las páginas de un periódico datado tres décadas atrás. Daniel había mencionado mayo de 1969 como la fecha del accidente de Fontana, el día no lo recordaba con exactitud. ¿Siete? ¿Diecisiete? ¿Veintisiete?

Tan pronto me hice con el manejo del aparato, comencé a pasar páginas con rapidez. Hasta que apareció la portada del *Santa Cecilia Chronicle*.

**USC PROFESSOR KILLED IN CAR ACCIDENT**
**Spanish Professor Andrés Fontana, 56, Chairman of the Department of Modern Languages, was killed last night in a car crash... Along with him, Aurora Carter, 32, wife of Associate Professor Daniel Carter, was killed as well...**

Aurora Carter, treinta y dos años, esposa del profesor Daniel Carter. *Killed as well*. Muerta también. *Along with him*. Junto con él.

No pude avanzar más. El calor de la biblioteca se hizo de pronto asfixiante. Noté la garganta seca, mis dedos agarrotados apretando el borde de la mesa y una densa sensación de debilidad. Hasta que, exhausta, logré agarrar de nuevo las riendas de mi atención y acabé de leer las tres columnas de la noticia en la pantalla. La lluvia, la noche, un camión. El impacto, bomberos, varias horas, policía. España, marido, muerte.

Me negué a seguir buscando datos, me faltó valor. O fuerzas. O estómago. De haberlo hecho, con seguridad podría haber encontrado docenas de detalles en los periódicos de los días posteriores. Cómo fue el duelo, quién los veló, dónde los enterraron. Pero no quise saberlo. Como tampoco quise que mi propia imaginación se adentrara invasiva en aquel triángulo doloroso y desconcertante que acababa de desplegarse ante mí. En cuanto llegué al punto final de la noticia, me levanté con tanta brusquedad que tiré la silla al suelo.

La encargada de la hemeroteca, desde su mostrador, me llamó la atención en tono crispado al observar mi marcha precipitada. Que debía apagar el aparato, creí entender. Que debía devolverle el microfilm. No le hice caso, no me paré, ni siquiera volví la cabeza. Apretando el paso, la dejé regañándome a mi espalda y, casi a la carrera sobre la moqueta silenciosa, me fui.

Lo primero que hice al llegar a mi apartamento fue enviar un mensaje.

```
Rosalía, sigo en California. Por favor, averigua
cuanto antes todo lo que puedas sobre la FACMAF,
la fundación que patrocina mi beca. Necesito saber
qué hay detrás de ella, quién la maneja. Ojalá me
equivoque, pero tengo la sensación de que alguien
me ha metido en un asunto de lo más extraño.
```

A la mañana siguiente, el departamento respiraba el mismo aire que cualquier otro lunes. Gente, pasos, el ruido de algún teclado, la fotocopiadora escupiendo hojas. Saludé como siempre a quien se cruzó en mi camino, buenos días a alguien junto a la escalera, buenos días a otro compañero diez metros más allá. Me esforcé por sonar natural, la profesora visitante de siempre, la española caída del cielo que día a día se enclaustraba en el despacho más canijo y remoto de la planta frente a un montón de viejos papeles que a todo el mundo resultaban indiferentes.

Lo primero que hice fue abrir el correo electrónico. La respuesta que esperaba ya estaba allí.

Mil reuniones y a punto de salir pitando para otra de las largas, la locura, hija mía!!! Sobre tu beca sólo encuentro la convocatoria + los docs y mensajes que intercambiamos en su día con Uni Sta Cecilia, y esos ya los tienes tú. Pero he rescatado de la papelera el mensaje con el núm de telf de la persona de la FACMAF con la que entonces contacté, un tío muy enrollao que hablaba perfecto español. Ahí va, espero que te sirva. Bss, Ros.
PD. Vas a llegar para la copa navideña del rector?

Aspiré con ansia una bocanada de oxígeno, levanté el auricular de mi viejo teléfono y marqué el número con el que Rosalía concluía su mensaje. Tal como me temía, al quinto tono saltó su voz grabada. Primero habló en su lengua. Después en la mía. Breve, rápido y conciso. Para qué más.

Este es el contestador automático del doctor Daniel Carter, departamento de Español y Portugués de la Universidad de California, Santa Bárbara. En estos momentos me encuentro ausente por motivos profesionales. Para dejar su recado, contacte con secretaría, por favor.

Estuve a punto de lanzar el teléfono contra el cristal de la ventana, de dar una patada al ordenador con todas mis fuerzas. De lanzar a gritos los peores insultos que atesoraba en la memoria y de echarme a llorar. Todo a la vez. O escalonadamente, me habría dado lo mismo.

Pero no hice nada de aquello. Nada. Tan solo crucé los brazos sobre la mesa, escondí entre ellos el rostro y, en la oscuridad y el refugio de mí misma, pensé. Durante un rato largo solo hice eso, pensar. Y cuando por fin puse orden en mis pensamientos, mandé un par de líneas cibernéticas a Rosalía pidiendo que no se preocupara más. Después, sin abrir ningún documento de trabajo ni poner siquiera los dedos sobre alguno de los escasos papeles del legado que iban quedando ya, agarré de un estante el libro de sobrecubierta amarilla sobre California que él me regaló, me colgué el bolso al hombro y salí.

—¿Tú ya lo sabías? —pregunté desde la puerta. A bocajarro. Sin saludarla siquiera.

Rebecca levantó la vista del teclado. Vestida con una camisa color berenjena, rodeada por la armonía de siempre.

—Buenos días, Blanca —replicó con su templanza habitual—. ¿Te importaría aclararme a qué te refieres, por favor?

—¿Tú sabías que tu amigo Daniel Carter estaba detrás de la FACMAF?

No pareció sorprenderse ante mi pregunta. Tan solo, antes de responderme, se quitó las gafas de cerca y se reclinó con calma en su sillón.

—En un principio, no.

—¿Y después?

—Después lo empecé a sospechar. Pero nunca lo he confirmado.

—¿Por qué?

—Porque no se lo he preguntado. Porque no es asunto mío. Y porque intuyo las razones que le han llevado a hacerlo, así que he preferido dejar a un lado las averiguaciones.

—Razones que tienen que ver con Andrés Fontana y con su mujer. Con tu amiga Aurora, ¿verdad?

—Eso supongo. Pero creo que mejor deberías hablar con él.

—Es lo que pretendo hacer ahora mismo —dije ajustándome el bolso al hombro—. En cuanto me digas dónde vive.

—¿No vas a llamarle primero? —preguntó mientras anotaba la dirección en un taco amarillo de post-it.

—¿Para qué? Él trabaja en casa por las mañanas, ¿no? Prefiero verle.

Ya había salido al pasillo cuando oí su voz a mi espalda.

—No olvides, Blanca, que, de una manera u otra, todos tenemos deudas pendientes con nuestro pasado.

Al salir me encontré de bruces con Fanny. Amagó con detenerse, pretendía mostrarme algo. Quise simular una sonrisa, pero no me salió. Nos vemos luego, dije sin frenar el paso. La dejé contemplándome, allí de pie, quieta, desconcertada.

Pronto supe que Rebecca tenía razón. No por aquel consejo oscuro que me dio en el último momento y sobre el que ni siquiera me paré a pensar, sino al advertirme de que debería haber avisado a Daniel de mi llegada. Nadie me abrió cuando llamé al timbre del apartamento 4B en aquella casa grande subdividida en varias viviendas independientes. Nadie salió a mi encuentro cuando golpeé repetidamente la puerta de madera blanca de su domicilio temporal con toda la fuerza de mi puño cerrado. Me senté entonces en un escalón y saqué mi móvil.

Tenía dos números suyos, el de aquel alojamiento transitorio y el del celular, como por allí decían; me había dado ambos la tarde en la que fui en su busca al Selma's Café. Por si me necesitas en otro momento, se ofreció. El momento ya estaba allí.

Llamé al primero anticipando lo que iba a ocurrir. No me equivoqué: tras la puerta junto a la que me había sentado sonó repetidamente el eco de una llamada que nadie contestó. Después lo intenté con la segunda opción. El número que ha marcado no se encuentra disponible, dijo una señorita con voz de falsete en inglés. Y lo repitió. Y lo repitió. Hasta que colgué.

Del bolso saqué entonces el libro sobre California. El que yo pensé que había sido un mero regalo oportuno e ingenioso destinado a facilitar mi labor. El que probablemente fuera para él tan solo un cebo para impulsarme a seguir trabajando, como la zanahoria que alguien pone a la mula que tira de la noria a fin de que nunca pare. Una trampa, un engaño. Otro más. ME HAS MANIPULADO Y ME HAS TRAICIONADO. LOCALÍZAME EN CUANTO VUELVAS. La furia de mis mayúsculas a punto estuvo de rajar el papel. No firmé.

Lo metí con un golpe seco dentro del buzón a su nombre de la fachada, sonó un ruido metálico al caer. Después me fui y decidí no volver a llamarle. No quería oír su voz ni recibir sus mensajes. Solo verle frente a frente, sin subterfugios ni escapatorias.

Pasaron treinta y cuatro horas hasta que dio señales de vida. Treinta y cuatro horas tristes y desoladoras, hasta que me encontró en el más inoportuno de los momentos.

En la puerta sonaron unos nudillos rápidos, de inmediato esta se abrió. Una cabeza y medio cuerpo hicieron su aparición. Pelo claro, barba clara, un jersey de cuello alto gris y una chaqueta formal. Todo ello sobre la piel tostada de un rostro que no ocultaba su gesto de preocupación.

Necesitó menos de dos segundos para evaluar la situación del aula. Cercana a la pizarra, una profesora, yo, de pie, ligeramente apoyada sobre el flanco delantero de la mesa principal. Aferrada a un rotulador, con los brazos cruzados bajo el pecho, el cansancio pintado en la cara y un esfuerzo evidente por mantener oculta la desazón que llevaba dentro. Cinco alumnos de mi curso de cultura dispersos alrededor, menos de la mitad del volumen de la clase en cualquier día normal.

No dijo ni una palabra. Tan solo alzó algo al aire, serio, enseñándomelo. El libro sobre California. El mío. El suyo. El que él me había dejado como regalo dentro de una bolsa anónima en una noche de tortillas, gazpacho y risas. El mismo libro que yo le había devuelto arrojándolo al fondo de su buzón. No quiero nada tuyo, quise decirle con ello. Supuse que lo entendió. Hizo entonces un gesto simulando que lo iba a introducir en algún sitio. En mi casillero, intuí. No le dije ni que sí ni que no y él no esperó mi respuesta. Tan solo volvió a cerrar la puerta entreabierta y desapareció.

*Nunca fue mi intención.*
*Te espero en el auditorio.*
*Ven asap, pls.*

Eso fue lo que encontré al término de la clase en el hueco donde solían dejarme los mensajes internos a mi nombre y las cartas que me llegaban de vez en cuando desde mi país. Escrito en una tarjeta blanca sin membrete encajonada al azar entre dos páginas de un libro de tapas amarillas que ya empezaba a resultarme lastimosamente familiar.

La primera línea negaba la mayor.

La segunda me emplazaba para un encuentro.

La última incorporaba urgencia. Ven asap, as soon as possible, lo antes posible.

Pls, please, por favor.

En el estrado había cinco ponentes, entre ellos distinguí a mi alumno Joe Super y a un par de profesores a los que conocía de vista. Al igual que el día de la manifestación, la fauna de simpatizantes era variopinta. Montones de estudiantes, las abuelitas guerreras con una pancarta alzada, honrados ciudadanos por docenas y el chico de las rastas con su cabeza exagerada destacando en la distancia. No había, sin embargo, ni rastro del ambiente casi festivo del día de la manifestación. Rostros serios, sonrisas escasas y atención concentrada, eso fue lo que percibí.

El encuentro había empezado hacía una hora larga, uno de los ponentes comentaba algo sobre unas exploraciones arqueológicas sobre el terreno. Encima del estrado, en una pizarra blanca, alguien había escrito con un rotulador grueso 10 days to Dec 22. Diez días era todo lo que le quedaba a la plataforma para actuar, creí entender. Diez días hasta la fecha límite. Tras ellos, si no encontraban nada que pudieran presentar a las autoridades, habrían perdido la batalla.

Daniel me esperaba sentado en la penúltima fila.

—Tenemos que hablar —susurré sin saludarle nada más sentarme a su lado—. Vámonos.

—Cinco minutos —me pidió en voz baja—. Te lo ruego, Blanca, dame solo cinco minutos.

—Te vienes o te quedas, tú verás.

El ponente de turno mencionó entonces su nombre, le requería para que contestara algo.

—Espérame —insistió agarrándome la muñeca mientras desde el micrófono de la tarima repetían su nombre y la pregunta.

Me solté de un tirón. Después me levanté y me fui.

# CAPÍTULO 33

**M**edia hora después le abrí la puerta.

—Lo siento muchísimo —dijo entrando de golpe, desbaratando con su presencia grande y revuelta el sosiego de mi apartamento—. No pensaba que iban a contar conmigo, me han llamado en el último momento, acababa de llegar de Los Ángeles cuando he visto tu libro en mi buzón, he ido a buscarte inmediatamente, salí ayer a primera hora…

No le interrumpí. De haberle tenido enfrente un día y medio antes, quizá me habría lanzado a su cuello, me habría encarado con él a gritos o habría descargado toda la cólera que se me amontonó en las entrañas al constatar lo que ya intuía. Pero, pasadas ya tantas horas, tan solo le dejé hablar. Para entonces, mi ira se había tamizado y la rabia que antes me reconcomía se había convertido en otra cosa distinta. En una especie de desolación, de amargura densa que, a la larga, quizá fuera incluso peor.

Cuando terminó de desgranar las mil excusas que yo no le había pedido, llegó por fin mi turno.

—¿Por qué me has mentido? —le pregunté con frialdad.

—Nunca quise hacerlo, Blanca. Nunca pretendí engañarte.

Dio un paso adelante, extendió el brazo en mi busca. Como si con el contacto físico pretendiera transmitirme una dosis extra de sinceridad.

—Pero lo has hecho —dije apartándome para que no me llegara siquiera a rozar—. La FACMAF no existe y la beca con la que me he mantenido a lo largo de estos meses no es más que una maquinación tuya que me has ocultado en todo momento. Me lo has ocultado y, con ello, me has engañado, me has defraudado y me has herido.

—Y de corazón te digo que no tienes idea de cuánto lo siento. Pero quiero que sepas que jamás pretendí...

—No busco disculpas, tan solo explicaciones —le corté tajante—. Solo necesito que me cuentes qué es lo que hay detrás de este montaje y que después salgas de mi vida para siempre.

Se pasó una mano por la cabeza, por la barba después. Incómodo a todas luces.

—Explicaciones, Daniel —insistí—. Solo quiero explicaciones, nada más.

Desapasionada, desencantada, gélida. No hice esfuerzos para que él me percibiera así, únicamente me mostré como me sentía.

—Bien, vaya por delante que tienes razón en que la FACMAF no consta de manera oficial en ningún sitio como la Fundación de Acción Científica para Manuscritos Académicos Filológicos —reconoció entonces—. En eso no te equivocas, se trata de un nombre falso, es cierto. Pero sí existe como una entidad, digamos, no formal. Como algo distinto.

—¿Como qué? ¿Como algo que te inventaste tras la muerte de Fontana y tu mujer?

Me miró unos instantes. Concentrado. Serio. Pero no sorprendido.

—Imaginaba que acabarías haciendo tus averiguaciones.

La respuesta era tan obvia que ni siquiera me molesté en verbalizarla.

—La FACMAF —continuó— la ideé en su esencia como el Fondo Aurora Carter para la Memoria de Andrés Fontana. Aurora Carter o Aurora Carranza, que era su apellido español, da igual. En definitiva, se trataba de un proyecto para hacer perdurar el legado intelectual de mi mentor a través de la herencia de mi mujer. El acrónimo sirve para las dos versiones.

—No me enredes con chorradas lingüísticas, me da exactamente igual si la primera F de FACMAF corresponde a la palabra Fondo o a Fundación. Lo que quiero saber es tan solo por qué, treinta años después de la muerte de ambos, has decidido montar este siniestro tinglado y me has metido a mí dentro.

Hundió las manos en los bolsillos y bajó la vista, como si en el suelo pudiera encontrar la manera de enfocar su respuesta. Con la mirada fija en la horrible moqueta de color topo que silenciaba a diario mis pasos cada vez que me movía entre las esquinas de aquel alojamiento circunstancial.

—Porque era la única opción viable para sacar a la luz el legado de Fontana —dijo alzando por fin los ojos—. La única solución que se me ocurrió cuando me cerraron todas las puertas.

—¿Qué puertas?

—Las habituales para haberlo hecho todo por su cauce natural, a través del departamento de Lenguas Modernas.

—¿Y quién te las cerró, Luis Zárate?

—¿Quién si no?

Recordé las palabras del director durante nuestra cena en Los Olivos, su narración de los hechos del día en que recibió a Daniel en su despacho, la manera frontalmente distinta en la que él me planteó lo que sucedió entre ambos.

—No te creo. Tú le intentaste coaccionar, pretendías que actuara según tus intereses. Y no aceptó.

—Supongo que esa es la versión que él te ha dado.

—Una versión, en principio, ni más ni menos válida que la tuya.

—Sin duda. Pero inexacta. Yo jamás intenté coaccionarle. Le sugerí simplemente que el departamento quizá debería hacer un uso operativo de sus recursos...

—... para intervenir en el asunto de Los Pinitos, según tengo entendido —le interrumpí.

—Eso es.

—Y aunque no se lo dijeras de forma explícita, al mencionar aquellos recursos, te estabas refiriendo a los papeles de Fontana.

—Veo que estás al tanto de todo.

No contesté ante la nueva obviedad, esperé tan solo a que siguiera.

—Por entonces yo había empezado a sospechar que, entre los documentos que a su muerte quedaron en su despacho del departamento, tal vez pudieran encontrarse algunos datos interesantes. Datos fehacientes que vincularan Los Pinitos con un remoto uso histórico especialmente significativo, algo que pudiera presentarse contra el plan de construir en la zona un absurdo e innecesario centro comercial.

—Algo tan significativo como una misión franciscana.

—Exactamente.

—Porque, si se demostrara que allí hubo una misión tal como Fontana intuía, todo se podría frenar.

—O, al menos, se podría intentar. El ayuntamiento de Santa Cecilia ejerce su potestad sobre la zona, pero carece del título de propiedad, no hay evidencia de a quién perteneció aquel territorio en su pasado remoto. Si se lograra argumentar que aquello tuvo un antiguo uso misional en algún momento de su historia, todo se tendría que someter de nuevo a revisión. Y el proyecto, mientras ese asunto se resolviera, tendría que quedar paralizado.

—Por eso siempre has tenido tanto interés en preguntarme si

dentro del legado aparece alguna mención a la presunta misión Olvido. Por eso has estado intentando sonsacarme constantemente. Y por eso te empeñaste en controlar mi trabajo: ahora te regalo un libro para que aprendas sobre la historia de California, luego te llevo a ver una misión cercana...

—No, Blanca —rechazó contundente—. Nunca he intentado controlarte ni inmiscuirme en tu trabajo. Yo siempre he confiado en ti de sobra, lo único que he pretendido hacer en todo momento es ayudarte a avanzar. Pero tienes que creerme, todo se desencadenó en un principio a raíz de la negativa de Zárate. A partir de ahí, no tuve más remedio que montar el engranaje de la FACMAF, colarla sin levantar sospechas en el departamento y hacer pública la convocatoria. Y así entraste en escena tú.

Seguía enfadada, seguía frustrada, pero, a medida que hablábamos, el sentimiento que iba creciendo dentro de mí era el de la curiosidad. Una curiosidad hambrienta de entender qué razones había detrás de aquella oscura trama, por saber qué complejas relaciones entre todos ellos le habían llevado a actuar así.

—Además, sigo sin entender qué tiene que ver la recuperación de la memoria de Fontana en todo esto. Si solo buscabas datos concretos sobre una misión, ¿para qué hacerme perder el tiempo catalogando su legado al milímetro? ¿Para qué obligarme a ordenar los miles de piezas diminutas que componen el puzle de su vida? Llevo tres meses dejándome la piel en ello, Daniel, tres meses enteros desperdiciando mi esfuerzo como una imbécil para hacer un trabajo que a nadie interesa —dije alzando la voz, incapaz de contener mi indignación.

—Espera, Blanca, espera, espera...

Hablaba con contundencia, enfatizando sus palabras con las manos que por fin había sacado de los bolsillos de su pantalón gris. Nada que ver su atuendo de ese día con su vestimenta común en sus ratos desocupados de Santa Cecilia. Buen corte, buenos tejidos, profesional. Ni sombra de los chinos arrugados y la vieja cazadora vaquera del día de Sonoma. Su otra faceta. Su cara B.

—Tu trabajo interesa mucho, muchísimo. Es lo más valioso, lo fundamental, lo que de verdad da sentido a todo. Pero hay otras cuestiones.

—Pues acláramelas de una puñetera vez.

—Vamos a ver cómo te lo explico… —dijo esforzándose por dar con las palabras exactas—. El asunto de Los Pinitos fue ciertamente el detonante de todo. Un detonante muy potente, sin duda. Pero detrás había algo más. Detrás de todo había también una deuda pendiente.

—¿Con Fontana? —pregunté incrédula.

—Con Fontana, sí. Con su memoria y con su dignidad.

—¿Me quieres decir que treinta años después de su muerte, aún tenías cuentas que ajustar con tu profesor?

—Así era —reconoció con un gesto rotundo—. Lamentándolo mucho, así era. Aunque hubieran pasado tres décadas desde su muerte y la de Aurora, y aunque mi vida estuviera totalmente rehecha y todo aquello perteneciera ya al territorio del olvido, todavía quedaban cabos sueltos entre nosotros.

—Te juro que esto está superando mi capacidad de comprensión —murmuré.

—En el fondo, todo es muy simple. Tristemente simple. Por reducir al máximo lo que fueron los años más espantosos de mi vida, quiero que sepas que, tras aquel accidente atroz, yo toqué fondo. Como Dante en su comedia divina, en la mitad del camino de mi vida me encontré en un bosque oscuro y perdí la senda correcta. Descendí al infierno. E hice unas cuantas insensateces.

—Las sigues haciendo.

No pareció molestarle mi comentario.

—Pero las de aquel tiempo, por desgracia, fueron mucho más

lamentables. Y entre ellas estuvo desentenderme de la memoria de mi maestro. Tras el accidente hui, literalmente. En realidad, no sabía de qué escapaba, pero quise poner distancia, despegarme de todo lo que tuviera alguna relación con mi vida anterior.

—De tu vida con Aurora sobre todo, supongo.

—Sobre todo. De mis diez años de felicidad plena con una mujer espléndida de la que me despedí con un largo beso en la mesa de nuestra cocina a la hora del desayuno y a la que esa misma noche volví a ver por última vez sobre el barro de un arcén, tapada con una manta llena de sangre y con el cráneo aplastado entre hierros.

Me conmovió la crudeza de su relato, me estremeció la desconcertante naturalidad con la que lo narró. No dije nada, le dejé seguir.

—Pero lo superé. Con tiempo y esfuerzo, tras muchas turbulencias, poco a poco la desesperación se fue transformando primero en una pena inmensa, luego en una tristeza más llevadera y, al final, en una simple melancolía que con los años se fue desvaneciendo.

Me senté en un sillón y él me imitó. En el sofá frente a mí, cara a cara, separados tan solo por una mesa baja con unas cuantas revistas atrasadas encima, un cortafuegos entre los dos. Se inclinó entonces hacia delante, apoyó los codos en las rodillas.

—No soy un perturbado colgado de la sombra de una ausencia, Blanca, hace muchos años que salí de las tinieblas —aseguró—. Con mucho, muchísimo dolor de por medio, aprendí a vivir sin Aurora y logré rehacer mi vida. Pero con Andrés Fontana, lamentablemente, no ocurrió lo mismo. Tan destrozado estuve por la pérdida de mi mujer, tan perdido y tan desconsolado que nunca me reconcilié con su ausencia porque a él no le lloré.

—Y entonces, con el paso de los años, convocaste esta supuesta beca y me contrataste a mí para que quitara las telarañas a su legado. No solo en busca de datos documentales contra el centro comercial, sino también para limpiar tu mala conciencia sin mancharte las manos siquiera.

No me contestó. Me mantuvo la mirada, pero no me contestó.

—Yo confiaba en ti, ¿sabes? —proseguí bajando los ojos hacia la mesa que nos separaba como un cordón sanitario, una metáfora de nuestra distancia con cuatro patas. Hasta que de nuevo alcé la vista hacia él—. Quizá mis problemas te parezcan insignificantes comparados con la magnitud de tu propia tragedia, pero yo también conozco lo que es perder.

—Lo sé, Blanca, lo sé...

—Llegué a Santa Cecilia desorientada y malherida, huyendo, peleando por rescatarme a mí misma del naufragio en el que se había convertido mi vida.

—Lo sé, lo sé, lo sé... —repitió.

—Y me aferré al legado de Fontana como a una tabla de salvación. Y después tú te cruzaste por medio, aparentemente dispuesto a ayudarme siempre, a hacer mi vida más fácil, a hacerme reír... a... a... Y ahora... —Tragué saliva con fuerza, intentando no desmoronarme—. Creí que eras mi amigo.

Extendió una mano hacia mí, pero yo me eché hacia atrás. Me negaba a aceptar su contacto. Ya había corrido demasiada agua por debajo de aquel puente.

—Déjame que termine de contarte lo que desde un principio hubo detrás de mi forma de actuar. Antes de juzgarme, necesitas saber de Fontana, de Aurora y de mí. Después, haz lo que te parezca más conveniente: échame de tu casa y de tu vida, ódiame, olvídame, perdóname o haz lo que tú creas que tengas que hacer. Pero primero debes escucharme para entender.

A mi recuerdo volvió la vieja fotografía clavada con chinchetas en el sótano de Rebecca. La mujer joven y hermosa de la risa grande, el vestido blanco y el pelo revuelto bajo el sol del cabo

San Lucas cuya vida había terminado una noche de lluvia. Quizá por ella, instintivamente, cedí.

—Congeniaron desde que se conocieron, desde que Aurora y yo nos instalamos en Santa Cecilia algo más de dos años antes. Los tres manteníamos una relación estrecha, una relación que rebasaba con mucho los límites de lo puramente profesional. Pero entre ellos, seguramente por su condición común de españoles expatriados, habían establecido un vínculo especial, con complicidades que a veces ni siquiera yo entendía. Referencias y códigos culturales invisibles, matices que hasta a mí se me escapaban y a ellos los unían; una amistad entrañable. Y, con el tiempo, Aurora comenzó a colaborar con él.

—¿En qué?

—Le acompañaba a menudo en sus búsquedas de documentación, cotejaban datos y escudriñaban papeles juntos.

—Porque ella era historiadora… —tanteé.

—Nada que ver, era farmacéutica. De hecho, cuando llegamos a Santa Cecilia acababa de terminar su doctorado en Farmacología en Indiana, donde habíamos vivido los cinco años anteriores. Lo suyo eran las fórmulas y los compuestos químicos pero, no sé por qué, quizá porque él le transmitió esa pasión, ella comenzó a sentirse vinculada a la memoria de aquellos viejos compatriotas que transitaron estas tierras siglos atrás. También influyó sin duda el hecho de que mantuviera intacta la fe católica en la que se educó, canalizada para entonces hacia un compromiso social mucho más activo: trabajaba con inmigrantes y ancianos, participaba en programas de alfabetización de adultos. En fin, algo muy digno a pesar de convivir con un agnóstico cerril como yo ya era por entonces. El caso fue que también ella se sintió poco a poco cautivada por las viejas misiones franciscanas y cuando ocurrió el accidente, como te dije el otro día en Sonoma, volvían precisamente de Berkeley, de buscar documentos relativos a la que, todavía no sé si con mucho o poco fundamento, ellos llamaban la misión Olvido. Con la muerte de ambos, aquellas investigaciones quedaron inconclusas y el capítulo de la misión no catalogada se cerró de golpe sin rematar.

—Pero…

—Espera, espera —murmuró—. Déjame seguir, creo que todavía tienes que saber algunas cosas. Fontana, en su testamento, había dejado cuatro herederos. Para Aurora tendrían que haber sido la mitad de sus ahorros, que acabaron llegando a mí. De ese dinero que nunca toqué han salido los cheques a tu nombre que mes a mes te han llegado, y de ahí parten también las tres primeras letras del acrónimo FACMAF, Fondo Aurora Carranza.

—¿Y los otros herederos?

—La otra mitad del dinero que dejó fue para Fanny Stern, todavía una niña entonces. Sentía un gran cariño por ella; su madre, Darla, a la que conociste aquella noche en la plaza, ¿recuerdas?, era por entonces la secretaria del departamento. Él mantenía con ella una amistad un tanto particular.

—Ya lo sabía, la propia Fanny me lo ha contado —interrumpí.

—Pues a ella nominalmente y a las dos a efectos prácticos, les dejó una parte de su dinero también. Su casa la legó a la universidad, que la absorbió en lo que hoy son extensiones del campus. La demolieron pocos años después y en su terreno hay ahora un laboratorio, creo recordar. Y a mí me nombró su heredero digamos intelectual, y como tal recibí con el tiempo la magnífica biblioteca que él había ido construyendo a lo largo de las décadas. Pero sus documentos, sus papeles personales, sus investigaciones… nunca acabaron en mi poder, y aquí quedaron, en Santa Cecilia, arrinconados en un sótano perdido del Guevara Hall sin que nadie les prestara nunca la menor atención.

—Pero eras tú quien tenía que haberlos reclamado. Constituían el legado de tu mentor y tú eras su beneficiario.

Se encogió de hombros con gesto de impotencia.

—Lo sé. Legalmente, aquella era mi responsabilidad. Y moralmente, también.

—Pero nunca lo hiciste.

—Nunca.

—Porque a ti no te interesaba su contenido.

—Probablemente.

—Y porque quisiste romper vínculos para siempre con todo lo que te conectara con aquel pasado.

—Probablemente también.

—¿Y por nada más?

Me miró con fijeza. Hosco, apretándose una mano contra la otra con fuerza, sopesando sus palabras antes de verterlas.

Al final fui yo quien sugirió la respuesta que él se resistía a liberar.

—¿O quizá también hubo un deseo por tu parte —dije en un tono inconscientemente bajo— de apartar a Andrés Fontana de tu vida para siempre?

Asintió con la cabeza. Despacio primero. Más contundente después.

—Nunca fui capaz de perdonarle del todo —reconoció por fin con voz densa—. Durante mi largo duelo, en aquellos meses, en aquellos años tremebundos de pura desolación, únicamente lloré a Aurora. A él, tan solo le culpé. No de haberla matado, todo fue un accidente, eso estuvo siempre claro. Pero sí le acusaba en cierta manera de haberla arrastrado con él, de haberla metido en algo ajeno a ella. De haberla, en parte, separado de mí, de mi custodia, de mi protección…

—Y decidiste castigarle. Mantener su memoria sepultada durante treinta años en un sótano lleno de polvo, sin que ni una sola mano humana se acercara a él. Desterrarle al olvido.

Esta vez fue él quien tragó saliva antes de proseguir.

—Es un modo muy crudo de exponerlo, pero quizá no te

falte razón. De manera voluntaria renuncié a su herencia documental y, con ello, me desentendí también del hombre que fue.

—Hasta que hace unos cuantos meses, al hilo del asunto de Los Pinitos, decidiste indultarle. Pensaste que quizá el viejo Fontana, con su pasión tardía por aquellos humildes franciscanos y aquella extravagante intuición sobre la existencia de una misión cuyo rastro estaba perdido, tal vez no iba del todo desencaminado. Y optaste por actuar.

Hizo un amago de sonrisa sarcástica con un lado de la boca. Se había apoyado en el respaldo del sofá. Tenso y cansado. Tenso, triste y cansado. Como yo.

—Sí y no. Cuando me enteré por Rebecca de la aberración urbanística que tenían planificado acometer, empecé a dar vueltas al asunto. Rememoré los paseos que Aurora y él solían dar por allí en las largas tardes de aquella última primavera en que estuvieron vivos. A mi memoria volvió todo aquel esfuerzo sin fruto, el trabajo que jamás terminaron porque la muerte se los llevó por delante: sus suposiciones, sus ilusiones y, sobre todo, su potencial de realidad presente. Hice entonces algunas averiguaciones por mi cuenta y supe que Los Pinitos, hoy día, se mantiene bajo custodia del ayuntamiento sin propietario legítimo ni historia documentada.

—Y ataste cabos…

—Y no me pareció del todo descabellada la idea de que, entre aquellos documentos olvidados, quizá pudiera encontrarse alguna clave. Pero lo más importante de todo fue que también pensé que había llegado el momento de congraciarme con mi pasado, de hacer las paces de una vez por todas con aquel hombre que tanto significó en mi vida. De resarcir mi comportamiento injusto e intentar rendir una especie de tributo, mitad íntimo, mitad público, a su persona y a su labor.

—Y así comenzó todo.

—Así comenzó todo, Blanca. Así arrancó mi reconciliación.

# CAPÍTULO 34

La noche avanzaba y allí seguíamos los dos, sentados frente a frente. Alumbrados por la luz tenue de una lámpara esquinera, sin una mala copa de vino o cualquier música de fondo o un simple vaso de agua que nos ayudara a atenuar la pesadumbre. Sin ningún ruido que turbara la densidad del encuentro más allá de los que ocasionalmente se colaban desde la calle amortiguados por la ventana cerrada. Un coche arriba o abajo de vez en cuando, algún grupo de estudiantes camino del 7-Eleven, poco más.

La noche avanzaba y yo seguía con la tristeza pegada a la piel. Por mí, por él, por su pasado, por el mío, por el presente de los dos. Por la manera en la que todo se estaba desmoronando como un terrón de arena apretado en un puño y soltado después entre los dedos abiertos.

Sus sentimientos eran sin duda veraces, en absoluto cuestionaba su sinceridad. Pero no me bastaba. Por encima de aquellas palabras a ratos convincentes y a ratos desoladoras, se imponía la amarga sensación de haber sido traicionada otra vez por alguien en quien había confiado a ciegas. Como si la historia se hubiera vuelto a repetir.

Contemplado con frialdad, apenas nada tenía aquello que ver con la herida causada por el derrumbamiento de mi matrimonio. La deslealtad de Alberto había sido un ciclón devastador que había puesto mi universo patas arriba. La maniobra de Daniel era, en comparación, una simple tormenta de verano. Pero, incluso así, lo mismo que el chaparrón que cae de improviso al final de una tarde de agosto, me había calado hasta los huesos. Me había calado y había intensificado mi desgaste, esa erosión emocional de la que creía estar ya recuperándome y a la que había regresado de golpe sin haber tenido siquiera tiempo para abrir un paraguas o ponerme a cubierto del temporal. Por mucho que él se esforzara por hilvanar un discurso lúcido y coherente respecto a la génesis de toda aquella oscura trama, por mucho que llegara a convencerme de su honestidad, en mi mente aún pervivía la amarga sensación de haber sido engañada.

—Y entonces, una vez que montaste tu supuesto fondo, o fundación, o como quieras llamarle al asunto, entre todos los candidatos, ¿por qué me seleccionaste a mí? —quise saber en un esfuerzo por llegar hasta el final.

—Son tus hijos, ¿verdad? —me preguntó de pronto señalando una foto apoyada en la estantería.

Junto al único punto de luz que nos acompañaba, al lado de mis llaves, la publicidad de un restaurante chino y la réplica de la campana misional que él mismo me regaló. La fotografía que me mandaron David y Pablo en el mismo paquete que un par de guantes y un CD de Joaquín Sabina. Happy cumple, madre, con retraso como siempre, somos unos desastres, perdónanos, escribieron en la tarjeta compañera. En la imagen, sus caras morenas un día cualquiera de las últimas vacaciones. El pelo mojado metido en los ojos, las risas después de una tarde de playa, la brisa pasada de la despreocupación.

—Son mis hijos, sí, pero eso ahora da igual.

Como si no me hubiera oído, se acercó a la estantería donde reposaba la foto.

—Se parecen mucho a ti —dijo con una sonrisa. La primera medianamente genuina que asomaba aquella noche a cualquiera de nuestras bocas.

—¿Te importaría dejarla en su sitio?

Devolvió a mis hijos a su estante y su cuerpo al sofá.

—Jamás tuviste competencia —reconoció recostándose contra el respaldo otra vez—. Fuiste la primera en responder a mi llamada e inmediatamente supe que eras tú a quien yo quería aquí. Me pareció que cumplías con creces los requisitos que buscaba. Sin más.

Hablaba seguro de nuevo, con naturalidad y las piernas cruzadas. Sin florituras ni falsas simpatías.

—Pero mi experiencia apenas se adaptaba a lo que aquí hacía falta —rebatí—. Mi área de trabajo, lo sabes de sobra, es la lingüística aplicada.

—Eso era secundario. Lo que yo buscaba era un académico capaz de hacer el trabajo generalista aplicando rigor y unos procedimientos metodológicos elementales. Alguien que hablara inglés y que tuviera experiencia moviéndose en universidades extranjeras. Además, tenía prisa. Convenía empezar cuanto antes, el asunto de Los Pinitos avanzaba con rapidez.

—¿Y por qué te empeñaste en traer a alguien desde España? ¿Por qué no te limitaste a buscar candidatos en tu propio país?

—Por puro y absurdo y patético sentimentalismo —reconoció—. Desde un principio intuí que un compatriota podría implicarse con Andrés Fontana de una manera mucho más afectiva. Y puestos a ser del todo sinceros, hubo además otro criterio que influyó en gran medida en el hecho de que me decidiera por ti: la edad. Presuponía que alguien con una madurez vital consolidada podría abordar la reconstrucción del legado desde una perspectiva más óptima.

Despegó entonces la espalda del sofá y se echó hacia delante, apoyando otra vez los codos en las rodillas, reduciendo de nuevo la distancia entre los dos.

—Yo buscaba un profesional y tú un nuevo sitio en el mundo —dijo mirándome fijamente—. Yo necesitaba algo, tú necesitabas algo, y los dos nos cruzamos en el camino. Gracias a nuestro contrato, tú conseguiste tu objetivo, que ahora ya sé que era huir de tu entorno lo antes posible. Y yo el mío, el procesamiento urgente del legado de mi amigo. Quid pro quo, Blanca, nada más.

Desvié mi mirada de la suya y la fijé en la ventana. A través de ella solo se veía un recuadro de noche negra.

—De todas maneras —añadió—, quiero que sepas que no ha pasado ni un solo día desde que empecé a conocerte en que no haya pensado en contártelo todo.

—¡Pero nunca lo hiciste! —grité haciendo saltar por los aires la ira que creía tener dominada—. ¡Y eso es lo peor, Daniel, lo peor de todo! De haber sido claro desde un principio, probablemente habríamos llegado al mismo sitio y me habrías ahorrado un enorme dolor.

—Tienes toda la razón. Toda, Blanca, absolutamente toda la razón —reconoció tajante—. Debería haber sido claro contigo desde el primer momento, pero eso lo sé ahora, antes no. Porque, de hecho, yo no contaba con que tú y yo tuviéramos ningún tipo de relación; creía que serías para mí tan solo una especie de empleada en la sombra. Al principio, incluso, no tenía siquiera la intención de quedarme en Santa Cecilia. Cuando Rebecca nos presentó en Meli's Market, ¿recuerdas?, yo había venido únicamente a conocerte y a comprobar que mi proyecto había arrancado al fin como esperaba.

—¿Y por qué no te marchaste después? Si tú y yo no nos hubiéramos conocido, o si nos hubiéramos quedado en aquel pri-

mer encuentro, todo habría sido mucho más fácil. Más simple y
menos tortuoso.

—Porque… porque a veces las cosas toman un rumbo inesperado, porque… porque la vida es así, Blanca, porque a veces
los planes se tuercen…

Se levantó y recorrió el salón de punta a punta. Lo hizo en
cuatro o cinco pasos, no había espacio para más. Después siguió
de pie, desmenuzando las etapas de nuestra travesía en común
desde su punto de vista.

—A través de ti supe que el cauce que ibas tomando no era el
que yo pensé que sería: te implicaste con Fontana y su mundo mucho más de lo que yo jamás pensé que ibas a hacer. Y empecé así a
ser consciente de que tal vez había calibrado mal la envergadura de
la tarea, de que había infravalorado la complejidad del legado y tu
actitud frente a él. Hasta que decidí no irme. Alquilé entonces un
apartamento, me traje de mi casa en Santa Bárbara lo que necesitaba para una temporada y regresé. Para que me tuvieras cerca cuando me necesitaras. No para controlarte ni para manejarte, sino, tan
solo, para estar cerca de ti y acompañarte a lo largo del camino.

—Tres meses de camino es mucho tiempo. Tres meses de camino en los que jamás me has dicho una palabra…

—Porque no pudo ser, porque siempre hubo algo que me
frenó —insistió—. Junto a ti estuvo siempre Zárate: observaba
la cercanía creciente que mantenías con él, os veía juntos por el
campus, en la cafetería. Estaba seguro de que, si yo te decía algo
inconveniente respecto a tu beca, tú te sentirías en la obligación
de hacérselo saber. En la obligación institucional. E incluso en la
moral. ¿O no?

—Posiblemente —reconocí a mi pesar.

—Me guste más o menos, es el director de un departamento,
y engañarle a él significa por extensión engañar a la universidad.
Y eso es algo serio en mis circunstancias.

Su opinión quedó sin réplica mientras me levantaba. Una vez de pie, entremetí mis dedos entre el pelo y me masajeé el cráneo con los dedos abiertos, como si intentara descongestionar mi cerebro o arrancar las ideas turbias de mi cabeza o yo qué sé.

—Eso tendrías que haberlo pensado antes, profesor Carter —dije dirigiéndome a la puerta—. Mucho antes. Ahora es demasiado tarde para todo. Incluso para que sigas aquí.

Se mantuvo hierático, observándome, como si quisiera transmitirme algo con su mirada clara y aguda. Pero chocó con la dureza de mi caparazón, ese que yo misma estaba empezando a hacer crecer para protegerme tras él del resto del mundo.

—Hay una razón más —añadió—. La última. La fundamental quizá.

—¿Cuál?

—Que te fui conociendo. Que, cuando me quise dar cuenta, ya no fui capaz de desvanecerme como si nada hubiera pasado. Estaba demasiado implicado, demasiado cerca de ti.

Me invadió una debilidad inmensa. Qué más daba ya todo.

—Vete de una vez, no vale la pena que sigamos discutiendo sobre lo que pudo haber sido y nunca será. Me vuelvo a Madrid la semana que viene, aquí ya no hay nada que hacer. Quiero ver a mis hijos y regresar a la normalidad. Va a ser duro hacerme de nuevo a mi antigua vida, pero en ella, al menos, tengo las coordenadas claras y sé quién es quién.

No dijo nada, yo continué.

—Por mi trabajo no tendrás que preocuparte —añadí con la mano sobre el picaporte—. Todo lo que había en el sótano está ya prácticamente procesado y organizado, tan solo me quedan unas cuantas cosas que concluir. De lo que falta, si es que realmente falta algo, yo no respondo, eso no figuraba en mi contrato. Es una lástima que la mitad de tu proyecto no haya llegado a buen puerto, me temo que ya es demasiado tarde para que aparezca algún rastro de la misión que buscabas. Tú y tus amigos de la plataforma contra Los Pinitos tendréis que tragaros la construcción del centro comercial o lo que les dé la gana de montar allí. La verdad es que, a estas alturas, el asunto ya me importa un pimiento: por mí como si os plantan un cementerio nuclear. Pero al menos habrás rescatado del olvido el alma de tu maestro, que no es cosa chica. Después de tantos años de injusta represalia, al fin tu conciencia va a poder descansar tranquila.

Abrí invitándole a que saliera. Cuando ya estaba en el descansillo, recordé algo y me volví.

—Espera.

De la estantería agarré la réplica de la campana de hierro y se la entregué.

—No la quiero ver más. Y creo que a ti tampoco.

Después cerré de golpe.

—Otra vez sola, Blanca —me susurré a mí misma desplomando mi espalda contra la puerta—. Más sola que nunca otra vez.

## CAPÍTULO 35

Un combo de paracetamol, café y voluntad hizo que el mundo se pusiera de nuevo en marcha a la mañana siguiente. Tras una noche de sueño turbio, me senté a desayunar al amanecer y, entre las tostadas y la mantequilla, tracé el mapa de lo que creía que iba a ser mi final de trayecto en aquella tierra extraña. Emprendí después, como todos los días, el camino hacia mi trabajo. Desengañada y dolida, pero de nuevo en la brecha.

Intenté no ver a nadie a lo largo de la jornada. Ni siquiera salí a comer para evitar cruzarme con los colegas o los estudiantes que me pudieran surgir al paso. Me dediqué solo a trabajar, a aislarme por inmersión en los últimos documentos de Fontana y a intentar poner un orden difícil en aquellos papeles inconexos con los que, para bien o para mal, irremediablemente acabaría mi labor en Santa Cecilia. Con independencia de quién hubiera ingeniado aquella tarea; con independencia de que su gestor fuera una institución solvente o un simple humano de pasado turbulento con deudas afectivas por saldar, mi responsabilidad era completarla con eficacia y rigor. Así lo había aceptado en su inicio. Y así habría de ser.

Mis esfuerzos por mantenerme incomunicada, sin embargo, no se cumplieron: unas cuantas interrupciones imprevisibles dieron al traste con ellos.

Contra cualquier pronóstico, el primer paréntesis lo propició la última persona que podría yo imaginar desatando cualquier acontecimiento medianamente notorio en mi entorno: Fanny. Pasado el mediodía, se presentó en mi despacho con un bocadillo amorfo envuelto en plástico resobado y una botella de zumo con color de jarabe para la tos.

—Me he dado cuenta de que no ha salido a comer, supongo que tendrá mucho trabajo. Así que le traigo algo —anunció. Acto seguido extendió los brazos, como accionados por un resorte mecánico.

—Muchas gracias, Fanny —dije aceptando su detalle. Bienintencionado, sin la menor duda. Escasamente apetecible, también.

A pesar de mi fingida cordialidad y su limitada perspicacia, en mi rostro debió de percibir algo que la descuadró.

—¿Se encuentra bien, doctora Perea? No tiene buena cara.

—Estoy perfectamente, Fanny, gracias —mentí—. Solo un poco más ocupada de la cuenta porque tengo que terminar esto con urgencia. Vuelvo a casa dentro de poco y debo dejarlo todo organizado.

—¿Cuándo se va? —preguntó entonces acelerando el tono. Como si de verdad le importase la marcha de aquella visitante que durante unos meses había ocupado el rincón más triste del departamento.

—El próximo viernes.

Se me quedó mirando sin parpadear, con la boca medio abierta y los brazos inertes caídos a ambos lados de su cuerpo desfondado. Hasta que, dándose la vuelta, salió al pasillo hablando consigo misma.

Escondí el bocadillo en el fondo de mi bolso para que no sospechara que jamás me lo llegué a comer y proseguí. Sin ganas, sin ánimo, pero consciente de que así tendría que ser.

Hasta que unos nudillos golpearon la puerta abierta y con ellos llegó la segunda interrupción. Alcé la cabeza de uno de los textos finales sobre la secularización de las misiones y, tan solo a unos pasos, encontré a Luis Zárate.

Traté de que no se me notara en exceso que él era la última persona en el mundo a la que en ese instante quería ver; llevaba incluso varios días subiendo por la escalera trasera en vez de usar el ascensor a fin de evitar mi paso por delante de su despacho. Al principio fue por la sospecha y más tarde por la certeza: no haber compartido con él primero mis dudas y después mis evidencias sobre quién había detrás de mi beca, no haberle hecho partícipe de algo tan sustancialmente ligado a su propio departamento, se me antojaba por mi parte una contundente deslealtad. Pero aún tenía que pensar, todavía necesitaba tiempo para aclarar mi cabeza revuelta y decidir qué hacer. Por eso, de momento, prefería esquivarle. Y por eso, verle en mi puerta me descolocó.

—¿Tan mal lo pasamos el sábado que me estás huyendo?

Hablaba en broma pero, aun así, trastabillé antes de contestar. No, no lo pasamos mal, todo lo contrario, podría haberle dicho. Fue una salida muy agradable, una cena deliciosa, tú eres un hombre atractivo, me encuentro a gusto a tu lado y entre nosotros nos entendemos bien, esas podrían haber sido mis palabras. Pero. Pero ¿qué?, podría haber preguntado entonces él. Pero encendiste la mecha. ¿Qué mecha? La que acabó haciendo arder la pila de extrañezas enmarañadas que, como un amasijo de ramas secas y sin ser yo casi consciente, se había ido formando dentro de mí.

Nada de esto saltó al aire, solo en mi cerebro transcurrió tal conversación. Ni Luis Zárate sospechaba nada, ni yo tenía, de momento, la intención de hacerle partícipe de mis preocupaciones. De momento. Luego, ya vería.

—Ando liadísima, ya me ves, con un montón de cosas que hacer —dije señalando mi mesa repleta con los últimos montones del legado. Intentaba sonar creíble, amable, normal. Pero no le convencí.

—¿De verdad es solo eso lo que te pasa?

Noté que daba un par de pasos hacia mi mesa y me levanté inmediatamente. Como defensa, como falsa protección. No soportaba la idea de que me viera desmoronarme encima de mis papeles.

—No he dormido bien del todo, quizá cené algo que me sentó mal.

—¿Seguro que no hay ningún problema? —insistió avanzando un paso más.

—Seguro, pero quería decirte que a mi trabajo le queda ya muy poco, y que he decidido finalmente que voy a pasar la Navidad con mis hijos, así que…

—Así que te vas.

—La semana que viene, a la vez que los estudiantes. Iba a pasarme más tarde a verte para comentártelo.

La pésima calidad de mi mentira, evidentemente, no coló.

Dio un último paso. En la angostura de mi humilde despacho, aquello significaba que ya había llegado junto a mí.

—¿Qué ocurre, Blanca? —murmuró extendiendo una mano hacia mí.

Sentí en mi cuello el calor de sus dedos, no contesté.

—Ya sabes que puedes contar conmigo.

Se había acercado aún más, su voz baja sonó junto a mi oído, noté su aliento. Permanecí callada. Demasiado turbada, demasiado cansada, demasiado frágil. Sus labios amagaron con posarse en los míos, giré la cara una pizca, no le dejé. Pero tampoco me aparté de su lado.

—Para lo que quieras, cuenta conmigo para lo que quieras —me susurró de nuevo. Con sus dedos aún en mi cuello. Con su voz en mi oído otra vez.

Podría haber gritado con todas mis fuerzas sí, lo sé, ayúdame, sácame de este atolladero en el que yo sola me he metido, haz que me olvide de todo y de todos, abrázame fuerte, sácame de aquí. Pero no le respondí. Quizá por sentido de autoprotección, quizá por no complicar más las cosas. Después tan solo, lentamente, me separé de él.

En ese momento exacto, Fanny entró como una tromba.

—¡Perdóneme, doctor Zárate! ¡No sabía que estaba usted aquí! —se disculpó atropellada.

—Adelante, Fanny, adelante —replicó él retomando su tono frío de director—. Ya he terminado de hablar con la doctora Perea, me iba ahora mismo. Insisto, Blanca —dijo tan solo como despedida—. Ya sabes dónde estoy.

—A mamá le gustaría mucho verla esta noche, doctora Perea —anunció Fanny apenas Luis salió. Sin dejarme tiempo para entender qué acababa de pasar entre nosotros. Sin permitirme un segundo para reflexionar—. En cuanto le he contado que va a marcharse pronto —prosiguió en un arrebato—, me ha dicho que quiere hablar con usted, que puede tener algo que tal vez le interese.

Terminar aquel día triste con la visita de cortesía a la anciana Darla Stern se me antojó en aquellos momentos tan apetecible como un trago de aguarrás. Pero era cierto que Fanny me hablaba constantemente de ella, que en más de una ocasión me había dicho cuánto le gustaría que nos viéramos. Y lo mismo de cierto era que yo le había dado largas y excusas, confiando en que aquel encuentro nunca llegara a producirse. Nada menos apetecible que un cara a cara con una extravagante octogenaria que a buen seguro no tenía nada que ofrecerme más allá de una conversación deslavazada y quizá algún polvoriento recuerdo de Fontana que a mí ya no me interesaba conocer. A aquellas alturas, nada me importaba conocer el cariz de la relación que mantuvieron en el pasado, si fue meramente profesional o si alguna vez dieron juntos un paso más allá. Pero, por última deferencia hacia Fanny ahora que estaba a punto de emprender el camino de vuelta a mi vida de siempre, me sentí obligada a no rechazar la invitación.

—De acuerdo, Fanny. Dime dónde vives y a qué hora quieres que vaya.

La tercera sorpresa sobrevenida que añadiría una nueva vuelta de tuerca a mis erróneas presuposiciones llegó apenas media hora después. Fue una llamada telefónica al recio aparato de mi despacho. Una llamada que rompió de nuevo la quietud del trabajo y desbarató bruscamente las piezas de lo anticipado.

Daniel Carter. Otra vez.

A lo largo de las horas de incertidumbre que aún tuve que pasar desde que la noche anterior salió de mi casa y hasta que logré dormirme, me había hecho el firme propósito de sacarle por completo de mi vida, de evitar que entre nosotros se produjese el más simple contacto en el escaso tiempo que restaba hasta mi marcha. Entendía sus razones y su dolor, sus intenciones, sus decisiones e incluso sus pasos al actuar. Entendía casi todo. Casi, porque había algo para lo que seguía sin tener una explicación: su silencio. Decidí por eso mantenerme alejada de él. Empezar a olvidar que una vez se me había cruzado en la vida un colega americano alto y barbudo que hablaba mi propia lengua casi mejor que yo misma; desprenderme de la sombra de alguien con quien la cercanía y el afecto habían saltado por los aires como la olla a presión que estalla reventando los cristales, salpicando las paredes y ensuciando el techo de la cocina.

Sin embargo, mi viejo teléfono databa de muchos años antes de que la tecnología incorporara una pequeña pantalla para identificar el origen de las llamadas. Por eso no pude anticipar que era él quien estaba aferrado al auricular al otro lado. Por eso probablemente había decidido no contactarme en mi móvil, previendo que si yo anticipaba que se trataba de él, no le iba a contestar.

Nada más reconocer su voz, pensé en cortar sin dejarle hablar siquiera; intuía que llamaba para reiterarme sus disculpas y seguir intentando venderme justificaciones. Pero me equivoqué. El propósito de su llamada era otro muy distinto y no guardaba relación alguna con lo vivido el día anterior, sino que apuntaba con precisión hacia el futuro inmediato. Su voz sonó en la distancia seria y firme. No autoritaria, pero casi.

—No me cuelgues, Blanca, por favor. Escúchame solo un momento, esto es importante. Sé que Darla Stern quiere verte. A mí también me ha hecho llegar un mensaje, me cita a las ocho. Igual que a ti, supongo. Dice que quiere proponernos algo a los dos, ¿sigues ahí?

—Sí.

—Bien, no se te ocurra ir a su casa tú sola. Espérame. Te recojo en tu apartamento y vamos juntos.

—No hace falta, gracias. Sabré llegar por mí misma —repliqué sin pedir explicaciones sobre su advertencia.

Una pausa de un par de segundos y de nuevo sus palabras.

—Como quieras. Pero no vayas antes de la hora, ni entres sin mí. Te estaré esperando en la puerta. A las ocho en punto.

El mapa que Fanny me había pintarrajeado en medio folio con trazos casi infantiles me permitió localizar su casa sin dificultad. Desde el final de la calle percibí una silueta oscura sentada en los escalones del porche.

—Fanny no va a estar aquí —anuncié fríamente a modo de

saludo—. Me dijo que pasaría la tarde en su iglesia, pero que dejaría la puerta abierta. Por lo visto, su madre se ha caído hace poco y no puede andar.

La reacción de Daniel no llegó en principio con su voz, sino con sus manos. Levantándose y poniéndose a mi altura, me agarró por los hombros con contundencia y me obligó a mirarle a los ojos. A aquellos ojos que, bajo la luz amarillenta de una farola, no transpiraban ni la complicidad, ni la ternura, ni la ironía de tantas otras veces. Solo sobriedad y firmeza. Y quizá, también, un punto de inquietud.

Después habló sin soltarme.

—Escúchame bien, Blanca. Aunque me reafirmo en todo lo que te dije ayer, he estado pensando mucho sobre ello y entiendo perfectamente tu reacción. Entiendo que te sientas defraudada, que desconfíes de mí y que hayas decidido sacarme de tu vida. Yo, en tu caso, habría reaccionado igual. O peor. Pero lo que quiero ahora es anticiparte algo del todo distinto. Algo mucho más inmediato.

No contesté. Ni me moví.

—Desconozco con plena seguridad a lo que nos vamos a enfrentar ahí dentro, pero presiento que a nada bueno. Sé cómo era antes la mujer a la que ahora vamos a ver y dudo mucho que los años la hayan hecho cambiar. Siempre fue una perfecta hija de puta e imagino que lo seguirá siendo. Por eso me temo que esto no va a ser una mera visita de cortesía. Puede que me equivoque y ojalá lo haga, pero presiento que lo único que Darla quiere es remover la mierda y hacer sangre si se le presenta la ocasión. Y, si esto es así, de antemano sé que yo no voy a ser capaz de mantenerme impasible.

»Lo que esta noche vayamos a oír quizá acabe sacando lo más bajo de mí, lo más rastrero —prosiguió—. Pero no quiero que interpretes equivocadamente lo que ahí dentro pueda suceder. El hecho de que Darla y yo retomemos ciertos asuntos del pasado no significa que me haya quedado anclado en ellos. Ya te dije ayer que hace mucho tiempo que dejé de vivir aferrado a la nostalgia de lo perdido; tengo bien delimitadas las fronteras entre el hoy y el ayer. Mis muertos llevan ya mucho tiempo enterrados y, aunque me parta el alma por defender su memoria, yo no estoy con ellos. Yo estoy entre los vivos. Aquí, ahora, contigo. ¿Me entiendes, Blanca Perea? ¿Me entiendes bien?

Esperó mi respuesta sin desviar sus ojos de los míos. Con sus manos grandes agarradas con fuerza a mis hombros y su mirada clavada en mí. Hasta que afirmé con un leve movimiento de cabeza. Un movimiento irreflexivo, instintivo, del que me arrepentí acto seguido. Debería haberle pedido más aclaraciones. O quizá tendría que haberme marchado en aquel mismo momento, haber escapado de aquella oscura historia que nada tenía que ver conmigo.

Pero no me dio opción. Un firme apretón de sus manos sobre mis huesos me transmitió su confianza. Y ya no pude echarme atrás.

—Vamos allá. Cuanto antes terminemos, mejor.

# CAPÍTULO 36

Subió en un par de zancadas los cuatro escalones del porche, llamó con el puño y, sin esperar respuesta, empujó la puerta. Yo le seguí, accedimos directamente al salón. Oscuro, lúgubre, atiborrado de muebles y trastos.

Una voz áspera surgió del fondo, abriéndose paso entre el olor denso a falta de ventilación y a decadencia.

—Llevo semanas pensando en invitaros a los dos a cenar, pero la noticia de que la profesora Perea está a punto de marcharse definitivamente me ha pillado por sorpresa, espero que me disculpéis por no haber tenido tiempo para preparativos.

Una lámpara de luz mortecina alumbraba la estancia. Frente al sillón de la anciana, una televisión encendida y sin volumen proyectaba sus reflejos catódicos sobre los contornos cercanos. Tal como la recordaba, mantenía su espesa melena de pelo teñido en un tono rubio nórdico incongruente con su edad. En su rostro replegado en mil arrugas, como si estuviera lista para una gran fiesta, resaltaban de nuevo unos labios pintados de rojo intenso. Su vestimenta, otro viejo chándal de color incierto, indicaba en cambio que sus planes no contemplaban ir a ningún sitio.

—Pero si tenéis hambre, servíos algo vosotros mismos, en la nevera debe de quedar algún muslo de pollo del otro día y creo que hay también medio paquete de pan y un poco de ensalada de col de la semana pasada.

Solo pensar en comer aquello me provocó náuseas, pero Daniel fue más educado que yo.

—Estamos bien así, gracias, Darla.

—Sentaos al menos, poneos cómodos. Como si estuvierais en vuestra casa.

—Venimos con un poco de prisa, ¿sabes? —mintió de nuevo sin moverse—. Así que mejor dinos cuanto antes para qué nos has llamado y luego te dejamos que sigas viendo la tele tranquila.

La anciana chasqueó la lengua.

—Ay, Carter, Carter, tú y tus prisas… Parece que te estoy viendo otra vez… Lo mismo ibas en busca de tu aula que a una de aquellas asambleas políticas o a reclamar cualquier cosa al decano, siempre como un loco a la carrera.

Él permaneció inmutable, ella repitió el chasqueo.

—Fueron buenos tiempos, ¿eh, muchacho? Muy buenos tiempos…

Ni una palabra en respuesta.

—En fin —añadió ante su silencio férreo—, ya veo que no tienes demasiado interés por retozar en la nostalgia. Una lástima, si quieres que te diga la verdad, porque podríamos pasar una noche divina rememorando tú y yo algunas anécdotas. ¿Te acuerdas de cuando…?

—A la doctora Perea y a mí nos gustaría saber de una vez para qué nos has llamado.

Su tono empezaba a despojarse de la capa de falsa cortesía con la que había arrancado la conversación. Ella suspiró entonces con una actitud teatral.

—Bueno, si te empeñas en que no malgastemos tu valioso

tiempo en una charla entre viejos amigos, pasemos entonces a lo importante.

—¿Y qué es lo importante, si se puede saber?

—Los negocios, amigo mío. Al final del día, por muy intelectuales o muy espirituales que pretendamos ser, siempre acabamos enredados con asuntos de dinero.

—No me digas… —apuntó Daniel con evidente desinterés.

—Negocios, dinero: yo vendo, tú compras. Si es que os interesa lo que quiero ofreceros, claro.

—Lo dudo, pero ponnos al tanto por si acaso.

—Déjame antes saludar a nuestra invitada, ¿qué tal, profesora Perea?

—Bien, gracias —respondí con hosquedad.

No me gustaba el tono en que aquella visita se estaba desenvolviendo. No me gustaba Darla Stern, no me gustaba la manera en que se estaba dirigiendo a Daniel, y mucho menos me gustaba la forma en que anticipaba que me trataría a mí. Me miró entonces detenidamente, entrecerrando los ojos para ajustar la vista a la vez que inclinaba hacia un lado la cabeza.

—De altura son más o menos iguales, ¿no? Y lo mismo de flacas las dos, pero esta parece un poco más seria, ¿verdad, Carter? La otra se reía más, era más, más… Y el color del pelo tampoco…

—Para, Darla —ordenó cortante.

—Disculpa, querido, era una mera observación —replicó sin amedrentarse—. Bien, vayamos entonces a lo nuestro. Según tengo entendido, la profesora Perea ha seguido revolviendo entre los papeles de nuestro llorado Andrés Fontana.

Antes de que yo pudiera responder, Daniel habló por mí.

—La doctora Perea, como ya te contamos en su momento, ha estado simplemente trabajando para la universidad en la clasificación de su legado.

—¿Me permitís que me carcajee un rato, por favor? A la universidad le importa una mierda el legado de Fontana, sus cosas llevaban décadas conviviendo con las ratas. Hasta que de pronto, sorpresa, sorpresa, una españolita viene a meter en ellas la nariz. Y justo entonces el ilustre profesor aparece de nuevo por aquí, a pasearse por el campus como en los viejos tiempos.

—Ya ves —dijo Daniel sin esforzarse por disimular su cinismo—. Casualidades de la vida.

Permanecíamos de pie en mitad del cuarto; el ambiente era cada vez más denso, más surrealista, con las ráfagas del resplandor de la televisión distorsionadas por los movimientos mudos de las imágenes.

—Conmigo no te hagas el listo, Carter. Me han contado que has acabado convertido en toda una celebridad académica, pero yo te conozco desde hace más años de los que tú y yo quisiéramos que hubieran pasado. Y esta historia me huele mal. Me huele fatal. Desapareciste como un apestado tras el accidente, ni siquiera te quedaste a llorar a los muertos. Anduviste perdido, muy perdido. Y ahora, de repente, aquí estás otra vez, a saber con qué intenciones. Pero a mí no me engañas. Puede que yo nunca fuera tan erudita como todos vosotros, pero sigo sabiendo sumar dos más dos.

—Nadie lo duda.

—Por eso, aunque no sé qué andáis buscando en concreto, creo que tengo algo que quizá os pueda interesar. Algo que esta —dijo señalándome con un despectivo movimiento de barbilla— lleva echando en falta desde hace semanas. Me lo ha dicho mi Fanny, desde pequeña la he instruido para que me cuente todo lo que su mente registre, lleva años siendo mi ventana al mundo. Me ha contado que necesita papeles de Fontana que no aparecen. Y supongo que le convendría encontrarlos cuanto antes si, como parece, va a marcharse pronto…

—No te quedarías con nada suyo que no te correspondiera, ¿verdad?

En la voz de Daniel se percibía una mezcla de estupor e incredulidad. La vieja respondió rauda, con una agilidad impropia de su frágil figura.

—¡Con todo lo que me dio la gana, para eso lo enterré yo! Porque tú, su amigo del alma, su prohijado, ni siquiera acudiste a su funeral.

—Tenía otras cosas que hacer, lamentablemente —aclaró con amarga ironía—. Enterrar a mi propia mujer en su patria, por ejemplo.

—¿Y cuántas veces volviste a visitar la tumba de tu maestro después? ¿Cuántas veces te preocupaste de poner orden en lo que dejó detrás?

—Jamás visito sepulturas. Ni la de Fontana, ni la de mi mujer, ni la de nadie. Ellos están en mi memoria y en mi corazón, lo que queda en los camposantos me importa tres cojones —dijo con exasperación—. Y ahora vamos a dejar de perder el tiempo, si no te importa. Dinos de una vez qué es lo que tienes que crees que nos puede interesar.

Había contestado a la primera pregunta, a la que tenía que ver con su ausencia de visitas a la tumba de Fontana. A la segunda, a su despreocupación sobre el legado, hizo oídos sordos. Ella, por fortuna, lo pasó por alto.

—Un montón de cajas llenas de documentos más viejos que la tos, eso es lo que tengo. Los últimos con los que él trabajó en su vida. En tu obsesión por huir de todo lo que aquí ocurrió, también se te debió de evaporar de la mente que, en las semanas anteriores al accidente, el Guevara Hall estuvo en obras y allí no había manera humana de hacer nada con normalidad —continuó—. Por eso él se llevó a su casa todos aquellos papeles, para poder dedicarse a estudiarlos allí, yo misma le ayudé a trasladarlos. Todavía recuerdo cómo pesaban las cajas del demonio, hasta me partí un par de uñas tirando de ellas. Nunca tuve ni idea de qué contenían, no entiendo vuestra maldita lengua y jamás me interesaron sus asuntos académicos. Pero él anduvo una buena temporada absorto entre aquella basura, tuvo todo aquello desparramado por todas partes hasta el final.

Daniel entreabrió la boca, pero no logró decir nada. Desconcertado por lo oído, estupefacto. Autoinculpándose por su desmemoria, incapaz de poner en palabras su reacción.

—¿Dónde están ahora? —pregunté sin poder contenerme.

La vieja soltó una carcajada agria.

—¿Creéis que estoy gagá, pensáis que os lo voy a decir sin más?

—¿Qué quieres a cambio? —atajó Daniel volviendo a la realidad.

—Ya te he dicho que dinero, cariño, ya te lo he dicho, ¿qué voy a querer? Soy una pobre anciana desvalida que vive en una cochambre de casa. Garantizadme un futuro mejor y tendréis los documentos para hacer con ellos lo que os venga en gana; por mí, como si os limpiáis con ellos el culo.

Supuse que él iba a frenar en seco aquel chantaje, no pensé que fuera a ceder ante una coacción tan bajuna: seguro que existía alguna manera de hacerse con ese resto del legado por un canal más ortodoxo y menos ruin. Pero, como en tantas otras cosas en los últimos tiempos, me equivoqué. Apenas un par de segundos tardó en entrar de pleno en la negociación. Y, para mi sorpresa, conmigo a rastras.

—Antes tendremos que comprobar si son los documentos que interesan a la doctora Perea.

—Me parece fantástico: podréis verlos, hablad entre vosotros todo lo que tengáis que hablar y pensad después si el trato os conviene o no. Lo único que sé es que yo solo pienso daros una oportunidad. Mañana a las diez de la mañana habrá aquí un abogado, tendréis quince minutos para valorar el contenido de las cajas. Si al cabo decidís que os interesan, os las lleváis. Si no, ya me encargaré yo de que todos esos papeles terminen destruidos por la tarde, por si a vuestros sofisticados intelectos se les ocurre pensar que tal vez podríais engañar a esta pobre vieja y conseguir todo ese material por la cara de alguna otra manera. El precio, por cierto, no será demasiado elevado, algo casi simbólico.

—¿Tan simbólico como qué?

—Como el importe de un apartamento de dos habitaciones en un complejo residencial para personas con necesidades especiales.

De su garganta salió una carcajada. Ronca y amarga. Cortante.

—Tú has perdido la cabeza, mujer.

—En realidad, estoy siendo más que generosa contigo, Carter. Si desde un principio me hubieras dado lo que me correspondía, habría salido sin duda ganando mucho más.

—No sé de qué me hablas.

La anciana tardó en contestarle. Por primera vez desde que llegamos, parecía estar sopesando sus palabras para dar en la diana sin posibilidad de error.

—Tú te quedaste con el dinero de Fontana que debería haber sido para nosotras —dijo por fin con forzada lentitud—. El que él puso a nombre de tu mujer en su testamento cuando ella lo engatusó.

—Cuidado con lo que dices, Darla. Cuidado —advirtió Daniel alzando un dedo amenazador.

—Sé perfectamente de qué estoy hablando. Tu mujer sedujo a Fontana. Y él terminó dejándole su dinero, ese que al final acabó en tus manos. El que nos habría correspondido a mi hija y a mí si vosotros nunca hubierais aparecido por aquí y si él no se hubiera enamorado de ella como un absoluto imbécil.

La piel se me erizó al oírla, Daniel contestó sin apenas despegar los labios.

—No sabes de lo que hablas…

—Sé perfectamente lo que digo. Perfectamente. Andrés Fontana estaba loco por tu mujer y ella le seguía el juego. Ahí andaba siempre cerca de él, con su pelo largo, con su sonrisa permanente. Cada vez que ella aparecía por el departamento, él perdía el norte. Tú apenas le dedicabas un par de minutos: le dabas un besito, le hacías una bromita y seguías a lo tuyo. Y entonces ella iba a verle y él se la comía con los ojos, se volvía otro de pronto, tierno como un cordero. Durante todos los años que le conocí, nunca le oí reír tanto como cuando estaba con ella. La adoraba, Carter, y tú no te dabas ni cuenta.

—Solo está intentando provocarte, Daniel —le dije en voz baja—. Vámonos de aquí. No la dejes seguir.

—¿Ves? Lo mismo que esta hace ahora contigo para embobarte, usar el maldito español. Porque esta amiguita tuya, igual que la otra, también tiene un marido por algún sitio, ¿no?

Preferí no responder. Él, en cambio, no se contuvo.

—¡A ti qué te importa, déjala en paz! —tronó. Con un movimiento impulsivo, quizá para protegerme, quizá para protegerse él, me agarró una mano con fuerza—. Esto es entre tú y yo, Darla, ni se te ocurra atacarla a ella.

—Al final, la historia siempre se repite: así de bobos y de memos somos los humanos —continuó sin inmutarse—. La mujer joven y lista seduce al hombre maduro, y el hombre maduro, que se creía más listo todavía, acaba cayendo como un colegial. No sé si tú tendrás a alguien esperándote en tu casa en Santa Bárbara o dondequiera que vivas mientras andas moneando con esta por aquí, pero Fontana sí tenía a alguien cuando tu mujer lo embelesó. Me tenía a mí.

Ahora fue una risotada bronca de Daniel la que la cortó.

—Fontana no tenía nada contigo. Tan solo era una buena persona a quien tú y tu hija dabais pena.

—¡Él era mío hasta que llegasteis vosotros! —chilló la anciana despegando colérica la espalda de su sillón—. Nos cuidaba a mi Fanny y a mí, se había hecho cargo de nosotras desde que el borracho inútil de mi marido nos dejó. Pero tuvisteis que aparecer por aquí vosotros, los fabulosos Carter, para fastidiarlo todo. Y entonces tu mujer lo encandiló, él cayó en sus redes y nos dejó de lado.

—Él estaba harto de ti, Darla —replicó Daniel. Intentaba hacer acopio de paciencia, a duras penas lo conseguía—. Harto de tus caprichos y tus exigencias, de tu comportamiento impertinente con él y con todos nosotros. Desconozco qué hubo entre vosotros antes de que mi mujer y yo nos instaláramos en Santa Cecilia, él prefirió no contármelo. Quizá vivisteis una aventura, puede ser. De lo que sí tengo constancia es de que, cuando nosotros llegamos aquí, de aquel afecto que algún día pudiera o no haberte tenido, no quedaba nada. Absolutamente nada. Para él fuimos una liberación, un soplo de aire fresco. Gracias a Aurora y a mí, él logró distanciarse más aún de ti.

—¿Y sabes qué? —prosiguió ella haciendo caso omiso a sus palabras—. Que todo lo que pasó después fue culpa tuya. Deberías haberla vigilado más, deberías haberle tenido el ojo puesto encima. Era tu responsabilidad: tú la sacaste de su país, la separaste de su familia y de su mundo. La arrastraste contigo a una tierra extraña, pero no fuiste capaz de protegerla lo suficiente. A lo mejor todo aquello que tanto lloramos después nunca habría ocurrido si tú hubieras estado más pendiente.

A mi memoria volvieron las palabras de la noche anterior en mi apartamento. Sus propias reflexiones al respecto, la larga culpa que tantos años sobre Fontana descargó.

—¡Tú qué coño sabes de mi vida con mi mujer! —bramó lleno de cólera.

Al segundo, con mi mano todavía en la suya, propinó una patada a una silla con tal furia que hizo saltar por el aire un sinfín de trastos inútiles que acabaron estrellándose contra la pared. El suelo quedó sembrado de porcelanas decapitadas, pedazos de cerámica y tripas de souvenirs. Sin hacer caso al estropicio, la anciana continuó impasible.

—Yo os veía, os observaba, me daba cuenta de todo. Ella pasaba el tiempo por ahí, entrando y saliendo, a su aire. Y tú, mientras, en tu despacho, aporreando todo el día aquella máquina de escribir que retumbaba por toda la planta del Guevara Hall. Aún me parece que te estoy oyendo machacar las teclas, ¡clan! ¡clan! ¡clan! ¡clan! y después aquellos golpes que pegabas al carro, como un animal, ¡ras! ¡ras! Y venga a teclear otra vez, por Dios bendito, qué suplicio. Pero tú vivías ajeno a todo, antes se imponían tus aspiraciones profesionales. Querías irte de aquí, ¿recuerdas? Esto se te quedaba pequeño, querías marcharte a Berkeley, hacer carrera en una gran universidad.

—Para, Darla… —insistió intentando recuperar la calma. Su aguante, sin embargo, parecía al borde del agotamiento.

—Eras el profesor más popular de la universidad, el más auténtico, el más divertido, el más guapo —prosiguió ella imparable como una pala de demolición—. Y cuando no estabas encerrado en tu despacho o dando tus clases siempre llenas o invitando a tus alumnos a fiestas hasta las tantas en vuestra casa, te dedicabas a alborotarlos por el campus con tus arengas contra la guerra de Vietnam, con tus soflamas contra el sistema. ¿Se te ha olvidado eso también? Te tuvieron que llamar la atención varias veces, te abrieron un expediente.

—Para ya, Darla, déjalo ya, por favor… —volvió a insistir.

—Fontana y tu mujer murieron juntos por tu egoísmo, porque no quisiste enterarte de lo que había entre ellos, por permanecer absorto en tu propio universo. Tendrías que haber estado al tanto y no consentir que intimaran así. Deberías haberlos separado. Si lo hubieras hecho, ni tu mujer ni mi hombre habrían llegado a aquel penoso desenlace.

El silencio tenso volvió a asentarse en el lúgubre salón. Percibí cómo Daniel se preparaba para responder, cómo procesaba la información, ordenaba sus pensamientos y elegía sus palabras. Y entonces fui consciente de que todo estaba yendo ya demasiado lejos. Darla lo estaba arrastrando al abismo y él la seguía en su juego macabro.

Me solté de su mano y le agarré el brazo.

—Vámonos —ordené tirando de él—. Ahora mismo.

—Un minuto, Blanca, un minuto solo y se acabó.

Acto seguido, cambiando de tono y de lengua, se volvió hacia la anciana otra vez.

—Ha pasado demasiado tiempo y ya no hay marcha atrás, Darla. Nada de lo que me cuentes hoy va a hacer que los ausentes regresen a mi lado. Tus desvaríos, sean ciertos o no, en nada van a alterar la inmensidad de todo lo que en su día sufrí, pero aquello fue el ayer y yo ya estoy fuera de ese tiempo terrible. Por eso, por favor, vamos a terminar con este encuentro de una vez.

—Tú encárgate de hacerme llegar el dinero para un apartamento para gente como yo, y todo habrá llegado a su fin.

—¿Para gente como tú? ¿Tan decrépita o tan miserable?

—Vaya, vaya —dijo fingiendo una risita rebosante de cinismo—, veo que aún mantienes vivo tu ingenio, profesor. Intuyo que no lo corroyó del todo aquella basura que te metiste en el cuerpo. ¿Te ha contado el gran académico a qué se dedicó cuando huyó de Santa Cecilia, Perea? ¿Te ha contado por qué perdió su puesto en esta universidad? Yo solo conozco parte de la historia, pero creo que es muy interesante. Cuéntaselo, Carter, cuéntaselo mientras te follas a tu nueva perra española esta noche, si es que aún se te levanta.

—Ahora sí nos vamos, Blanca —dijo por fin sin responder a la obscenidad—. Y disculpa este espectáculo tan miserable, no es más que una vieja patética que lleva treinta años acumulando rencor.

—Ay, ay, ay, no seas tan malo conmigo, querido —dijo con una aparente docilidad desbordada de hipocresía—. Mañana, a las diez. Que no se os olvide.

—Nos lo pensaremos. Y ahora, si nos lo permites, nos largamos. Ya hemos oído bastante bazofia por esta noche.

Dejando a la vieja reconcomida en su sillón, nos dirigimos hacia la salida. A duras penas pude contener mi alivio, las ganas de gritar, de respirar el aire de la noche, de salir al mundo real otra vez.

A punto de abrir la puerta, sin embargo, su voz nos detuvo.

—¡Carter!

Un graznido más que un grito. Un chillido áspero que nos heló los oídos a los dos.

Ambos volvimos la cabeza y en un fogonazo súbito fui de pronto consciente de que me había equivocado en mi presagio del fin. Aún faltaba la traca en aquella lúgubre fiesta.

Seguía hundida, con el lápiz de labios ya fuera de su contorno y aquel pelo de muñeca barata desparramado sobre el respaldo del sillón, preparándose para lanzar la última carga de su munición devastadora.

—A lo mejor nada de esto habría llegado a ocurrir si hubieras sido capaz de darle a tu mujer algo que ella andaba pidiendo a gritos.

Una pausa espeluznante precedió al torpedo.

—Un hijo, por ejemplo.

## CAPÍTULO 37

Darla Stern soltó una última carcajada. Una carcajada punzante, espantosa. Automáticamente miré a Daniel a la cara y percibí cómo entrecerraba los ojos y tomaba con ansia aire por la nariz. Anticipé su reacción y lo agarré con fuerza, pero se zafó de mí, dio una zancada hacia delante y empezó a alzar un puño cerrado. Iba a por ella a ciegas. Reaccioné veloz, supe de inmediato que tenía que sacarle de allí como fuera. Alejarle de Darla, de ese cuerpo exiguo cargado de años, huesos y artrosis. Si le dejaba acercarse, la iba a machacar.

Con dos pasos me puse frente a él. Apoyé mis manos contra su pecho, frenando su avance como un muro de contención. Él mientras seguía gritando como un energúmeno, desencajado. El puño amenazante aún en alto, el pelo en la cara, lanzando con furia inmensa los insultos más aberrantes en una catarata sin freno. Le hablé entonces con un arranque de autoridad que no sé de dónde logré sacar.

—Se acabó. Es una perturbada y una provocadora. No le sigas el juego, no te dejes arrastrar.

A duras penas conseguí mantenerle medianamente inmovilizado durante unos instantes que se me antojaron eternos, hasta que por fin percibí una cierta relajación en la tensión de su cuerpo. Le volví a agarrar entonces por el brazo y tiré de él con toda mi energía hasta arrastrarle fuera de aquel esperpéntico escenario.

No le pregunté si había venido en coche o no, tan solo, por pura inercia, echamos a andar. Callados y abatidos, sobrepasados ambos por la atrocidad del encuentro.

Había llovido, no había un alma por las calles, sobre el suelo mojado solo se oían nuestras pisadas. Anduvimos sin rumbo durante un rato largo, mientras me asaltaban mil preguntas, mil dudas. Pero preferí no hablar ni intentar que él lo hiciera. Hasta que en un momento de nuestra caminata errática, se detuvo y me miró.

—Aurora estaba embarazada. Ya había sufrido dos abortos, era nuestra tercera esperanza, la más avanzada de todas sus gestaciones. Tenía problemas para llevar a término los embarazos. Su ilusión por ser madre era inmensa pero, con todo, aguantaba la adversidad con una entereza admirable. Era una mujer magnífica, una grandísima persona.

No dijo nada más y yo, simplemente, asentí con la cabeza sin saber ni juzgar. Reemprendimos la marcha caminando en silencio otra vez a lo largo de calles y plazas desiertas. Todo estaba ya cerrado, los restaurantes, las tiendas, los cafés. Con excepción de algún coche muy de tanto en tanto, éramos los únicos que deambulábamos por aquella zona.

—Tú también lo sospechaste alguna vez, ¿verdad?

Yo misma me sorprendí al oír mi pregunta en medio de la noche. Me sobrecogió mi osadía, mi invasión insolente en su privacidad. Pero mi subconsciente sabía que yo necesitaba saber. Y él lo entendió.

—Alguna vez, no: lo pensé cientos de veces, Blanca. Miles de veces.

Dejó pasar unos momentos, tragó saliva con esfuerzo, noté el ruido de su nuez en su garganta. Después continuó.

—Pasé tres años atroces fuera del mundo, ausente, perdido, sin contacto con la realidad. Tres años dan para hacer unas cuantas imbecilidades y también para pensar mucho.

—¿Y cuál fue tu conclusión?

—Que él se enamoró de Aurora calladamente —dijo con voz turbia—. Y que ella nunca llegó a saberlo.

Volvió a enmudecer, volvió a meditar. Luego siguió.

—Él ya estaba plegando velas, desencantado tras relaciones sentimentales tortuosas que nunca acabaron de fructificar, cumpliendo años y dispuesto a dedicar sus días a rematar su carrera y su vida sin sobresaltos.

—Y entonces apareciste tú con ella…

—Entonces apareció ella con su luz. Con su alegría de vivir y su ternura, con el alma de la vieja patria a la que él jamás volvió. Y él, que a pesar de su cuerpo de toro era un hombre de corazón frágil como al final lo somos todos, cuando creía estar ya en el camino de vuelta, simplemente, se enamoró.

Noté un levísimo quiebro en su voz y preferí no seguir preguntando, no necesitaba saber más. Ya estaban todas las piezas en su sitio. Completar el rompecabezas, sin embargo, no había resultado gratuito. Ni para mí, ni mucho menos para él. Su dolor se percibía en su rostro contraído, en la tensión de su cuerpo cercano al mío, en el silencio que ya no volvió a romper.

Los pasos nos llevaron a su apartamento, puede que yo misma, instintivamente, los dirigiera hacia allí. Le acompañé hasta dentro. Sin ni siquiera encender una luz, se quitó la chaqueta, la dejó caer al suelo y se desplomó en un sillón.

Con las luces apagadas, me dirigí a la zona de la cocina. Me resultó fácil, apenas había muebles ni impedimentos que sortear; al igual que mi propio alojamiento, se trataba de un sitio de paso sin huellas ni señales de las almas que accidentalmente pasaban año tras año por allí. Rebusqué entonces en los armarios semivacíos, alumbrada tan solo por el reflejo amarillento de una farola callejera a través de la ventana. Entre media docena de copas desparejadas y un puñado breve de platos soperos, encontré una botella de Four Roses a la mitad. Serví dos vasos generosos, le entregué uno. No me dio las gracias, ni siquiera me miró. Solo lo agarró y bebió un largo trago. Yo hice lo mismo, nuestras mentes castigadas necesitaban un poco de ayuda para digerir todo lo siniestro de la situación. Para aplacar la aspereza de la desolación tras la batalla.

No cruzamos ni una palabra hasta que, al cabo de un buen rato, me levanté. Él seguía sentado, absorto en la oscuridad. Con las piernas separadas y las manos juntas, sosteniendo el vaso vacío. Lo retiré de entre sus dedos y lo dejé sobre la mesa. Me senté en el brazo de su sillón, pasé mi mano por su pelo y su rostro, por su barba clara, por su gesto aún contraído.

—Me voy a casa.

Antes de alcanzar la puerta, me llamó. Con voz ronca, oscura, como si saliera de un pozo. Del pozo sin fondo del horror revivido.

Me giré.

—No te vayas. Quédate conmigo esta noche.

Volví a su lado sin una palabra y me acurruqué junto a él para hacerle compañía mientras cada uno ajustaba cuentas con sus propios demonios. Al cabo de un rato largo, sin iluminación y sin desprender la mirada de la pared, empezó a hablar.

—Jamás he podido encontrar una respuesta coherente que justifique mi comportamiento tan insensato durante aquellos años; no sé si se trató de un acto de rebeldía o de cobardía, o una simple reacción animal ante la desesperación y el dolor, pero tras el accidente fui incapaz de soportar la idea de seguir solo en Santa Cecilia y opté por largarme sin completar siquiera el curso, sin decir nada a nadie y sin tener la más remota idea de dónde iba a acabar. Al final, después de dar tumbos por la costa mexicana del Pacífico, terminé quedándome casi tres años en un poblacho de pescadores junto a Zihuatanejo. Tres años en los que no hice absolutamente nada más que atormentarme el cuerpo y el alma: no leí ni un libro, no abrí ni un periódico ni escribí una sola línea. Tan solo me dediqué a meterme en el cuerpo toda la mierda que pude encontrar y a aislarme en mi agonía; en los huesos, vestido como un pordiosero y sin hablar apenas con nadie. Mirar el océano y consumir porquería, ese fue todo mi quehacer.

—Hasta que Paul Cullen fue en tu busca —adelanté recordando nuestra conversación el día en que conocí al exmarido de Rebecca—. Por eso me dijiste la noche de Thanksgiving que él había sido testigo de tu propio infierno.

Sonrió con una mueca agria en la penumbra.

—Algún fugaz rastro de lucidez debió de quedar por fortuna en mi pobre cabeza porque, al cabo de un tiempo, di señales de vida y llamé a los Cullen. Y entonces vino Paul y, al ver mi estado, se quedó conmigo un tiempo. Me cortó el pelo y las uñas, me afeitó y me obligó a comer como a un niño. Me curó las heridas y las picaduras que tenía por todo el cuerpo y me abrazó igual que sostenía a sus hijos pequeños cuando por las noches tenían fiebre o les asediaban las pesadillas.

—Pero no consiguió hacerte regresar...

—Aún no estaba listo y él lo entendió; todavía tuvo que pasar un tiempo hasta que mi patético duelo alcanzó su fin. Ignoro por qué decidí recorrer aquella vía muerta —añadió encogiéndose de hombros—, te juro que no tengo la menor idea. Lo único cierto es que, al final, logré salir. Por Aurora y por mí mismo: por su memoria, por mi cordura y mi dignidad. Cuando fui capaz de recobrar la lucidez necesaria como para poder analizar qué había sido de mí, me encontré con que, a mis treinta y siete años, no era más que un extoxicómano solo como un perro sarnoso, más pobre que las ratas y sin perspectiva laboral inmediata alguna. Con todo, aprendí a existir de nuevo, de frente, con la cabeza alta. Dispuesto a pelear por volver a ser feliz, pero sin estar quizá del todo preparado para que alguien descerrajara de pronto a patadas esa puerta que yo creía cerrada desde hacía tanto tiempo.

La primera luz del sol inundaba el apartamento cuando me desperté. Apenas tardé un par de segundos en ubicarme y recordar en un fogonazo la noche anterior. Yo seguía tumbada en el sofá, pero el hueco que él había ocupado estaba vacío. Al fondo, tras una puerta cerrada, sonaba el agua cayendo de una ducha abierta. En el suelo, unas zapatillas de deporte que no estaban allí antes, vestigios de una carrera matutina, intuí. No supe si él había conseguido descansar algún rato, imaginé que no.

Cuando me puse de pie, noté el peso del plomo en la cabeza. Tenía la boca pastosa, las articulaciones rígidas y una inclemente amenaza de tortícolis. Descalza y adormecida, preparé una cafetera. Los dos vasos en los que habíamos bebido estaban en el fregadero, la botella de bourbon en el cubo de la basura, vacía.

Apareció a los pocos minutos. Con el pelo mojado, ropa limpia y los ojos vidriosos, se aproximó a la zona abierta de la cocina mientras se doblaba las mangas de una camisa negra. Negra como su ánimo, como su alma. No nos dijimos nada, simplemente le tendí un café. Acercó sus dos manos hacia la mía. Con la izquierda agarró la taza, la retiró de mis dedos y la dejó sobre la encimera. Con la derecha me atrajo hacia él.

—Ven aquí. —Me abrazó—. Gracias por no irte. Ha sido una noche muy larga. Muy larga y muy triste, una noche de cuchillos afilados. Nunca pensé que los fantasmas pudieran volver con tanta fuerza.

Apoyé mi cara en su pecho y cerré los ojos, aún estaba medio dormida. No nos despegamos en un rato eterno.

# CAPÍTULO 38

A mediodía estábamos de vuelta en el apartamento de Daniel por segunda vez, sacando del maletero de su coche los últimos montones de material.

Antes, cuando por fin retornamos a la urgencia del presente, me había hecho partícipe de sus decisiones nocturnas.

—¿De verdad vas a ser capaz de darle el dinero que cuesta un apartamento a cambio de unas cajas de papeles que ni siquiera sabes lo que contienen? —pregunté incrédula.

—Prefiero correr ese riesgo a que acabe quemándolos o destruyéndolos con una trituradora. Y, además, es el propio dinero de Fontana el que va a pagarlo, la herencia que él decidió legar a Aurora sin sospechar que ambos acabarían sus vidas juntos. Nunca lo he tocado excepto, como te dije, para pagar tu trabajo estos meses. Pero hay bastante más; en principio fueron sus ahorros y un seguro nada despreciable, y con el tiempo todo eso ha ido rentando hasta convertirse en un pequeño capital. Siempre pensé que acabaría donándolo a la universidad o a alguna institución humanitaria, jamás lo habría gastado en mí.

—Sigo sin entenderlo...

—No tengo ningún interés en proporcionarle a Darla un mínimo de calidad de vida en su declive; por lo que a mí respecta, como si se la comen viva los gusanos. Pero al menos me consuela pensar que esto redundará a la larga en beneficio de la pobre Fanny, que la sacará de esa casa miserable y le proporcionará un hogar digno que en su día acabará siendo de su propiedad. Y, bajo esa perspectiva, tampoco creo que sea la peor de las soluciones. No me cabe duda de que él habría dado por bueno destinar su dinero a tal fin.

No insistí, aquello no era asunto mío, pero seguí dando vueltas a si tenía o no razón mientras él hablaba por teléfono con su banco y resolvía los trámites.

A las diez en punto, conforme a lo acordado, acabamos regresando a casa de Darla Stern. La luz del día no lograba aminorar lo patético del ambiente, todo continuaba tan sórdido como la noche anterior: trastos desparramados, una silla volcada, la televisión encendida sin voz y aquel nauseabundo olor a ocaso flotando en el aire. La anciana se mantenía en su sillón, seguramente ni siquiera se había acostado en toda la noche. La única diferencia en esa nueva visita fue que permaneció callada todo el tiempo. Muda, medio aletargada, con los ojos cerrados. Tal vez sedada, tal vez agotada. O, simplemente, fingiendo.

Un hombre corpulento con gafas metálicas y un grueso anillo de oro en el meñique se presentó como su representante legal dispuesto a encargarse de la transacción.

—Acompáñenme, por favor.

Nos condujo al garaje por un lateral de la cocina, sucia, destartalada y con un leve tufo a putrefacción. Abrió después una puerta con esfuerzo, empujándola con el hombro hasta que la hizo ceder. Apartándose a un lado, nos invitó a entrar en una fusión de vertedero y cuarto de los trastos sin apenas espacio para movernos dentro, lleno como estaba de morralla y telarañas, montañas de bolsas de basura atadas con nudos y pilas de periódicos de décadas atrás. Bajo la luz siniestra de una débil bombilla cubierta de mugre y bichos muertos, el abogado señaló un montón de cajas arrumbadas contra una pared.

Mientras Daniel negociaba con él sin molestarse en disimular su antipatía ni con las maneras ni con la voz, yo abrí una de las cajas para examinar el objeto del chantaje. En mitad de lo asqueroso de la situación, no pude evitar que un suspiro de alivio saliera de mí. No necesité hurgar demasiado para comprobar que todo aquello parecía coincidir con el resto de las posesiones documentales de Fontana. Allí estaba posiblemente lo que yo tanto había echado de menos en aquellas semanas, meses casi, en los que el hilo conductor del trabajo de mi compatriota se me había escapado de las manos como un reptil resbaladizo. Amarillentos y ajados, aquellos papeles revueltos en un barullo inmenso contenían, sin duda, lo imprescindible para dotar de coherencia a la última etapa del legado.

La voz de Daniel me sacó del ensimismamiento, solo tuvo que pronunciar mi nombre en tono interrogante. Le respondí con un gesto. Conciso y breve, definitivo. Sacó entonces una chequera del bolsillo interior de su chaqueta y estampó su firma en varios talones que pasaron inmediatamente a la mano ensortijada del abogado. Darla, ajena en apariencia al asunto, continuaba entretanto adormecida en el salón.

Tardamos más de un par de horas en sacar todo del siniestro garaje y en organizarlo dentro del Volvo de Daniel, ocupando por completo en dos viajes el maletero y el asiento de atrás. Apenas hablamos durante los trayectos. Ni cuando entre los dos trasladamos las cajas del coche a su apartamento. Ni cuando las observamos con incertidumbre, como si fueran un batallón de alienígenas en medio del parquet. Finalmente fue él quien quebró el silencio.

—Y ahora, ¿qué hacemos?

—Yo qué sé, Daniel, yo qué sé… —murmuré. Me llené los pulmones de aire, lo expulsé—. Intuyo lo que estás pensando y me temo que la respuesta es no. Ya es demasiado tarde, yo ya estoy fuera de esta historia. Además, vuelvo a casa dentro de nada, ya lo sabes.

Mantuve mi mirada concentrada en las cajas mientras notaba la suya sobre mí.

—¿No puedes o no quieres?

—No puedo encargarme, es muchísimo material. Y después de todo lo que ha pasado estos días, apenas me quedan fuerzas. No sería capaz de hacerlo en tan poco tiempo, esto es un mundo, ¿no lo ves? —dije con impotencia señalando las cajas repletas.

—Pero tampoco sabes si quieres.

Me dirigí a su cuarto de baño sin contestarle ni pedirle permiso, me lavé las manos mugrientas. A mi alrededor, los útiles escuetos de un hombre acostumbrado a campar solo. Cepillo y pasta de dientes, cuchilla de afeitar, una toalla grande colgada en la pared. La ropa sucia del deporte mañanero lanzada al suelo en una esquina; en un estante, una radio. Ni rastro de mejunjes o enseres innecesarios.

—Han pasado muchas cosas inesperadas en estos últimos días… —dije volviendo junto a él mientras me terminaba de secar las manos en el pantalón.

No se había movido, seguía con la atención concentrada en los documentos. O eso parecía.

—Cosas que nos han trastocado a los dos, que a ratos nos han separado y a ratos nos han acercado…

—Pero sigues pensando que te engañé —atajó.

Los dos alzamos a la vez los ojos. Los suyos claros, los míos oscuros. Los suyos cansados, los míos también.

—Creo que todavía no he sido capaz de hacerte saber cuánto me arrepiento —continuó—. Te lo podría estar repitiendo de la mañana a la noche, y aun así no lograría perdonarme lo torpe que he sido contigo. He actuado como un imbécil y un cobarde, entiendo cómo te sientes y daría lo que fuera por poder empezar de nuevo esta historia con otro pie. Pero lamentablemente ya no es posible, Blanca. Ahora solo podemos mirar hacia adelante, no hay manera de volver atrás. Por eso te pido que pongamos el contador a cero. Que arranquemos sin rencores otra vez.

Continuábamos de pie frente a las cajas, cruzados de brazos ambos, inmóviles.

—La semana que viene acabaría todo —añadió—. El mismo día de tu marcha acaba el plazo para interponer cualquier recurso contra el proyecto de Los Pinitos, no tendrías que cambiar siquiera la fecha de tu vuelta.

—Pero hay una solución mucho más fácil, Daniel: tú tomas el testigo, puedes hacer este trabajo igual que yo. Tal como me dijiste, para esto no hace falta ser especialista en nada. Simplemente, aplicar rigor y método.

—No hay tiempo, yo nunca podría avanzar a tu ritmo, necesitaría retrotraerme al material anterior, revisar todo lo previo para saber qué es exactamente lo que hay que buscar. Y me temo que ya es demasiado tarde. Con el tiempo tan al límite, tú eres la única persona que ahora mismo tiene una idea precisa de por dónde va todo el asunto: los antecedentes, las lagunas concretas que hay que rellenar, las conexiones entre unos documentos y otros, las piezas que hay que encajar. La única que está en disposición de hacerlo y de llegar a saber si aquí puede haber algo definitivo, eres tú.

Abandoné el apartamento anclada en mi negativa.

Me encaminé a mi despacho, aquella misma tarde tenía mi

última clase del curso de cultura española. Antes, aún me quedaba trabajo por hacer.

Por mucho que me esforcé en despejar mi mente y volver a la normalidad, los acontecimientos y las emociones de los dos últimos días habían sido tan intensos que habían conseguido trastocar mis percepciones y poner mis sentimientos del revés. Quizá por eso me costó concentrarme en los que ya iban siendo los últimos escritos, y por eso me equivoqué un montón de veces con las teclas en el ordenador. Mis sentidos no estaban templados. Mi mente andaba por otras sendas.

Al cabo de un largo rato de absoluta improductividad, despegué la vista de la pantalla y la desvié hacia los montones de documentos ordenados y clasificados en los que se había convertido con el paso de los días el barullo inicial del legado de Fontana.

Perdida ya toda esperanza de abstraerme en el trabajo, me recosté en mi sillón y me paré a pensar en él. Rememoré su figura rotunda en las viejas fotografías de la sala de juntas: su barba oscura, los ojos despiertos y agudos. Repasé mentalmente sus escritos, sus cartas y los miles de notas escritas con su trazo contundente. Y, entremezclado con todo ello, recompuse su rastro dilatado a lo largo de los cincuenta y seis años que el destino le concedió vivir. Durante meses supuse intuitivamente que había muerto a una edad muy superior. Mi viejo profesor, le llamaba Daniel a menudo. Ahora él mismo le sobrepasaba en edad.

Sin quererlo casi, en mi cabeza comenzaron a amontonarse ruidos y secuencias, estampas imaginadas de cómo pudo haber sido su trágico final. Faros cegadores, volantazos, rechinar de ruedas. Ella desencajada, sus dedos como garfios aferrados a él cuando ya estaba en marcha la cuenta atrás. Luces deslumbrantes, cristales rotos, gritos. El repiqueteo de las gotas de lluvia cuando todo se paró, silencio luego. Y, al final, la oscuridad.

Me levanté entonces, me acerqué a la ventana. De pie, con el hombro apoyado en su borde y mi rostro apenas a un palmo del cristal, contemplé el campus casi desierto a aquella hora de la tarde. Los estudiantes agotaban sus últimas clases o estaban encerrados preparando sus exámenes, el otoño se consumía anticipando el invierno inminente, las hojas se acumulaban en montones sobre la hierba, y las ramas de los árboles mostraban sin pudor su desnudez.

Las palabras de Darla Stern retornaron a mi memoria arrastrando con ellas la que quizá fuera la última gran certeza en la existencia del profesor. Ella estaba convencida de que él había estado enamorado de Aurora. Daniel, desde otra perspectiva, así lo creía también. ¿Tenían razón ambos, era aquella la verdad? El hijo del minero cautivado por la mujer de su amigo y pupilo, alguien a quien jamás podría tener. Atraído hasta lo más profundo por aquella compatriota joven y hermosa de la que le separaba una barrera que nunca sería capaz de traspasar.

Despegué la vista de la tarde a través del cristal y la concentré sobre las pilas que a lo largo de los meses habían conformado el legado ya en orden. Una idea tan vaga como insistente comenzaba a tomar forma. Un presentimiento, un pálpito. Algo difuso que me decía que entre aquellos papeles había algo que podría testimoniar lo que ellos daban por cierto. Algo que había pasado ante mis ojos, que yo había leído en su momento sin alcanzar a percibir lo que se escondía tras ello.

Miré la hora incapaz de vislumbrar algo definitivo. Cinco minutos para mi última clase en Santa Cecilia. El primer adiós.

Una hora más tarde, cuando la sesión había perdido cualquier remoto olor a encuentro académico y andábamos a su fin intercambiándonos direcciones de correo electrónico para esa visita a España con la que todos mis alumnos prometían obsequiarme en algún impreciso lugar del tiempo, en el rincón más oscuro de mi cerebro se encendió una luz. Diminuta como una cerilla en mitad de un descampado a oscuras. Imperceptible casi, pero con la capacidad para iluminar mi memoria y orientarme en la búsqueda de lo que necesitaba encontrar.

Volví al despacho apretando el paso por los pasillos mientras mi convicción ganaba peso. Entré en tromba, me arrodillé ante uno de los montones de papeles y comencé a hurgar en sus entrañas con las dos manos. Hasta que apareció. Una hoja de papel amarillenta en la que Fontana, con la tipografía de las antiguas máquinas, había mecanografiado una estrofa de un poema de Luis Cernuda. Un breve documento más, archivado como tantos entre sus escritos.

Los cuatro versos iniciales del poema *Donde habite el olvido*, con unas anotaciones adicionales.

Y entre ellos, la evidencia.

```
Donde habite el olvido,
En los vastos jardines sin aurora
       s i n a u r o r a
           aurora — a-u-r-o-r-a — Aurora
       sin aurora sin Aurora
           AURORA A - U - R - O - R - A
Donde yo sólo sea memoria de una piedra sepultada
entre ortigas
Sobre la cual el viento escapa a sus insomnios.
           A - U - R - O - R - A
               aurora
           Sin Aurora
       Jardines sin aurora
           Sin Aurora
               Aurora
                   Tú
```

En cuanto acabé de leerlos, me entraron unas ganas inmensas de llorar.

Desprovistos de la tintura retorcida y maliciosa que Darla Stern se empeñaba en conferirle y cercanos a las dudas que acosaron a Daniel en sus momentos más lúgubres, los sentimientos de Andrés Fontana se asomaban entre los versos en su plena esencia, evidenciando el amor callado por la compatriota inesperada que sin pretenderlo llenó el tramo final de su vida con aquello que él tanto tiempo llevaba añorando sin saberlo siquiera quizá.

Ecos de su propia lengua, de su tierra y su niñez. El sonido rotundo de las erres y las eñes, las elles y las zetas. Barreño, chorro, aliño. Arrullo, chiquillo, chispazo, barrizal. Evocaciones relegadas a la trastienda de la memoria, refranes y jaculatorias que él llevaba más de tres décadas sin oír. Memorias de pucheros en la lumbre, Mambrú se fue a la guerra, la carne de membrillo, Ave María Purísima y algún válgame Dios. El olor ajeno, la risa joven, el roce involuntario de su piel. La razón intentando poner freno a sus sentimientos y estos, desbocados, desobedientes, creciendo sin contención.

Una pasión muda, soterrada ante el mundo. Incluso para ella tal vez. Pero viva y real, poderosa. Andrés Fontana y Aurora Carter. El viejo profesor largamente expatriado y la mujer mediterránea que llegó de la mano de su discípulo a aquella tierra que no era de ninguno de los dos. Tan dispares en todo. Tan próximos en su fin.

Y, de pronto, extrañamente, el pulso del ayer se reactivó en mi presente y, en una conexión precipitada, intuí otra nueva luz. Nítida, clara, alumbrando mi propia vida y despejando por un momento la bruma densa que llevaba meses instalada sobre mí. Al asumir la pasión de Fontana por Aurora, en cierta manera comprendí a Alberto también. A través de ellos entendí algo tan simple, tan orgánico y elemental como que la única causa que le guio para apartarse de mi lado fue la fuerza de un amor sobrevenido que se le cruzó en el camino como tal vez se me habría podido cruzar a mí. Un sentimiento que le sobrepasó.

A pesar de su torpeza conmigo, de todo lo reprochable y censurable y del dolor que me llegó a causar, el amor ajeno del viejo profesor me hizo entender que, ante las jugadas que el destino nos pone insospechadamente por delante, a veces no se puede aplicar la razón.

Solo entonces fui consciente de que nada había terminado.

De que, de hecho, casi todo estaba todavía por empezar.

En el Guevara Hall no quedaba un alma cuando salí de mi despacho, solo silencio, puertas cerradas y la oquedad triste de los pasillos vacíos.

Al llegar de nuevo a su casa lo encontré sentado frente a su mesa de trabajo, en un estado de absoluta desconcentración. Come in!, gritó tan solo cuando llamé. Ni siquiera se levantó a abrirme.

La espalda caída a plomo contra el respaldo del sillón, descalzo, las manos entrelazadas en la nuca, un lápiz mordido entre los dientes. La viva estampa del bloqueo mental. A su alrededor, desparramados por el suelo, fragmentos de material sacado a boleo de las cajas.

No cambió de postura al verme. Ni se sorprendió, ni me saludó. Simplemente desplazó sus gafas de lectura a la punta de la nariz y me contempló por encima de ellas.

—Tienes un aspecto terrible, vamos a dar un paseo —dije desde la puerta.

Le esperé en la calle, apenas tardó unos segundos en aparecer.

—A lo que esta mañana he dicho no ahora digo sí —le anuncié tras recorrer unas decenas de metros en silencio—. Acepto ocuparme de procesar el contenido de todas las cajas que Darla ha sacado a la luz, estoy dispuesta a meterme a fondo en la tarea de intentar recomponer el final del legado.

—No te imaginas…

—Pero quiero que sepas la razón por la que lo hago —añadí sin dejarle hablar—. No es por la aberración urbanística de Los Pinitos, ni por mi propio prurito profesional, ni por ti. Lo hago exclusivamente por Fontana. Por el Andrés Fontana cuya vida he reconstruido a lo largo de estos meses, por mi compromiso con él. Para intentar que sus esfuerzos no caigan en el olvido, como su vieja misión. Solo por él lo hago, Daniel, tenlo presente. Tan solo por él.

Seguíamos caminando sin mirarnos, pero de refilón noté que el gesto de su cara había cambiado.

—Y tampoco cantes victoria antes de tiempo —le advertí—. Tengo condiciones. La primera es al respecto de mi marcha: me sigo yendo, pase lo que pase, el día 22. Y la segunda tiene que ver contigo. No te he mentido antes, el volumen de trabajo es inmenso y yo sola no voy a poder con todo en el escaso tiempo que queda hasta que me vaya. Por eso necesito que me ayudes: yo voy a marcar la pauta, pero necesito tus ojos, tus manos y tu cabeza a mi lado, al cien por cien durante todas las horas que haga falta y sin garantía de poder llegar a ninguna conclusión a tiempo. Así que prepárate para dejar temporalmente en la cuneta a tus novelistas españoles de fin de siglo, porque vas a tener que volver la mirada mucho más atrás.

Se paró en seco y se giró hacia mí. El ceño preocupado de un rato antes se había desvanecido como llevado por el viento del anochecer.

—En tus manos quedo, mi querida Blanca.

Sin dejar de mirarme, me apartó entonces de la cara un mechón de mi melena despeinada tras el larguísimo día.

—Enteramente tuyo hasta el final.

# CAPÍTULO 39

Igual que se monta un hospital de campaña entre los escombros de un terremoto o se mete un pantalán en el mar, también nosotros procedimos a la tarea antinatura de convertir el apartamento de Daniel en una especie de laboratorio de documentos. Vestidos ambos con una comodidad cercana al desaliño, en mitad del salón dispusimos un enorme tablero apoyado en borriquetas y sobre él instalamos nuestros ordenadores, un escáner y la impresora que me llevé de mi despacho. Como contrapeso a la tecnología contemporánea, algunas reliquias que un antiguo colega suyo nos consiguió en Dios sabía qué depósito de desechos de la universidad: un prehistórico aparato para leer microfilms, un viejo reproductor de rollos de cintas magnetofónicas y un par de lupas gigantescas fabricadas antes del diluvio.

La parquedad decorativa del alojamiento nos puso fácil la tarea. En las paredes desnudas colgamos algunos mapas y sobre el suelo despejado repartimos montones enormes de papeles. De todo había: certificaciones legales, cuartillas garabateadas por el trazo inconfundible de Fontana, manuscritos amarillentos con letra decimonónica y copias reproducidas a través del nostálgico papel carbón. Incluso encontramos una cruz. Una humilde cruz de madera, apenas dos palos malatados con un cordel hecho hilachos.

—¿De dónde sacaría esto? —murmuré.

Daniel me la quitó de las manos.

—Sabe Dios… —dijo mirándola. Pasó los dedos por los nudos y los bordes ásperos, acarició su tosquedad—. Pero si a él le sirvió, a nosotros también.

La apoyó contra el viejo magnetófono tal como los padres franciscanos plantaban las cruces en sus misiones. Para que nos acompañara como a ellos en la aspereza del camino, para hacer más llevadero el rigor de nuestra empresa. A ninguno de los dos nos movía el sentimiento religioso como jamás tampoco le impulsó a él, pero aquella vieja cruz nos acercó un poco más a la memoria de Andrés Fontana.

La muerte le había llegado sin que hubiera conseguido extraer resultados concluyentes sobre su investigación, pero se percibía que el esfuerzo había sido titánico. Había recorrido la práctica totalidad de los archivos y bibliotecas de California que pudieran contener información sobre la presencia española en la zona; había pateado una a una todas las misiones, diócesis y archidiócesis del estado y, a donde no logró llegar con sus propios pies, lo hizo por correo en centenares de cartas que fueron respondidas por sus destinatarios con profusión. Su labor había sido exhaustiva y minuciosa hasta el extremo. Ahora era responsabilidad nuestra mantenernos a su altura.

Comenzamos el viernes por la mañana y nos olvidamos por completo de que en los calendarios de nuestras vidas de gente normal existía algo que se llamaba fin de semana. A ratos trabajábamos sentados y en otros momentos lo hacíamos de pie, circulando alrededor de la gran mesa. En ocasiones nos manteníamos distantes, cada uno concentrado en lo suyo. A veces, en cambio, actuábamos en necesaria cercanía, inclinados sobre el mismo documento. Buscando, encontrando, marcando. Los hombros pegados, las cabezas juntas, mis dedos rozando sus dedos, sus dedos rozando mi piel.

Los intercambios verbales eran escasos y casi telegráficos. Por sorpresa, por contrariedad inesperada o por mera admiración frente a lo que ante nuestros ojos desplegaba la última parte del legado, de vez en cuando soltábamos algún exabrupto. En inglés o español, indistintamente. Fuck. Qué tío. Shit.

Cotejamos datos, marcamos lugares y localizamos patrones coincidentes. Hasta que las primeras sorpresas comenzaron a saltar.

—En Sonoma me dijiste que el padre Altimira fue el fundador de aquella misión, ¿verdad? —me preguntó Daniel en algún momento de la tarde del sábado desde el otro extremo de la mesa—. El díscolo franciscano que no contó con el permiso de sus superiores para levantarla, según me contaste.

—¿Has encontrado algo sobre él? —dije con sorpresa—. Yo me lo he topado ya tres veces.

—Yo llevo otras tantas —confirmó—. Y aquí aparece en unas cuantas notas manuscritas, escucha:

*Diciembre de 1820: Padre José Altimira anuncia a coronel Pablo Vicente de Solá, último español gobernador de la Alta California, su nuevo destino en esta tierra. Junio 1821: Altimira agradece a Solá varios favores. Octubre 1821: Altimira notifica a Solá la entrega de un cargamento de grano a un buque ruso...*

Los datos no eran necesariamente significativos ni destacaban ningún hecho de especial relevancia, pero sí testimoniaban la fluida relación con las altas autoridades civiles del franciscano recién llegado a aquellas tierras.

—De todas maneras, hay más nombres que aparecen con relativa frecuencia. Con el padre Señán me he topado ya en otras cuatro o cinco referencias, y con el padre Fortuni por el estilo.

A medida que seguíamos trabajando, efectivamente, el rastro de los viejos padres franciscanos iba asomando con fuerza entre los papeles.

—Reserva a Altimira, por si acaso. Vamos a apilar todos sus documentos aquí —dije señalando un extremo del tablón—. Que no se nos despiste.

Y no se nos despistó. Ni él, ni ningún otro. Ni Altimira, ni Fortuni, ni Señán, ni las docenas de monjes, misiones, presidios, leyes o gobernadores que nos fueron saliendo al paso. Sin bajar el ritmo ni la guardia, alertas ante cualquier pequeño dato que nos llamara la atención.

Acabó el sábado, voló el domingo, llegó el lunes. Al final de cada día salimos a la pequeña terraza del apartamento con los chaquetones puestos y, dejando que el aire frío nos despejara la mente, estiramos las piernas sobre la barandilla y bebimos una copa de vino. O dos. O tres.

En la tarde del lunes, sin embargo, todavía no nos habíamos dado un respiro cuando nuestra paz se trastornó.

—¡Está aquí! ¡Está aquí!

Eran casi las siete y llevábamos el día entero diseccionando papeles y escuchando un montón de viejas cintas magnetofónicas. Entrevistas a curas, archiveros y paisanos, con la voz rotunda de Fontana de fondo. Me conmovió oírle. A Daniel, aún más.

Llamaron entonces a la puerta, él gritó su come in! y, sin tiempo siquiera para saludarla, oímos a Fanny chillar como una posesa.

—¡Está aquí! ¡La he encontrado!

En cuanto fuimos conscientes de a quién se dirigía con aquel aparatoso entusiasmo, cruzamos una mirada rauda cargada de desconcierto.

—¡Está aquí, doctor Zárate! ¡No hay que seguir buscando! ¡La profesora Perea está aquí, con el doctor Carter!

La figura espigada de Luis Zárate apareció en la puerta sin darnos apenas tiempo para sopesar qué hacer. Por mi mente voló un exabrupto sonoro. Cómo no se me había ocurrido avisar al director, disfrazar mi ausencia con cualquier excusa.

Demasiado tarde para lamentos, nos levantamos, le saludamos y permanecimos inmóviles en uno de los flancos de la larga mesa. Él, entretanto, se adentró en el apartamento sin esperar a que Daniel le invitara a hacerlo. Paseó entonces detenidamente la mirada sobre el material y el equipo esparcido a nuestro alrededor. Legajos, planos, mapas. Nuestros ordenadores. El escáner. Los aparatos prehistóricos. Y la impresora. Mi impresora. La misma que él me cedió.

La situación se hizo tremendamente incómoda para los tres y yo volví a maldecirme por no haber pensado antes en que aquel momento tal vez podría llegar.

Tras la tirantez muda, él fue el primero en intervenir.

—Qué encuentro tan interesante —dijo irónico sin dirigirse inicialmente a ninguno de nosotros en concreto. Hasta que su mirada se posó en mí—. Te estamos buscando, Blanca, porque Fanny se ha empeñado en que podría haberte pasado algo. Dice que no apareciste el viernes por tu despacho y que tampoco lo has hecho hoy. Hemos llamado a tu apartamento varias veces sin suerte, tienes tu móvil fuera de servicio y Rebecca Cullen está en un curso en San Francisco, así que tampoco hemos podido dar con tu paradero a través de ella.

—Verás, Luis, yo…

—No es parte de mi cometido como director, desde luego, andar buscando por las calles a quien no acude a su puesto de trabajo —me interrumpió—, pero Fanny estaba bastante alarmada y, ante su insistencia, no he tenido más remedio que ayudarle a dar contigo.

—Mil perdones, de verdad. Debería haberte informado de que iba a ausentarme temporalmente —me excusé.

Fui sincera. Lamentaba no haberlo hecho, pero todo se había precipitado de una manera tan rápida y convulsa que ni siquiera se me había pasado por la cabeza poner al departamento al tanto de mis intenciones. Aunque quizá, pensé de pronto, mi olvido había sido tan solo un mecanismo de defensa para no tener que enmascarar una verdad que para Luis sería inasumible.

No le había visto, calculé entonces, desde el día en que él apareció por sorpresa en mi despacho. El día en cuya tarde se precipitó la visita amarga a casa de Darla Stern, el día cuya noche pasé acurrucada junto a Daniel en su sofá mientras él nos narraba a la oscuridad y a mí los momentos más tristes de su vida. El mismo día en el que el mismo Luis Zárate, dentro del feudo de su propio departamento, me ofreció su apoyo con un talante a años luz de distancia de lo meramente profesional.

Aquella complicidad, sin embargo, parecía haber saltado por los aires a la vista de las nuevas circunstancias. Y ante ello supe que, de momento, lo más prudente por mi parte era callar.

—Una ausencia muy productiva, por lo que puedo ver —continuó mientras seguía curioseando entre el material.

Levantó un mapa de la costa de California y lo examinó con fingido interés. A continuación hizo lo mismo con una carta con membrete de la biblioteca Huntington de San Marino. Finalmente puso su mano izquierda sobre la impresora y la palmeó un par de veces.

Daniel y yo, entretanto, optamos por mantener el silencio, a la espera de comprobar el rumbo que tomaba la visita. Fanny, por su parte, contemplaba impertérrita la escena ignorante de todo, irradiando satisfacción por haberme encontrado y sin vislumbrar ni por lo más remoto la espinosa magnitud de lo que ella misma había desencadenado.

—Por lo que aquí observo —prosiguió entonces Luis dirigiéndose a mí e ignorando a Daniel con distante altanería—, no han sido precisamente unos días de vacaciones los que te has tomado, ¿verdad, Blanca? Veo que has estado dedicada a trabajar duro y, además, sin apartarte de la línea de tu cometido.

—Así es —dije tan solo—. Y el profesor Carter me está ayudando.

—Algo, por otro lado, que no parece muy normal, al tratarse de una persona desvinculada de esta universidad. Y, además, tampoco alcanzo a entender qué hacen todos estos documentos propiedad de la institución en su domicilio particular. Por si no lo recuerdas, estos papeles están sin clasificar y no deberían salir de la universidad sin autorización.

¿Dónde estaba el Luis Zárate de la noche en Los Olivos? ¿Dónde el que preparaba cócteles en mi fiesta, el que me piropeaba sin pudor frente a un soberbio risotto de setas, el que puso sus dedos en mi cuello, intentó posar sus labios en los míos y me ofreció un afecto aparentemente sincero?

—Este material no pertenece a la universidad, es de mi propiedad —aclaró Daniel antes de que yo dijera nada. Agrio y contundente, para que no cupiera duda.

Acto seguido, sacando unos cuantos billetes del bolsillo, cambió de tono, lengua y destinatario.

—Fanny, cariño, ¿te importaría ir a por unas pizzas? Las que tú quieras, las que más te gusten. Gracias, bonita. Y tómate tu tiempo, no hay prisa.

Liberados de Fanny, intentamos resumirle cómo habían llegado aquellos documentos a nuestras manos. Obviamente, le contamos la verdad solo al setenta por ciento. Mencionamos el garaje de Darla Stern, pero no los cheques firmados para satisfacer su capricho; le hablamos de la lejana relación de Fontana con Daniel, pero no de los treinta años que este había decidido mantenerlo en el olvido. En cualquier caso, a pesar de nuestro esfuerzo por resultar creíbles, se resistió a aceptar nuestra versión.

—Muy meritorio todo, no me cabe duda. Pero la evidencia que yo aprecio es esta únicamente —dijo extendiendo ambas manos sobre nuestra mesa desbordada—. Que todo este material es parte de lo que el profesor Andrés Fontana dejó a su muerte en el departamento que yo ahora dirijo al igual que en el pasado lo hizo él, y que ahora mismo se encuentra en el domicilio particular de un individuo ajeno a la institución, a todas luces facilitado de manera ilícita por la investigadora formalmente asignada para su procesamiento.

—Luis, por favor… —interrumpí alzando incrédula la voz.

—Así que, sintiéndolo mucho, creo que mi obligación institucional es exigir que todo esto salga de aquí inmediatamente y, después, elaborar un informe explicitando este cúmulo de irregularidades. Un informe que tendré que remitir al decano, por supuesto.

Daniel y yo cruzamos una nueva mirada fugaz, pero ninguno dijo nada.

—Y, probablemente —prosiguió usando un tono de superioridad que nunca hasta entonces había empleado en mi presencia—, mi obligación será hacer llegar tal informe también a tu propia universidad, Blanca.

—No creo que les interese demasiado —dije con un punto de insolencia.

Ignoró mi comentario.

—Y en lo que a usted respecta, Carter, dé por sentado que veré también la manera de que mi informe se reciba en Santa Bárbara.

—Déjese de tonterías de una vez, Zárate, haga el favor. Y esfuércese por confiar en lo que le estamos contando.

—Seguro que a muchos de nuestros colegas —prosiguió como si no le hubiera oído— les resultará divertido saber que el eminente Daniel Carter utiliza para sus investigaciones unos métodos de trabajo digamos poco convencionales.

Noté que la paciencia de Daniel se estaba agotando.

—Me está usted empezando a tocar las pelotas con tanta amenaza, señor director.

Estuve a punto de soltar una carcajada. La situación era tensa, sí, pero también bastante ridícula. Dos académicos curtidos enzarzados en una disputa absurda como un par de gallos de pelea, incapaz ninguno de ceder un milímetro en la defensa de su territorio. Tal vez por deferencia hacia mí, tal vez por pura inercia, ambos hablaban en español. Mantenían, no obstante, el usted en el trato entre ellos, dejando las distancias bien delimitadas.

—Tómeselo como quiera —repuso Luis con desdén.

—¿Desde cuándo me la tiene guardada, Zárate? —le preguntó entonces Daniel rodeando la mesa para acercarse a él sin barreras materiales de por medio.

Sobre la habitación se extendió una lámina de silencio denso. Hasta que Luis la rajó.

—Yo no le tengo nada…

—Porque, ciertamente, todo esto no arranca a partir de la primera vez que nos reunimos en su despacho, ¿verdad?

Fruncí el ceño con sorpresa, me invadió de pronto la intriga.

—Aquel fue nuestro primer cara a cara y antes habíamos hablado por teléfono, ¿recuerda? Pero antes de ese antes, hubo algo más. ¿O son tan solo mis suposiciones?

—Nunca tuvimos el menor contacto.

Se mantenía erguido, tenso. Con los brazos cruzados sobre el pecho, sin bajar la mirada, a la defensiva.

—Cierto, directamente, nunca lo tuvimos. Pero de manera indirecta, sí. Mountview University, marzo de 1992. Hace casi ocho años. ¿Empieza a sonarle?

—Aquello fue…

—Aquello fue un informe negativo por mi parte que frenó su promoción. Tras valorar su currículum como evaluador externo, consideré que usted no era el mejor candidato para ese puesto. Mi error posterior fue olvidar su nombre y no recordarle después de tantos años y tantos informes similares, pero es evidente que usted me mantuvo fresco en la memoria.

Las conexiones del subsuelo, las tripas. Los conductos subterráneos por los que todo se podía llegar a saber.

—Eso no tiene nada que ver con lo que ahora nos ocupa —refutó Luis con aparente parsimonia. Por su postura noté, sin embargo, que su tensión iba en aumento.

—¿Seguro? Porque, según tengo entendido —añadió Daniel—, mi voto fue el que desequilibró la balanza. Y con él, usted perdió definitivamente el puesto al que aspiraba.

Hacía rato que Daniel había dejado de ser mi simple ayudante en el desentierro de la dudosa misión. Tras sus vaqueros desgastados y aquella camisa a cuadros con aspecto de haber pasado un millón de veces por la lavadora, el académico sólido del que el propio Luis Zárate me había hablado ocupó de nuevo su sitio.

—Lamento enormemente los efectos adversos de mi decisión —continuó implacable—, pero yo me limité a hacer mi trabajo con el rigor que de mí se esperaba, aquello fue juego limpio. Puro juego académico. Sin embargo, usted se lo tomó como algo personal. Y, unos años después, cuando me crucé casualmente en su camino, le puse en bandeja la revancha.

Touché. La insolencia no se había desdibujado del todo del rostro de Luis, aunque, sin duda, se había difuminado. Obviamente, no parecía esperar que Daniel sacara a la luz aquellos trapos sucios. Aunque tampoco estaba dispuesto a tirar la toalla. Ni muchísimo menos.

Seguían frente a frente, apenas los separaba medio metro. El celoso director, impecable en la formalidad de su atuendo oscuro. Daniel, viejo zorro, dispuesto a atizar donde más duele tras la informal indumentaria de un estudiante. Y, separada de ellos por una superficie llena de trastos y papeles, yo. Tres seres dispares con sus vidas bien horneadas en tres entornos distintos, unidos de manera casi accidental en una disputa sobrevenida.

—¿Qué tal si dejamos de desenterrar viejas historias que ya no tienen vuelta atrás y nos esforzamos en ser productivos? —intervine en un esfuerzo por relajar la creciente tensión. Como cuando pretendía hacer razonar a mis hijos en momentos de soberana cabezonería, pero entre dos egos más que maduros.

—Totalmente de acuerdo, Blanca —dijo Luis—. No he sido yo, de hecho, quien ha decidido rememorar circunstancias periféricas a lo que ahora nos ocupa. Lo único que hay que hacer ahora es solucionar esta…, digamos, irregularidad.

Daniel se dirigió a la zona de la cocina separada del salón por una pequeña barra. Abrió con brusquedad el frigorífico, sacó una cerveza y lo volvió a cerrar de un portazo. Ni se molestó en ofrecernos nada. Luis y yo proseguimos en nuestro sitio, el uno frente al otro, separados por la mesa y la barricada de materiales. Negociando la manera de salir de aquel atolladero que, en caso de retorcerse, podría resultar enormemente comprometido para todas las partes.

—En cualquier caso —añadió—, al margen de la propiedad legal de todos estos papeles, me gustaría saber con exactitud qué es lo que aquí se está tramando, porque no me cabe ninguna duda de que, sea lo que sea, va más allá de la mera catalogación de documentos. Y, en caso de no obtener una respuesta convincente, el siguiente paso será pedir explicaciones a la FACMAF.

Una bronca carcajada de Daniel zanjó nuestro diálogo. Separándose de la encimera contra la que estaba apoyado, emprendió lentamente el paso hacia la mesa con la botella de cerveza en la mano, desplegando de nuevo una severidad a mil años luz de su atuendo.

—No se moleste, Zárate —dijo abriendo los brazos en toda su extensión con gesto teatral—. Le presento a la FACMAF. Lo único que hay tras ella soy yo.

Cerré los ojos unos instantes y aspiré aire con fuerza, intentando averiguar adónde quería llegar con aquella temeraria confesión. La reacción fue inmediata. Cómo no.

—¡Eso es un ultraje, Carter! Una infracción de cualquier código ético, una absoluta...

—Déjale que se explique, Luis, por favor —le rogué.

Para mi sorpresa, accedió. Y Daniel habló, detallando todo lo que yo ya sabía. Todo lo que, días atrás, había provocado en mí una mezcla parecida de indignación y desconcierto.

—No hay más, Zárate, no hay más —añadió a modo de conclusión cuando terminó de desgranar su montaje—. Y a partir de aquí, usted verá lo que hace.

—Obviamente, lo primero va a ser poner en conocimiento de la universidad la ilegalidad de la supuesta FACMAF.

—Perfecto, pero le aconsejo que lo piense bien antes, porque semejante reacción se le puede volver en su contra. En caso de que usted actúe así, no dude de que yo encontraré la forma de hacer pública la deficiente gestión de su departamento al recibir fondos a través de una fundación fraudulenta sin cerciorarse de su proveniencia.

Habían vuelto a enzarzarse. Ajenos a todo y, particularmente, a mí.

—Eso no será más que una mancha ocasional en mi gestión, pero usted quedará ante los ojos de toda la comunidad universitaria como un infractor —anticipó Luis.

—Por favor, podéis...

Ni caso me hizo ninguno de los dos.

—Llegados a este extremo, no me importa que se sepa lo que he hecho —respondió Daniel desafiante—. Estoy incluso dispuesto a autoinculparme antes de que este trabajo quede sin terminar.

Hablaban prácticamente a gritos, mis ruegos para que pusieran un poco de razón a aquel enfrentamiento no parecían siquiera rozarles las orejas.

—Me temo que no lo voy a consentir de ninguna de las maneras.

—Por favor... —insistí.

—¿Y qué va a hacer? ¿Denunciarme? ¿Llamar a un notario para que certifique...?

La botella de cerveza tuvo la culpa. Por estar tan a mano. Y vacía. Daniel la había puesto encima de la mesa descuidadamente; de hecho, hasta dejó un rodal húmedo sobre un plano de la misión de San Rafael.

Solo el ruido de los cristales rotos los frenó. Erré en mi puntería, pero sirvió el efecto. Estrépito primero y silencio después. Para hacerme oír. Al fin.

# CAPÍTULO 40

Me miraron desconcertados. Acababa de estrellar una botella contra el quicio de una puerta, hastiada del agrio combate verbal en el que los dos se habían enrocado.

—Parece mentira que seáis incapaces de intentar razonar con un poco de sentido común.

Ambos musitaron excusas entre dientes.

—En caso de que mantengáis ese emperramiento cerril para no ceder ni un ápice —continué—, la que está dispuesta a sacar a la luz todos los trapos sucios de la fraudulenta FACMAF soy yo. Me quedan cuatro días para irme, pero seguro que a lo largo de ellos tengo tiempo de sobra para solicitar una cita con el decano y exponerle con detalle las mil irregularidades de mi contratación.

Ninguno de los dos pronunció una palabra. Ninguno de los tres, porque yo también tardé en continuar. Antes tuve que esforzarme por encerrar con siete llaves mi irritación en algún desván remoto de la cabeza. Y después necesité poner orden a las distintas condiciones que les iba a plantear. Entretanto, ni uno ni otro apartaron los ojos de mí. A la espera, desconcertados aún.

—Ahora me toca hablar a mí y vosotros me vais a escuchar, ¿de acuerdo? Y sin interrupciones, por favor. Bien, los tres tenemos intereses en este asunto. Intereses dispares, pero importantes para cada cual. Tú, Luis, buscas que todo siga un cauce oficialista y estás por puro principio en contra de quien ha intentado saltarse a la torera tu posición como director, pero no te interesa que este asunto se airee con su verdad desnuda porque algunas de tus gestiones podrían quedar en entredicho y tu solvencia profesional, a los pies de los caballos. Y tú, Daniel, puede que te hayas pasado la voluntad de Zárate y los asuntos oficiales de Santa Cecilia por el arco del triunfo, pero te inquieta ver que todo esto se te está yendo en exceso de las manos y comprobar que lo que empezó como un honesto plan de reconciliación y expiación personal puede acabar convertido en un escándalo académico de envergadura. Y yo, ya que he tomado la decisión de hacerme cargo también de esta parte añadida del legado, no estoy dispuesta a echar por la borda tres meses de trabajo sin llegar hasta el final. Así que, si queremos que todo se resuelva de manera positiva y que cada uno logre lo que más le beneficia, todos tenemos que estar dispuestos a hacer concesiones.

Zárate fue el primero en replicar. Inmóvil aún, impertérrito.

—Yo no estoy tan seguro...

—Pues lo vas a estar —atajé—. No paséis por alto que, en este procedimiento plagado de lamentables anomalías, habéis implicado no solo a una simple extranjera desparejada con la que salir por ahí a cenar. Que no se os olvide a ninguno de los dos que soy una investigadora visitante, funcionaria de carrera del Estado español y profesora titular de una institución que, en caso de ser informada por mí de este fraude, probablemente exigiría a la Universidad de Santa Cecilia las pertinentes aclaraciones oficiales.

Daniel volvió al frigorífico. En vez de una cerveza, esta vez sacó tres. Me tendió una y dejó otra para Luis encima de la mesa. Yo no la probé y el director no la cogió. Él, en cambio, se bebió la mitad de la suya de un trago. Después se sentó, desplomado, con sus largas piernas abiertas y los faldones de la camisa cayéndole a los lados, tan hastiado de aquel asunto como yo.

—¿Qué es lo que pretendes que hagamos? —dijo entonces.

No había simpatía en sus palabras. Ni tampoco animadversión. Tan solo la frialdad de quien sabe que no tiene más remedio que cumplir con un protocolo. Por suerte para mí, parecía haber asumido que, por esta vez, ese protocolo de actuación lo iba a diseñar yo.

—Para empezar, que todo este material salga de tu casa cuanto antes. Mientras no haya manera de certificar si es legalmente tuyo o no, Zárate tiene razón porque todo apunta a que pertenece al legado de Fontana.

—¡Pero tú sabes que no es así! —protestó dejando la botella en la mesa con un golpe seco.

—Lo que yo sepa da igual. Vamos a intentar conciliar a todas las partes guiándonos por criterios objetivos, a ver si logramos avanzar de una puñetera vez.

—Entonces todo vuelve por fin al departamento —adelantó Zárate presintiendo el primer gol del partido.

Se había sentado también, la única que permanecía en pie era yo.

—Ni de broma. No vuelve porque nunca estuvo allí. Mi propuesta es que se quede en un territorio neutral.

—¿Dónde? —dijeron al unísono.

Ninguno rio la gracia que suelen tener estas casualidades. Nadie tenía ganas de reír.

—En casa de Rebecca Cullen. Es empleada de la universidad y amiga de todos. Estoy segura de que aceptará nuestra propuesta sin plantear problemas. Ella custodiará el legado con fidelidad y yo me trasladaré allí a seguir trabajando.

—¿Tú sola? —preguntó Daniel, cortante.

—No. Sigues conmigo, me haces falta.

—De ninguna manera —protestó Zárate con la velocidad de un lanzador de cuchillos.

—Luis, me temo que no tienes otra opción. Carter acata la primera condición, que es acceder a sacar todo esto de su casa porque los términos de su propiedad, aunque veraces, resultan objetivamente un tanto sospechosos. Ahora te toca mover ficha a ti. Y lo que vas a hacer es aceptar que él va a seguir trabajando conmigo estos días.

Me senté por fin frente a ellos y continué.

—Cuando todo este asunto de Los Pinitos se dé por concluido legalmente, sea cual sea su resultado, yo ya no estaré aquí. Pero si...

Me interrumpieron unos golpes contundentes en la puerta. Daniel gritó su come in! otra vez, pero nadie entró. Se levantó entonces a abrir y a la vista quedó una presencia cargada de cajas cuadradas.

—Pasa, Fanny, cariño —dijo con un falso tono de cordialidad—. Esas pizzas huelen de muerte, sería un pecado dejar que se enfríen.

—Yo me voy —anunció Luis entonces.

—Quédate —le pedí—. Tenemos que seguir hablando.

Se dirigió a la puerta sin intención de hacerme caso.

—Creo que ya he oído lo que tenía que oír, ahora necesito pensar.

—Mañana por la mañana no habrá aquí ni un solo papel, te lo prometo.

—Eso espero.

Cerró la puerta tras de sí, pero yo la abrí inmediatamente. Desde el apartamento se accedía a una especie de plataforma de madera alzada sobre la calle por dos tramos de escaleras exteriores. Aún no había empezado a descender el primero de ellos cuando le agarré el brazo por detrás y le obligué a darse la vuelta.

—Me dijiste que podía contar contigo, ¿recuerdas?

—Eso fue antes de que te comportaras como no esperaba de ti.

—Eso fue cuando me quisiste besar y me ofreciste tu apoyo sin condiciones. ¿O se te ha olvidado ya?

La noche había caído del todo, hacía frío. Me apreté mi vieja chaqueta de lana gris contra el pecho cruzando los brazos. Él no contestó.

—Todos tenemos un buen puñado de razones para sentirnos defraudados y otras tantas para seguir avanzando y no volver a mirar atrás —añadí.

—Pero lo que habéis hecho es imperdonable...

—No digas tonterías, Luis, por favor —le corté. Di un paso hacia él, me acerqué más—. Todo esto es muy irregular, de acuerdo. Tremendamente irregular. Se salta todas las normas posibles y a veces hasta transgrede el sentido común. Y, además, han pasado cosas que nos han pillado a todos por sorpresa, desarmados, sin tiempo ni capacidad de reacción. Pero, si tú quieres, hay un modo sencillo de salir de ello.

No preguntó cuál era la solución, pero yo sabía que quería saberlo.

—Deja de ponernos zancadillas —le pedí en voz baja acercándome aún más—. Me quedan menos de cuatro días entre vosotros, ya lo sabes. Y a lo largo de ellos, solo pretendemos trabajar. No nos metas palos en las ruedas; ten por seguro que, si todo se resuelve de manera favorable, tu departamento va a salir beneficiado y a ti personalmente en nada te va a perjudicar.

Nos iluminaba tan solo una luz floja fijada en la pared sobre nuestras cabezas. Las casas de la acera de enfrente mostraban ya sus adornos navideños: un gran abeto se encendía y apagaba intermitentemente en el jardín delantero de una de ellas, otra tenía colgadas bombillas de cien colores en las ventanas. En algún sitio del cielo negro tendría que haber una luna, pero yo no la vi.

—Piensa en todos nosotros. En que, tras las toneladas de papeles del sótano, había un hombre de carne y hueso que merece ser reconocido. En el Daniel Carter que no ha actuado movido por intereses académicos, sino por puro impulso sentimental. En lo que el asunto de Los Pinitos significa para esta universidad y para todos los habitantes de Santa Cecilia.

—Nada de eso me interesa particularmente —adelantó.

—Entonces, si en alguna estima me has tenido a lo largo de este tiempo, te ruego que lo hagas por mí.

Cuando entré de nuevo, los cristales de la botella rota ya no estaban en el suelo. Daniel y Fanny charlaban en la cocina mientras daban cuenta mano a mano de una estrambótica pizza cargada de trozos de salchicha, salsa barbacoa y unas cuantas asquerosidades más. En realidad, era ella quien hablaba sin parar mientras masticaba a dos carrillos moviendo acompasadamente la cabeza. Un apartamento flamante, mi madre, una herencia, me pareció que decía con la boca llena.

Daniel, entretanto, simulaba escuchar. Quizá incluso lo hacía, aunque tan solo con la mitad de sus neuronas. Las otras, sin duda, llevaban un rato esforzándose por averiguar qué pasaba tras la puerta. Qué le estaba yo diciendo a Luis Zárate. Qué me estaba diciendo él a mí.

Llevábamos hombro con hombro muchas horas, muchos días. Cercanos, cómplices, buscándonos y distanciándonos, acercándonos y resistiéndonos a la vez. Sumidos en una tarea urgente que no admitía interferencias ni demoras por más que a ratos la sinrazón nos pidiera algo del todo distinto. Conociéndonos cada vez más.

Por eso quizá él me empezaba a resultar tan transparente. Por eso fui capaz de entrever su pensamiento y supe que no me iba a hablar de nosotros, de nuestros instintos y de lo que podría llegar a ser. Su objetivo, en ese momento, apuntaba hacia otra dirección. Hacia el hombre vestido de oscuro que en ese instante arrancaba su coche mientras en su cabeza aún daba vueltas a las palabras de una mujer.

Tenemos que quitarnos al director de encima como sea, intuí que pretendía decirme. Hay que deshacerse de él.

Antes de que lograra tragar su engrudo de pizza para verificar mi presentimiento con la boca vacía, alcé un dedo advirtiéndole.

—Sé lo que estás pensando. La respuesta es ni hablar.

# CAPÍTULO 41

La gran mesa de comedor de Rebecca fue el siguiente destino del legado. La misma en la que habíamos celebrado la cena de Thanksgiving, cuando lanzamos mil gracias a la vida y escuchamos un emotivo canto a la compasión. Tan solo habían pasado unas semanas desde entonces, pero nada era ya igual. Aquel amigo de la familia que llegó arrastrando un cargamento de memorias del ayer, el que nos conmovió con palabras desbordadas de afecto y verdad, se movía ahora huraño por la estancia soltando bufidos mientras desenredaba cables, buscaba enchufes y conectaba aparatos. Yo, entretanto, sin mediar palabra, desembalaba de nuevo un montón de cajas y repartía papeles en pilas mientras intentaba encontrarles una ubicación.

En una de las cajas que habíamos llenado un rato antes precipitadamente, apareció otra vez la vieja cruz de palo. Volví a sostenerla, a acariciar con los dedos su tosquedad. La dejé en una esquina, sola, tumbada. No nos falles, quise haberle dicho. Pero no lo hice. Para qué.

En términos objetivos, aquella casa era un cuartel general de cinco estrellas. Con alfombras espesas y cortinas de lino que dejaban traspasar la cantidad justa de luz. Con flores frescas, cuadros luminosos y la hermosa mesa de roble que convocaba a generaciones de la familia cuando todos volvían a reunirse. Sin que ni Daniel ni yo llegáramos a expresarlo abiertamente, yo sabía, no obstante, que ambos añorábamos la camaradería que nos había unido en el austero apartamento que nos habíamos visto obligados a dejar. La calidez que emanaba entre nosotros a pesar de la parquedad del mobiliario, del suelo desnudo y las paredes vacías. La corriente de energía positiva que nos transmitíamos el uno al otro con el simple roce de mi mano en su brazo al avisarle de cualquier pequeño hallazgo, de sus dedos en mi hombro al preguntarme qué tal vas. Una risa espontánea por cualquier tontería y esa connivencia que nos impulsaba a trabajar frenéticos sobre la superficie de un simple tablón olvidándonos de que en el diccionario existían las palabras fatiga, desánimo o desaliento.

Pero no había tiempo para la nostalgia. Ni quizá para la esperanza de que todo volviera a ser como fue. Algo se había roto entre nosotros con la llegada intempestiva de Luis Zárate y difícilmente había vuelta atrás. Nuestro objetivo estaba al frente, no a la espalda. Tan solo faltaban tres días para mi marcha y para el fin del plazo contra el proyecto de Los Pinitos. Habíamos avanzado desde que rescatamos el material de casa de Darla, pero aún quedaba un enorme trabajo por hacer. Y sin saber hasta dónde podríamos llegar.

A media mañana, cuando por fin habíamos comenzado a retomar el ritmo, me levanté a hacer una llamada.

—Todo en orden —dije tan solo. Después escuché unas palabras. Y luego colgué.

Daniel, mientras, no había despegado los ojos del documento que tenía enfrente. Como si no supiera que yo acababa de hablar con Luis Zárate, como si no me hubiera oído. Pero me oyó. Y no volvió a dirigirme la palabra hasta un par de horas después.

—¿Tienes hambre? —me preguntó entonces.

—Todavía no.

Pensé que iba a esperarme para comer algo juntos como otras veces, pero me equivoqué. Ante mi negativa, se dirigió a la cocina y, con la confianza de quien se sabe en territorio amigo, comenzó a trastear. Le oí rebuscar en el frigorífico, rasgar una bolsa de plástico, cortar, partir, verter, untar. Un cuchillo chocó contra el fregadero, después abrió el grifo a la manera que suelen hacerlo los hombres, a tope y sin contención. A través de la puerta que atravesamos juntos el día en que quiso que yo conociera lo que quedaba de su amigo Paul Cullen, desde la misma cocina, salió luego al jardín.

El gran ventanal del comedor me ofreció la posibilidad de observarle sin que él me viera. De espaldas, otra vez con vaqueros desgastados y un jersey de lana azul. Sentado en la piedra fría de un simple escalón, acompañado en la distancia por el somnoliento perrazo Macan. Comiendo un bocadillo con la mirada fija en la triste piscina llena de fin de otoño. Pensando. Tal vez en su propia presencia en aquella misma casa cuando todavía era un joven profesor rebosante de ambición y proyectos; cuando aún carecía de la más microscópica sospecha de los golpes bajos que el destino tenía guardados para él. O en todos los que le acompañaron a lo largo de aquel tiempo: en Aurora y su risa grande, en un filósofo lúcido y divertido rodando con sus hijos sobre el césped, en Andrés Fontana enamorado en silencio de la española hermosa que era su propia mujer.

O quizá, entre bocados de pan relleno de cualquier cosa, su mente andaba por sendas más cercanas. Bordeando los márgenes de nuestro empeño común, rememorando a Luis Zárate y su desafortunada irrupción en nuestro cometido y en nuestra proximidad. O dando vueltas a lo que él entendía como mi traición.

—Te he dejado un bocadillo hecho —dijo al volver a su sitio.

—Gracias —murmuré. Nunca llegué a comérmelo.

Tras otras cuantas horas barriendo sin logro centenares de documentos inconexos, surgió una añosa carpeta de cartón atada con una simple cinta. Dentro, un puñado de cuartillas sueltas. Algún día tal vez fueran blancas pero, para entonces, en ellas se repartían varios tonos de amarillo, del más desvaído al más pardo. Entre líneas y manchas, hallamos un puñado de referencias escritas a vuela pluma por Fontana, una prueba más de su interés por el mismo franciscano.

*Año 1823. 4 Abril: Altimira reclama a Argüello documentos para la mejor administración de su futura misión. 10 Julio: Altimira anuncia al padre Señan la construcción de la nueva misión en Sonoma. 22 Julio: Altimira urge a Argüello el levantamiento de nuevas instalaciones. 23 Agosto: Padre Sarría escribe a Altimira desaprobando la fundación de su reciente misión en Sonoma por no haber solicitado permiso a sus superiores.*

El rebelde padre Altimira había ido, a cuentagotas, convirtiéndose en el gran protagonista del rastro que el profesor nos había invitado a seguir. Sabíamos que el franciscano insurgente logró salirse con la suya en la construcción de la misión Sonoma. A pesar de las reticencias iniciales de su propia jerarquía eclesiástica —que se negó a admitir la fundación unilateral de aquella nueva misión—, él consiguió arreglárselas para seguir adelante. Los documentos mostraban, sin embargo, que el apoyo sin fisuras que en un principio le había prestado el gobernador Argüello empezó a flaquear poco a poco.

Por documentos distintos nos enteramos de que en enero de

1824 Altimira le pidió por carta una campana para la misión de Sonoma, pero Argüello al parecer ni siquiera respondió. En el mismo mes del año siguiente, 1825, volvió a enviarle una petición indicando que solo sería un préstamo provisional, pero parece que su súplica cayó otra vez en vano. A nadie parecían interesar ya aquellas misiones caducas que él se empeñaba en hacer pervivir.

La pista de Altimira se perdía por completo a partir del verano de 1826. Fue entonces cuando, hartos al parecer del trato agresivo del padre para con los indios, estos se rebelaron y prendieron fuego con saña a la misión que con tantas anomalías e irregularidades él mismo había construido. Por más que rebuscamos y volvimos centenares de papeles del derecho y del revés, no supimos a fe cierta cuál fue el destino del impetuoso padre desde entonces. A la misión Sonoma, al parecer, nunca volvió.

Hasta que una referencia a una carta de marzo de 1828 dirigida al padre Sarría por un tal Ildefonso de Arreguín nos hizo saber de su paradero. Altimira apareció de nuevo y se volatilizó a principios de ese mismo año. Escapó de la Alta California de forma oscura, junto con otro padre llamado Antonio Ripoll. De vuelta a España, presumiblemente.

Después de esta última pincelada sobre el final de la estancia del franciscano en tierra americana, llegó la oscuridad. ¿Dónde estuviste aquel tiempo, José Altimira, qué fue de ti cuando la misión Sonoma fue pasto de las llamas, por dónde anduviste aquel año y medio? Nunca verbalizamos esas preguntas en voz alta, pero nos las hicimos mil veces mentalmente a medida que íbamos vaciando las cajas sin lograr una respuesta. ¿Por qué te seguía Andrés Fontana tan de cerca, qué hiciste una vez que los indios revueltos arrasaron tu primera misión?

Sumamos la carpeta al pequeño pero creciente montón de evidencias acumuladas a lo largo de los días anteriores, proseguimos abriendo camino.

Rebecca volvió poco antes de las siete. Con un chaquetón a rayas, dos bolsas de papel marrón de Meli's Market y una noticia.

—El asunto de Los Pinitos se está recrudeciendo. Han convocado una nueva asamblea, se están movilizando otra vez.

—Pero siguen sin nada a lo que agarrarse, he hablado hace un par de horas con Joe Super —dijo Daniel.

—Nada de nada al parecer —confirmó ella subiendo el tono de voz a medida que se alejaba hacia la cocina contigua con las bolsas entre los brazos—, pero quedan menos de tres días para que acabe el plazo e insisten en seguir haciendo ruido hasta el final. ¿Alguien quiere una copa de vino?

Los dos nos levantamos dispuestos a aceptar la invitación. Sin mirar a Daniel, tan solo le pregunté.

—¿Piensas ir?

Alzó los brazos al techo y se estiró resoplando con fuerza, como un gigante cansado.

—¿A la asamblea? No.

Cuánto reconfortaba sentirse cuidada por unas manos generosas. Mientras bebíamos aquella primera copa, Rebecca preparó la cena con su diligencia habitual. Sabrosa, caliente, alentadora, servida en grandes platos de loza blanca sobre la rústica mesa de la cocina sin mantel. No hizo falta que acordáramos tácitamente no hablar del trabajo, preferimos despejar nuestras cabezas recorriendo mil trivialidades que a ninguno afectaban en demasía. Y así, a lo largo de poco más de una hora, la tensión se fue diluyendo e incluso en algún momento volvimos a sonreír.

Hasta que, a punto de terminar el helado del postre, el móvil de Daniel sonó en el fondo de su bolsillo.

—Qué hay, Joe —dijo levantándose.

Regresó en medio minuto con su cazadora en la mano, no se sentó.

—Los estudiantes han decidido acampar esta noche en Los

Pinitos —anunció mientras sacaba las llaves del coche—. Sin permisos y en bandada. Voy a acercarme un momento. En cuanto pueda, vuelvo para intentar seguir trabajando un rato más.

Ni me preguntó si quería acompañarle, ni yo se lo pedí. La leve cercanía que habíamos reconquistado durante la cena se había volatilizado; su confianza en mí se mantenía tambaleante. Todavía estaba por ver si lográbamos recuperar alguna de las dos.

Rebecca me propuso ver con ella una película, cualquier comedia de final dulce o un dramón tortuoso con el que transportarme a otra realidad. Preferí no aceptar el ofrecimiento y continuar con mi tarea, aunque sí accedí, en cambio, a su invitación a quedarme a dormir en la habitación de alguna de sus hijas. Así no tendría que regresar a mi apartamento en plena noche, pensé. Así me sentiría menos sola también.

A pesar de haber batallado sin ayuda con el legado de Fontana a lo largo de casi tres meses, la presencia de Daniel en el último tramo había sido tan intensa que volcarme de nuevo en aquel mundo sin él a mi lado se me hizo de pronto raro. Raro y triste. Raro y amargo. Pero superé el momento y seguí. Hasta las tantas, desenmarañando datos sobre transacciones entre asistencias y misiones, cuál había cedido a otra dos docenas de gallinas y tres mulas, cuál había acogido a quince neófitos enfermos, cuál había solicitado de la casa madre una talla de una virgen, herramientas para la herrería o alguna autorización. Sobre las dos menos cuarto, con Rebecca ya acostada desde hacía horas, la casa a oscuras en el más denso de los silencios y Daniel todavía ausente, a punto de que los ojos se me cerraran, una simple frase en un viejo documento me sacó del sopor.

*Y disculpose Altimira ante V. R. por no haber solicitado de nuevo el permiso para proceder a tal fundación.*

Nada más, el resto era el recuento de una montonera de pequeños datos, una especie de acta incompleta sin encabezado ni pie.

Anoté las palabras sobre una cuartilla. *Por no haber solicitado
de nuevo el permiso*. Subrayé *de nuevo*, subrayé *permiso*, subrayé
*fundación*. El *de nuevo*, obviamente, implicaba que quienquiera
que hubiera escrito aquello no se estaba refiriendo a la misión
Sonoma, la primera que Altimira fundó sin autorización, sino a
otra empresa distinta. Qué más hiciste, Altimira, qué más, qué
más, qué más, repetí entre dientes palmeando la mesa, alentán-
dole ilusamente a salir de su escondite y a dejarse ver. Seguí buscando con hambre, con ansia. Pero nada volví a encontrar.

Apagué la última luz y subí la escalera un buen rato después
preguntándome hasta dónde acabarían llevándonos los pasos del
errático franciscano. Si es que había algún sitio al que llegar.

Al levantarme por la mañana comprobé que Rebecca y su
eficacia se me habían adelantado. En el cuarto de baño junto a la
habitación en la que acababa de dormir, encontré mi neceser y
ropa mía. Ella tenía un juego de llaves de mi apartamento, yo
misma se lo di. Por si acaso algún día pasa cualquier cosa, pensé
vagamente en su momento. Esa cualquier cosa acababa de pasar:
Rebecca, siempre un paso por delante, había intuido que no me
convenía perder el tiempo yendo y viniendo sin necesidad.

Daniel ya estaba en su sitio cuando bajé. A su espalda, un
gran cuadro que recordaba la estética naif de Frida Kalho. A sus
pies, dormitando, el bueno de Macan. En vez del jersey de lana
del día anterior, llevaba una sudadera con el escudo y las letras de
alguna universidad prácticamente ilegibles a fuerza del desgaste.
Lo que había dentro de su cabeza no lo pude siquiera entrever.

—Al final no volviste, ¿cómo fue? —dije en vez de buenos
días.

—Mal —contestó sin mirarme—. Empeñados en seguir dando guerra, pero sin ninguna prueba concluyente que presentar.

—¿Acabaron acampando?

—Más de doscientos estudiantes, junto a las excavadoras que ya andan por allí. Seguro que no tienen intención de empezar a remover tierra todavía, que las han mandado para amedrentar. Pero me temo que la cuenta atrás está en marcha y, por mucho ruido que hagan, va a servir de poco.

—A menos que seamos nosotros quienes logremos algo —dije tendiéndole el documento—. Anoche Altimira volvió a aparecer.

# CAPÍTULO 42

Pasó el miércoles sin pena ni gloria, llegó el jueves y, con él, la lluvia: no mucha y tan solo a ratos, pero lo suficiente como para dejar ver a través del ventanal un día gris que invitaba a no pisar la calle. Todas las luces del comedor de Rebecca habían permanecido encendidas desde primera hora, arrojando claridad sobre nuestras cabezas y sobre el desbarre de materiales desparramados ya por la mesa, el suelo y las esquinas sin ninguna contención.

Ella volvió con la tarde ya caída. Ni siquiera habíamos parado para comer, por el suelo rodaban una botella de agua vacía y, sobre un estante, un par de latas de Coca-Cola, los corazones de tres manzanas y una bolsa de Doritos. Para nuestra desazón, adelantando el peor de los escenarios, apenas quedaban ya unos cuantos papeles sueltos en el fondo de la última caja. El recibo arrugado de unos libros comprados en marzo de 1969 en la librería Moe's de Berkeley. El horario de eventos litúrgicos en la misión de Santa Clara. Un mapa de carreteras comarcales.

Y tras ello, la desolación.

Habíamos llegado al final sin ser capaces de construir una

evidencia firme; teníamos intuiciones, pálpitos y presentimientos. Y mil datos sueltos que apuntaban a un desenlace veraz. El padre Altimira, el que suponíamos que acabaría llevándonos a algún puerto, se había desvanecido de cualquier testimonio escrito durante más de un año sin dejarnos ver qué hizo a lo largo de aquel 1827. Ninguna de las misiones hermanas lo acogió. Sus amigos entre las autoridades dejaron de nombrarlo. Fontana nunca supo qué fue de él. Basándose en el carácter vehemente e impulsivo del franciscano, el profesor sospechó ilusamente que pudo haber erigido una nueva misión. Sin autorización ni permisos. Sin acta fundacional, sin presupuesto ni apoyos, movido tan solo por una fe a prueba de dinamita o quizá por una ambición tan feroz como insensata. Ese fue el sueño de Fontana, el que nos contagió.

—No hay más —anuncié en voz baja.

Rendida ante la certeza de que nada nos quedaba por hacer, lancé la caja vacía al suelo. Cayó boca abajo, como una confirmación lúgubre de la verdad.

Daniel se sentó a plomo en una de las sillas. Con las piernas separadas y la mirada ausente. Abatido, como un animal herido sin arrojo para poder defenderse.

Amagué con recoger la caja, darle la vuelta y volverla a enderezar. Pero me fallaron las fuerzas y, en vez de rescatarla, me dejé caer en el suelo a su lado. Sobre la hermosa tarima de madera de Rebecca. Exhausta, con la espalda apoyada contra la pared.

—Pero qué imbécil he sido… —dijo entonces él con la cara alzada hacia el techo. Con los ojos cerrados, pasándose los dedos por la cabeza, hundiéndolos en su pelo medio largo desde la raíz hasta el final—. Pero qué imbécil…

—No tiene ningún sentido culparte ahora. Nadie podía saber lo que íbamos a encontrar, no teníamos ni idea de hasta dónde había sido capaz de llegar Fontana.

—Tendría que haber sido menos ingenuo, más realista. No haber confiado ciegamente después de los años en algo tan... tan endeble, tan incierto, tan insustancial.

—Era un riesgo. Decidiste apostar fuerte y has perdido. Pero, si te sirve de consuelo, al menos has conseguido la mitad de lo que querías: el legado de tu maestro ya está fuera de las tinieblas.

—Y, sobre todo, no tendría que haber implicado en esto a nadie. Ni tendría que haber recurrido a ti, ni haberme enfrentado a Zárate, ni haber comprometido al departamento, ni...

Parecía que estábamos dialogando. Solo parecía: supuestamente nos dirigíamos el uno al otro la palabra, pero la verdad era que no lo hacíamos. Lo cierto era que cada uno hablaba en voz alta consigo mismo y nuestras frases apenas se cruzaban en el aire cargado del comedor.

Y cuando se nos acabaron las frases, comenzamos a pensar. Callados, rumiando cada uno su propio sinsabor. La cruda realidad era irrebatible: nada, no había nada sustancioso a lo que nos pudiéramos agarrar. Nada concluyente con lo que construir un argumento firme para recurrir el proyecto de Los Pinitos. Datos dispersos y sospechas que se alzaban como el humo sin que fuéramos capaces de atraparlas. Nada más.

—¿Vamos a quedarnos lamiéndonos las heridas toda la noche, o habrá que empezar a recoger?

La propuesta vino de mí tras unos minutos. Vuelta a la vida, vuelta al presente. Habíamos fracasado, de acuerdo. Pero yo, al menos, sabía que tenía que volver a echar a andar. Adiós a Andrés Fontana y sus falsas ilusiones. Adiós a su viejo alumno y a su proyecto exculpatorio, a un mundo ajeno y a unos hombres que me sedujeron y me arrastraron por un tiempo, pero con los que, en definitiva, muy poco tenía yo que ver. Para bien o para mal, era hora de pasar página. De nada valía lamentarse, ya era demasiado tarde. Me marchaba, aún tenía el apartamento sin recoger. Maletas por hacer, remates, despedidas. Y unas cuantas sensaciones que más me valdría olvidar.

Como tantas veces antes en mi vida, había llegado el momento de alzarme del suelo y arrancar otra vez.

—Arriba —quise decirme a mí misma.

Mi voz, sin embargo, me traicionó. En vez de darme una orden interna, la palabra me saltó de la boca sin preverlo y se convirtió en un mandato para los dos.

El gran indómito obedeció sin protestar. Antes de que yo me levantara del suelo por mí misma, él dejó su silla y se acercó para tenderme una mano. Una vez ambos en pie, sin intercambiar ni una sílaba más, nos dispusimos a embalar de nuevo el caos para reconvertir aquella estancia prestada y revuelta en una habitación normal.

Él comenzó por un extremo de la mesa y yo por el otro. Apilando documentos, amontonando papeles. Mecánicamente, sin más.

—Hasta facturas del teléfono dejó el condenado, y ni una pista certera...

—¿De qué facturas hablas? Yo no he visto ninguna.

—De estas —dijo alzando un taco de cartas al aire. Fajadas con un elástico que ya apretaba poco. Unas cuantas, no muchas. Siete, ocho, nueve, en la distancia no las pude contar.

—¿Dónde estaban?

—Debajo de este montón de recortes de periódico, pensé que tú le habías echado un ojo.

—Ni las había visto siquiera...

—Supongo que no habrá nada en ellas, pero dales un repaso, por si acaso. —Me las lanzó, las cogí al vuelo—. Yo voy mientras tanto llevando esto al maletero del coche.

Dos cartas comerciales de la compañía telefónica Pacific Bell, tres del Federal Reserve Bank de San Francisco, una de su seguro médico y otra de un dentista local en la que cambiaba de día una cita. Todas fechadas en junio del año en que el profesor dejó de existir. Quizá la misma Darla las recogió de su casa; quizá se llevara con ella más cosas, tal vez ropa, objetos personales, algunas fotografías. Y aquellas cartas insustanciales que unió por azar a los papeles de trabajo con los que también decidió arramblar sin ninguna razón aparente.

Entre los sobres, perdido casi entre los reclamos tediosos de bancos y compañías, había uno de tamaño menor. Más grueso, menos vacío que el resto. Manuscrito, para variar. E. de C. y Villar, Fr., se leía trabajosamente en el extremo izquierdo superior. Letra de viejo, pensé. Santa Bárbara Mission, CA.

—Viene de tu pueblo —dije al ver entrar a Daniel otra vez en el comedor.

—¿De qué pueblo? —preguntó sin demasiado interés mientras cargaba otro par de cajas y tres rollos de mapas.

—De Santa Bárbara. De la misión.

Rasgué el sobre, desdoblé los pliegues de la carta. Unas líneas manuscritas con pulso tambaleante y caligrafía de la más vetusta escuela adelantaban su contenido esencial.

*15 de Mayo de 1969, año del Señor*

*Muy estimado profesor*
*Tras su última visita la pasada semana al archivo de esta nuestra misión, al devolver de nuevo los registros consultados a sus correspondientes anaqueles, a la luz quedó este simple pedazo de carta que pasó al parecer por ustedes desaper-*

*cibido, el cual, al no poder ser cata-
logado por carecer de datos suficientes,
le hago llegar como mera curiosidad
y testimonio de mi personal reconocimiento a su gran interés por la
historia de nuestras queridas misiones.*

*A la espera de una próxima visita,
le traslado mi saludo afectuoso en
la paz infinita del Señor con el ruego de que lo haga extensivo a la
grata y en extremo amable señora
española que en nuestro último encuentro le acompañó.*

La imagen me vino a la mente con una poderosa luminosidad. Con perfiles nítidos, como esclarecida por un flash. Un archivero anciano cuyos días transcurrían ensopado entre legajos y papeles polvorientos y a quien con toda probabilidad nunca nadie consultaba nada desde hacía lustros. Las visitas sucesivas de un profesor curioso con quien compartía una lengua común. La mujer hermosa que inesperadamente apareció a su lado en su último encuentro, la española de voz cercana y risa pronta cuya imagen quedó grabada en el alma del viejo archivero acostumbrado al silencio y la soledad.

La carta estaba fechada dos días antes de la muerte de ambos. Jamás llegaron a conocer su contenido.

—Lee esto —susurré a Daniel cuando entró de nuevo dispuesto a seguir recogiendo.

No le enseñé la misiva del franciscano con la alusión a Fontana y Aurora, para qué arañar de nuevo en aquella historia dolorosa. Pero sí le tendí el medio folio desdoblado que les hacía llegar desde el archivo de la misión de Santa Bárbara. El que yo misma acababa de leer incrédula. Sin membrete ni destinatario. Sin encabezamiento ni fecha ni salutación, con la mitad de su esencia irrecuperable. Y, con todo, tan, tan vital.

—Altimira despidiéndose de nosotros. A buenas horas, el muy cabrón —dijo con ironía.

Era la primera vez que veíamos su letra y su propia firma en lo que parecía la mitad de una carta que quizá nunca llegó a enviar.

> ... y fue víctima entonces nuestra modesta construcción de la violentísima acción de indios obstinados en sus gentílicos errores, quienes provistos de macanas y arcos con flechas, dispusiéronse a poner en ejecución su depravado designio. "Amad a Dios, hijos", les dije, mas no parecieron los gentiles comprender tal saludo en su afán por atacar. "Viva la fe de Jesucristo y mueran los enemigos de ella", insistí, y tampoco atendieron, resultado de lo cual perdieron la vida en sus manos siete neófitos, habiendo sido todos ellos enterrados entre pinos en la tierra sacramentada de nuestra humilde misión, bajo simples losas grabadas con una cruz del Señor y las iniciales de su nombre cristiano y el año 1827 de su fatalidad.
>
> Y con esto digo a V.R. a Dios hasta otra ocasión, y el Altísimo guarde a usted muchos años en su amor y gracia. Su afectísimo siervo que se encomienda a V.R. con veras de su corazón.
>
> Fr. José Altimira

Una pobre construcción, siete neófitos enterrados entre pinos bajo simples losas con la cruz del Señor, año 1827, la tierra sacramentada de nuestra humilde misión. De nuestra humilde misión. Humilde misión.

—Qué cerca estábamos, qué cerca, qué cerca... —susurré mordiéndome el labio.

Posó una mano en mi hombro, me lo apretó. Un inútil gesto de consuelo.

—No vale la pena que nos lamentemos; venga, vamos a terminar de recoger, hay que devolver la decencia a este comedor.

Justo en ese momento, su móvil comenzó a sonar.

—Qué hay, Joe —volvió a decir a la vez que me soltaba. Las mismas palabras de la otra vez, la misma reacción.

Con la media carta del Altimira en la mano y la del archivero en el bolsillo trasero del pantalón, me dirigí a la cocina en busca de Rebecca. Aquella sería nuestra última cena, el último día que me sentaría a su mesa, la última noche que disfrutaría de su afecto y su calor.

—¿Te ayudo? —le pregunté.

A lo mejor, dando vueltas a la salsa para la pasta que cocía en el fuego, lograría que mi desasosiego se disolviera también.

—¡Blanca! —oí gritar a Daniel apenas agarré la espátula—. ¡Blanca! —repitió.

Entró en tromba, llamándome a voces, acercándose con zancadas de maratoniano hasta quedar frente a mí. Me agarró entonces los brazos con fuerza, clavó sus ojos en mis pupilas, casi me sacudió.

—Al cavar en Los Pinitos para hacer una... una... let... lit... ¿Cómo coño se llama ese agujero que se hace en el suelo para los excrementos?

Era la primera vez que le oía titubear en mi lengua, la primera vez que le jugaba una mala pasada la inmensidad de su vocabulario español.

—Letrina.

—¡Letrina, eso es! Al cavar los acampados para hacer una letrina, han dado entre los pinos con lo que parece haber sido un pequeño cementerio. De momento han encontrado tres supuestas tumbas, pero puede haber más. Muy simples, apenas unas piedras planas con unas inscripciones rudimentarias.

Me corrió un escalofrío por la espalda.

—Cada piedra lleva unas iniciales.

—¿Y una cruz?

—Y una cruz.

—¿Y un año?

Sonrió entre su barba clara. El gesto de siempre, el de los días en que entre nosotros había sol.

—También.

—¿1827?

La espátula se me cayó de las manos y chocó contra el suelo con estrépito, las baldosas y los pies se nos llenaron de salpicaduras.

—El año en el que el loco de Altimira se desvaneció.

# CAPÍTULO 43

Apenas habíamos dormido, ambos llevábamos todavía el rastro del agua de la ducha en el pelo y una carpeta con documentos en el asiento de atrás.

Las clases y los exámenes habían acabado, los estudiantes andaban a la espera de notas o haciendo el equipaje para las vacaciones de Navidad, muchos ya se habían marchado a casa. Los más combativos, no obstante, seguían en Los Pinitos. Acampados junto a las humildes sepulturas de siete neófitos en ese territorio del que ya no teníamos duda que había acogido una misión. La última misión franciscana del legendario Camino Real. La nunca catalogada, la que hacía el número veintidós: la más frágil y efímera, esa que Andrés Fontana, con fundamento o sin él, dio en llamar misión Olvido.

Al pasar frente a la puerta del despacho de Rebecca le lanzamos un breve saludo sin voz. Ella sabía que nuestro destino era otro. Y sabía que no teníamos ni un minuto que perder.

Luis Zárate estaba sobre aviso, yo misma le había llamado la noche anterior.

—Tenemos pruebas sólidas para presentar en contra del proyecto de Los Pinitos —le adelanté por teléfono—. Hay que dejar todo cerrado mañana por la mañana, mi avión sale a las seis de la tarde, tengo que irme de Santa Cecilia a las dos.

Nos citó para las nueve. A las nueve menos cinco estábamos allí.

Apenas había tenido media hora antes para pasar por mi apartamento a cambiarme de ropa y, de paso, empezar a recoger a la carrera. Vaciando estantes y cajones a dos manos, llenando las maletas al montón. Con los cinco sentidos puestos en la urgencia de la tarea. Sin concederme ni un simple minuto para pararme a pensar en lo que estaba a punto de dejar atrás.

—Queremos que nos ayudes, Luis —dije cuando estuvimos sentados frente a él.

—¿De qué ayuda estamos hablando exactamente? —replicó desde detrás de su mesa dispuesta como siempre con la precisión de un desfile militar.

En su laconismo no percibí animadversión, pero tampoco simpatía. Daniel, sentado a mi derecha, con las piernas y brazos cruzados, nos escuchaba sin intervenir. Con él ya sabía que no había peligro, la fiera había cedido finalmente. A lo largo de la madrugada, mientras batallábamos frente a la pantalla de mi ordenador con cuatro manos y dos cerebros repletos de cafeína para redactar un informe coherente que sintetizara nuestra investigación, logré que me diera su sí. Sí a hacer partícipe a Zárate. Sí a que el resto del legado procedente del garaje de Darla se integrara sin fisuras con el que ya se custodiaba en el departamento. Sí a unas cuantas cosas más.

—Mi propuesta es que te unas con nosotros —dije entonces—. Que lo hagas como director de este departamento con el que, de una manera u otra, en el pasado o en el presente, todos tenemos una vinculación. Que te olvides de la FACMAF y sus irregularidades, que aceptes la parte del legado perteneciente a

Daniel Carter como una donación y que sea tu nombre el que figure en el recurso a presentar. Que seas el portavoz oficial de nuestras conclusiones.

Me miró con la duda en el rostro, sin acabárselo de creer. Y entonces retomé la palabra. Del tirón.

—Te pido que aceptes en nombre de Andrés Fontana. Lo que nosotros hemos hecho durante estos días, incluso lo que yo he hecho a lo largo de más de tres meses, es una tarea insignificante comparada con el esfuerzo titánico que él realizó. Nuestra labor se ha limitado a atar unos cuantos cabos sueltos, pero quien peleó durante años por sacar esta misión a la luz fue él. Quizá lo hizo movido en principio por un impulso puramente personal, al percibir en las viejas misiones un rastro del alma de su patria y de su propia esencia. Pero, por encima de todo, lo hizo como académico, como humanista comprometido con la investigación y la difusión del conocimiento, con este departamento, esta universidad y esta ciudad. Cuando la muerte se lo llevó por delante, él ocupaba exactamente el mismo puesto que ahora ocupas tú, Luis. Y como tú, velaba por esta casa y por su gente, por la excelencia académica y el bien común.

Señalé entonces a Daniel, que, recostado en su silla, me escuchaba atento.

—Puede que él sea su heredero intelectual y sentimental por todo lo que los unió durante años, de eso no hay ninguna duda. —Volví la vista al frente después. Al rostro serio del director. A su contención—. Pero no olvides que su heredero institucional es quien está hoy en el puesto que él ocupó. Y ese heredero institucional, Luis Zárate, eres tú. Ambos tenéis por eso la obligación moral de respetaros y de pelear conjuntamente por la dignidad del hombre de cuyo legado sois depositarios los dos.

El silencio se extendió sobre el despacho. Desde el pasillo y a través de la pared se coló amortiguado el grito histérico de una alumna, tal vez una explosión incontenible de felicidad ante una nota más alta de la esperada. Mientras tanto, nosotros tres permanecíamos callados, cada cual absorto en sus propias reflexiones.

Hasta que Daniel se incorporó, desató los brazos del nudo en que los mantenía y, cruzando los dedos de las dos manos, rompió la quietud.

—Creo que Blanca está cargada de razón y nos ofrece una solución sensata. Mi intención en principio era traspasar nuestros resultados a la plataforma contra Los Pinitos y que ellos decidieran la mejor manera de usar la documentación. Pero ella me ha convencido de que la voz de Fontana tiene que oírse por sí misma de algún modo. Y la más congruente de las formas es a través de la institución para la que trabajó. —Carraspeó, prosiguió—. Y en lo que a mí respecta, lamento mi comportamiento. Reconozco mi error y te pido disculpas, Luis, por haber invadido tu ámbito persiguiendo mi propio interés.

No supe si lanzar un grito de júbilo, alzar un puño victorioso al aire o abrazarle con todas mis fuerzas. Mi apuesta por reivindicar a Fontana le había convencido para anteponer la memoria de quien fuera su amigo y maestro a su propio orgullo, pero no imaginaba que jamás llegara a expresar su disculpa así. Con sobria humildad, sin aspavientos. Ni se levantó para tender una mano sentida al director, ni entonó un doliente mea culpa. Pero le habló de tú, le llamó por su nombre y sonó a verdad.

Luis, desde el otro lado de la mesa, no respondió.

—¿Contamos contigo entonces? Aquí tenemos todas las pruebas concluyentes y un informe redactado —dije mostrándole la carpeta en la que habíamos guardado el resultado de nuestro trabajo—. Podemos verlo todo ahora mismo.

Sus palabras fluyeron cargadas de ambigüedad.

—A veces nos ciega la arrogancia y no somos conscientes de

lo elementales que son las cosas. Hasta que alguien nos pone delante de los ojos la simplicidad desnuda de la realidad.

Me costó entender si aquello era una aceptación retórica de las disculpas de Daniel o una paralela autoinculpación por su propia actitud. Pero no era el momento de jugar a las adivinanzas. El tiempo avanzaba, no podíamos esperar.

—Entonces, ¿estás dispuesto...? —insistí.

Al igual que lo hiciera unos días antes cuando llegó cargada de pizzas, Fanny me volvió a dejar con la palabra en la boca. Su cabeza arrebatada, esta vez sin llamar siquiera, se asomó a la puerta y, como un hachazo, me interrumpió.

—El profesor Super los está buscando, dice que es urgente.

Daniel se palpó automáticamente los bolsillos de la chaqueta y el pantalón. Después soltó un bronco shit. Mierda, quiso decir. Su reacción espontánea al darse cuenta de que se había olvidado el móvil en algún sitio en aquella mañana frenética tras una noche sin apenas dormir.

Acto seguido, Fanny abrió la puerta del todo para dejar paso al veterano profesor.

Los ojos de Joe Super no mostraban aquel día la bonhomía y el sentido del humor con los que siempre participaba en mis clases. Tampoco mantenían siquiera un resto de la simpatía con la que se acercó a saludarnos a nuestra mesa la noche de Los Olivos. Aquella mañana sus ojos solo transmitían preocupación.

—La policía ha llegado a Los Pinitos, pretenden desalojar a los acampados. Ante el descubrimiento de las tumbas, el juez ha ordenado la evacuación, pero los chicos se niegan a moverse y la cosa está cada vez más tensa. Si vais a decirles algo, convendría que fuera cuanto antes.

Nos levantamos inmediatamente y miramos a Luis Zárate con gesto de duda. Sin palabras, esperando su reacción. Que aceptara venir con nosotros sería un acto de fe ciega, aún no habíamos tenido ocasión de ponerle al tanto de nuestras conclusiones. Quizá por ello tardó unos momentos en reaccionar. Hasta que por fin, a modo de confirmación muda, también él se levantó.

Mientras Daniel conducía tumbándonos en las curvas y saltándose unos cuantos semáforos, les fuimos detallando un tanto atropelladamente los pormenores de nuestros hallazgos. Ambos, Luis y Joe, sabían desde la noche anterior que teníamos pruebas definitivas, pero desconocían los detalles. La larga madrugada de trabajo nos había permitido incorporar estructura y coherencia a nuestra investigación, por fin teníamos una narración consistente de los hechos y unos datos ordenados que aportar.

Llegamos a Los Pinitos pasadas las once y media de la mañana, casi a la vez que otros dos coches de policía a punto de sumarse a los otros tantos que había aparcados con las sirenas y las luces en marcha. Junto a ellos, un par de imponentes excavadoras paradas y, alrededor, un buen montón de vehículos particulares. El cartelón inmenso que prometía exciting shopping y diversión sin fin se mantenía erguido lleno de rostros publicitarios, sonrisas vacuas y frases cuya consistencia se estaba empezando a diluir.

Tuvimos que andar después un trecho considerable hasta llegar a la zona de los acampados: más de una docena de tiendas multicolores, incontables pancartas y cincuenta o sesenta estudiantes a la vista, también algún espontáneo y algún profesor. Todos llevaban sobre sus ropas las camisetas naranjas reivindicativas que habían comenzado a verse por el campus desde la tarde de la manifestación.

Alrededor de ellos, gente a montones. Miembros menos belicosos de la plataforma, simpatizantes y curiosos de todos los tamaños y colores. Muchos tomaban fotografías, había cámaras de la televisión local. Sobre una mesa de camping, detrás de un par de enormes termos, las abuelitas guerreras repartían vasos de poliespán llenos de café. Otros charlaban o simplemente contemplaban la escena expectantes, sin saber qué iba a pasar.

La policía había acordonado el perímetro de lo que nosotros ya sabíamos que había sido el minúsculo cementerio de la misión. Un área pequeña entre pinos, rectangular. Cuatro o cinco metros de largo, no más de dos de anchura. Lo primero que hicimos Daniel y yo, instintivamente, fue acercarnos hasta allí.

—¡Eh, no puede pasar! —gritó un policía en la distancia. Daniel acababa de agacharse para cruzar por debajo de la cinta que limitaba el acceso. En letras negras sobre fondo amarillo decía claramente DO NOT CROSS.

Como si fuera sordo y no supiera leer, me tendió una mano. Vamos, me ordenó.

—Aquí estuviste, padre Altimira —dijo en voz baja cuando nos paramos ante la primera de las sepulturas. Cubierta por una sucia piedra gris de apenas treinta por treinta, tosca, irregular.

A nuestra espalda oíamos a Joe Super intentando negociar con el agente que pretendía obligarnos a salir.

Nos agachamos. E. F. eran las iniciales grabadas con torpeza, probablemente sin más herramienta que un punzón rudimentario. Encima de ellas, una humilde cruz. Y debajo el año. 1827. El paréntesis tras la quema de la misión San Francisco Solano de Sonoma y el regreso a España de aquel fraile rebelde entre cuyas virtudes no estaba definitivamente la de la sumisión.

—Qué lástima que Fontana no se topara nunca con ellas —murmuré.

—Habría sido difícil, el tiempo las había tapado bien, fíjate —dijo Daniel agarrando un puñado de la tierra que habían apartado para sacarlas a la luz.

—Lo que puede que sí encontrara por aquí fue esto —añadí sacándome la cruz de palo del bolsillo de la gabardina. La tosca cruz amarrada malamente con una vieja cuerda que encontramos entre papeles revueltos en una de las cajas de Darla Stern.

Daniel me la cogió de entre las manos.

—Ha sido una buena compañera de viaje —reconoció mientras la contemplaba. Después me miró a los ojos y me acarició una mejilla con dos dedos—. Y tú también.

—¡Salgan de ahí de una vez, por favor! —bramó el policía.

No tuvimos más remedio que obedecer.

A Joe Super y Luis Zárate se les habían unido unos cuantos miembros de la plataforma. Todos estaban al tanto de la noticia de nuestro hallazgo desde que Joe, tras la llamada de Daniel, la compartiera con ellos la noche anterior.

—Ha llegado el momento de hacerlo público —nos pidió entonces.

Daniel me miró alzando una ceja. Le entendí y le respondí inmediatamente.

—No.

—Sí.

—Sí.

El no tajante provino de mí. El primer sí salió de la boca de Daniel; el segundo, de la de Luis. Serios ambos, convencidos. Tragué saliva.

—Con la condición de que hable en español —acepté tras unos segundos de desconcierto—. Si lo hiciera en inglés, no creo que pudiera trasladar a mis palabras el alma de esta historia. Necesito un traductor.

Se miraron el uno al otro.

—Adelante, señor director —dijo entonces Daniel—. Si de aquí en adelante vas a ser el portavoz de Fontana, este es buen momento para empezar.

La noticia de que alguien iba a realizar unas declaraciones corrió rápida, todo el mundo comenzó a arremolinarse a nuestro alrededor. El joven de las rastas al que yo ya había visto repetidamente en la manifestación y la asamblea sacó de una tienda su inseparable bombo y lo hizo sonar con buen ritmo, invitando a los presentes a callar.

Cuando se hizo el silencio, arranqué. Con la voz de la cabeza y la voz del corazón. En mi propio nombre, en el de los que me habían acompañado en esa aventura y, sobre todo, en el de los que quedaron atrás.

—Durante algo más de cinco décadas, unos cuantos franciscanos españoles, monjes austeros movidos por una fe de hierro y una ciega lealtad a su rey, recorrieron esta tierra aún salvaje de California levantando misiones en nombre de su patria y de su Dios. Comenzaron en 1769 con San Diego de Alcalá y, avanzando a pie y a lomos de mulas, fueron abriéndose paso por territorios nunca explorados, alzando poco a poco las veintiuna construcciones que terminaron conformando lo que vino a llamarse el Camino Real. Su propósito era cristianizar a la población nativa y hacerles entrar en la civilización, y aunque tales intenciones sean a ojos de hoy cuestionables por el precio dolorosamente alto que aquella población pagó en forma de enfermedades, sometimiento y pérdida de identidad, no podemos dejar de lado la parte meritoria de la labor de esos hombres que un día cruzaron un océano para cumplir con lo que ellos entendían como un deber. Trajeron a este lado del mundo su lengua y sus costumbres, sus frutas y animales y su manera de trabajar. Y aquí quedó su huella imborrable, en cientos de nombres que surcan hoy el mapa y en mil pequeños detalles que a diario saltan a la vista, desde el color de las paredes hasta las tejas de barro, las viñas o las forjas de las ventanas.

Hice una pausa y dejé que Luis, a mi derecha, me tradujera. Daniel, junto a Joe, se había hecho a un lado, cediéndonos el protagonismo a nosotros dos. En torno a nosotros, más de un centenar de pares de ojos y orejas me miraban y escuchaban con interés. No me imponían, estaba más que acostumbrada a hablar en público, a transmitir conocimiento y a instruir. Pero era importante que hilara la historia con tino. Para que todos comprendieran lo que allí pasó.

—Más de un siglo y medio después, los avatares de la vida acabaron destinando a este confín a un profesor español, Andrés Fontana. Descubrir de pronto tantos ecos de su propia tierra en esta orilla ajena le conmovió. Largamente trasterrado para entonces, decidió volcarse en investigar qué fue lo que hicieron aquellos compatriotas suyos aquí. Y tras años de trabajo, a la luz de viejos documentos, intuyó que la mítica cadena de misiones fundadas por los franciscanos españoles no acabó con el levantamiento en 1823 de San Francisco Solano en Sonoma, como siempre se había pensado. De alguna manera supo que habían ido más allá, y a ello dedicó el resto de su vida: a buscar pruebas que lograran testimoniar aquel presentimiento. Por desgracia, murió antes de concluir su trabajo. Pero gracias a su empeño y su constancia, hemos llegado a la conclusión de que aquella misión que él persiguió como a un fantasma verdaderamente llegó a existir. Las sepulturas que aparecieron ayer confirman la interpretación sostenible de los hechos y aportan la evidencia necesaria para sustentar lo que aquí aconteció.

Luis volvió a traducirme y yo después mencioné a Altimira y sus antecedentes, su desacato a la jerarquía para crear la misión de Sonoma y el incendio atroz que la arrasó.

—Desafiando una vez más a sus superiores, movido quizá por una mezcla de frustración y rebeldía o por la fuerza inquebrantable de su fe, el padre Altimira, uno de los últimos frailes en llegar a California desde la vieja España, avanzó a pie hasta esta zona entonces inhóspita y, sin medios, ni ayuda, ni permiso alguno, fundó una modestísima misión. Le acompañaban tan solo unos cuantos indios cristianizados, esos neófitos que junto a él habían sobrevivido tras el incendio de Sonoma y que ahora reposan bajo estas lápidas después de que perdieran la vida en un ataque indio posterior. Como veis, nada queda ahora de aquella construcción quebradiza e insignificante que Altimira levantó, a excepción de los restos de lo que fuera su cementerio. Su pervivencia fue fugaz, circunscrita como mucho a un puñado de meses. Y, aunque no tenemos constancia de ello, contagiados por la utopía de Andrés Fontana, queremos pensar que el padre Altimira, en una evocación a su propio desamparo, la consagró como la misión de Nuestra Señora del Olvido.

»Mi viejo compatriota se habría sentido orgulloso de todos vosotros. Del tesón con el que habéis peleado por preservar este entorno, de vuestro empeño por mantener la integridad de este paraje que es de todos y que para él tanto significó. Habéis luchado en bandos distintos, pero persiguiendo un mismo objetivo. Y tras convivir intensamente con su memoria a lo largo de estos meses, me creo legitimada para, en su nombre, haceros llegar su gratitud.

Luis tradujo a trozos hasta que, al final, sonó un aplauso, hubo gritos de júbilo y el chico de las rastas volvió a hacer sonar su tambor.

Tomó entonces la palabra Joe Super y adelantó algunos datos técnicos sobre el complejísimo entramado jurídico que arrancaría una vez se presentara el recurso. La Iglesia católica no podría reclamar la propiedad de la tierra: los franciscanos jamás habían tenido la posesión de los territorios que sus misiones ocuparon, sino que disfrutaron simplemente del usufructo temporal de los mismos. Pero el simple hecho de poder constatar que aquello había sido terreno misional sometería a la zona a un especial tratamiento legal para cuya resolución tendrían que remontarse a la noche de los tiempos. De ello, no obstante, habrían de encargarse expertos que reconstruyeran con el rigor preciso lo que ocurrió en aquel escenario y determinaran en función de ello sus consecuencias. Existían, con todo, razones de peso para el optimismo. Lo peor, lo más difícil, lo más complejo, estaba hecho ya.

Mientras a Joe le llovían mil preguntas, la voz de Daniel sonó a mi espalda.

—La una menos cuarto. Hora de irnos.

# CAPÍTULO 44

—Solo un momento.

Barrí el entorno con la mirada en busca de Luis Zárate. Joe seguía entretanto respondiendo preguntas y los estudiantes se estrechaban manos y repartían abrazos entre carcajadas mientras iniciaban la recogida del campamento. Los curiosos comenzaron a emprender la retirada rumbo a sus coches, las abuelitas insistían en repartir más café que ya nadie quería tomar, y la policía, aunque se mantenía vigilando, ya no destilaba tensión. En medio de ese tumulto de movimientos, gritos y comentarios cruzados, vi que un grupo de integrantes de la plataforma le habían acorralado unos metros más allá.

—¿Me permitís que os lo robe?

Sin esperar respuesta, le agarré del brazo y me lo llevé.

—Que sepas que siempre supe que antes o después acabarías cediendo.

—¿Sospechabas que iba a acobardarme ante Carter o que tú acabarías por convencerme? —preguntó con media sonrisa irónica.

No le contesté, ambos sabíamos que la razón definitiva por la que se decidió a dar el paso no fuimos ni Daniel ni yo, sino él mismo.

—Prométeme que vas a hacerlo con ganas y con dedicación.

—Prométeme tú a mí que algún día vas a volver. Podrás enseñar el curso que quieras. Aproximación a las misiones franciscanas. Fontana y su memoria. O cómo seducir a un director.

Reí sin demasiadas ganas.

—Avísame cuando pases por Madrid. Se nos han quedado algunas cosas pendientes, todavía podemos seguir siendo amigos.

—No ha quedado nada pendiente, Blanca. Todo ha llegado a donde tenía que llegar.

Dejé de andar, me paré, le miré a los ojos.

—Él se habría sentido orgulloso de saber que todo queda en buenas manos.

Del bolsillo de mi gabardina saqué entonces la vieja cruz.

—Te paso su testigo. No tengo certezas, pero, con la imaginación quizá un poco desbordada, ahora pienso que él la encontró medio enterrada por aquí. La hemos tenido a nuestro lado estos últimos días; de alguna manera, ha sido como tenerle cerca a él.

La cogió y, tal como antes hiciéramos Daniel y yo, pasó los dedos por su aspereza. Rozó la cuerda deshilachada y la rudeza de sus cortes, la palpó, la acarició.

—Quédatela tú —dijo devolviéndomela—. También te queda camino por delante.

No la acepté.

—Mi camino, sea el que acabe siendo, ya no está aquí. Y el suyo, creo que tampoco —añadí señalando con la mirada la espalda de Daniel—. Ahora eres tú el responsable —insistí.

Se la entregué de nuevo y presioné sus manos con las mías hasta que, entre aquella maraña de veinte dedos, solo quedó visible un trozo de palo.

*María Dueñas*

—Cuídala y cuídate —dije sin soltarle.

—Voy a intentarlo.

No hubo abrazos emotivos ni grandes frases de despedida, tan solo nos apretamos de nuevo las manos y con ellas nos transmitimos un adiós. De algún modo intuí que nunca me llamaría ni en cien veces que visitara mi ciudad, que nunca nos volveríamos a ver.

Lo dejé entre los pinos y me acerqué en busca de Daniel con pasos precipitados. Preferí no mirar hacia atrás.

En diez minutos estábamos de nuevo en la puerta del departamento, tenía tres asuntos pendientes.

—Te recojo en tu apartamento a las dos en punto —dijo mirando la hora—. Yo tengo que pasarme por mi casa también.

La primera parada fue en mi despacho, allí me esperaban un par de obligaciones. Nada más abrir la puerta paseé la mirada por los papeles metidos ya en sus cajas y los montones ordenados contra la pared. Todavía no sabíamos dónde acabaría todo aquello ni por quién habría de pasar antes de llegar a cualquiera que fuese su último destino, pero no me cabía duda de que iban a tratarlo bien.

Sin tiempo para especulaciones, me guardé en el bolso con prisa unos cuantos disquetes llenos de datos para una futura memoria de mi trabajo, aquella era mi primera intención. Al fondo del mismo fueron también mis rotuladores y un par de cuadernos. Solo entonces me dispuse a cumplir el segundo de mis objetivos, el principal.

De un estante tomé la gruesa guía de teléfonos trasnochada y, de entre sus páginas de letras diminutas, rescaté la cuartilla doblada por la mitad.

**Donde habite el olvido,**
**En los vastos jardines sin aurora...**

Leí el poema de Cernuda otra vez. Y una más. Después, del último cajón de mi escritorio, saqué una caja de cerillas. Anónima, desecho de algún usuario que cualquier día pasó como yo por aquel reducto insignificante del fondo del pasillo; olvidada junto a un sacapuntas medio oxidado, la factura de un quiropráctico y un puñado de clips.

El fuego tardó unos segundos en consumir las líneas.

**Donde yo sólo sea**
**memoria de una piedra sepultada entre ortigas...**

Las cenizas negras acabaron en la papelera y entre ellas quedó el sentimiento inmenso de un hombre. Por alguna razón imprecisa, pensé que a Fontana le complacería saber que alguien velaba por preservar su intimidad.

Encontré a Fanny en su sitio, como casi nunca, devorando un donut de chocolate. En su ímpetu por decirme algo nada más verme, se atragantó.

—¡Tengo algo para usted, profesora, un regalo de despedida! —logró proferir entre toses.

Del suelo levantó una caja. Una caja vieja torpemente forrada con tela a rayas verdes. Por ella misma, según me dijo. Muchos años atrás.

—Ya sabe que vamos a cambiarnos de casa, ¿verdad? Mamá me ha mandado que empiece a recoger y ya he empezado a vaciar los armarios.

—Algo he oído, Fanny, sí.

—Pues anoche, sacando unos cuantos trastos de un altillo, mire lo que encontré...

Alzó la tapa de aquel caladero de restos de su infancia y juventud y, entre tarjetas de cumpleaños y cintas de cassette de los Bee Gees, rescató unas cuantas fotografías. Instantáneas desvaídas, cuadradas, pequeñas, en un formato de cámara de mala calidad que había dejado de existir hacía décadas.

—¿Recuerda aquel día en que le hablé de cuando tío Andrés nos llevó al parque de atracciones de Santa Cruz? Yo tenía nueve años, pero todavía me acuerdo muy bien. De lo que no me acordaba era de estas fotografías. O sea, me acordaba de que nos hicimos fotografías, pero no me acordaba de dónde estaban, porque si me hubiera acordado…

Había dejado de escucharla en la mitad de la primera frase, en cuanto puso ante mis ojos las imágenes. Una Fanny niña embutida en un vestido amarillo con un ancla marinera en la parte frontal. Con el mismo pelo liso cortado al ras de la mandíbula, sonriendo encandilada con un algodón de azúcar en la mano derecha. Con un hombre a su izquierda. Un hombre moreno todavía a sus cincuenta y alguno bien cumplidos, moreno de pelo y moreno de piel. Torso ancho y cejas pobladas. Brazos velludos, camisa color garbanzo entreabierta y barba cerrada que en algunas zonas empezaba a encanecer. Una mano sobre el hombro de la niña, un cigarrillo en la otra. Sonriendo sin exceso, como obligado por la situación. Cuatro fotografías distintas con muy pocas variaciones. La quinta, sin embargo, cambiaba radicalmente. Ya no eran dos los que posaban, sino tres.

En el reverso, con la caligrafía inocente de la Fanny de entonces, unas palabras manuscritas. *Santa Cruz Beach Boardwalk, summer 1966.* En el anverso, Darla Stern, con el mismo tinte nórdico y los labios igualmente rabiosos que en el presente, aparecía junto a los dos. Bordearía los cuarenta por entonces, un tanto excesiva en su ajustado pantalón capri y unas sandalias de tacón. Con una pose artificiosa para estilizar su silueta frente a la cámara y una sonrisa posesiva y triunfal. Mi hija y mi hombre, parecía estar gritando al mundo. Quizá ilusamente. Quizá no.

Fontana no sonreía en aquella imagen, no se le veía cómodo,

tal vez no le hacía ninguna gracia dejarse fotografiar por el extraño a quien ella pidió el favor. Pero accedió y así quedó plasmado en ese testimonio visual que yo ahora contemplaba mientras Fanny proseguía parloteando sobre norias y montañas rusas. Absorbí ansiosa los detalles: los rostros, las ropas, los gestos. Y, sobrevolando todo ello, lo que más me llamó la atención fue la mano de él. En la cintura de ella. Con confianza, sin rigidez. Sosteniendo todavía el pitillo entre los dedos, como si aquel rincón del cuerpo de Darla le fuera un territorio del todo familiar.

—¿Con cuál se quiere quedar, doctora Perea?

—No quiero ninguna, Fanny —dije apartando la vista de ellas por fin—. Son tuyas, tu patrimonio sentimental. Llévatelas a tu nueva casa, nunca las pierdas.

—Pero era un regalo que yo quería hacerle —protestó.

—Mi regalo será que me escribas de vez en cuando y me cuentes cómo te va.

Le di un abrazo antes de que su mente, siempre a pasito de caracol, tuviera tiempo de reaccionar.

—Y cuida de tu madre —añadí en el último segundo. Sin saber yo misma, en realidad, por qué.

Rebecca fue la parada final.

—Vuelves a tener una amiga española, ¿sabes?

Me acompañó hasta el ascensor mientras prometía encargarse de todo aquello que el apremio ya no me iba a permitir hacer: devolver unos cuantos libros a la biblioteca, despedirme de algunos colegas, vaciar mi frigorífico…

Ya se estaban deslizando las puertas para cerrarse cuando apretó inesperadamente el botón exterior. Se abrieron de nuevo, me hizo un gesto, salí.

—Has recuperado el rumbo, Blanca —dijo agarrándome las muñecas—. Lo peor ha pasado ya. Sopesa ahora lo que la vida te ha puesto por delante y escucha a tu corazón.

Volvió a abrazarme y me dejó ir.

Caminé con prisa por el campus, eran ya las dos menos veinte. A medida que andaba a buen paso, entre las paredes de mi cerebro, como en un gran puchero, bullía un caldo espeso lleno de emociones y pensamientos. La satisfacción por haber logrado nuestro objetivo. Los amigos inesperados a los que acababa de decir adiós. La incertidumbre ante el futuro que frente a mí se abría.

En busca del sosiego me esforcé por aferrarme a la más pacífica de todas las sensaciones. Volví así a rememorar a Rebecca, su fondo de persona buena en el sentido más elemental de la palabra. En el sentido machadiano de la palabra, habría dicho cualquiera de mis colegas hispanistas en sus clases de literatura. Generosa, honesta, compasiva. Siempre dispuesta a tender una mano o guardar una confidencia, a pensar en otros anticipadamente, a no decir nunca no.

En contrapartida, de manera irremediable, mi memoria aún mantenía fresca la imagen de Darla en la fotografía que Fanny acababa de enseñarme. Su pose forzada para resultar atractiva frente a la cámara, el exhibicionismo altivo y a la vez inseguro de su poder y su propiedad.

La luz y la sombra de la esencia humana en dos mujeres distintas desde la raíz del pelo a las uñas de los pies. La cara y la cruz. La que asume y avanza frente a la que rumia el resentimiento como un chicle amargo al que, a pesar de las décadas, aún le queda sabor. Cruzando el campus casi vacío ya en puertas de la Navidad, de pronto fui consciente de que, a lo largo de la última media hora que pasé en el Guevara Hall, cada cual a su manera, las dos me habían llegado a conmover. Salvando sus diferencias, ambas habían peleado en su momento por un propósito similar. El mismo, en cierta forma, por el que yo había luchado durante veinticinco años también: ver crecer a nuestros hijos, tener cerca un compañero, construir un hogar en el que por las mañanas se colara la luz del sol. Los instintos primarios que desde que el mundo es mundo habían movido a las mujeres de la humanidad.

Las tres, sin embargo, habíamos resbalado y caído al barro en algún momento inesperado. A las tres un mal día nos dejaron de querer. Ante el abandono y la incertidumbre, frente al desamor y la crudeza irreversible de la realidad, cada una se defendió como pudo y batalló con las armas que tuvo a su alcance. Con buenas o malas artes, con lo que el intelecto, las vísceras o el puro instinto de supervivencia nos pusieron a mano a cada cual. El reparto de talentos siempre fue arbitrario, a nadie le dieron a elegir.

Rebecca había tenido la entereza moral para superarlo y, tal como ella me acababa de hacer ver, yo estaba abriéndome camino sin saber del todo adónde acabarían mis pasos por llevarme. Darla, por su parte, jamás lo logró. Como un pobre animal maltrecho, se refugió en su caverna sin curar nunca sus heridas, confundiendo la simplicidad de la naturaleza humana con una traición rastrera o una maquiavélica empresa en su contra. Sin asumir que el amor es voluble, extraño y arbitrario, carente de entendimiento y racionalidad. Movida quizá por el miedo a las carencias materiales, a la mera soledad o a no ser capaz de criar sola a una hija dependiente; construyendo fantasmas malévolos donde no los había para tener un rostro culpable contra el que disparar su furia, haciéndose daño a sí misma y haciendo sangrar a quienes nada tuvieron que ver conscientemente con su infortunio.

El claxon de un Volvo sonó un par de veces a mi lado y con él acabó mi ensoñación.

—¿Tú estás segura de que tienes que coger un avión en San Francisco a las seis?

# CAPÍTULO 45

Abandonamos Santa Cecilia entre nubes y nos adentramos en la carretera rumbo a la bahía. Nos mantuvimos callados unos cuantos kilómetros, absorto cada uno en sus propios pensamientos. Daniel al volante, con la vista al frente tras las gafas oscuras. Yo, con la mirada perdida a través de la ventanilla derecha, intentando poner orden en mi mente confusa. Ni siquiera llevábamos la radio encendida, solo nos acompañaba el runrún monótono del motor. Al final, fue él quien decidió acabar con el silencio.

—Cuéntame tus planes, cómo piensas pasar esta última Navidad del milenio.

—Organizaré mi casa, encenderé la calefacción, haré una gran compra, pondré el árbol y el belén...

Hablaba sin mirarle mientras mi vista vagaba errática al otro lado del cristal. Enumerando tareas con la misma escasa pasión de quien pasa lista en clase o hace el recuento monótono de unos cuantos recados obligatorios.

—Todo va a ser diferente este año —proseguí—. Solo sé con certeza que pasaremos la Nochebuena en casa de mi hermana África, que es un auténtico desastre como anfitriona y lo mismo nos despacha con una lasaña congelada y unos cuantos polvorones. Las Nocheviejas solíamos celebrarlas con mi familia política o en algún viaje con amigos, algo que no volveré a repetir. Mis hijos cenarán ahora con su padre, supongo, así que lo más probable es que yo acabe el año sola, que vea una película metida en la cama a las diez y hasta el siglo que viene. Todo un planazo, ya ves.

El paisaje seguía desplazándose veloz ante nuestros ojos, Santa Cecilia hacía rato que había quedado atrás. Con la espita de los propósitos abierta, continué adelantando a Daniel mis planes, poniendo voz a lo que al fin, casi seis meses después del diluvio, iba a ser capaz de hacer.

—Y tengo que ver a Alberto, quizá eso sea lo principal. He ordenado mis ideas con respecto a lo que ha pasado entre nosotros, ahora lo veo todo de una manera distinta. He empezado a entender y es el momento de que empecemos a hablar.

—Eso es bueno.

—Ya me lo dijiste un día dentro de este mismo coche. Cuando volvimos de Sonoma, en la puerta de mi apartamento, ¿te acuerdas?

Movió la cabeza despacio, de arriba abajo, de abajo arriba, con la mirada fija en la carretera.

—Perfectamente. Te dije que a las cosas hay que darles siempre el final que necesitan aunque resulte desolador, para que todo termine curándose sin dejar cicatrices. Si yo hubiera sido capaz de hacerlo en su día, me habría ahorrado años de angustia.

—Tus años negros…

—Mis años negros, aquellos años terribles en los que fui incapaz de asumir con cordura la realidad.

Ya sabía lo que hubo dentro de ellos, no le pregunté más.

—Pero todo pasa, Blanca, todo pasa, créeme. Cuesta lo que no está escrito y nada vuelve a ser nunca lo mismo, pero al final, y sé de lo que hablo, llega la reconstrucción. Te vuelves a abrir a la vida, avanzas, progresas. Así he transitado yo por los años desde entonces: enseñando mil clases y escribiendo mis libros, haciendo otros amigos y viviendo otros amores, volviendo a España unas cuantas veces todos los años… Hasta que, sin saber siquiera cómo, hace unos meses decidí insensatamente meterme en un grandioso lío y, a remolque de aquello, se me cruzó por delante una española flaca y atormentada que andaba buscando un nuevo sitio en el mundo. Y aquí estoy, llevándola a que coja el avión que está a punto de sacarla de mi vida para que ella vuelva a poner orden en la suya, sin saber qué voy a hacer cuando ella ya no esté aquí.

Demasiadas turbulencias, demasiadas emociones revueltas, demasiados sentimientos bloqueando mi capacidad de reacción. Incapaz de decir una sola palabra, tragué saliva grumosa y volví a mirar al exterior a través de la ventanilla.

Él, en cambio, parecía haber abierto una compuerta que ya no tenía cierre. Destensado al fin tras la presión de los últimos días, desbocado ya, no calló.

—Recuerdo el día que te conocí como si hubiera sido esta misma mañana. En Meli's Market, en la zona de la panadería. No esperaba encontrarte hasta el día siguiente en el campus. Yo acababa de llegar de un congreso en Toronto, había dejado mi maleta en casa de Rebecca y salimos a comprar algo para llevar a una cena en casa de un amigo común. Entonces ella, con un gesto tan solo, me señaló la espalda de una mujer con camisa azul que se esforzaba laboriosamente en elegir un pan como si de aquella tarea tan simple dependiera el destino de la humanidad.

»Te tocó el hombro, te giraste y por fin vi tu rostro. Llevabas el pelo suelto y aún tenías el sol del verano en la piel, sonreíste con alivio a Rebecca, como si su presencia fuera un asidero en tu deriva. Nos presentó, te dije alguna tontería y te agarré una mano, ¿recuerdas? Una de tus manos que ahora me son ya tan familiares, pero que entonces me llamaron la atención por su levedad. Una mano sin peso, como una pluma morena. Desde ese primer instante me pareciste adorable, pero cuánta, cuánta tristeza había en tus ojos. Un ángel con las alas rotas perdido en medio del supermercado. Y desde ese mismo momento supe también que ya no me podría ir. Me empeñé en hacerlo y, de hecho, lo intenté un par de veces. Pero en cada ausencia no fui capaz de aguantar más de tres o cuatro días, así que regresé para quedarme. Para ayudarte con el legado del viejo Fontana, para saber si ibas encontrando pistas sobre la difusa misión y, sobre todo, por encima de todo, para estar cerca de ti y acompañarte en tu travesía sin tener la más remota idea de adónde acabaríamos, juntos o separados, por llegar.

Seguí escuchándole sin mirarle, sin interrumpir aquel torrente de sinceridad.

—Han sido unos meses fascinantes para mí, Blanca, tremendamente enriquecedores en dimensiones muy distintas. Por reconciliarme con el pasado, por conocerte a ti, por reencontrarme conmigo mismo. Y he hecho algunas cosas que jamás pensé que haría. He escrito sobre mi vida, por ejemplo. En la soledad de muchas noches he rascado a fondo en mi memoria, he reflexionado y he puesto en orden un montón de recuerdos míos y unos cuantos de Andrés Fontana también, retazos del tiempo que pasé a su lado y detalles de su propia vida que él me fue contando desmembrados a lo largo de los años. ¿Puedes coger ese sobre del asiento de atrás, por favor?

Un sobre común de papel manila, de los que a diario usábamos en la universidad para trasegar documentos de un sitio a otro.

—Es para ti, lo que te falta por saber de mi profesor y de mí, para que nos entiendas a los dos un poco mejor. Para que sepas qué nos llevó a ambos a dar ese paso que ahora has dado tú: poner tierra de por medio y lanzarnos sin red a lo desconocido, sin previsión ni constancia de lo que habríamos de encontrar. Convertirnos en el otro, en el que no pertenece y por eso es quizá un poco más libre.

Lo guardé en mi bolso sin abrirlo, como si me quemara entre las manos.

—¿Sabes? —continuó—. En el fondo, Fontana, tú y yo tenemos algo más en común de lo que a primera vista parece. Tú, como nosotros, también has dado ese paso. Y aunque ahora estés volviendo a tu universo de siempre, ya nada va a ser igual.

—No lo dudo —dije sincera—. No creo que estos meses se me olviden nunca.

—¿Por qué no lo escribes también? Lo que ha pasado a lo largo de este tiempo dentro y fuera de ti. Las otras vidas que has conocido, lo que has sentido...

—Jamás he escrito otra cosa más que trabajos académicos y cartas a mis hijos cuando los mandaba de campamento en verano a Inglaterra.

—Yo tampoco lo había hecho nunca, y ahora me he dado cuenta de que resulta menos complejo e infinitamente más enriquecedor de lo que creía. Es como si, a la escritura académica a la que estamos acostumbrados, le añadiéramos un poco de corazón. Te hace reflexionar sobre muchas cosas, ahondar en emociones y ver otros ángulos de la realidad. Una especie de catarsis que saca de dentro de ti...

No le dejé que me siguiera convenciendo.

—Ahí está la salida para el aeropuerto —le avisé tan solo—. Como continúes con tus locuras, te la vas a saltar.

Llegamos a la terminal, facturé mi equipaje. Apenas había ya tiempo para nada más que una despedida intensa y precipitada.

Me envolvió en su cuerpo grande, me atrapó contra su pecho.

—Cuídate mucho. No imaginas cuánto voy a echarte de menos, doctora Perea.

—Yo también a ti —dije con un nudo como un puño en la garganta. Creo que no me oyó.

Me acarició después la cara y dejó en mi frente un beso breve, apenas un roce volátil que casi no percibí.

No miré hacia atrás mientras me dirigía hacia el control de seguridad con el pasaporte y la tarjeta de embarque en la mano. No quise verle por última vez. Pero sabía que no se había ido, que aún estaba allí con su pelo más largo de la cuenta, con su barba clara y su reloj de corredor. Viéndome marchar a enderezar mi vida en el país que le cautivó cuando él aún estaba curtiendo su alma y del que nunca se había llegado a desprender.

Hasta que en el penúltimo instante, cuando apenas quedaban tres o cuatro pasajeros delante de mí, su voz sonó rotunda a mi espalda.

—No quiero que empieces sola el año. No quiero que termines sola el siglo, no quiero que te sientes a la mesa sola en Nochevieja, ni que veas películas metida en la cama sola, ni que arrastres sola por la vida tu tristeza nunca más.

Me di la vuelta como si no hubiera nadie más que nosotros en la terminal desbordada de prisas. Ni otros viajeros, ni otras despedidas. Ni la megafonía despachando avisos, ni un avión por despegar para mí, ni un aparcamiento al que volver para él. Como si el universo a nuestro alrededor se hubiera quedado sin pilas.

—Ven conmigo entonces —dije aferrándome a su cuello.

—Pon tu vida en orden primero. Después, llámame.

Y con la firmeza de quien sabe dónde debe plantar su bandera, me estrechó entre sus brazos besándome largamente con ternura y calidez. Sólido, seguro, sus dedos entre mi pelo, su olor contra mi olor, transmitiéndome con sus labios el sabor a hombre de mil vidas y mil batallas y la intensidad profunda de una verdad.

Un par de carraspeos insistentes nos hicieron separarnos. El gordo de delante, en bermudas, chanclas y destino probable a una playa del sur, acababa de acceder al control. La siguiente era yo.

Dejó sus palabras en mi oído, me acarició por última vez.

—Allí estaré cuando tú quieras.

Por más que quise retener su mano en mi mano, la distancia de sus pasos se la llevó consigo. Lo siguiente fue su silueta alejándose y el frío que dejó su ausencia pegado a mi piel.

Frente a mí, el rostro mustio de un agente a la espera de mis documentos mientras tamborileaba con los dedos sobre el mostrador.

No hubo retrasos, embarcamos enseguida. Una vez en mi asiento, me dediqué a mirar al vacío por la ventanilla. Sin fijar la vista ni en los vehículos ni en los operarios que circulaban alrededor, sin atender a la azafata que nos daba instrucciones sobre cómo ponernos las máscaras de oxígeno, sin querer pensar. Intentando concentrarme en nonadas: qué nos pondría África para cenar en Nochebuena, qué tiempo haría en Madrid. Esforzándome por no explorar el giro inesperado de mi vida a partir del momento en el que un americano curtido con alma medio española, cien contiendas a la espalda y algunas deudas pendientes, decidió impulsivamente arrastrarme junto a él.

Despegamos, adiós a California, adiós a un tiempo extraño. A un viaje que había transformado mi visión de las cosas hasta dimensiones cuyo alcance todavía no era capaz de calibrar. Cerré los ojos un tiempo eterno. Cuando miré de nuevo al exterior, solo se veía la más negra de las noches.

Hasta que no pude contenerme más y abrí el sobre.

*Mi querida Blanca*

*Me he pasado la vida entera subiéndome a trenes en marcha y, sin embargo, las dos únicas certezas absolutas me han llegado en instantes simples, casi cotidianos, con la guardia baja y sin previsión. Una fue décadas atrás en una farmacia junto al Mediterráneo, mientras buscaba algún remedio para una gripe inoportuna. La segunda hace tres meses, cuando mi preocupación más inmediata era tan solo elegir un vino para cenar.*

*Distintos momentos, distintos entornos y la seguridad compartida de tener ante mí la plenitud.*

*Para que sepas cómo fue aquella otra vez, aquí tienes el resto de mi ayer. La más reciente la conoces en primera persona.*

*Tuyo, siempre,*

*D. C.*

Cuando la primera lágrima cayó sobre el margen izquierdo y emborronó la T de Tuyo, no pude seguir leyendo. Después de meses conteniéndome, sin poder evitarlo, por fin arranqué a llorar.

Por mí, por ellos, por todos, sobrevolando aquel país ajeno de una costa a otra costa y al atravesar el Atlántico en una noche triste que parecía no tener fin. Por Andrés Fontana y aquel amor suyo, tardío y desequilibrado, que llegó tan a destiempo. Por Aurora, por lo que nunca alcanzó a vivir, por su imagen eterna vestida de blanco riendo descalza en el cabo San Lucas. Por los años oscuros de Daniel, por la inmensidad de su dolor y su lucha valiente por subirse de nuevo al mundo.

Por Alberto y su nuevo rumbo, por el futuro que ya nunca compartiríamos. Por mis hijos, por los niños que fueron y los hombres que empezaban a ser. Por el pasado y el presente de todos nosotros. Por lo que fuimos antes, por lo que éramos entonces. Por lo que nos quedaba por venir.

Llovía a cántaros cuando hice un trasbordo en Heathrow y seguía lloviendo cuando aterrizamos en Madrid. Apenas tardé un par de segundos en distinguir a mis hijos en la zona de llegadas, agitaban los brazos, reían, me llamaban a gritos. Morenos como su padre, delgados como yo. Con la frescura de la juventud pintada en sus caras y la vida entera por delante, abriéndose paso para avanzar hacia mí.

Al llegar a casa leí las hojas del sobre.

Después le llamé y le dije ven ya.

Y después de ese después, con las maletas todavía medio deshechas, las habitaciones templándose y el árbol de Navidad sin poner, tracé las líneas paralelas de tres vidas y comencé a escribir.

# AGRADECIMIENTOS

Por inspirarme y ayudarme a componer la vida universitaria de un mundo que, aunque conozco de cerca, no es el mío propio, quiero expresar mi agradecimiento a un puñado de amigos, veteranos profesores norteamericanos que llevan dentro un pedazo de alma española.

A Malcolm Compitello, director del Departamento de Español y Portugués de la Universidad de Arizona, por abrirme los ojos hace veinticinco años a las letras de Ramón J. Sender entre las nieves de la Universidad de Michigan State, y por haberme vuelto a servir ahora de valiosísimo guía desde el desierto, pasando por skype y por Madrid.

A Joe Super y Pablo González, por todas aquellas charlas a lo largo de mi estancia en la Universidad de West Virginia. A Joe, historiador y californiano de raza, por proporcionarme datos y reflexiones sobre las misiones franciscanas de El Camino Real y por haberse prestado con su natural simpatía a convertirse en un personaje de esta novela. A Pablo, por su calidez colombiana, sus memorias de estudiante graduado en la Universidad de Pittsburgh y aquella insuperable sangría apalache con la que nos despedimos.

A Francisco Lomelí, director del Departamento de Español y Portugués de la Universidad de California en Santa Bárbara, por su hospitalidad de sangre mexicana, por aportarme claves sobre el sistema universitario californiano y, sobre todo, por haber cedido con buen humor su puesto a Daniel Carter a lo largo de una larga temporada.

Por haberme ayudado a crecer dentro del mundo académico y por seguir acogiéndome generosamente cada vez que vuelvo a ella, mi gratitud infinita a la Universidad de Murcia, mi casa. Y a la Facultad de Ciencias de la Empresa de la Universidad Politécnica de Cartagena, por haberme albergado temporalmente en sus magníficas instalaciones del antiguo Cuartel de Instrucción de Marinería, proporcionándome meses de sosiego para trabajar en este proyecto.

Por haber sobrevolado el texto en distintos momentos y fases, a Manolo Cantera, que llegó desde la otra orilla del Mediterráneo arrastrando un perro, una podadora de signos y tiempos, y un cargamento de sabiduría, ironía y complicidad. Y a Miguel Zugasti, que nos adentró en el campus de UCSB, recogió con generosidad el guante que le lancé y juzgó mis letras con ojo filológico de aroma californiano.

Por haberme aportado detalles, recuerdos y anécdotas del paso por Cartagena de los marinos de la U. S. Navy, quiero dejar constancia de varios reconocimientos. Al almirante Adolfo Baturone, por sus especificaciones técnicas sobre la armada norteamericana y su funcionamiento en España. A Tata Albert, por abrirme las puertas de su casa: la misma que, en mi imaginación, fue también la del capitán Harris y su simpar esposa Loretta. A Juan Antonio Gómez Vizcaíno, por ofrecerme sin él saberlo todo un arsenal de datos a partir de sus completísimos artículos periodísticos. Y, extendiendo el perímetro, a todos los que me han proporcionado memorias nostálgicas sobre la vida en la ciudad en esos años cincuenta que yo no conocí y, entre ellos, de manera muy especial, a Juan Ignacio Ferrández.

Volviendo la mirada al ámbito personal, mi gratitud eterna a mis hijos Bárbara y Jaime —que, como los de Blanca Perea, empiezan a crecer y a volar mucho antes de lo que yo quisiera— por no dejarme despegar los pies del suelo, reírse de mí, pelear por lo que quieren y no darme más carrete del justo. Y a su padre, Manolo Castellanos, por guardar el fuerte durante mis ausencias y ser el más férreo apoyo en mi vida de todos los días, que es de verdad la importante.

Por todo y como siempre, a mis padres, a mis intensos hermanos y a sus proles cada vez más numerosas, que son, sin sombra de duda, la sal de la vida. Y, cómo no, a mi familia periférica otra vez, tantos y tan queridos y próximos.

A mis amigos del vino y la crème, que siguen siendo los de siempre y están donde siempre han estado: un poco más viejos, un poco más sabios, igual de imprescindibles.

Enfocando a aquellos que han participado desde dentro en esta nueva aventura, mi gratitud al Grupo Planeta por haber confiado otra vez en mí y, de un modo particular, a toda la espléndida tropa de Temas de Hoy, que ha trabajado desde distintos flancos para hacer posible esta novela sin decaer en el empuje de su predecesora. A Isabel Santos, la mejor encargada de comunicación del mundo mundial. A Ruth González por su simpatía y su eficiencia con rapidez de rayo, a Emilio Albi por su dedicación y rigor, a Germán Carrillo y a Helena Rosa desde Barcelona por esa creatividad incombustible, a Silvia Axpe por abrirme ventanas a la presencia digital, a Diana Collado por haberse asentado llena de ganas y empuje, y a Ana Lafuente por brindarme siempre su calidez. Por estar al mando de estos magníficos profesionales y del peso de la editorial, a Belén López Celada, nuestra directora, a quien tanto admiraba antes y a quien ahora, en esta nueva etapa entrañable de su vida, admiro más aún. Y como decimos entre las filólogas inglesas que las dos llevamos dentro, last but not least y desde el fondo de mi corazón, a mi editora Raquel Gisbert, tan lista, tan cómplice, tan humana, tan amiga.

A mi agente Antonia Kerrigan por impulsarme al mundo con esa fuerza de misil que solo ella tiene. A Lola Gulias —con quien tanto comparto y a quien tanto quiero y debo— y al resto del magnífico equipo de la agencia literaria por su competencia y absoluta disponibilidad.

Y finalmente, a todos los lectores que a lo largo de tres años irrepetibles me han inyectado su ilusión y me han pedido que siga escribiendo historias que les rocen el alma y les hagan pensar que lo mejor de la vida, muchas veces, todavía está por llegar.